CB080793

EX-PURGATÓRIO

PETER CLINES

EX-PURGATÓRIO

novo século®

São Paulo, 2015

Ex-purgatory
Copyright © 2014 by Peter Clines
Copyright © 2015 by Novo Século Editora Ltda.
All rights reserved.
This translation published by arrangement with Broadway Books, an imprint of the Crown Publishing Group, a division of Random House, Inc.

COORDENAÇÃO EDITORIAL Renata de Mello do Vale
ASSISTENTE EDITORIAL Vitor Donofrio
TRADUÇÃO Caco Ishak
PREPARAÇÃO Acácio Alves
DIAGRAMAÇÃO Project Nine
REVISÃO Paulo Ferro Junior
ILUSTRAÇÃO DE CAPA Jonathan Barlett
ADAPTAÇÃO DE CAPA Equipe Novo Século

Texto de acordo com as normas do Novo Acordo Ortográfico da Língua Portuguesa (Decreto Legislativo nº 54, de 1995)

Dados Internacionais de Catalogação na Publicação (CIP)
(Câmara Brasileira do Livro, SP, Brasil)

Clines, Peter
Ex-purgatório
Peter Clines; [tradução Caco Ishak].
Barueri, SP: Novo Século Editora, 2015.

Título original: Ex-purgatory.

1. Ficção norte-americana I. Título.

15-01369 CDD-813

Índice para catálogo sistemático:
1. Ficção: Literatura norte-americana 813

2015
IMPRESSO NO BRASIL
PRINTED IN BRAZIL
DIREITOS CEDIDOS PARA ESTA EDIÇÃO À
NOVO SÉCULO EDITORA LTDA.
CEA – Centro Empresarial Araguaia II
Alameda Araguaia 2190 – 11º Andar
Bloco A – Conjunto 1111
CEP 06455-000 – Alphaville Industrial, Barueri – SP
Tel. (11) 3699-7107
www.novoseculo.com.br
atendimento@novoseculo.com.br

PRÓLOGO

Sylvester batucava seu lápis no joelho. Parecia mais que estava tocando bateria, o lápis tinia contra o jeans. Ele sempre andava com um lápis, ainda que ela não se lembrasse de algum dia tê-lo visto com um bloco de notas em mãos. Três meses, uma dezena de sessões, e ele nunca tinha feito uma anotação sequer.

Era careca, embora ela tivesse certeza de que ele raspava a cabeça. O que tornava mais difícil de saber quantos anos ele tinha. Seu cavanhaque ia afinando até uma ponta perfeita sob o queixo. Seus olhos eram castanhos escuros e suas pálpebras, caídas, conferiam-lhe um semblante descontraído, contemplativo.

Sylvester parou de batucar o lápis, acomodou-se na poltrona e lhe lançou um olhar.

– Como estão suas noites de sono?

Ela deu de ombros:

– A mesma coisa de sempre.

– Que seria...?

Os dedos dela passearam pelo braço da cadeira de rodas.

– Eu não gosto dessa máscara. Não dá pra dormir de outro jeito que não de costas, senão ela aperta a minha cabeça ou deixa o meu rosto marcado. Fora que ela não se encaixa direito na minha cara. O ar escapa, fica batendo bem nos meus olhos e, quando eu acordo, eles estão sempre ressecados.

– Foi sempre assim?

– Não – ela respondeu, sacudindo a cabeça. – Quer dizer, a coisa toda começou faz um tempo já. Quase no fim do último ano na escola.

– Você já experimentou usar outros tipos de máscaras?

– Já... meu pai também tentou fazer uns ajustes, mas não adiantava nada – forçou um sorriso amarelo. – Minha cabeça tem um formato engraçado, eu acho.

– É uma cabeça bem bonita, na minha opinião – ele lhe assegurou.

Ela ficou corada. Só um pouquinho.

– Obrigada.

– Você compreende por que tem de usá-la, não é mesmo?

– Aham – ela respondeu, fazendo sinal com a cabeça.

– Isso te chateia?

– A gente já não passou por essa conversa toda faz séculos?

– Já sim – Sylvester respondeu. – Eu só queria ver se suas respostas tinham mudado alguma coisa.

Ela deu de ombros outra vez:

– É o que tá me mantendo viva. Os médicos, os outros médicos, eles dizem que eu paro de respirar assim que durmo. Nas primeiras vezes que isso aconteceu, eles juravam que eu tivesse morrido enquanto eu dormia. Apneia do sono poderosa.

– Um dos piores casos já registrados – ele retrucou.

– Pois é. Minha mãe morre de preocupação quando fico acordada até tarde, com medo de eu cochilar na aula e acabar asfixiando.

– Palavra forte.

– Ando ouvindo muito nos últimos tempos.

– Mas, e então, isso te chateia? A máscara?

– Tá me mantendo viva.

– Isso não foi bem uma resposta.

Ela suspirou:

– Não gosto dela, mas a vida é assim mesmo, né, não? Eu gostaria de não ter que precisar dela, mas também gostaria de não ter que usar uma cadeira de rodas a maior parte do tempo. E gostaria de ser ruiva também.

– Ruiva, por quê?

– Porque cabelo preto com essa minha palidez faz todo mundo pensar que eu sou algum tipo de gótica. Já cabelo ruivo com uma pele bem branquinha significa que você deve ser uma irlandesa sexy.

– Você é irlandesa?

– Não, mas ninguém precisa saber disso.

Bateu o lápis três vezes no joelho e, por fim, na quarta batida:

– Te incomoda a impressão que a máscara tem causado nas pessoas lá na universidade?

Sylvester tinha coberto uma das paredes de seu escritório com cartazes motivacionais enquadrados em molduras pretas. Ela ainda não sabia dizer se ele estava falando sério ou só fazendo mais uma das piadas que usava para animar o pessoal que atendia.

– Um pouco – ela admitiu após analisar os cartazes por quase um minuto.

– Por quê?

– Sinceramente?

– Não é esse o propósito disso tudo aqui? – duas batucadas para enfatizar as palavras.

– Eu sempre fico me perguntando se geral não me considera algum tipo de aberração. Em todo e qualquer grupo de estudo, toda santa festa, toda madrugada que seja farreando por aí, eu sempre sou a garota que tem de voltar pro quarto e botar essa coisa na cabeça antes de dormir. E como é que… – ela se voltou à parede de cartazes e ficou olhando para um onde estava escrito *Desejo*.

– E como é que… o quê?

Ela olhou em direção à porta do escritório, para sua mãe na sala de espera.

– E se eu conhecer um cara? – ela perguntou – E se eu conhecer alguém e acabar rolando um clima? Essa cadeira, por si só, já é o fim. Como é que eu vou olhar pro cara e dizer: "Ah, a gente tem que ir pro meu quarto porque eu tenho que me certificar de botar minha máscara de Darth Vader antes de dormir ou eu provavelmente vou acabar morrendo"? Quem é que quer escutar uma coisa dessas?

Sylvester sorriu:

– Essa é sua grande preocupação?

Ela forçou um breve sorriso:

– Uma delas.

Ele ficou observando por um longo tempo, através da porta, a mãe da menina na sala de espera.

– Eu provavelmente não devia estar te falando isso – ele disse, voltando-se a ela –, mas acho que não vai ser problema pra você encontrar um cara na faculdade a fim de sexo. Mesmo se você tiver que botar uma máscara de oxigênio no rosto depois.

Ela ficou corada de novo:

– Eu só acho que vai ser meio estranho.

– Confia em mim. Eles não vão se importar com isso.

Ela se virou outra vez em direção à parede coberta de cartazes.

Ele deixou que o silêncio imperasse entre os dois por um tempo. Em seguida, bateu o lápis no joelho uma única vez.

– Você ainda está tendo aqueles sonhos?

Ela ficou olhando para os cartazes, depois para suas próprias mãos. Ele a deixou quieta por um breve momento antes de repetir a perguntar. Ela fez que sim com a cabeça:

– Estou… toda noite.

– Exatamente o mesmo sonho?

Ela se endireitou o melhor que pôde na cadeira de rodas.

– Nem sempre. Às vezes, me lembro de algumas partes diferentes. Outros lugares, outras pessoas. Mas tudo a mesma coisa. É tudo…

Ele bateu o lápis uma, duas, três, quatro vezes.

– É tudo o quê?

– Você sabe.

– É importante que você diga – Sylvester insistiu.

– Por quê?

– Porque a maneira como você se lembra das coisas e como você as descreve são pistas sutis que ajudam a nos levar ao que está se passando na sua cabeça.

– É tudo real – ela disse, após suspirar. Gesticulou, apontando o consultório em volta. – As coisas nos meus sonhos parecem mais reais do que tudo isso aqui.

Três, quatro, cinco, seis pancadas com o lápis no joelho de Sylvester.

– Seus pais acham que isso acontece por causa da obsessão que você desenvolveu por filmes de terror.

– Eu te disse, os sonhos vieram primeiro.

– Não é o que eles dizem.

– Eles souberam dos filmes primeiro. Eu não tinha contado nada pra eles sobre os sonhos, só contei mais tarde.

O lápis girou duas vezes entre os dedos dele e, em seguida, ele o bateu contra o joelho:

– E ainda são sonhos suicidas?

– Não – ela respondeu –, nunca foram suicidas, já te disse isso não sei quantas vezes. Eles são só... eu só estou morta neles, só isso.

– Mas não é suicida.

– Não.

– Se o sonho é tão realista, como é que você pode estar morta? Como é que você sente essa experiência?

– Era pra eu estar morta – ela explicou –, mas não estou. Não como de costume.

– Enterrada viva?

Ela sacudiu a cabeça:

– Não, nada a ver. Estou morta, tipo um vampiro ou sei lá. Mas não sou igual aos outros.

– Outros?

– Bem, a maioria dos mortos-vivos só tá interessada em te comer, né? Eu ainda sou eu, só estou... morta.

O lápis de Sylvester estancou no ar entre uma pancada e outra.

– Certo – ele disse –, deixa eu te perguntar uma coisa. Nesses sonhos, você ainda consegue andar?

Ela olhou para suas pernas:

– Sim, sim, posso sim.

– Então, você vem tendo um sonho que parece incrivelmente real, onde pessoas mortas ficam andando por aí. E nesse sonho, suas pernas, que têm estado "mortas" há dez anos, funcionam de novo.

– Mais ou menos isso. É normal esse tipo de sonho? Não, né?

– Já ouvi algo do tipo uma vez. Um caso muito parecido.

– Já, é?

– Num filme. Você tem assistido a um monte de filmes de terror, não é mesmo?

– Alguns, sim.

– Você já viu um chamado *Raça das Trevas*?

Ela pensou um pouco e sacudiu a cabeça:

– Acho que não.

– Talvez não seja do seu tempo. É um das antigas, dirigido pelo Clive Barker.

– O cara do *Hellraiser*?

– Isso.

– Eu conheci o Pinhead numa convenção em Seattle no ano passado. Quer dizer, o cara que interpretou o papel. Ele foi bem bacana, mesmo parecendo estar bastante entediado.

– Acho que ele está nesse também – Sylvester rufou o lápis em seu joelho. – É um filme sobre um homem que sonha que está morto e, aí, acaba se transformando num dos mortos-vivos. E certos membros dele, que tinham parado de funcionar, voltaram a funcionar de novo.

– Isso tem a ver com sexo?

– Tem.

Ela sacudiu a cabeça:

– Não, não é assim.

– Que bom – ele disse, sorrindo. – O psiquiatra, naquele caso, acabou se mostrando um maníaco homicida.

– Não... você não é um maníaco.

– Eu estou no sonho também?

Ela fez uma pausa e ponderou sobre o que responderia:

– Muitas pessoas que conheço estão lá.

O lápis bateu no joelho, duas, três, quatro vezes.

– Então, se eu não sou um maníaco no sonho, o que é que sou?

Ela ficou encarando suas pernas por um tempo.

– Você tá morto – ela respondeu. – Tá todo mundo morto. O mundo morreu.

– Teve uma guerra?

– Foi uma doença. Um vírus.

– Ahhh. Um vírus que fez os mortos andarem?

– Isso – Madelyn deu um soco no braço da cadeira de rodas, quebrando o ritmo do batuque do lápis. – E eu sei lá por que é que tá tudo diferente agora.

UM

ANTES

Estou caindo.

Não sei bem de onde estou caindo. Isso não faz parte do sonho. Eu só sei que estou em queda livre, indo de encontro a uma multidão de gente lá embaixo.

O povo todo tá olhando pra cima, na minha direção. Homens e mulheres, jovens e velhos. Pessoas aleatórias, pelo que parece. Estão todos conversando. Dá pra ver um monte de bocas se mexendo, mas não consigo escutar o que eles dizem. Não dá pra escutar nada no sonho, é tudo um silêncio só.

Meu corpo fica cada vez mais tenso à medida que o chão vai se aproximando até que, nos instantes finais da queda, aos poucos, eu passo a desacelerar. Como se eu fosse mergulhando até estagnar no fundo de uma piscina. Meu corpo simplesmente vai perdendo impulso contra o vento. Pouso na calçada como quem salta de um ônibus.

A multidão me cerca. Todos ainda conversam. Eu ainda não ouço nada.

Não, pera, nem é multidão, tá mais pra muvuca, mesmo. Um arrastão. Eles já chegam me apalpando. Me agarrando. Me puxam daqui, repuxam de lá. Um deles me pega pelo cabelo, tem isso: no sonho, meu cabelo é longo e todo desgrenhado, tipo o de um herói na capa de um romance. Dois braços envolvem meu pescoço feito um cachecol de ossos.

Eles querem meu sangue.

Esse povo não tá muito bem. Uns são leprosos ou têm queimaduras pelo corpo, a pele deles é meio sem cor. Um monte tá ferido.

Tem uma loira de cabelo encaracolado que parece estar vomitando sangue. Outro cara tá com um talho na careca e sem uma das orelhas. Um moleque não baixa o toco gangrenado do que sobrou do braço. Uma senhora já de idade, bem vestida, tá toda coberta de sangue, como se trabalhasse num matadouro.

E aí, mesmo já encarando todos eles desde o começo do sonho, de repente, eu reparo nos olhos deles. Todos têm os mesmos olhos sem brilho, esbranquiçados. Cegos. Não direcionam os olhares a lugar nenhum. Eu vislumbro um sujeito cujos olhos estavam em sentidos totalmente opostos.

O povo continua me agarrando e eu me dou conta (aquele estalo que às vezes dá sobre algo estupidamente óbvio num sonho) de que tudo não passa de um pesadelo. Um pesadelo terrível. Eu não estou cercado por pessoas feridas. São *coisas*. Monstros por toda minha volta. Coisas cegas e pestilentas.

Uma mulher com o rosto esmagado abre a bocarra e morde meu braço. Dá pra sentir a mordida, eu me contraio, mas os dentes dela não conseguem perfurar minha jaqueta de couro. Ela escancara de novo a boca e dois dentes pulam fora.

Sei que estou num sonho, mas também sei que dentes caindo num sonho quer dizer estresse. Isso vale pros dentes das outras pessoas que estão no sonho? Por que será que as minhas lembranças são tão claras pra certas coisas e tão confusas pra outras?

Eu desfiro um golpe e uma das pessoas-monstros sai voando de volta rumo à multidão como se eu tivesse sentado uma porrada nele com um taco de beisebol. As leis da física não parecem fazer muito sentido no sonho. Eu agarro outro monstro pelo pulso e dou um puxão. Ele fica girando em torno de mim. Eu faço essa coisa planar, feito um pai rodando seu filho pequeno no ar com as mãos. E eu faço isso com uma única mão.

Se é um sonho em que estou voando, isso não teria alguma coisa a ver com sexo?

O monstro giratório atinge alguns dos seus companheiros e os derruba ao chão. Aí, então, eu o solto e ele sai voando. Desaparece no meio da multidão. Alguma coisa se mexe perto dos meus pés e eu tasco um pisão.

Escuto o chiado de pistões e um zunido eletrônico. Percebo que o sonho não é silencioso, de fato. Sempre fez barulho, um ruído branco com que acabei me acostumado e bloqueando. E antes que eu tenha a chance de parar pra pensar sobre o que seria aquela barulhada toda, o chão começa a tremer. Surgem baques surdos logo atrás de mim.

Ignoro os monstros e me viro.

Uma muralha se estende ao longo de ambas as direções. Pairando sobre mim, um arco duplo e um par de portões de ferro. Parece um forte. Eu já tinha visto isso antes, só não me lembro onde.

Passando pelo portão à direita, surge um robô gigante. Chapas blindadas, azuis e vermelhas, realçam sua armadura prateada. Deve ter uns três metros de altura. Tem os contornos de uma pessoa. Eu tenho certeza de que é do sexo feminino, aquela mesma sensação estranha de quando a gente sabe das coisas nos sonhos.

O robô olha pra mim com olhos brancos e enormes, feito bolas de tênis. Sua cabeça de metal faz um sinal de cumprimento e, em seguida, suspende os braços. Descargas elétricas crepitam entre seus dedos espessos. Suas mãos em faíscas varrem as pessoas-monstros de encontro ao chão.

Uma das criaturas crava seus dentes no meu ombro feito um vampiro com má pontaria. Eu me livro dele e o derrubo com mais um dos socos que desafiam as leis da física. O monstro colide contra outros da sua espécie e vão todos abaixo.

O robô se vira ao portão e grita "Pode vir!" É voz de mulher, como eu suspeitava. Ela levanta um braço e faz sinal pra algo seguir adiante.

Um caminhão passa pelo portão. Um daqueles grandes, tipo os que são usados por contrabandistas e equipes de filmagem, mas esse tinha sido enfeitado com grandes manchas de tinta vermelha. Suas rodas saíram esmagando os monstros. Tem pessoas na caçamba do caminhão. Elas acenam pra mim e cutucam as criaturas com longas lanças.

Eu estou cercado por todos os lados pelos monstros que se parecem com pessoas. Pra cada um deles que eu consigo afastar de mim, outros três avançam. Não existe nada à vista além de mais rostos pálidos, esquálidos e mãos afoitas. Agarraram meus braços, meu colarinho, meu cabelo…

DOIS

Com certo pesar, George aceitou que estava acordado e ficou de cara para o teto.

Tinha sido mais uma noite difícil. O que invariavelmente levava a uma dessas manhãs que mais pareciam o inferno desde o primeiro sinal de consciência. Tentou afastar, uma última vez, qualquer tipo de pensamento coerente da cachola, enterrando-se de volta embaixo do travesseiro. O despertador tinha tocado mais cedo. Bateu duas vezes no relógio e, em cada uma delas, desejou mais dez minutinhos de sono tranquilo. Apenas o suficiente para tornar o dia suportável.

O ventilador de teto parecia ter outras ideias em mente.

A corrente de contas do ventilador tinha vindo com o apartamento. Não era daqueles modelos padrões, com bolinhas prateadas minúsculas. Alguém, talvez a corretora de imóveis ou algum inquilino anterior ou simplesmente um técnico barato, substituiu o original por uma cordinha de cristais azuis de plástico.

Os cristais eram leves apenas o suficiente para acompanhar o ritmo sutil do ventilador. O longo fio ganhava velocidade depois de um tempo e passava a girar numa ampla circunferência, suspendendo os dois cristais mais na ponta o bastante para que chegassem a roçar nas pás do ventilador. Sem parar. O sossego do apartamento ampliava o ruído. Para alguém tentando voltar a dormir por alguns preciosos minutinhos, então, era como a tortura chinesa d'água. Ele fitou o teto e desejou que as contas parassem de se mover. Elas o ignoraram.

Quando George estava de bom humor, gostava de pensar que a cordinha era algum tipo de adereço carnavalesco deixado para trás. Naquele momento, porém, ele só conseguia pensar em pegar uma faca na cozinha e cortar o fio pela metade. Cordassinato. Cordacídio. Ele até que era gente boa na maior parte do tempo, mas aquela cordinha precisava ser punida.

Virou a cabeça e seus cabelos acariciaram o travesseiro. Sua juba estava longa o suficiente para se enroscar por trás de suas orelhas. Precisava visitar um barbeiro.

George rolou de lado e esticou as pernas. Seu metro e oitenta fazia com que seus pés ficassem pendurados para fora do colchão. Por outro lado, era magro o suficiente para que coubessem duas pessoas na cama, ainda que ele não a tivesse compartilhado com ninguém nos últimos tempos.

O despertador tocou outra vez. Seus dez minutinhos tinham se passado. Os raios do sol subiam alto pela brecha entre as cortinas. Se procrastinasse mais um segundo sequer, chegaria atrasado ao trabalho.

Suspirou e deu um pulo da cama.

XXX

George conseguiu chegar ao seu carro bem a tempo (estacionado a um quarteirão do seu prédio por causa da coleta de lixo) mas, por alguma razão, acabou pegando a hora do rush bem no limite. O trânsito estava engarrafado ao longo de toda a Beverly e ele teve que parar em todo e qualquer sinal entre seu prédio e o campus. As faixas de pedestres estavam abarrotadas de pessoas batendo perna de um lado para o outro, sem pressa alguma. Havia sempre alguém ainda na pista quando o sinal abria, o que sempre o atrasava na exata medida para que perdesse a onda verde seguinte.

A essa hora da manhã, pensou com seus botões. Será que ninguém aqui tem alguma coisa de útil pra fazer? Nenhum compromisso?

Não conseguia encontrar estação alguma de música ou mesmo notícia na rádio. A única coisa que dava para escutar era um tipo de programa de autoajuda. Um sujeito com um sotaque espanhol bem carregado falava sem parar sobre antigos relacionamentos. George ainda tentou sintonizar em algo que prestasse por um tempo e, então, simplesmente desligou o som.

O trânsito só piorava conforme se aproximava do trabalho. Havia mais carros nas ruas do que de costume e, enquanto estava parado num sinal vermelho, notou que uma parte considerável deles estava carregada de caixas e sacolas de ginástica. Um número considerável de travesseiros e animais empalhados também.

De repente, a ficha caiu.

Era dia de mudança.

Tinha escutado falar que diferentes universidades davam nomes distintos ao tal dia, mas o princípio era o mesmo. Três dias depois da orientação aos calouros, todos os veteranos retornavam. De uma só vez, todos no mesmo dia. Milhares deles. Com suas famílias e carros e picapes e, às vezes, até caminhões de mudança.

Não ia sobrar um lugarzinho sequer no estacionamento do campus. Nem remotamente próximo de onde ele precisaria estar, de todo jeito. Teria que encontrar uma vaga na rua, mesmo, e torcer pelo melhor.

Como diabos ele tinha esquecido que era dia de mudança? Foi justo por isso que ele tinha programado o despertador para tocar tão cedo, assim teria tempo de pegar o metrô.

Tentou dobrar na esquina seguinte e, por um instante, seu carro não obedeceu. A transmissão rangeu, parecia mais que as rodas estavam patinando na lama. Na última visita à oficina, o mecânico tinha dito que o problema seria com as bielas, que, por sua vez, tinham algo a ver com as rodas. George esperava que, o que quer que fosse, tudo conseguisse ficar em seu devido lugar só por mais um tempinho. Seu próximo salário já estava reservado ao aluguel, mas o seguinte poderia acabar sendo usado no conserto do carro.

A três quarteirões do campus, encontrou uma vaga numa rua onde era permitido estacionar. Teria que tirar o carro de lá antes das quatro horas, o que implicaria em escapar mais cedo e pedir a alguém que o substituísse. A porta emperrou quando ele tentou sair. Como reparos extras não estavam no orçamento, o jeito foi implorar para que a trava funcionasse e a porta se abrisse na tentativa seguinte.

Levou mais dez minutos até chegar ao campus. Checou as horas no seu celular por duas vezes enquanto aguardava o sinal fechar numa faixa de pedestres. Estava cercado por uma multidão. Um senhor a sua esquerda escancarou um sorriso, revelando uma boca cheia de dentes amarelados pela fumaça do cigarro.

O sinal fechou e a multidão disparou, atravessando a rua. George esbarrou em vários deles. De acordo com seu celular, ele tinha mais cinco minutos. Deixou a multidão na calçada e pegou um atalho pela grama.

Um sujeito saiu cruzando o gramado em direção a George. Ele tinha um defeito grave na perna ou, talvez, estivesse só meio trôpego de bêbado. A música nos fones de ouvido dele estava tão alta, que George era capaz de escutar o *toc-toc-toc* da linha de baixo a uns dez metros de distância.

Alguns passos depois, George notou que as roupas do sujeito estavam um pouco manchadas. O rosto do desconhecido estava pálido, como se tivesse acabado de botar os bofes para fora. Provavelmente, era só mais um sem-teto, o que significava que George deveria chamar algum segurança do campus.

Olhou em volta. A maioria dos alunos e seus respectivos pais seguiam de volta rumo aos dormitórios. Talvez fosse o caso de só dar um toque no cara e livrá-lo de ser incomodado pelos guardinhas.

– Ei, amigão – ele disse –, acho que é melhor você sair daqui.

O homem foi cambaleando diretamente para George. Não disse nada, mas o estalido maçante dos fones de ouvido ficavam cada vez mais alto, embora George ainda não conseguisse ouvir nada além da linha de baixo.

– Falando sério – George continuou. – Se os seguranças te encontrarem aqui, vão te escorraçar do campus, e alguns deles são meio otários, saca – apontou por cima do ombro do sujeito. – Volta pela Westwood, que eles não vão mexer contigo.

O homem continuou mancando em direção a George. Arrastava a perna comprometida, como se fosse pesada demais para se locomover. Um hematoma no pescoço se destacou em contraste com a pele pálida. Tentava falar algo, sua boca abria e fechava, mas não emitia som algum. Nada que George pudesse escutar com aquela linha de baixo estourando nos fone de ouvido.

– Pô, cara, coopera aí – ele suspirou. – Não me obriga a…

O cabo dos fones de ouvido se afastaram do corpo do sujeito com o solavanco seguinte. Não era um iPod. Não estava conectado a coisa alguma. Os olhos dele eram esbranquiçados. Três dos dedos terminavam em tocos enegrecidos. Arreganhou dentes amarelados em direção a George e deu mais um passo desajeitado adiante.

George deu um pulo para trás com os olhos arregalados e ergueu um punho fechado.

O sujeito também cambaleou para trás e levantou as mãos com os dedos abertos. Dez dedos.

– Opa – George disse –, vai com calma, cara.

George pestanejou. O sujeito o encarou de volta. Os olhos dele eram de um azul pálido, e não brancos. O cabo dos fones de ouvido estava pendurado bem abaixo de sua cintura, dando a volta até o celular preso no coldre do cinto. As manchas nas suas roupas seguiam um padrão sutil ao longo do tecido.

– Foi mal – George prosseguiu –, parecia que você estava… foi mal.

O sujeito ajeitou a mochila nos ombros e passou por George, mancando. Um dos sapatos que usava tinha um salto duplo, do tipo que nivela uma perna desproporcional a outra. O que lhe conferia um andar vacilante.

George ficou observando o rapaz se afastar. O sujeito olhou para trás em certo momento e não ficou nada confortável com o fato de George ainda estar de olho nele. Passou a se arrastar um pouco mais depressa.

O campus ainda se valia de um relógio de ponto à moda antiga. Alguém da contabilidade preparava novos cartões toda semana e os organizava em ordem alfabética na segunda de manhã, bem cedo. Seus dedos correram pela bandeja dos cartões. Ainda era terça de manhã e já estava tudo uma bagunça só. Levou quase um minuto para encontrar o dele.

BAILEY George

Seus pais tinham sido maravilhosos sob vários aspectos. Jamais chegou a passar pela cabeça deles o que ele era obrigado a enfrentar sempre que dezembro chegava. Ou toda vez em que ele preenchia uma papelada. Ou toda vez em que ele se apresentava à classe.

Sentiu uma leve onda de prazer por ter conseguido perfurar o cartão cinco segundos antes de o relógio acusar seu atraso. O cartão engelhou quando a máquina veio abaixo, carimbando-o. Ficou examinando o carimbo pegajoso e vermelho por um breve momento antes de jogar o cartão de volta na bandeja.

Tirou a jaqueta e prendeu seu crachá na camisa. Guardou a jaqueta no armário, de onde tirou seu cinto de ferramentas. Pouco depois, já estava recebendo as orientações de Jarvis. O chefe daquele turno tinha uma barba negra com pontos brancos e grisalhos.

As duas primeiras horas do dia de George foram gastas substituindo as lâmpadas fluorescentes de um dos laboratórios. Um pico de energia tinha estourado uns trinta tubos. Alguém já tinha varrido os cacos de vidro, mas ficou com ele a missão de desenroscar os bulbos quebrados dos soquetes e instalar novas lâmpadas. Seria demorado, mas, pelo menos, os corredores estavam vazios e ele não precisava trabalhar cercado de alunos correndo de um lado para o outro. Quando terminou, varreu o corredor mais uma vez para se certificar de que não restaria nenhum resquício de vidro ou do pó que fica dentro dos tubos. Varrer o chão não o incomodava nadinha. Encarava isso como uma atividade bastante zen, muito embora tivesse certeza de que não estava com o exato conceito da palavra Zen em mente quando pensou nisso.

Pouco antes do almoço, foi a vez de um aspersor de água quebrado. Alguém tinha dado um chute ou uma pancada ou coisa que o valha há alguns dias e, então, a geringonça passou a espirrar um jato d'água bem na janela de um professor no prédio de química. Fazia dois dias que ele reclamava do problema e a queixa acabou virando mais um dos itens atribuídos a George por seu chefe.

George tentou de todas as maneiras arrumar o aspersor por cerca de dez minutos antes de decidir simplesmente substituí-lo. Um ou dois anos atrás, aspersores novos teriam sido um probleminha de nada, mas os cortes orçamentários tinham fechado alguns departamentos e fundido outros. Ainda não conhecia o bastante sobre o sistema para fazer pequenos reparos, então o jeito foi partir para um dos grandes.

Seu almoço foi uma fatia fina e retangular de pizza com molho de laranja. Os pedaços de pepperoni estavam com um ligeiro sabor de carne de soja. Já tinha confirmado sua suspeita na parte de trás de uma caixa de pizza congelada, certa vez. A salada que vinha com a pizza não passava de alface com um molhinho qualquer. Devorou tudo e leu as primeiras páginas de um jornal esquecido na cafeteria. De sobremesa, um copo de leite achocolatado.

Após o almoço, voltou ao aspersor e instalou um novo. Havia um manual na caixa que acabou sendo dos mais úteis. Nem sequer uma gota vazava ou espirrava ao léu, então considerou o trabalho feito. Arrumou o solo de volta em torno do aspersor e observou ao redor enquanto limpava as mãos nas calças.

Tudo uma tranquilidade só, todos os pais tinham levado seus filhos para almoçar uma última vez antes de seguirem viagem de volta para casa. O campus estava morto. Alguns poucos veteranos zanzavam por entre os prédios e pelos gramados, ainda de ressaca por conta das festas de boas-vindas na noite anterior. O gramado estava alto demais, ele notou. Mais uma missão pela frente. Tinha levado a questão a Jarvis e se voluntariado para cuidar do problema.

Havia um cartaz de uma loja de roupas numa parada de ônibus ali por perto. George nunca foi de andar na moda, mas algo no cartaz chamou sua atenção. Uma loira e uma morena escoltavam uma negra estonteante. Todas usavam camisas abotoadas pela metade e calças apertadas. A negra estava descalça. Ela lhe pareceu bem familiar e George podia apostar que era a atual celebridade badalada entre as supermodelos.

Ele só não conseguia se lembrar do nome dela.

Seu rádio da Nextel tocou.

– George, você tá aí?

Ele o puxou do seu cinto:

– Na escuta. O que tá pegando, Jarvis?

– Más notícias, parceiro. Alguém acabou de quebrar uma janela do saguão lá no Birch Hall.

– Como diabos eles conseguem fazer uma coisa dessas?

– Uma perua entrou de ré, tentando estacionar perto da porta – disse Jarvis. – Você tirou a sorte grande.

– Que merda.

– Foi mal. O Mark tá catando uns compensados. Ele vai te encontrar lá e vocês dois arrumam a bagunça.

George tirou o dedo do botão e suspirou. Mark tinha sido contratado naquele ano. Antes, tinha trabalhado em alguma coisa como produção cinematográfica ou coisa que o valha, George não tinha bem certeza, e foi demitido depois que a economia passou a afundar e seus três últimos filmes foram um fracasso. Após dezoito meses procurando emprego, o sujeito acabou dando o braço a torcer e pegou a vaga na equipe de manutenção da universidade.

Por um lado, George até admirava a capacidade do sujeito de engolir o próprio orgulho. Por outro lado, porém, não conseguia suportar o cara se queixando o tempo inteiro sobre "o quanto tinha declinado" e os constantes comentários sobre a "vida no fundo do poço". Na verdade, George estava certo de que, mais dia, menos dia, acabaria tendo uma conversa séria com Mark sobre o assunto.

Afinal, aquela era sua vida. E ele não precisava ficar ouvindo ninguém reclamar dela.

TRÊS

George mexeu os dedos e ajustou a luva em sua mão. Levantou o braço e pegou o estilhaço curvo de vidro ainda preso na moldura da enorme janela que ia do teto ao chão. A ponta irregular lembrava vagamente uma espada árabe, daquelas usadas nos filmes antigos de Sinbad. Uma gadanha? Uma cimitarra. Era como uma cimitarra de vidro enterrada na moldura.

Metade da janela estava quebrada. Uma série de outras espadas de vidro e pontas soltas estavam penduradas na moldura, cada uma com uns trinta ou cinquenta centímetros. George já trabalhava na universidade havia tempo o suficiente para saber que, mais dia, menos dia, algum moleque (jovem adulto) acabaria passando pelo buraco na correria do dia de mudança. E uma vez que fizessem isso, pronto: o rombo na janela se tornaria a porta oficial do prédio. Pelo menos, até que alguém se cortasse. Ou coisa pior. Sua prioridade, portanto, era retirar todo e qualquer estilhaço ainda preso na moldura.

Até tinha improvisado uma barreira, colocando uma vassoura sobre alguns cones e placas de sinalização, catados no almoxarifado do dormitório, mas era gente demais e o esforço de nada adiantou. Algumas centenas de alunos tentavam entrar no prédio e a maioria tinha, pelo menos, uma pessoa o ajudando. Só no raio de um a dois metros da sua escada, havia umas dez pessoas naquele momento.

A meia dúzia de cacos no chão tinha sido fichinha. George, então, tentava se equilibrar na escada. Tentava tirar os pedaços de vidro da armação sem quebrá-los ou cortar as luvas. Ou suas mãos.

Empurrou a borda do estilhaço para baixo, mas o vidro não cedia ao peso dos seus braços. Acrescentou o peso dos ombros. Era um trabalho demorado, mas sabia que, às pressas, acabaria quebrando o vidro e fazendo uma lambança.

O estilhaço parecido com uma espada enfim cedeu e se soltou da vedação de borracha. George se sentiu puxando alguém para fora de uma poça de areia movediça, um resgate lento e hesitante. Uma de suas mãos segurou o estilhaço de meio metro por baixo. Seus pés se deslocaram para manter o equilíbrio. Com a espada apoiada em suas mãos, desceu a escada.

George colocou o estilhaço na lata de lixo na base da escada. No instante seguinte, alguém passou e jogou um copo da Taco Bell no latão. A tampa do copo se abriu e os cubos de gelo tilintaram vidro abaixo.

Suspirou e voltou ao topo da escada. O pedaço seguinte era grande, estendia-se por toda a parte superior da moldura. Pesava uns dois quilos e tinha uma pequena rachadura, o que significava dizer que se espatifaria tão logo ele tentasse retirá-lo. O imenso caco parecia mais a lâmina de uma guilhotina, prestes a cair. Deveria ter sido o primeiro a ser retirado, mas isso só foi possível depois que outros pedaços menores em volta foram removidos.

Estava com uma das mãos e parte do braço por baixo de quase todo o vidro, mantendo a pressão sobre o outro lado. Dessa forma, se o estilhaço se desprendesse ou despedaçasse, a maior parte dos cacos cairia para fora do prédio, pelo menos. A lâmina de vidro resistiu por um tempo, mas acabou se soltando da moldura.

– Qual é, George! – Mark gritou. – Tá feia a coisa aí, meu irmão? – descarregou a folha de compensado que vinha arrastando de encontro com a escada. As pernas de fibra de vidro estremeceram e, por um instante, chegaram a inclinar um pouco. George teve que deslocar os pés para não perder o equilíbrio. Seus braços contraíram.

O estilhaço se partiu ao meio com um forte estalo. George pôde ouvir o tecido do seu macacão se rasgando antes de sentir o frio da lâmina de vidro deslizando pelo seu antebraço. A primeira coisa que passou pela sua cabeça foram todas as dicas mórbidas que tinha escutado por aí sobre como cortar os pulsos da maneira "correta", indo de cima a baixo em vez de lado a lado. A enorme lâmina passou rasteira pela sua coxa e tratou de cortar fora as ideias da cachola.

Metade da guilhotina se espatifou na calçada, transformando-se em confetes de cristal tilintando pelo chão. A segunda metade foi abaixo logo em seguida, tendo sido retardado um pouco pelo uniforme de George, e contribuiu à saraivada de cacos. As pessoas gritaram de susto. Mark grunhiu de surpresa. George engoliu um palavrão e o agarrou pelo braço.

– Opa, pintou uma vaga de emprego – um aluno fez pouco, gargalhando.

– Meu Deus, cara – um sujeito mais velho gritou. – Isso aqui tá cheio de criança.

– Toma cuidado com isso, pelo amor de Deus!

– Desculpa – George disse. – Tá todo mundo bem? Alguém se feriu?

Outros tantos pais o repreenderam. Fulminou Mark com os olhos e deu um pulo da escada.

– Que merda foi essa? – ele vociferou.

O outro sujeito o encarou, perplexo:

– Qual é?

George fez sinal com a cabeça em direção ao compensado:

– O que te deu na cabeça?

Mark tinha sido um atleta no ensino médio e na universidade. Era um daqueles caras que nunca conseguiram superar a mentalidade de "o capitão sempre está com a razão". Desviou os olhos do compensado para

George e, em seguida, para a escada e, por fim, para o chão coberto de cacos de vidro.

– Tá querendo jogar a culpa pra cima de mim, é?

– Foi você quem jogou uma folha de compensado contra a escada onde eu estava trabalhando.

– Eu não tenho culpa se você é um covarde que se caga de medo a um metro do chão – Mark retrucou e, então, catou a vassoura. – Vê se vira homem e admite duma vez que cometeu um erro. Tem mais é sorte que ninguém se machucou.

– É, mas... – a sensação da lâmina de vidro deslizando pelo seu braço e por toda sua coxa ecoou na mente de George. Sentiu o mesmo frio dilacerando seu uniforme. Seu pulso acelerou e ele olhou para baixo.

A calça estava rasgada de ponta a ponta sobre sua coxa, logo abaixo de onde o bolso terminava. Dava para ver a pele e pelos da sua perna. Mas nada de sangue. Pura sorte.

George levantou o braço. A manga da camisa estava rasgada do cotovelo até o pulso. Um corte cirúrgico. A exemplo da calça, o tecido da camisa tinha sido cortado com precisão, sem que ficasse um fiapo sequer para trás. Até o punho da luva estava rasgado. A lâmina de vidro tinha trespassado até a bainha de lona dobrada. Ele tinha escrito seu nome nos punhos das mangas havia anos, e o corte atravessava o *A* de BAILEY.

Não havia sequer um arranhão em seu antebraço. Nem uma gota de sangue. Flexionou os dedos e eles se mexeram por dentro da luva sem o menor problema.

George mexeu os dedos outra vez. Já tinha visto cortes tão limpos que eram quase invisíveis. Pareciam estar fechados por alguns instantes antes da ferida abrir e jorrar sangue. Ele fechou o punho, apertou-o e torceu para que seu pulso não partisse ao meio.

Nada. E já tinham se passado três minutos desde que o vidro tinha caído. Cutucou seu braço e esticou a pele. Então, cutucou sua coxa.

– Que sorte da porra – ele disse em voz alta.

Mark interrompeu sua varredura meia-boca:

– Hein?

George ergueu um pouco mais seu braço e deu uns tapinhas na altura do rasgo.

Mark ficou olhando para a manga rasgada por um tempo. Em seguida, seus olhos esbugalharam.

– Puta que pariu – ele disse, atraindo dois ou três olhares de pais furiosos –, sortudo do caralho.

– Pode crer.

– Mais meio centímetro pro lado e eu estaria usando esfregão agora em vez de uma vassoura.

– Eu prefiro pensar que você estaria usando a caminhonete pra me levar até o Centro Médico.

– É, tá, beleza. Mas, depois, eu teria que voltar pra limpar teus restos no chão.

George apertou seu punho fechado de novo, mas seu antebraço continuou inteirinho, firme e forte. A lembrança do vidro rasgando sua pele era tão vívida, estava certo do talho em seu braço. Talvez, tenha sido só uma crise de pânico, como o Mark disse.

Sacudiu a cabeça e enrolou a manga da camisa:

– Bora se coçar – ele disse –, bora puxar esses últimos estilhaços que ainda estão presos, armar esse compensado e acabar logo com isso.

– Por que você simplesmente não quebra tudo duma vez com um martelo ou coisa do tipo?

George apontou para a multidão no saguão e, depois, para a porta.

– Porque eu não quero que ninguém acabe com um caco de vidro no olho no primeiro dia de aula.

– Ah – Mark disse –, saquei.

Mal os dois vedaram a janela e Jarvis já tinha novas atribuições para cada um deles. Como Mark estava com a caminhonete, recebeu a missão de cruzar o campus e lidar com um fusível queimado em outro dormitório. Coube a George averiguar sobre um sofá abandonado no meio de um dos estacionamentos. Apenas o primeiro dia e as pessoas já estavam largando seus móveis por aí.

Encontrou o sofá no exato local onde imaginou estar. Nos quinze minutos que levou até chegar lá, meio que torceu para que algum graduando ou pai frustrado tivesse feito o trabalho por ele. Não foi dessa vez.

Aquele traste devia ter, pelo menos, uns vinte anos. George logo entendeu por que o sofá de dois lugares tinha sido abandonado. Estava tão surrado que nem para caridade prestava, empenado de ponta a ponta. Ocupava duas vagas, cruzado de maneira que uma das extremidades praticamente inutilizava uma terceira vaga. Enquanto ele se aproximava, um carro comprovou o fato com uma manobra impressionante, tendo que dar ré e engatar a primeira e repetir o processo todo umas dez vezes até conseguir sair do lugar.

– Quem é que traz um sofá pra faculdade? – murmurou. Olhou para a caçamba de lixo, a uns quinze metros de distância, cruzando o estacionamento.

Deu um puxão no sofá e descobriu por que ninguém ainda o tinha levado. Era uma cama dobrável, na verdade, com uma estrutura de aço, molas e um colchão extra. Chutando, devia pesar uns cento e cinquenta quilos.

George ainda formulou alguns outros tantos pensamentos sobre o antigo dono do sofá enquanto tirava as almofadas e as levava até a lixeira. Pesavam só alguns quilos de nada, mas, naquela situação, julgou, cada grama a menos contava. Deixou as almofadas no gramado, bem ao lado da caçamba de aço, caso alguém aparecesse reivindicando a posse antes que ele jogasse tudo fora.

Mas nem sinal do dono. George suspirou, dobrou os joelhos e suspendeu uma das pontas. Nem era tão pesado quanto ele imaginava. Mal fazia algum esforço, na verdade. Examinou a estrutura metálica entre as pernas e se perguntou sobre a possibilidade de ser alumínio em vez de aço.

Um sedan buzinou. O motorista, um asiático, gesticulou em direção à vaga ainda inacessível.

– Tem como você tirar isso do caminho? – gritou para George. – Será que dá pra gente estacionar aí ou tá difícil?

A passageira, uma adolescente, parecia querer se enterrar de vergonha. Ela se encolheu toda no banco e sussurrou um pedido de desculpas através da janela.

– Perdão – George disse. – Só um segundo.

Resolveu arriscar, tentando suspender o sofá apoiado no ombro. Parecia ser bem leve e, no pior dos cenários, estava longe o suficiente dos carros estacionados para não os atingir caso George fosse obrigado a deixá-lo cair. Suspendeu um pouco mais a extremidade já erguida, ajoelhou-se e o apoiou no ombro. Seus braços a enlaçaram e ele tomou impulso.

O sofá saiu do chão. O móvel vacilou por um instante sobre seu ombro e ele firmou suas mãos. Deu alguns passos sem que o sofá ameaçasse envergar. Tampouco sentiu suas costas doerem. Conseguiu suspendê-lo com um equilíbrio tal que o móvel mais parecia não pesar nada. Foi se virando até que a caçamba invadir seu campo de visão e, então, passou a cruzar o estacionamento.

Ao alcançar à caçamba, deixou que o sofá tombasse para frente até que uma das pontas encostasse à borda da lixeira. Foi indo aos poucos para trás, tentando não rasgar sua camisa na armação de metal, até ter a outra extremidade em suas mãos. Aí, foi só soltar. A gravidade tratou de agarrar o sofá e o tragar direto ao fundo do lixo, ressoando alto.

Aplausos lentos irromperam logo atrás dele. George se virou e viu Nick encostado no seu BMW. Seu amigo ainda vestia o terno que usava no escritório. O possante estava estacionado bem no meio do estacionamento, bloqueando uns seis carros, pelo menos.

– Muito impressionante – Nick disse. Ainda batia palmas, embora sua cabeça estivesse virada para trás, observando a jovem asiática descarregar o banco de trás do sedan.

– Não fica secando as alunas – George disse.

– Não estou secando – Nick retrucou –, só estou apreciando. Olha lá aquelas pernas, rapaz. Aposto que ela é nadadora ou ginasta.

Nick era uns cinco centímetros mais baixo do que George, mas compensava o tamanho com certa dose de atitude. Seus cabelos negros eram espetados e seus olhos ficavam escondidos por trás de óculos escuros que provavelmente custavam mais do que George ganhava em uma semana.

– E aí, o que você tá fazendo no campus?

– Eu sei que eu não deveria estar aqui – Nick disse –, mas precisava falar contigo. Eu preciso de um favor.

– E você preferiu vir até dirigindo em vez de me ligar por que...?

– É um daqueles favores que só pedindo cara a cara, olhando nos olhos.

– Maravilha – George retrucou. – Tira os óculos.

– Ha-ha – Nick rebateu. Uma transfusão de sangue mal sucedida, alguns anos antes, tinha deixado seus olhos sensíveis à luz. Nunca tirava os óculos escuros ao ar livre e raramente o fazia em casa. – Vai rolar Coldplay na quinta que vem.

– Já tá esgotado, não tá não?

– Já, já. Mas meu chefe descolou uns ingressos de cortesia hoje de manhã e não tá a fim de ir, então... ponto pra gente. Eu vou levar a Nita e você precisa ser o meu braço direito nessa porque a colega de faculdade dela tá na cidade.

– Qual delas é a Nita?

– A publicitária – enquanto ainda respondia, Nick já estava virando o pescoço de novo. A jovem cruzava o estacionamento com uma mochila abarrotada pendurada no ombro e uma mala na mão –, caramba, ela é mesmo uma gracinha.

– Foco.

– Beleza – os óculos escuros se voltaram a George.

– Então, é isso? Você precisa de um comparsa num encontro a quatro?

– Exato.

– E qual é o problema?

– Estou pedindo pra você passar a noite com uma mulher com quem você não tem absolutamente nenhuma chance pra que eu possa passar a noite com uma mulher com quem eu tenho uma chance considerável.

George fechou a cara:

– Tão longe assim do meu alcance?

– É mais como se você passasse longe dos círculos de interesse dela.

– Quer dizer, então, que você tá armando pra cima de mim com uma lésbica?

Nick sacudiu a cabeça:

– Não estou armando nada pra cima de você porque nós dois estamos cientes de que não há a menor chance de que algo aconteça. Só estou pedindo pra você manter a moça ocupada.

George sorriu e sacudiu a cabeça:

– Você vai bancar a bebida?

– Já estou entrando com os ingressos.

– Alguém *te deu* os ingressos, não vale. E não é você que quer impressionar a pobre publicitária Nita com todo seu potencial de superagente?

– Não é bem assim que eu estou pensando em impressioná-la – Nick retrucou. – Beleza, eu te banco, não te preocupa com isso. E aí, bora?

George tamborilou os dedos na coxa.

– Beleza, bora lá.

Nick abriu um sorriso e sacou seu celular.

– Excelente. Vou acertar tudo com ela agora mesmo.

– Ei! – um homem gritou, parado ao lado de um dos carros bloqueados pelo BMW de Nick. – Será que daria pra ir um pouquinho pra frente?

Nick fez um breve sinal ao sujeito e abriu a porta do carro.

– A gente se fala mais tarde – disse a George. – Bora sair amanhã à noite? Tomar umas duas ou três brejas?

– Pode ser – seu Nextel cantarolou e ele o puxou do seu cinto. Ele e Nick se saudaram com seus celulares.

O Nextel chilreou de novo:

– Tá na escuta, George?

George fez sinal de adeus e o BMW deixou o estacionamento.

– Estou sim. Diga lá, Jarvis.

– Você tá precisando de alguma ajuda com aquele sofá?

– Nem, tudo certo.

– Volta aqui, então. Eu preciso que você assine seu cartão de ponto.

George checou as horas no celular. Mais meia hora até o fim do expediente e, se Jarvis o estava chamando de volta ao escritório, era porque não havia mais nada a ser feito. Nada que pudesse ser feito em meia hora, de todo modo.

Enquanto cruzava o campus, explicou a Jarvis o que tinha acontecido no episódio do vidro se espatifando no chão. Não queria perder um dia tendo que visitar um médico sem necessidade. Por outro lado, sabia de alguns casos em que as pessoas não tinham mencionado nada sobre ferimentos que consideraram irrelevantes só para acabarem causando transtornos mais tarde aos seus empregadores quando a situação se revelava ser séria.

Claro que, até onde dava para ver, a enorme lâmina de vidro não tinha provocado lesão alguma, grave ou não.

George passou por duas famílias tagarelando sobre as aulas e a vida nos dormitórios. Alguém já tinha colocado o som na caixa, música nas alturas irrompia por uma janela. Um rapaz passou ventando por ele numa bicicleta.

Ele teria que dizer algo sobre a manga da camisa. Estava rasgada demais para ser costurada de volta. Teria que substituí-la. Isso lhe daria a chance de registrar o incidente sem necessariamente ter que mencionar uma lesão.

Uma multidão se aproximou. Pelo menos, duas ou três famílias. Carregavam uma expressão distraída, meio que voando, própria de quem tenta captar o máximo de detalhes nas coisas sem prestar muita atenção em nada.

George saiu do caminho de concreto para desviar deles. Se apertasse o passo, conseguiria voltar ao escritório em menos de dez minutos. Havia uma chance, ainda que remota, de que Jarvis lhe desse permissão de bater o ponto mais cedo.

Aí, do nada, sentiu um frio no estômago. Tinha esquecido de mudar seu carro de lugar. Um dia inteiro de trabalho para simplesmente pagar uma multa, supondo que o carro não tivesse sido também rebocado.

Quando a multidão passou, George vislumbrou uma mulher numa cadeira de rodas. Ela o encarou e seu semblante mudou. Ao retornar ao caminho pavimentado, George se posicionou à esquerda e lhe deu um breve aceno. Queria se certificar de que a moça soubesse ter sido vista, não havendo risco de colisão.

Ela impulsionou as rodas da cadeira, deslocando-a de volta no caminho dele. George conseguiu parar a tempo de não bater a canela contra uma das rodas.

A moça tinha olhos grandes e cabelos negros que passavam dos ombros. Sua pele tinha a tonalidade pálida de alguém que nunca viu a luz do sol. Uma expressão de alívio tomou conta do seu rosto enquanto ela o fitava.

– Ai, graças a Deus – ela disse – , é você.

George sorriu. O preço que pagava por vestir um uniforme e usar um crachá era que todo mundo julgava que ele estava sempre à disposição para ajudar em qualquer coisa que fosse, mas isso era algo com que ele de fato não se incomodava.

– O que eu posso fazer por você?

– Eu não estava cem por cento segura de que te acharia aqui – ela respondeu. – Eu meio que me lembrava de você dizendo uma vez que chegou a trabalhar aqui, então achei que seria o melhor lugar pra começar a te procurar. Meus pais é que não ficaram muito contentes com minha decisão de mudar de universidade no último minuto. Estou te procurando desde que a gente chegou aqui.

Ele pestanejou.

– Desculpa – ele disse – , mas a gente se conhece?

– George – a menina respondeu – , sou eu. Madelyn.

Ele pestanejou de novo e a encarou. Não havia tantos alunos assim com quem ele tivesse essa intimidade toda de chamar pelo primeiro nome, e ele não se lembrava de nenhuma menina numa cadeira de rodas. Então, passou por sua cabeça o terrível pensamento de que talvez a jovem não estivesse numa cadeira de rodas na última vez em que a viu. Examinou o rosto dela e tentou adivinhar qual altura teria se estivesse em pé.

Ela o encarou de volta e, em seguida, seu semblante fechou.

– Caramba – ela disse. – Você não se lembra de nada, né?

[illegible] todas as rodas da cadeira [illegible] de volta no centro dele. George conseguiu [illegible], a tempo de não bater a canela entre uma das rodas.

[illegible] que passavam [illegible] pele [illegible] de altura [illegible] conexão do [illegible] do seu [illegible]

[illegible]

[illegible] que não [illegible] decisão de [illegible]

[illegible]

QUATRO

– Pois é, foi mal – George disse. – Acho que você me confundiu com outra pessoa.

Madelyn sacudiu a cabeça:

– Não mesmo.

Ele tentou se mostrar pesaroso:

– Eu não te conheço.

– Meu nome é Madelyn Sorensen – ela disse. – A Corpse Girl.

– A o quê, menina?

– E o seu nome é George Bailey – ela prosseguiu. – St. George? Originalmente, o Mighty Dragon? – ela disse os dois nomes (ou talvez fossem títulos) de uma maneira esperançosa.

O fato de ela ter usado seu nome completo o tinha deixado meio balançado até que ele se deu conta de que qualquer pessoa sem problemas na visão era capaz de ler o nome na plaquinha de identificação. E se ela já estivesse naquela cadeira de rodas havia tempo, já devia estar acostumada a ler as coisas a uma certa distância. Baixou a cabeça e olhou para as luvas penduradas no seu cinto com seu nome escrito em letras bem grandes em cada uma delas.

Madelyn não desgrudou os olhos dele:

– Nadinha? – ela perguntou. – Você não se lembra mesmo de mim?

Ele sacudiu a cabeça.

– Mas você *tem* que se lembrar – ela disse. – E do Barry?

– Quem?

– Nem da Stealth? Não é possível, você tem que se lembrar da Stealth.

– Isso aí é uma pessoa?

Ela deu um soco no braço da cadeira de rodas:

– E quanto aos sonhos? Você não tá tendo uns sonhos estranhos?

George ficou calado. Lembrou-se de acordar no meio da noite, e ainda se sentindo exausto pela manhã.

– O que você quer dizer com isso?

– Provavelmente, eles devem estar mais pra pesadelos, se é que você não se lembra de nada, mesmo – ela continuou. – Eles por acaso são…

– Maddy – alguém gritou. – Está tudo bem, querida?

Ela se virou para trás:

– Tudo bem, pai – respondeu –, só estou pegando a direção de onde fica o refeitório.

Um senhor de barba grisalha fez sinal de consentimento e acenou para George. George acenou de volta automaticamente. O homem parecia um acadêmico. Se não de lá, então de algum outro lugar.

Madelyn se voltou a ele:

– Beleza, me escuta – ela disse. – Isso é importante.

George a encarou.

– Tá tudo errado – Madelyn prosseguiu. – Não era pro mundo estar desse jeito. Nenhuma dessas pessoas deveria estar aqui.

Ele lançou um olhar rumo aos conglomerados de gente.

– Elas não vão continuar aqui – ele disse. – Só fica assim quando o pessoal tá voltando das férias. Em um ou dois dias…

– Não – Madelyn retrucou. – Elas não deveriam estar aqui num sentido mais amplo.

– Como assim?

– Rolou uma epidemia – ela respondeu. – Tudo começou na primavera de 2009 e saiu devastando quase toda a população mun…

– Primavera de 2009? – George a interrompeu. – Quatro anos atrás?

– Isso aí.

– Isso é algum tipo de jogo? – ele perguntou. – Um desses RPG's ou coisa que o valha?

– Não – ela disse, sacudindo a cabeça.

– É aquele do assassino, em que você tem que marcar outro aluno? A universidade tem algumas regras muito sérias sobre…

– Isso é real – ela retrucou –, foi o que aconteceu. Todo mundo morreu. Até eu morri.

– Você tá morta?

– Pois é. Já faz uns quatro anos.

Ele se autoexaminou:

– E eu? Por acaso, estou morto também?

Ela fez uma careta:

– Deixa de ser idiota. Se você estivesse morto, como eu poderia estar falando com você?

Ele sorriu e tentou fazer com que parecesse sincero:

– Claro, como não.

– Você tem que acreditar em mim – ela disse. – Bilhões de pessoas morreram. Você reuniu todos os sobreviventes num estúdio de cinema aqui em Los Angeles…

– Foi, é?

– Foi.

– Eu mesmo, pessoalmente?

– Isso. Bem, quer dizer, eu não sei o que exatamente você fez por conta própria, mas sei que você foi o responsável por grande parte daquilo tudo. Todo mundo confiava em você pra manter o pessoal seguro.

George se perguntou se a menina era mesmo uma aluna. Talvez, ela estivesse só visitando um parente, seu irmão ou irmã ou prima na universidade antes de voltar à… terapia? Tarja preta?

– Beleza – ele disse. – E todo mundo confiava em mim por que, exatamente?

– Porque você é um super-herói – ela respondeu.

– Como é que é?

– Você é *o* super-herói. O Mighty Dragon. Eu tinha um pôster teu no meu quarto antes do caos se instalar no mundo.

As palavras "meu quarto" mencionadas por qualquer que fosse a aluna disparavam um alarme na cabeça de empregado de George. Desviou seu olhar da menina e tentou cruzá-lo com o do senhor barbudo. Houve um breve contato visual e o pai da moça percebeu que algo estava errado.

Madelyn ficou olhando para George à espera de algum tipo de reação:

– Nada disso te lembra alguma coisa?

– Provavelmente, mas não do jeito que você tá esperando.

– Está tudo bem aqui? – o senhor barbudo perguntou, colocando suas mãos nos braços da cadeira de rodas. – A conversa está um pouco demorada pra quem só queria obter informações, não? – ele era um pouco mais velho do que George tinha suposto inicialmente e, de perto, ficou claro que a barba precisava de uma leve aparada.

– Tive algumas outras dúvidas – Madelyn respondeu, fulminando George com um olhar implacável.

– Espero ter respondido todas elas – George retrucou.

O senhor barbudo estendeu a mão.

– Emil Sorensen – ele disse. – Parece que você já conheceu minha filha.

– Já sim. George Bailey – o sorriso educado do senhor barbudo estremeceu e George deu um tapinha no seu crachá de identificação –, cá está.

– E você faz parte da equipe de boas-vindas?

– Não, senhor. Sou só do departamento de manutenção. Eles pedem pra todos nós ajudarmos no que for possível no dia de mudança.

– Vamos, querida – Sorensen disse à filha –, sua mãe quer jantar e logo ficará irritada se não a levarmos pra comer alguma coisa.

George aproveitou a deixa para se despedir formalmente de Madelyn e, depois, de Sorensen com um aceno de cabeça. O senhor barbudo retribuiu o cumprimento e George passou pelos dois para continuar seu caminho. A menina ainda levantou a voz para gritar:

– Espera!

Mas seu pai a silenciou. George ouviu os dois discutirem por um instante e logo já estava distante o suficiente para que as vozes de pai e filha se perdessem em meio ao barulho de fundo habitual de um dia de mudança.

Alcançou o estacionamento seguinte, mirou o sol da tarde ainda alto e se arrependeu de ter esquecido seus óculos escuros e o boné que usava no trabalho. Os raios refletiam sobre uma centena de para-brisas. Pelo menos, havia sombra num dos lados do estacionamento.

Lado esse de onde vinha uma garota, uma dessas pessoas que sentem a necessidade de aumentar o tom da voz para falar ao telefone, tagarelando ao celular. George era capaz de entender metade da conversa, mesmo estando a uns quinze metros de distância da menina. Ela tropeçou no meio fio, olhou para trás e sua gargalhada ecoou entre os prédios. Enfiou a mão livre na bolsa, mal olhava ao redor.

A poucos passos à frente dela, talvez a uns quatro ou cinco metros, um sujeito se esgueirava por entre os carros estacionados. Vestia um blazer sobre a camiseta e jeans, e seu cabelo estava todo desgrenhado. Ele também tropeçou e virou a cabeça rumo à menina que não parava de falar. A boca do sujeito se mexia como se estivesse tentando dizer algo, mas George estava longe demais para conseguir ouvir coisa que fosse. Ainda mais com a menina gritando daquele jeito.

A mulher continuava avançando mais ou menos na direção de George. Estava a uns doze metros de distância dele. Não mais do que dez vagas. Quanto ao outro sujeito, estava a duas vagas de distância dela, uns três metros, no máximo.

Os três seguiram caminhando em direção uns aos outros. O passo de George acelerou. Não podia dizer com certeza, mas sentia que havia algo de errado acontecendo ali.

Os movimentos desajeitados do sujeito não se davam apenas por causa do espaço apertado entre os carros. Por um instante, George pensou que se tratava do mesmo cara pálido que tinha visto naquela manhã. Mas esse era mais alto, com cabelos pretos e roupas diferentes. Tinha o mesmo ar embriagado, porém. O sujeito deu uma guinada em direção à garota com tanto ímpeto, que fez George se lembrar daqueles documentários sobre a vida selvagem.

Poucos passos separavam os dois. Ela tirou um molho de chaves da bolsa e ficou gesticulando com o chaveiro em mãos. Um carro atrás de George buzinou duas vezes. Ela levantou a cabeça e viu George caminhando em sua direção.

Em seguida, o sujeito pálido passou os braços em volta dela. Apalpou os peitos da moça e agarrou seus cabelos quando ela virou a cabeça. Ele se jogou sobre ela e a puxou para longe dos carros.

A menina soltou um gritinho, como se ainda não tivesse se decidido sobre o que sentir com o ataque, desconcerto ou tão somente surpresa. Seu celular se espatifou no chão. Saiu dando um monte de tapas nas mãos que a agarravam, xingou tudo quanto foi nome e tentou ver melhor o rosto do seu algoz. A expressão da garota traduzia um misto de aborrecimento e curiosidade. O cara não parava de mexer a boca. Emitia um som parecido com estalidos molhados, meio abafado, como se estivesse mordendo os cabelos da moça.

– Ei – George gritou. Passou a correr os últimos metros entre eles –, deixa a menina em paz!

O homem não deu a menor bola para George, nem se mostrou nada inclinado a soltar a mulher. Continuou encoxando a moça e encostou a cabeça na curva macia entre o pescoço e o ombro dela, que sentou a bolsa na cara do sujeito, desesperada. Estava sendo atacada em plena luz do dia. Ele jogava o peso do corpo cada vez mais sobre ela, forçando-a contra o chão.

George agarrou o sujeito pálido pelos ombros. O blazer estava úmido. O cara era meio molenga, sem tônus muscular algum. George deu um puxão e o tirou de cima da mulher.

Foi mais um daqueles momentos perfeitos de equilíbrio e força, do tipo que os artistas marciais tanto treinam. O homem voou pelos ares e despencou sobre o porta-malas de um sedan velho, levantando uma nuvem de poeira. George ficou na dúvida se aquela poeira toda vinha do carro ou do homem.

– Seu maluco fodido – a menina vociferou.

George se colocou entre os dois:

–Você tá bem?

– Estou sim – ela disse, ajeitando a blusa. Deu um passo adiante, catou o celular do chão e fechou a cara. –Você vai pagar por isso, seu merda! – gritou para o sujeito, esfregando a tela rachada nas fuças dele.

O maluco ficou esperneando até deslizar de cima do porta-malas. Acabou ficando de pé mais por conta da gravidade e da inércia do que por esforço propriamente dito. O sujeito se voltou aos dois e abocanhou o vento.

O cara parecia um adolescente que tinha tomado fermento demais. Os olhos dele eram acinzentados, como um acrílico antigo e todo arranhado. George ficou imaginando que, talvez, pudesse ser um albino, mas não tinha certeza quanto ao padrão dos olhos nesse caso. Um dos lados do nariz do sujeito estava meio arrebentado, como se alguma coisa tivesse entrado em sua narina e rasgado a cartilagem. O tom da pele não era simplesmente pálido, era esbranquiçado feito um cadáver.

O maluco vacilou no passo e sua boca escancarou para estalar os dentes. Era um gesto bem estúpido, parecia mais um peixe. Dava para George escutar os dentes do cara trincando, como se tremesse de febre sob o sol quente. O ruído era familiar, embora não fizesse ideia por quê.

–Você luta karatê ou coisa do tipo? – a mulher perguntou.

– Nem – George disse. – Eu só tive sorte.

– Bem… fique à vontade pra encher o traseiro dele de porrada.

–Talvez você devesse chamar a polícia.

– Oi? – ela o encarou bem nos olhos – Ele quebrou o meu celular.

Os braços pálidos do sujeito voltaram ao alto e ele avançou mais dois passos.

– Beleza, eu acho bom você se afastar – George disse a ele. – É melhor parar com isso duma vez antes que a coisa fique preta pro teu lado.

O homem deu mais um passo e pareceu tropeçar. George esticou o braço, tentando apará-lo. O sujeito se curvou e mordeu o braço de George.

– Puta merda! – a menina gritou.

George sacudiu o braço e deu um tapa na cabeça do maluco. Os dentes do homem estavam presos na sua manga, mas ele conseguiu se livrar deles. Deu alguns passos para longe do sujeito. A mulher também recuou. Ela olhou para o braço de George.

– Você tá bem?

– Sim, tá tudo bem. Nem sequer rompeu a pele.

– Sorte sua. Você provavelmente ia precisar de umas cinco injeções.

O maluco se recompôs como se tivesse uma mochila pesando meia tonelada nas costas. A cabeça dele virava de um lado para o outro. Os dentes do sujeito estalaram quatro vezes. Um deles rachou e um pedaço brilhante de esmalte caiu girando até o chão.

George deu um pulo adiante, botou as mãos nos ombros do sujeito e o empurrou. O homem pálido cambaleou para trás, colidiu contra o para-choque traseiro e acabou tombando. O crânio dele se chocou contra o porta-malas com um baque surdo e o corpo do maluco desmoronou na calçada entre o sedan e uma minivan vermelha.

– Merda – a mulher disse –, acho que você matou o cara com esse seu karatê aí.

– Eu não matei ninguém.

– Ele não tá se mexendo.

O corpo se mexeu no chão. Gemeu. Virou de costas. O adolescente desproporcional piscou duas vezes e, então, mais duas de novo.

– Nuuuuuu – ele disse. Soltou um arroto e o fedor de cerveja choca estancou na cara de George. – Você tem uma pegada e tanto, hein – o moleque disse, caído ao lado do carro.

– Seu cuzão – a garota disse –, você quebrou o meu celular!

George ficou encarando o rapaz. Jogado na sombra entre os carros, longe do alcance dos raios do sol, a pele dele não parecia assim tão pálida e os olhos eram azuis, e não o cinza fosco à luz direta. Parte do nariz estava pintado com canetinha e havia pelo menos meia dúzia de outras manchas já meio apagadas pelo rosto. Os cabelos cuidadosamente despenteados refletiam horas e horas na frente do espelho de modo a parecer que o dono não tinha tempo para cuidar da aparência.

O maluco deu uma gargalhada típica de bebum. Ficou de quatro e saiu engatinhando entre os carros. Depois, ficou de pé aos trancos, deu no pé e se perdeu em meio à multidão de pais e alunos.

– Seu cuzão! – ela gritou de novo.

– Você quer que eu chame a segurança? – George perguntou. – Eu vi tudo.

A mulher nem sequer olhou para a cara dele.

– Você por acaso sabe quem ele é?

– Não.

– Bem, isso não vai ser de grande ajuda, né? Puta merda – ela murmurou, levando o celular rachado ao ouvido. – Eu tinha planos pra essa noite.

George ainda abriu a boca para dizer algo, mas ela já o tinha deixado para trás, seguindo em direção ao carro. Ele ficou procurando o maluco e vislumbrou alguém mancando no meio da multidão. Pensou em chamar os seguranças, mas a menina tinha razão. "Mauricinho de fogo" até que não seria uma má definição.

Além do mais, George reconheceu, não estava muito certo quanto aos traços do rapaz. Chegou a ter certeza de que tinha olhos azuis e o nariz arrancado, afinal, mas deve ter sido só sua imaginação, mesmo. Provavelmente por causa daquela menina, Madelyn, e a conversa toda sobre gente morta.

Seu Nextel tocou.

– George – alguém chamou –, onde diabos você tá, amigão? Por que essa demora toda?

Puxou o rádio do cinto. Os trinta minutos passaram voando.

– Foi mal, Jarvis – George retrucou –, eu me enrolei aqui. Uma menina foi atacada.

– Meu Deus. Tá tudo bem?

– Sim, sim, ela tá bem. Só mais um playboyzinho querendo tomar à força o que não lhe pertence. Eu dei um jeito nele.

– O pessoal da segurança tá aí?

A mulher deu partida no carro e saiu dirigindo. Nem sequer olhou para George.

– Nem – ele respondeu. – Assim que ele se afastou dela, os dois foram embora.

–Vocês não preferem fazer um relatório, assim mesmo? Só pra constar.

– Eu tenho certeza de que não foi nada de mais, fica tranquilo.

– Bem, nesse caso, vem logo pra cá – seu chefe lhe disse. – Eu mandei o Mark bater seu ponto de saída. O povo aqui tá tudo meio nazi quando o assunto é hora extra, você sabe como é.

– Tô ligado – George retrucou –, sei bem como é. Chego aí em cinco minutos. Até mais.

Guardou o Nextel de volta no cinto e olhou ao redor uma última vez. O zero à esquerda tinha sumido em meio ao tráfego humano por entre os prédios. George foi arrebatado pelo sentimento de que deveria ir atrás do sujeito, que o ataque não tinha sido uma besteira qualquer, só não sabia dizer bem por quê.

CINCO

ANTES

Despenco em queda livre.

Tem uma multidão lá embaixo, todos reunidos no meio da rua. Tá meio escuro, mas dá pra ver que tem centenas de pessoas. Talvez milhares. Vai saber o que atraiu tanta gente assim pra fora de casa no meio da noite.

Então, de repente, como se fossem um só organismo, todos eles olham pra mim. Cada uma das cabeças vira pra trás de uma só vez, cada olhar se lança a mim ao mesmo tempo. Reparo nos olhos deles e me dou conta de que estou naquele mesmo pesadelo de novo. Íris sem vida me encarando. Um fluxo constante de palavras silenciosas jorra de todas as mandíbulas.

E ainda tem mais uma coisa no meio da multidão. Um troço enorme. Um monstro ainda maior do que os que costumam me rodear, duas vezes mais alto, com manchas por toda sua pele escamosa. Seus braços e pernas são longos e finos, e sua cauda chicoteia feito uma serpente danada. Tem uns chifres meio tortos e um monte de presas extremamente longas, mas os mesmos olhos embaçados.

Eu pouso de pé, bem por trás do monstrengo, direitinho. Parte de mim sabe que cair daquela altura só tem como resultar na minha morte. Eu até sinto o impacto, mas, como tudo sempre acontece nos sonhos, eu não quebro nenhum ossinho. Eu nem sequer sinto uma pontadinha que seja de dor.

Uma das pessoas-monstros tenta me agarrar e eu o despacho com uma bicuda. Mais um se aproxima e eu enfio o pé no desgraçado. Aí, me viro e dou de cara com outro. Homem, cabelos pretos e barba por fazer. Caolho. A órbita vazia parece pegajosa.

Eu dou um soco que pega bem no queixo do monstro. Igual quando caí do céu, eu mal senti o impacto. É como se a cabeça do monstro fosse só uma escultura de papel. O crânio explode feito uma pinhata monstra. Começa a jorrar uma gosma escura lá de dentro. O monstro desaba. Eu o matei.

Não, eu digo a mim mesmo. Olho pras manchas escuras na minha mão. Eu não o matei. Ele já tá morto. Ele tá morto e andando por aí.

Tem um nome pra criaturas que nem essa, mas no mundo obscuro dos sonhos, eu simplesmente não consigo me lembrar.

Um deles me estapeia pelas costas. Eu jogo meu cotovelo pra trás e ouço um barulho como se um ninho de passarinho tivesse sido esmagado. Sento o punho de volta bem no meio da cabeça de outro monstro, e a bola de carne e osso sai girando pro meio da multidão. Um segundo soco transforma outro rosto numa geleia escura. Mais dois crânios esmagados com as costas da mão.

E aí, de repente, o monstrengo aparece bem na minha frente. Dá pra notar bem que não é só mais um desses monstros. É um demônio. Um demônio de verdade, em carne e osso.

Logo passando o demônio, tem uma muralha com arame farpado e pessoas em cima. Pessoas vivas. Elas têm armas. Elas estão atirando tanto no monstrengo quanto nos monstrinhos. Na mesma hora em que eu vejo seus rostos, parece que eu conheço todo mundo, daquele jeito estranho como os rostos são familiares nos sonhos.

Os longos dedos de aranha do demônio não desgrudam da muralha, do portão, envolvem as barras e puxam com força. O portão sacode e range.

Eu não consigo raciocinar. Não tenho tempo pra raciocinar.

Agarro a cauda da criatura. A besta é três vezes maior do que eu e provavelmente tem quatro vezes o meu peso. Jogo os ombros pra trás, dou um puxão e a física maluca desse mundo toma conta do resto. A criatura sai voando por cima da minha cabeça até se esborrachar logo atrás de mim.

Dou um salto, arrastando a cauda comigo, e saio flutuando por cima do monstro que nem o herói de algum filme de ação de Hong Kong. Eu desfiro outro...

Com quem mesmo que eu vejo esses filmes de ação? Alguém chegou a me explicar como esses caras praticamente voam lutando kung fu. Alguém com quem eu vejo um monte de filmes. Um lapso de memória típico dos sonhos.

Eu desfiro outro soco num monstrinho sem cor assim que volto pro chão. Puxo o rabo do monstrengo de novo, mas dessa vez eu me inclino pra trás, enterro meus calcanhares e arrasto o demônio pro lado. O efeito dos filmes de kung fu agora se dão com ele, que flutua no ar, girando numa ampla circunferência. Seu corpo vai derrubando dezenas de monstros mortos-vivos.

Dou um, dois, três giros e solto o rabo. A besta sai voando pelo meio da multidão, esmagando vários crânios no caminho até se chocar contra uma coluna de concreto num estacionamento ao leste da Lemon Grove. O impacto soa como...

Lemon Grove. A rua onde estou se chama Lemon Grove. Mesma rua onde fica...

O portão. As pessoas no portão estão vibrando. Eu olho pra trás enquanto dou um tapa em outro morto-vivo. Algumas pessoas na muralha estão me chamando pelo nome. Meu nome de verdade. O nome que eles me deram.

Meu nome é Saint...

Agarro a cauda da criatura. A besta é três vezes maior do que eu e provavelmente tem quatro vezes o meu peso, logo os ombros gritam de um puxão e a física maluca desse atrito toma conta do resto. A criatura sai voando por cima da minha cabeça até se esborrachar logo atrás de num.

Com um salto, arrastando a cauda comigo e saio flutuando por cima do monstro que nem o herói de algum filme de ação de Hong Kong. Eu

[illegible]

numa ampla circunferência. Seu corpo vai derrubando dezenas de monstros meio-vivos.

Dou um, dois, três giros e solto o rabo. A besta sai voando pela multidão, esmagando vários crânios no caminho até se chocar contra uma coluna de concreto num estacionamento ao leste da Lemon Grove. O impacto soa como [illegible]

Lemon Grove. A rua onde estou se chama Lemon Grove. Mesmo não sei onde fica.

O portão. As pessoas no portão estão vibrando. Eu olho para trás enquanto dou um soco em outro morto-vivo. Algumas pessoas no muro estão me chamando pelo nome. Meu nome de verdade. O nome que eles me deram.

Meu nome é [illegible]

SEIS

Mais um dia começando na frente do volante na vida de George. Outra noite sem um sono tranquilo. Outro sinal vermelho no Wilshire Boulevard. Outra multidão de pedestres zanzando de um lado para o outro sem o menor cuidado, ainda bloqueando a rua mesmo com o sinal aberto. Em toda sua carreira profissional, nunca tinha chegado tantas vezes atrasado como na última semana.

O rádio chiava. Acabou sintonizando em algum tipo de estação retrô com muito Matchbox Twenty e Green Day. Naquele momento, Bruce Springsteen cantava o refrão de "Radio Nowhere".

Precisava começar a programar o despertador pra tocar mais cedo. Uma ideia que não lhe agradou nada, considerando as poucas horas de sono que já vinha tendo. A menos que descobrisse uma rota alternativa até o trabalho, porém, não teria muita escolha. A avenida estava toda engarrafada, pelo que podia ver.

O sinal ficou verde assim que ele sintonizou outra estação no rádio. Um senhor obeso com uma barba grossa passou todo desengonçado pelo carro de George. Era grande demais para se locomover mais depressa. Seus pés mal saíam do chão enquanto ele andava. Eles se arrastavam pelo asfalto a cada passo.

George pisou no acelerador. O motor do carro roncou feito um animal feroz. Sentia o freio lutando contra a fera.

O senhor obeso se virou e o encarou. George tentou parecer arrependido e sussurrou um pedido de "desculpa". O senhor ficou ali parado por um tempo, desperdiçando preciosos segundos do sinal verde.

– Pisa fundo – o DJ da nova estação disse pelo rádio. – Atropela esse cara duma vez, rapá.

O olhar de George passou do homem à estrada e, em seguida, ao rádio.

– Sério, bro – o rádio disse –, me deixa atropelar esse cara duma vez.

O freio parecia empurrar seu pé de volta. George agarrou o volante e o puxou, aumentando a pressão do pedal. O DJ resmungou e xingou em espanhol.

O senhor obeso lançou um último olhar a George e, então, saiu arrastando seu peso adiante.

A voz no rádio passou a falar sobre santos e os que já partiram desse mundo. O tom da voz era dos mais enfáticos quanto ao assunto, mas George quase não prestava atenção. Ficou se perguntando como frases do tipo "atropela esse cara" poderia se encaixar naquele sermão.

A Wilshire estava vazia no resto do caminho. Parou em mais um sinal. O motor estava no ponto morto. Aproveitou a deixa para trocar a estação religiosa por uma de música. O rádio respondeu com uma música sobre as virtudes da mãe de Stacy.

E aí, a seis quarteirões do trabalho, o carro morreu.

Ele estava pegando a Lindbrook quando o motor engasgou duas vezes. O carro deu três solavancos. O rádio estalou e o carro morreu. George só teve tempo de manobrar até o acostamento antes que as rodas parassem de vez. Como não podia deixar de ser, dois motoristas atrás dele enfiaram a mão na buzina assim que seu carro começou a desacelerar.

Girou a chave. Na primeira vez, o carro pulou duas vezes. Na segunda, o motor afogou. Na terceira, não aconteceu nada.

George pegou seu celular e checou as horas. Mais vinte e sete minutos e ele chegaria atrasado. De novo. Deu um soco no volante. O carro deu uma guinada para frente e seu coração disparou, mas o motor ainda estava morto.

Saiu do carro e olhou em volta. Poderia procurar ajuda e, talvez, voltar a tempo de conduzir seu carro até o campus, ou poderia simplesmente sair andando e torcer para que o carro não fosse multado ou rebocado. Não havia placa alguma na rua que lhe desse uma ideia do que poderia acontecer.

O carro parou em frente a uma cafeteria ainda fechada. O restaurante seguinte, indo em direção ao campus, era o Denny's, que também parecia fechado, sem ninguém dentro, pelo que dava para ver pela vitrine. Uma porta antes, funcionava um gabinete de recrutamento do exército. Estava aberto.

Resolveu entrar.

O Tenente John Carter Freedom estava a sua mesa em frente a uma pilha de correspondências. O gabinete de recrutamento era uma obra-prima do marketing. Madeira o suficiente para dar um clima caseiro, mas mobília típica de escritório o bastante para manter a formalidade. Apesar dos vários cartazes, boa parte da parede ainda permanecia vazia. Um retrato do presidente pendurado na parede logo atrás da mesa, com uma bandeira americana de um lado e uma do exército no outro.

Embora fosse uma mesa consideravelmente grande, as pernas de Freedom mal cabiam embaixo. Era um sujeito imenso. Só um pouco tímido por causa dos seus dois metros e dez de altura e seus cento e quarenta quilos. Sua cadeira giratória rangia e tremia sempre que ele se mexia, como se estivesse prestes a desmoronar.

Ele a odiava.

Ódio era uma palavra forte, e ele se orgulhava de não a usar no seu vocabulário. Sim, odiava algumas atitudes, como covardia e traição, mas tentava não se valer da palavra em situações mais específicas. Quando esteve no Iraque e no Afeganistão, nunca chegou a odiar qualquer civil, nem mesmo os militares contra os quais combatia. Enquanto alguns oficiais se orgulhavam de jogar os soldados num turbilhão emocional de pura adrenalina, Freedom aconselhava os seus sobre a importância de valores como dever e honra. Faça o que for preciso, só nunca odeie cegamente o inimigo. Esse era o jeitinho deles, não o jeitinho americano.

Mas, Deus do céu, como odiava aquela mesa e aquela cadeira. Freedom as odiava do fundo do seu coração.

Tinha consciência de que era só temporário, como os advogados do exército lhe disseram. O que odiava mesmo, de verdade, era ele próprio. Odiava falhar e aquela mesa era um lembrete constante do quanto tinha falhado e do quanto decaiu desde então.

Vinte e três soldados mortos. Dezenove homens, quatro mulheres. Três segundos-sargentos, oito sargentos, sete peritos, um cabo e quatro soldados. Dezessete deles na primeira incursão de suas vidas, seis na segunda. Freedom tinha passado o último ano atrás de cada informação possível acerca desses vinte e três homens e mulheres.

A corte marcial tinha sido mais justa do que ele esperava. Uma dispensa geral foi discutida. No fim das contas, Freedom foi removido da linha de frente, perdeu uma patente e sua carreira tomou um novo rumo: e uma mesa de frente para uma das ruas mais chatas na América do Norte.

Havia duas outras mesas na sala, uma de frente para outra. Em cada uma delas, um militar uniformizado. Nenhum dos dois tinha escolhido tal função para si, tampouco. Um separava e organizava a papelada, batendo com a caneta na mesa enquanto isso. O outro assistia a uma TV no canto da sala.

Mal se passaram dez minutos desde o início do expediente e Harrison já se sentia entediado com o vídeo de recrutamento, tamborilando os dedos no ritmo da trilha sonora. Parecia mais um filme de ficção científica, ainda mais quando a bandeira do exército atravessava a tela. Era a última novidade da DARPA: um exoesqueleto blindado e armado até os dentes. No vídeo, o imenso traje de combate saía correndo por um descampado. Suas chapas blindadas eram vermelhas e azuis, com uma bandeira americana estampada num dos ombros. Uma metralhadora M2 montada em cada um dos braços do robô. A coisa se virou para encarar a câmera com enormes olhos brancos.

Era impressionante, sim, mas Freedom continuava preferindo confiar mais nos homens do que nas máquinas.

Adams era um cara calado. Bom soldado, concentrado e disciplinado. Não era para estar lá no escritório, logo se via, mas aceitou o posto e enfiou a cara no trabalho. Toda santa manhã dava um jeito na papelada feito uma máquina. A única coisa que Freedom poderia reclamar de Adams era sobre a mania do sujeito de ficar batendo aquela caneta na mesa. Escrevia um pouco e, logo em seguida, voltava a martelar.

No fim das contas, Freedom sabia bem que o barulho da caneta nem importunava tanto assim. Ninguém mais parecia se incomodar, pelo menos. Bem capaz de Harrison nunca nem ter notado, e isso porque o cara detestava ruídos, dizia que o desconcentravam com facilidade.

Não, pelo contrário, se aquilo deixava Freedom perturbado era porque ele já estava no limite. Não tinha uma boa noite de sono havia anos. Continuava tendo os mesmo sonhos estressantes. Pesadelos, quase, onde ainda era capitão, mas estava cercado pelos corpos dos que morreram sob seu comando.

Cadáveres que andavam. Que lutavam. Que tentavam matá-lo.

Pescou algum movimento com o rabo do olho e a campainha tocou. Levantou a cabeça. Harrison e Adams o acompanharam.

Havia um homem à porta. Não que fosse velho, longe disso, mas era mais velho do que os rapazes que costumavam parar num gabinete de alistamento militar. Freedom supôs que o sujeito estivesse na casa dos trinta e o julgou em boa forma para um civil. Tinha cabelos castanhos claros que precisavam de uma bela tosa e vestia uma jaqueta de couro surrada e cheia de arremates, como se tivesse sido remendada dezenas de vezes.

Freedom sacudiu a cabeça. A jaqueta do sujeito não era de couro e nuca tinha sido remendada. Tudo ilusão de ótica por causa da luz.

– Podemos ajudá-lo em algo, senhor? – Freedom perguntou.

– Oi – o sujeito disse. – Desculpa incomodar, mas o meu carro acabou de morrer bem aqui na frente. Será que algum de vocês não teria uma chupeta ou coisa do tipo?

Freedom lançou um olhar a Adams, já de volta à papelada. A caneta bateu três vezes na mesa, só para enfatizar. Olhou para Harrison, novamente absorto pela televisão.

– Harrison – ele disse –, ajude o cavalheiro.

Harrison tirou os olhos da TV e se voltou aos dois.

– Sim, senhor, Tenente – respondeu, voltando sua atenção de volta à tela.

– Obrigado – o sujeito disse.

Freedom lhe cumprimentou com um aceno de cabeça.

O homem deu alguns passos e esticou a pescoço para ver o que passava na TV.

– Tá vendo isso? – Harrison perguntou.– Isso, meu amigo, é o futuro do combate armado. Três metros de altura, totalmente blindado, e capaz de atirar um carro que nem uma bola de basquete. As mãos dessa coisa são *tasers*. Aquilo ali são metralhadoras calibre 50 nos braços. Esse troço é um tanque ambulante.

Na tela, a máquina patriótico multicolor partia na metade um bunker de concreto e, em seguida, o vídeo cortava para uma cena em que ela atirava o que parecia ser a bola de demolição de um guindaste. O filme avançou mais um minuto antes de recomeçar desde o início.

– É algum tipo de robô? – o sujeito perguntou.

Harrison sacudiu a cabeça.

– É uma armadura de combate, cara. Que nem naqueles filmes japoneses de ficção científica – apontou para a tela e pegou as chaves do carro na mesa. – A equipe de engenharia tá só testando. Mais alguns anos e você vai ver dezenas dessas coisas em todos os campos de batalha. Eles querem começar a colocar o projeto em prática lá pra 2017.

Na tela, o traje de combate atirava em alvos num campo de tiro. Alguém com muito senso de humor tinha criado imagens de monstros em vez das silhuetas negras habituais. Os tiros abriam buracos do tamanho de uma bola de tênis em cada alvo.

– Uau! – o sujeito retrucou. – Isso é bem impressionante, mesmo.

– Eles vêm pra cá na semana que vem, se você quiser ver ao vivo – Harrison disse.

– Sério?

O sargento confirmou com a cabeça.

– Seríssimo. Vai meio que ser um saco, pra ser sincero. A diretora do projeto é chata pra caralho, insistiu porque insistiu que tinha de trazer o traje pra Los Angeles pra fazer uma demonstração. Não arredou o pé até que eles concord...

– Sargento – Freedom o interrompeu, sem tirar os olhos da mesa. Sua voz foi enfática e Harrison se calou. Não havia necessidade de discutir certos assuntos na frente de civis.

Do outro lado da sala, Adams não parava de bater a ponta da caneta na mesa enquanto analisava a papelada. Freedom fechou os olhos por um segundo. Quando os abriu de volta, percebeu que o sujeito fitava a caneta com um olhar irritado.

Graças a Deus, Freedom pensou. Não é só comigo.

O sujeito se voltou a Harrison novamente.

– Será que ela nunca erra?

– Quem?

Fez sinal com a cabeça rumo à televisão:

– A mulher dentro do traje. Parece que ela sempre acerta os tiros.

– Hein? – Harrison olhou de volta para a TV. – Não é uma mulher que tá aí.

– Não?

– Certeza que não – Harrison retrucou. – Por que você acha que é uma mulher?

Freedom também se interessou pelo conteúdo na TV. Apesar do traje ser bem andrógino, não conseguia se livrar da sensação de que o civil estava certo. Tentou descobrir o que aquele exoesqueleto tinha que fazia parecer ser alguém do sexo feminino dentro dele.

Logo, tratou de afastar a ideia da cabeça. Gostassem ou não, fato era que o traje estaria lá em uma semana. Poderia muito bem descobrir isso depois.

– Sargento Harrison – ele disse –, você poderia, por favor, começar a se mexer e ajudar o cavalheiro com o seu carro?

– Sim, senhor.

– Obrigado mais uma vez – o sujeito disse.

– Sem problema, senhor – Freedom retrucou.

– Pode se dirigir ao seu carro, senhor – Harrison disse com um aceno. – Eu vou dar a volta no quarteirão e já lhe encontro.

O sujeito saiu e Freedom se deu conta da razão de ele parecer familiar. Era parecido com o homem dos seus sonhos. O cara que o ajudava a lutar contra os mortos-vivos.

XXX

Já na rua, George abriu o capô e checou o celular. Se arrumassem o carro nos cinco minutos seguintes, ainda seria capaz de chegar na hora certa.

Dois minutos depois, Harrison dobrou a esquina num *hatch*. O carro passou por George e, então, estacionou logo atrás dele. O capô se abriu. Harrison saiu do carro e arrastou consigo um longo cabo de ligação, que estava atrás do banco do motorista, para fazer a chupeta.

– Desculpa pelo tenente – Harrison disse enquanto conectava o cabo. – Ele ficou com essa cara de quem comeu e não gostou desde que foi transferido pra cá.

– Ele nem parecia tão mau assim – George retrucou.

Harrison deu de ombros e foi conectar a outra extremidade do cabo no Hyundai. Passou por George e fixou o cabo na bateria do carro.

– Eu entendo que ele fique puto por ter sido rebaixado e acabado preso aqui – o soldado continuou. – Quer dizer, era pra eu estar na banda do exército e eles me jogaram nisso. O Adams também não era pra estar aqui, sabe, mas você não tem que aturar o cara descontando isso nos outros. Pronto pra testar? – disse, apontando para o carro de George.

George entrou em seu carro e Harrison pulou para trás do volante do *hatch*. Os dois trocaram olhares e o soldado levantou o polegar. O motor do *hatch* roncou. George girou a chave. O motor deu partida, chegou a engasgar, mas o carro voltou à ativa. O rádio ligou do nada e uma frase em espanhol foi dita. George tinha certeza de que era o tal DJ xingando alguém. Então, a voz sumiu e uma música da Beyoncé estourou nas caixas de som.

Harrison desconectou os cabos.

– Prontinho – ele disse. – Você provavelmente vai ter que dirigir por pelo menos uns quinze ou vinte minutos pra bateria recarregar um pouco.

– Eu até faria isso – George retrucou –, o problema é que eu só tenho mais uns seis minutos pra chegar ao trabalho.

– Boa sorte, então – Harrison disse com um sorriso. Recolheu os cabos e os jogou de volta atrás do banco do motorista. – Talvez seja bom alguém dar uma checada no alternador.

– Obrigado mais uma vez.

George lhe deu um aceno e partiu. O carro balançou um pouco, ainda relutante em sair do seu descanso, e então pegou a pista. O motor chiou algumas vezes, mas ele conseguiu chegar ao trabalho dentro do horário por uma questão de segundos.

em campo, foi a [illegible] vez de que [illegible]. Quando [illegible] tudo [illegible] como [illegible] ou nas [illegible] de [illegible].

Hanna [illegible] os [illegible].

[illegible] Vai [illegible] que [illegible] [illegible]

[illegible]

[illegible] de [illegible].

SETE

George bebeu um pouco mais de leite e torceu o nariz. O gosto estava meio estranho. O cheiro também. Ficou se perguntando se alguém responsável pelo refeitório não teria deixado o leite azedar, fora da geladeira.

O cheeseburguer do almoço estava seco demais, insosso. A salada até tinha ajudado a incrementá-lo, mas ainda assim não passava de um hambúrguer chinfrim, pior até do que o da McDonald's. Os bolinhos de batata estavam bons, pelo menos. A servente tinha lhe dado uma porção extra.

Tinha passado a manhã toda tirando o lixo dos dormitórios e os jogando nas caçambas. O primeiro fim de semana era sempre um dos mais difíceis. Olhando pelo lado positivo, a maior parte era lixo seco, embora não tão seco quanto aquele hambúrguer.

Alguém tinha deixado uma revista *Maxim* na mesa da cafeteria. Não era o tipo de coisa que ele costumava ler, mas sabia que, se não lesse alguma coisa, logo cairia no sono. Havia um pequeno artigo sobre a elegante coleção de gravatas do presidente e como a primeira-dama tinha escolhido a grande maioria delas.

Conseguiu ler até a metade de um artigo sobre um desses "spas de desintoxicação" antes de decidir que aquela leitura não era apropriada para o almoço. Foi reprovado num teste de quatorze perguntas para ver se seu apartamento poderia ser classificado como "um lar cheio de amor".

Outro artigo o fez mandar uma mensagem a Nick. Era só uma coluna sobre game shows, mas que fez algo pinicar no seu cérebro. Alguns minutos depois, recebeu a resposta.

A n ser q tenha rolado nessa ultima hr, nao, o Trebek n morreu. Pq?

Não se deu ao trabalho de responder. Sabia que era uma pergunta idiota quando a fez. Mas, ainda assim, aquilo o incomodava. Se não era Alex Trebek, em quem estaria pensando?

Já quase na metade da revista, havia um editorial de seis páginas e uma entrevista curta. Era a negra do cartaz na parada de ônibus. O nome dela era Karen Quilt. Tinha trinta e três anos e aparecido duas vezes antes na *Maxim*, ambas na lista das "100 mais gostosas". Tinha doutorados em biologia e bioquímica e mais um punhado de mestrados em outras áreas. A mãe dela tinha trabalhado na NSS, que mais parecia a versão somali da KGB, do jeito que o artigo a pintava. O pai europeu tinha sido mercenário ou assassino de aluguel, algo assim. Foi criada por uma tia em Nova York desde os oito anos, até começar a viajar por conta da carreira de modelo.

Nas entrelinhas, George teve a sensação de que Karen Quilt não tinha paciência para entrevistas ou foto-editoriais.

– Oi – alguém disse.

Ele olhou por cima da revista e viu uma garota morta numa cadeira de rodas. Os olhos dela eram vazios e a pele, branca feito giz. Vestia roupas puídas e empoeiradas, e mechas do cabelo preto se dependuravam por baixo de um boné dos Red Sox.

Ele pestanejou até que seus olhos se acostumassem às lâmpadas fluorescentes do refeitório, as responsáveis por fazer com que a pele da garota parecesse tão pálida. A luz refletia nos olhos da menina de uma maneira tal, que suas íris pareciam ser totalmente brancas. Sentiu um arrepio correr seu corpo ao relembrar da visão. Precisava dormir mais.

– A gente se conheceu faz alguns dias – ela disse. – Meu nome é Maddy. Madelyn Sorensen – a menina empurrou a cadeira de rodas para mais perto e estendeu a mão.

– Eu me lembro bem – George retrucou.

– Eu passei esse tempo todo te procurando – ela disse –, pelo campus inteiro.

– Na verdade, eu não moro aqui.

– Eu sei. Provavelmente não devo ter causado uma boa primeira impressão.

George ficou calado.

– Me desculpa por isso – ela disse –, eu só estava... eu meio que me empolguei demais – a mão da garota continuava estendida. Deu um leve sorriso.

George suspirou. Estendeu sua mão e cumprimentou a menina. Torceu para não se arrepender depois.

Os dedos de Madelyn estavam gelados. O ar-condicionado nem estava assim tão frio no refeitório. Ficou imaginando se a cadeira de rodas não estaria fazendo algum mal à circulação da garota. Bem não devia fazer, pensou.

Maddy soltou sua mão e apontou para o assento vago do outro lado da mesa.

– Posso me sentar aqui com você?

– Eu acho que sim – George respondeu. – Você vai ficar falando de pessoas mortas?

– Pois é... desculpa por isso. Eu pareci uma doida, né?

– Só um pouquinho.

George jogou a revista de lado e apontou para o outro lado da mesa.

A cadeira de rodas avançou até bater na borda da mesa. Madelyn tirou a mochila das costas e a apoiou nas alças da cadeira. Pegou um frasco de colírio no bolso da frente e a jogou na cadeira vazia em frente a George.

–Você não vai comer? – ele perguntou.

Ela ficou batendo os dedos no braço da cadeira de rodas e inclinou a cabeça para trás:

– Eles trazem minha bandeja pra mim. Eu mesma poderia pegar, mas demoraria o dobro do tempo pra eu alcançar as coisas com uma mão só.

Maddy piscou algumas vezes para espalhar as gotas do colírio pelos olhos e colocou o frasco de volta na mochila.

Uma servente do refeitório, a mesma que tinha dado a porção extra de batatas a George, apareceu com uma bandeja. Ela a acomodou perto de Madelyn e lançou um breve sorriso a George. Madelyn tirou o pão e o queijo do seu primeiro hambúrguer e deu uma garfada na carne.

– Dieta com poucos carboidratos?

Ela sacudiu a cabeça.

– Problemas de digestão.

– Ahhh.

George ficou observando a menina por um tempo enquanto ela comia e se perguntou o que ela poderia querer com ele. Pegou o último bolinho de batata, passou no sal e o jogou para dentro da boca.

Ela terminou o primeiro hambúrguer e passou a desembrulhar o segundo. Os olhos dela esvoaçaram até a revista. Fez uma cara cínica e força para não dar uma risada. Virou a revista e observou as fotos, então se voltou a George.

– Não é minha – ele disse –, já estava aqui quando eu me sentei. Não tinha mais nada pra ler.

– Ela é bonita.

Ele abriu um sorriso:

– Bonita é pouco.

– Você sabe que ela é sua namorada, né?

Ele pestanejou:

– Quê?

– Ela é uma de nós – Madelyn disse. – Uma super-heroína.

Ele tentou não suspirar alto, mas sua expressão entregou tudo.

– Tô te dizendo, é verdade.

– Eu não sou um super-herói. Eu não estou namorando ninguém agora – deu uns tapinhas na revista – E eu certamente me lembraria se tivesse namorado uma mulher que nem essa em algum momento na minha vida – empurrou sua cadeira para trás e se levantou. – De todo jeito, eu já tenho que voltar pro...

Ela largou o garfo e segurou o braço dele.

– Espera! – ela implorou. – Foi mal mesmo pelo outro dia. Eu meio que forcei a barra e saí despejando um monte de coisa pra cima de você duma vez, mas eu me senti tão aliviada quando eu te encontrei, sabe.

Ele não tentou se livrar da mão dela. Tampouco voltou a se sentar. Ela parecia estar desesperada de novo, e aquilo meio que o deixou assustado.

– Dez minutos – ela disse –, só me dá mais dez minutinhos e aí eu calo a boca. Eu até vou embora de volta pra costa leste se você quiser.

George suspirou outra vez e olhou para o relógio na parede por trás dela.

– Meu horário de almoço tá quase acabando – ele disse. – Eu só tenho mais sete minutos.

Ele se sentou de volta.

– Vai valer a pena – ela disse –, eu prometo.

Ele cruzou os braços e ficou esperando.

Madelyn respirou fundo, devagar.

– Beleza – ela disse –, deixa eu te perguntar uma coisa meio estranha.

– Só *agora* que tá ficando estranho? – ele não conseguiu segurar a risada.

Ela continuou com uma cara séria.

– Você costuma sonhar quando dorme?

– Quê?

– Sonhos. Ou você é uma daquelas pessoas que não sonha ou não se lembra do que sonhou?

Imagens de uma queda e de gente morta e de demônios passaram pela cabeça dele. Ele fez que não.

– Não, eu tenho alguns sonhos, sim.

– Sonhos normais?

– O que você quer dizer com isso?

Ela também cruzou os braços.

– Eu sonho toda noite – ela disse. – Quer saber com quem?

– Olha só – ele disse –, essa conversa tá indo por um caminho não muito agradável. Eu acho que não é muito apropriad...

– Monstros.

Ele calou a boca e a encarou. Os olhos dela brilharam. Ela até endireitou a postura.

– E você também, né? – ela continuou.

Ele não disse nada. Ficou olhando para garota e tentou não pensar na imagem que passou pela sua cabeça. Uma cadáver na cadeira de rodas.

– Aparece um monte deles, né? Pessoas mortas perambulando por aí. Eles são meio lentos e desajeitados, só que são muitos, até demais.

Ele colocou as mãos sobre a mesa, então voltou a cruzar os braços. Ficou observando o rosto dela.

– Como é que você consegue fazer isso? É algum tipo de truque?

Ela sacudiu a cabeça.

– Do que mais você se lembra?

George ficou pensando nos seus sonhos.

– Tem uma muralha – ele disse. – Uma muralha grande que impede a passagem deles. E um portão.

Madelyn assentiu com a cabeça.

– E um robô – ele continuou. – Uma armadura de batalha. Mas isso é só coisa de sonho.

– Não, não é.

– É sim. Eu vi essa coisa num comercial do exército, hoje de manhã. É algum projeto militar. O futuro do combate ou coisa do tipo.

Ela fez uma cara cínica de novo:

– Então, o que você tá dizendo é que essa armadura de combate só é parte do seu sonho porque ela existe de verdade?

– O que estou dizendo é que eu provavelmente vi algumas fotos dela na internet. Talvez, ela tenha aparecido na televisão durante o jornal enquanto eu estava fazendo alguma outra coisa e nem prestei atenção. E aí, sabe como é, né, o subconsciente registra tudo e joga nos meus sonhos.

Madelyn baixou a cabeça e partiu um pedaço do hambúrguer com a mão, jogando-o para dentro da boca. Seus dentes eram perfeitos. Engoliu.

– Os sonhos com os monstros – ela disse.

– Sim...

– Que você tem todas as noites.

– Eu não tenho todas as noites.

– Beleza – ela disse. – Quando foi a última vez que você teve um sonho desses?

George tentou se lembrar de quando tinha sido a última vez que teve uma noite de sono tranquila.

– Eu não tenho certeza – ele admitiu –, mas sei que não é sempre que eu tenho.

Ela arrancou outro pedaço do hambúrguer.

– Não é sempre, né.

Ele tamborilou os dedos na mesa:

– Mas então, o que te faz ter tanta certeza de que os seus sonhos vão se tornar realidade?

– Eles já se tornaram – ela o corrigiu. – É tudo real.

– Mas o que te faz pensar isso?

– Porque é mesmo, ué – Madelyn disse.

– Isso não foi bem uma resposta.

Ela suspirou e mordeu o lábio superior.

– Beleza – ela disse. – Você tem televisão?

Ele fez que sim com a cabeça. Pensou que poderia descontrai-la por mais alguns minutos.

– Me prova.

– Hein?

– Me prova que você tem uma televisão. Agora.

Ele sorriu.

– Eu não fico carregando por aí foto da minha televisão.

– Mas você tem certeza que tem uma?

– Aham.

– Você tem certeza que ela tá lá no seu apartamento agora?

– A não ser que alguém tenha arrombado o apartamento e roubado minha televisão, sim.

Ela sorriu.

– É exatamente assim que eu sei que os sonhos são reais.

George se segurou para não dar uma risada.

– Beleza, então – ele disse –, se isso for mesmo verdade…

– É verdade.

– Se for mesmo verdade, por que então ninguém mais sabe nada sobre isso?

Ela cutucou sua bandeja. Tinha comido só os dois hambúrgueres e nada mais. O resto da comida estava todo lá.

– Eu costumava ter uns problemas de memória – ela disse.

O alerta vermelho soou na cabeça de George outra vez, mas com uma pitada de pena.

– Problemas mentais?

– Problemas *de memória* – ela repetiu. – Eu tinha certa dificuldade em guardar lembranças de longa data. Sempre que eu dormia, esquecia de quase tudo que tinha acontecido no dia anterior.

– E isso não acontece mais?

Ela sacudiu a cabeça.

– Desde que eu comecei a ter esses sonhos, não. Eu acho... – ela se interrompeu por um instante. – Acho que esqueci que devia esquecer das coisas. Seja lá o que tenha acontecido, eu caí no sono e esqueci que isso aconteceu, aí acabou não me afetando tanto quanto afetou o resto de vocês. Então, estou aqui, mas ainda me lembro de lá. Tipo isso.

Ele tamborilou os dedos na mesa.

– Ah, pera lá – ela disse. – Isso tem que fazer sentido pra você de algum jeito.

Ele olhou para o relógio de novo. Mais dois minutos e ele teria de acionar Jarvis.

– Olha só – ele disse –, eu não quero parecer mal educado, nem nada, mas... bem onde é que você quer chegar com tudo isso?

Ela ficou com uma cara desconsolada:

– Você ainda não sacou nada, né?

Ele sacudiu a cabeça:

– É uma história engraçada. Uma coincidência interessante, eu acho, isso da gente estar tendo sonhos parecidos, mas tudo não passa de uma história. Esse aqui é o mundo real, você goste dele ou não.

– George – ela disse –, esse *não* é o mundo real. Esse é o ponto.

Ele abriu a boca para falar alguma coisa, mas desistiu. Aí, deu uma risada por entre os dentes.

– Beleza – ele disse –, eu estava enganado. Você conseguiu inventar uma história ainda menos acreditável do que aquele papo todo de namorar uma supermodelo.

Madelyn sacudiu a cabeça:

– Alguma coisa aconteceu. Eu não tenho bem certeza o que foi. E aí, tudo mudou. Todo mundo mudou. Você. Eu. Barry – ela bateu com o dedo na revista. – Ela. Todos nós.

– Quem é Barry?

– Barry Burke. Ele é seu melhor amigo. Ele é... – ela fechou seus olhos e franziu a testa, igualzinho a qualquer estudante tentando se lembrar de algo. – Ele também usa uma cadeira de rodas e ele é... ele é brilhante.

– Muito inteligente?

– Eu acho que sim. Ele me disse que costumava trabalhar num laboratório no Novo México – ela estalou os dedos –, Sandia Labs. Com a equipe da Máquina Z.

– Da o quê?

– É uma máquina enorme que fica no Novo México. Tem alguma coisa a ver com física. Eles produzem partículas lá.

– Isso não ajudou muito.

Ela abanou a mão uma única vez:

– Ah, dá um tempo. Eu sou só uma caloura ainda.

– Eu pensei que você soubesse tudo sobre isso – ele disse, tentando dar um sorriso que não parecesse forçado. – Você disse que se lembrava de tudo.

– Eu me lembro da maior parte – ela retrucou. – Me lembro de coisa o suficiente pra saber que nosso lugar não é aqui.

Mais um minuto. Alguém, em algum canto do refeitório, batia com uma faca num copo. Restava saber se para chamar atenção ou simplesmente encher o saco. Ou as duas coisas.

George quase gastou o minuto que faltava pensando em como colocar em palavras o que estava passando pela sua cabeça.

– Beleza, vamos dizer que você tenha razão – ele disse. Ela abriu um sorriso e ele ergueu a mão para que ela se contivesse. – Só hipoteticamente. Vamos dizer que exista mesmo algum tipo de epidemia e que metade do mundo tenha morrido e se transformado em monstros. E que você e eu nos conhecemos lá e somos líderes ou heróis ou coisa do tipo.

Ela assentiu com a cabeça.

– Então, por que é que a gente ia querer voltar pra lá? Por que é que alguém da gente ia querer dar um "jeitinho" nas coisas pra que bilhões de pessoas morressem? Qual seria o objetivo de tudo isso?

– Porque tem pessoas lá que dependem de você.

George se recostou na cadeira e tentou ignorar as sombras que o mundinho dela tinha lançado. Ainda estava pensando no que dizer de alguma forma gentil quando seu Nextel bipou.

– George – a voz de Jarvis o chamou –, tá aí?

Puxou o telefone do cinto por força do hábito.

– Opa, na escuta.

– Já acabou de almoçar?

Ele fitou Madelyn e se desculpou mexendo a boca:

– Já, já, terminei aqui, eu acho.

Ela baixou a cabeça.

– Tem como você ir lá no Ackerman? O banheiro inundou no segundo andar.

Ele olhou pela janela em direção ao prédio do centro acadêmico.

– Sério? Não tem nenhum encanador por lá, não? Um de verdade?

– Foi mal, amigão. Eu até podia mandar o Mark, mas… bem, confia em mim. Você ficou com a missão menos pior.

– Maravilha. Eu chego lá em dez minutos.

– Você é o cara, George.

Ele empurrou sua cadeira para trás e se levantou. Madelyn não disse nada.

– Desculpa – ele disse –, mas tenho que ir nessa – colocou os guardanapos e os copos na bandeja.

Ela empurrou a revista sobre a mesa até ele. Ele suspirou, enrolou a revista e a enfiou no bolso de trás da calça. Poderia ser útil para mais tarde.

– Foi… divertido – ele disse. – Você devia escrever essas coisas. Tenho certeza de que alguém em Hollywood compraria os direitos.

Ela soltou um suspiro:

– Uma última pergunta…

– Se for rápido.

– Você é forte nos seus sonhos? Muito, muito forte, de verdade?

Ele pensou naquelas propriedades impossíveis da física que se manifestavam quando lutava contra os monstros. O jeito como os ossos se partiam com seu murro. O jeito como ele lançava os demônios pelos ares.

– Sim… Como é que você sabe?

– Porque aquele é quem você é de verdade.

OITO

O latão de lixo tinha duas rodinhas de plástico embaixo. Ao longo dos anos, uma delas tinha se desgastado tanto com o sobe-e-desce pelas escadas e o meio-fio que estava praticamente oval. Quase um retângulo.

George saiu arrastando o latão de lixo pelo estacionamento e mais um pedacinho da roda oval se desfez. Os encanadores tinham jogado todos os azulejos velhos e a sobra do revestimento ensopado d'água no depósito de lixo ao invés de carregarem tudo na caçamba como deveriam ter feito. Se ele tivesse que chutar, diria que o camburão pesava uns cento e cinquenta quilos. Talvez até duzentos.

Parou para dar passagem a um grupo de estudantes. Estavam conversando, distraídos, e mal notaram sua presença enquanto corriam apressados de uma aula à outra. Tinha começado a puxar de novo o camburão quando um último rapaz passou, estourando uma bola de chiclete.

George puxou com força. O camburão foi se arrastando pelo chão. No caminho até a caçamba, teve certeza de que a outra roda também já tinha se desgastado toda. Abriu as tampas da caçamba e do camburão e parou para respirar um pouco enquanto pensava no que fazer em seguida.

Sabia que deveria simplesmente ligar para Jarvis e lhe dizer que mandasse Mark para dar uma ajudinha. Já deveria ter ligado faz dez minutos. Mas só de pensar em ter que ficar escutando Mark divagando sobre a vida que ele deveria ter já o deixava irritado.

Se ele conseguisse levantar o camburão do chão, pelo menos um pouco, George tinha quase certeza de que daria conta de apoiar a boca na borda da caçamba. Aí, era só virar e despejar o lixo. Mesmo esquema que tinha usado com o sofá na semana anterior.

O tal sofá bem mais leve do que ele esperava.

As histórias de Madelyn na hora do almoço passaram pela sua cabeça. Que ele era forte. Era tudo besteira, claro, mas, naquele momento, ele até quis que fosse verdade. Infelizmente, sabia que o camburão pesava bem mais do que o sofá.

Foi dar um empurrãozinho na base do camburão e, mal triscou o dedo por baixo, a lixeira tombou de lado. O peso estava todo concentrado no fundo, a borda só tinha basicamente plástico. Deu para sentir enquanto deslizava suas mãos até a base para empurrá-lo.

Tratou de tirar aqueles pensamentos da cabeça e apertou seu cinto de elevação. Colou as abas de velcro no lugar, sobre seu abdômen. Ficou por atrás do barril e se agachou, empurrando o topo com a mão esquerda. A lixeira inclinou apenas o suficiente para que ele passasse os dedos por baixo. Fez força nos dedos, apoiou os braços e suspendeu os joelhos.

O tambor de lixo saltou meio metro no ar.

George quase cai para trás, convencido de que sua mão tinha escorregado, então se levantou e investiu para aparar o barril. Em vão. Despencou no chão. O fundo estava tão pesado que ele nem tombou.

Alguns alunos que passavam viraram a cabeça por causa do barulho. Tinha sido bem alto. Um impacto de mais de duzentos quilos, fácil.

George endireitou a postura. O *clique-claque-clique* de lajotas recém--quebradas ecoou de dentro do camburão. Uma nuvem tênue de poeira subiu. Deu outra cutucada.

Você é forte nos seus sonhos? Muito, muito forte, de verdade?

A maioria dos alunos já tinha ido embora. Os horários das aulas não eram fechados, mas havia períodos de maior e menor trânsito no campus. No momento, não havia ninguém por perto para testemunhá-lo tentando fazer algo estúpido.

Ele se agachou de novo. Com apenas um movimento, sem nem pensar no que fazia, agarrou o barril e o jogou para cima. A lixeira saiu do chão e caiu nos seus braços. Não pesava nada.

Ele o segurava pela boca e pela base. Virou o barril sobre a caçamba e o chacoalhou até tirar todo o lixo de dentro. Uma nuvem de poeira e lixo subiu. Papéis encharcados, revestimento ensopado, cacos de lajotas. Tudo se despedaçando ainda mais dentro do container de metal.

George jogou a lixeira de plástico de lado e fitou as próprias mãos. Seu olhar foi subindo pelos braços. Não havia músculos aparentes, nem veias saltadas. Sua camisa não parecia apertada. Seus membros não pareciam mais sólidos ou poderosos do que sempre pareceram na frente do espelho.

Olhou para os cacos de lajotas e os pedaços de revestimento de parede amontoados na caçamba. Também havia um monte de caixas de pizza, mais ou menos uns dez sacos de lixo cheios e o que pareciam ser prateleiras quebradas. A caçamba não estava abarrotada, mas precisaria ser esvaziada dentro de um ou dois dias, no máximo.

Ainda não havia ninguém nas proximidades. Apoiou o pé na lateral da caçamba e levou suas mãos ao vão em que os caminhões se encaixam para suspendê-la e virá-la dentro do caminhão. Enfiou seus dedos no vão e fez força.

A caçamba se ergueu no ar com um guinchado alto produzido pelo metal retorcido. As rodas saíram meio metro, um metro inteiro do chão. Meia tonelada de aço e lixo, fácil. A caçamba sozinha pesava mais de duzentos e cinquenta quilos, diacho. Mesmo considerando que duas das rodas ainda estavam no chão, ele devia estar levantando cinco ou seis vezes seu próprio peso.

E isso quase nem lhe exigia esforço algum. Tinha consciência do peso, mas não o sentia. Poderia muito bem estar levantando uma sacola de compras.

George colocou a caçamba no chão com cuidado. Não queria fazer muito barulho. Pelo menos, não mais do que já tinha feito.

A vida que ele deveria ter.

Ele se agachou e segurou a caçamba de aço pela base com apenas uma das mãos. O fundo enferrujado foi se desfazendo nas pontas dos seus dedos. Sentiu algo pequeno e pegajoso escorregando pelo seu mindinho. Com a outra mão, agarrou a borda da caçamba. Naquela posição, ficava com a cabeça quase encostada no vão usado pelos caminhões.

– Que nem carregar o latão de lixo – ele sussurrou para si mesmo. Respirou fundo. Fez força nos dedos.

Um carro buzinou rapidamente três vezes. Ele caiu contra a lateral da caçamba, provocando um baque ensurdecedor.

Um dos caminhões do departamento estava estacionado perto da calçada a alguns metros de George, coberto de poeira. Os pneus da frente estavam vazios, o que fazia o veículo ficar inclinado. Por trás do volante, havia o corpo de um homem. A pele estava cinza com algumas manchas escurecidas. Os olhos eram como pérolas. O corpo também estava empoeirado. Uma teia de aranha se esticava da aba do quepe na cabeça até o nariz e, depois, passava ao pescoço.

A cabeça do morto se virou de lado para encará-lo. Dedos ressecados se ergueram e apalparam o volante e a janela aberta pela metade. Um dos braços saiu pela abertura e se esticou, tentando alcançar George. Os dentes estalaram fechados, como se aquela coisa morta pudesse mordê-lo a mais de cinco metros de distância.

George saiu rodopiando sem equilíbrio e trombou contra a caçamba, produziu outro baque alto. Olhou de novo para a coisa morta.

Mark abriu a porta do caminhão.

– Ei! – ele gritou. – Mas o que diabos você tá fazendo?

George fitou a caçamba e a lixeira vazias e, então, de volta ao seu colega. Ele se esticou e olhou dentro da caçamba. O lixo ainda estava mais ou menos bem distribuído. Nem parecia que a caçamba tinha sido inclinada ou sacudida, como se ninguém tivesse acabado de suspendê-la a um metro no chão.

Ele se sentiu bastante idiota e um tanto privado de sono. Mas principalmente idiota. As histórias daquela garota tinham mexido com sua cabeça.

– Acho que distendi algum músculo – ele disse – tentando esticar o meu ombro.

–Você quer que eu estale sua coluna?

– Nem, tá tudo bem.

– Eu sou muito bom nisso. Sério.

George sacudiu sua cabeça. Lançou outro olhar ao caminhão. Estava limpinho, brilhando. Os dois pneus da frente pareciam normais.

Mark foi andando na sua direção. Cerrou os punhos e os colocou embaixo do queixo.

– Faz assim com os seus braços, ó – ele disse.

George levantou uma das mãos:

– Estou bem, valeu.

– Só estou tentando te ajudar, cara – ele apontou para a lixeira de plástico. –Você se machucou tentando virar essa coisa?

– Foi. Estava cheia de lajota quebrada e umas porcarias que os encanadores deixaram pra trás.

– Aqueles safados, bando de preguiçosos. Por que você não ligou pedindo ajuda?

– Ahhh, sabe como é. Eu não queria que você ficasse me chamando de safado preguiçoso.

Mark soltou uma risada por entre os dentes.

– Bora lá, vamos dar um jeito nisso. Vai ser bom mesmo fazer um pouco de exercício físico pra ficar bonito pra hoje à noite. – disse, apontando para o outro lado da rua.

George catou o latão de lixo. Ambas as rodas estavam redondas de novo. Saíram rolando pelo chão com a maior facilidade.

– O que é que vai ter hoje à noite?

– Eu sei lá – Mark deu de ombros –, só sei que não é futebol. Bora se mexer.

[illegible]

[illegible]

Vai [illegible]

Nem [illegible]

[illegible]

[illegible]

Aquilo [illegible]

[illegible]

Mas [illegible]

[illegible]

NOVE

A boate ficava em algum lugar em Hollywood, ao leste da Highland mas ao norte da Sunset.

Deixariam o carro de Nick num estacionamento e andariam a pé por duas quadras. A fila se estendia até a metade do quarteirão, mas Nick passou direto e George foi atrás. O porteiro lhe deu um sorriso e apertou a mão dele. George teve certeza de que houve alguma transação sutil e profissional de dinheiro ali. A barreira de veludo foi levantada e George seguiu Nick boate adentro, junto com outras três mulheres que, ele tinha certeza, tinham acabado de completar a idade necessária para frequentar boates. Todos aqueles anos no campus o tinham deixado bom nisso de adivinhar a idade dos outros.

A boate era barulhenta e mal iluminada com flashes de luz colorida. Havia mais espaço livre do que ele imaginava, mas estava longe de se encontrar vazia. Nick tomou a dianteira através da multidão até o bar e trocou alguns gestos rápidos com a bartender. Instantes depois, ela entregou dois drinks a eles e os dois se sentaram num reservado bem abaixo das caixas de som.

– Por que é que você nunca quer ir pra um bar? – George disse quase gritando ao amigo.

Nick apontou por trás dele. As luzes giratórias refletiam nos óculos escuros dele.

– Eles têm um bar aqui! – ele retrucou, tirando o canudinho do seu Seven & Seven. Jogou o canudo na mesa e deu um grande gole na bebida.

– Eles cobram *couvert* artístico.

– O qual você não pagou.

– É, só porque você deu dinheiro pro cara da porta.

Nick acenou em direção à pista com um sorriso:

– As garotas são mais bonitas aqui – ele disse. Apontou com a cabeça para duas mulheres dançando uma com a outra. – Você não veria isso num bar.

George sacudiu a cabeça. A multidão evacuou o centro da pista de dança e, do outro lado da boate, George vislumbrou, por um instante, cabelos desgrenhados e olhos esbranquiçados. Ele se endireitou na cadeira para enxergar melhor, mas as pessoas voltaram para pista, bloqueando sua visão.

– A verdade é que eu nem deveria estar aqui – Nick disse. – Eu tenho uma reunião por telefone amanhã de manhã. E acho que o dono daqui não gosta de mim. Eu ajudei a organizar uma festa aqui pra um dos nossos clientes imbecis e não acabou muito bem – deu mais uma golada de uísque com soda. – Então, o que é que tá te incomodando?

– Como assim?

– Você não sabe esconder o que tá sentindo, George. Sempre foi assim. Tem alguma coisa te incomodando a noite inteira. Desde que eu fui te buscar.

George deu de ombros e deu um gole no seu drink.

– Coisas estranhas.

– Estranhas safadas ou estranhas estranhas?

– Não estranhas safadas – George disse. – Eu só tenho me sentido muito... desligado, ultimamente.

– Doente?

– Não.

– Que bom. Se você me passar doença, eu vou te encher de porrada. Qual foi, então?

George mudou de lugar na mesa. Tinha começado a tocar outra música nova e algumas pessoas na pista comemoraram. Aumentou o tom da sua voz:

– Você já teve um daqueles sonhos que parecem ser simplesmente... reais? Um daqueles em que tudo é tão real que até demora um pouco pra você perceber se era real ou não?

– Esse drama todo é por causa de um sonho?

– Responde a pergunta.

Nick colocou um dos braços sobre a mesa. Ele era bom nisso de se aproximar das pessoas sem que parecesse esquisito.

– Umas duas vezes, eu acho. Eu lembro de uma vez quando eu era criança e sonhei que o meu cachorro estava morto e saí surtado de manhã bem cedo pela casa porque eu não conseguia achar o bicho.

– Onde é que ele estava?

– Meu irmão tinha levado ele pra dar uma volta.

– E quanto àqueles que ainda ficam fresquinhos na memória depois que a gente acorda, mas somem da cabeça alguns minutos depois? Aí, meio que fica só um buraco na forma de um sonho.

– Ah tá. Beleza. Entendi.

George deu outro gole no seu drink.

– Eu meio que tenho me sentido assim já faz uns dias. Talvez algumas semanas. Não tenho certeza.

– Sentido como?

Ele tamborilou os dedos na lateral do seu copo:

– Como se eu estivesse me esquecendo de alguma coisa. Quase sempre me sinto como se tivesse alguma coisa que eu deveria lembrar, mas eu simplesmente não consigo. Tá bem aqui na minha frente e eu simplesmente não consigo enxergar, saca?

– Você tá agindo desse jeito esquisito só porque se esqueceu de uns e outros sonhos?

– Não – George sacudiu a cabeça –, não é por causa dos sonhos, é só a vida. Eu sinto isso quando estou acordado. Tenho esse sentimento constante, irritante, de que eu simplesmente esqueci alguma coisa.

– Tipo um sonho?

Por trás de Nick, um vão se abriu no bar. Havia uma mulher com cabelos loiros e oleosos. Parecia que ela não tomava banho há meses. Na verdade, parecia até que havia pedacinhos de alguma coisa emaranhados nos cabelos dela. Uma das alças finas da blusa que vestia tinha arrebentado e estava caída sobre o ombro. Esse lado da blusa se encontrava perigosamente baixo, prestes a cair. Mas ela não parecia nem notar ou dar bola para isso. A pele parecia um tanto pálida em contraste com a blusa escura.

A cabeça dela girou numa ampla circunferência, o que deu a impressão de que estava chapada. Tinha olhos sem expressão alguma, círculos rosados sob as luzes vermelhas da boate. A boca abria e fechava feito um peixe tentando respirar. George tinha certeza de que, se a música não estivesse tão alta, conseguiria escutar o barulho dos dentes estalando de onde ele estava.

A bartender deu um passo adiante para servir alguns drinks e bloqueou sua visão da mulher. Quando o vão se abriu de novo, a mulher já tinha virado de costas. Então, alguns caras entraram na frente dela e ele não a viu mais.

Nick estendeu a mão e estalou os dedos bem na cara de George.

– Ei – ele disse, lançando um olhar sobre o ombro de George, meio que procurando algo pelo bar, e depois olhou de volta ao amigo –, encontrou alguma beldade, por acaso?

– Acho que não – ele disse. – É só que… acho que vi alguém conhecido.

– Uma garota?

– É.

– Do campus?

– Nem – ele não estava certo de onde conhecia a mulher, mas tinha certeza de que não era do trabalho. Tratou de afastar o pensamento da cabeça.

– Então, você tá tipo… numa crise existencial?

– Talvez? Sei lá.

– A gente precisa urgentemente arrumar alguém pra você transar – Nick apontou às duas mulheres dançando juntas na pista. – Duas delas, nós dois, que tal?

– E a publicitária? A tal da Nina?

– Nita. Estava pensando em dar um gelo nela e convidar aquela ginasta que a gente viu no estacionamento naquele dia pra sair.

– Eu não sei se você é só patético ou... sei lá.

– Não vem me julgar, não – ele se recostou no sofá do reservado. Os óculos escuros refletiam a pista de dança e, por um instante, as luzes girando deram às lentes uma aparência mecânica.

– Quer ouvir uma coisa ainda mais esquisita?

– Mais esquisita do que você ignorando duas mulheres gostosas com pouca roupa e dando um show pra gente? – Nick se endireitou na cadeira. – Por favor, me conta. Tô morrendo de curiosidade.

George lançou um olhar quase que obrigado às duas mulheres e, então, deu mais um gole na sua bebida. Já estava um pouco rouco de tanto ter que gritar para ser ouvido.

– Beleza, sabe quando você tem esses sonhos realistas e sua cabeça sai preenchendo as lacunas? Se você é um pirata, por exemplo, você sabe o nome de todo mundo da tripulação e como todos vocês se conheceram, esse tipo de coisa?

George sacudiu a cabeça.

– Não.

– Seu anormal – Nick disse. – Isso não é sobre nenhum fetiche com papagaios ou coisa que o valha, né?

– Enfim... – George gritou, sobressaindo-se à música. – Eu acho que tem esses buracos nos meus sonhos, também. Estou sonhando, mas mesmo assim tem coisas que eu não consigo me lembrar. É como se no sonho eu também tivesse esquecido das coisas – outro gole na bebida. – Você já se sentiu assim antes?

Nick deu uma risada.

– Com as reuniões da minha agência? Eu escuto merda desse tipo o tempo todo, rapaz. Se não fosse você falando, eu diria pra parar de aceitar comprimidos de estranhos em boates.

George suspirou e olhou para as pessoas dançando. Do outro lado da multidão, havia uma mulher alta com uma blusa justa, azul, remexendo os quadris. Tinha um cabelo vermelho fluorescente e todo espetado que parecia brilhar sob a luz da boate. Havia dois homens perto dela, torcendo para serem notados, mas ela nem dava bola.

Já tinha conhecido uma mulher com cabelos assim antes. Uma ex-namorada que tinha... manchas coloridas? Listras? Tinha certeza de que era alguém com quem já tinha ido para cama e se sentia meio envergonhado de não conseguir se lembrar do nome ou mesmo do rosto dela.

– Você se daria bem com ela – Nick disse.

– Quê?

Apontou para a mulher do cabelo vermelho.

– Aquela ali. Ela já te olhou umas dez vezes, no mínimo. Você tem que prestar mais atenção nessas coisas.

George deu outra espiada na mulher. Tinha braços musculosos, mas também muitas curvas. Ela sorriu para ele. E, então, tirou os olhos dele e mirou o bar, de um jeito que claramente deixava subentendido que ele estava convidado a se dirigir até ela para perguntar o que tanto olhava.

Ele acompanhou a direção do olhar dela, por um tempo, e depois ficou paralisado.

A loira dos cabelos oleosos estava na pista de dança. Havia outra mulher com ela, vestindo uma camiseta com uma mancha escura que ia da gola até o peito. A segunda mulher se virou na direção de George e ele viu que ela também tinha olhos esbranquiçados e a boca toda borrada de batom. Talvez fosse algum tipo de molho que ela não limpou depois de comer.

Ou talvez fosse outra coisa.

A segunda mulher sorriu para George, um sorrisinho aberto que mostrou muitos dentes. No mesmo instante, ele percebeu que os lábios e parte das bochechas dela não existiam mais, expondo os ossos da mandíbula. Os dentes dela se chocavam, estalando no mesmo ritmo da linha de baixo que saía das caixas de som.

Não eram mulheres. Não estavam nem vivas. Eram monstros.

– Jesus amado – George murmurou.

Nick se virou na mesma direção que ele estava olhando.

– O que foi dessa vez?

As duas rodearam um homem que ainda não tinha percebido o que elas eram. O sujeito não parava de sacudir os quadris, mesmo quando elas caíram em cima dele. A loira afundou os dentes nos bíceps do cara. A outra mordeu um dos ombros. As mandíbulas das duas iam para frente e para trás, arrancando pedaços enormes de carne.

George se levantou da cadeira num pulo. Sua coxa bateu na quina da mesa com força o suficiente para derrubar os dois drinks. A mesa bambeou e caiu sobre Nick.

– Caralho! – ele gritou.

George olhou para baixo e viu seu reflexo nos óculos escuros do amigo. Mirou a pista de dança outra vez, dando um passo adiante. Levou um tempo para achar as duas de novo...

Mulheres. Só duas mulheres com os cabelos penteados na medida para parecerem desleixados. Usavam muita maquiagem escura ao redor dos olhos. Elas estavam dando de bunda contra o cara, só de brincadeirinha. Ele parecia estar se divertindo bem mais do que George.

Os três olharam na direção dele e, depois, para a mesa caída, sem parar de dançar.

Ele olhou ao redor por um instante, confuso. Seus olhos recaíram na garota de cabelo vermelho fluorescente e ela piscou para ele. Uma piscadela promissora.

George olhou de volta para Nick. Ele suspendeu a mesa pela beirada até que voltasse ao normal.

– Material vagabundo – Nick resmungou, fitando a base da mesa. – As porcas se soltaram na mesma hora.

–Você tá bem? – George perguntou.

– Será que *você* tá bem? Você deu um pulo como se alguma coisa tivesse te mordido.

– Quê? Ah, foi mal, eu só pensei ter visto...

– Merda – Nick disse. Os óculos escuros estavam focados na outra extremidade do bar –, é melhor a gente dar o fora daqui.

– Por quê?

– Lembra que eu disse que o dono daqui não vai com a minha cara?

– Aham.

Nick baixou os óculos escuros e olhou na direção do bar.

– Bem, parece que a gente acabou de quebrar uma mesa da boate dele.

Do outro lado do ambiente, um sujeito de cabelo raspado, vestindo um terno lustroso, encarava-os de modo intimidante. Dois grandalhões de camisas polo pretas foram a passos pesados na direção deles.

– Mas gente não fez nada – George disse.

– Maravilha – Nick retrucou –, vai dar pra gente se sentir superior quando eles saírem arrastando a gente pra fora pelo pescoço. Vamos embora – e fez um gesto em direção à pista de dança.

– Por quê?

– Porque tem muita gente aqui e o meu chefe vai ficar puto da vida se ele souber que eu fui expulso de uma boate. A gente despista eles e vai embora por nossa conta.

Nick deu os primeiros passos rumo à saída. George foi atrás, mas alguém agarrou seu braço. Ele se virou e deu de cara com a mulher de cabelos fluorescentes. Era quase tão alta quanto ele.

– Já estava na hora, hein – ela disse com um sorriso. – Eu estava quase vindo aqui e me sentando no seu colo.

Ele tentou pensar numa resposta inteligente e sentiu sua camisa ficar mais justa, fazendo um nó bem no meio das suas omoplatas. Logo acima do ponto onde ele...

O que, afinal, parecia ser tão importante sobre as omoplatas? Tentou se focar naquele pensamento. Mas ele simplesmente sumiu da sua cabeça.

O nó na sua camisa o empurrou pela mulher de cabelo vermelho. A mão dela deslizou do braço de George. Outra mão, uma maior e mais pesada, agarrou seu pulso e puxou.

George tentou firmar seu pé no chão e olhou por cima do ombro. O sujeito atrás dele era careca e sua camisa polo preta dizia SEGURANÇA logo acima do coração. O rosto não expressava comoção alguma, senão uma carranca. Era um desses caras no limite de ser parrudo ou gordo. Por trás do sujeito, a mulher de cabelos fluorescentes ficou olhando para George com uma cara confusa.

O grandalhão o empurrou de novo e George tentou resistir, mais por instinto do que por ter algo planejado. Continuava firmando o pé no chão e tentando se livrar dos braços do cara.

Por um segundo, a carranca do sujeito se desfez. A testa dele franziu enquanto George insistia em resistir. O segurança empurrou outra vez, mas parecia mais que não fazia força alguma. Era mais como uma cutucada, gentilmente guiando George na direção desejada.

E, então, o segundo se passou. O empurrão seguinte fez George dar um pulo para frente, e só não se estatelou no chão por causa do punho enrolado nas costas da sua camisa. A boate passou depressa por ele, deu de cara com uma porta lateral e logo se encontrava do lado de fora, no meio da calçada, junto ao amigo.

Nick resmungou alguma coisa e empurrou os óculos escuros nariz acima com força. Espanou a roupa e endireitou a lapela do casaco. Por alguma razão, isso fez com que George se lembrasse de um Xerife no Velho Oeste.

– Beleza – Nick disse. – Tá a fim de curtir em outro canto?

DEZ

ANTES

Estou caindo de novo.

Mas, dessa vez, estou caindo na horizontal. O chão passa bem depressa por baixo de mim. Fui lançado, eu acho, não tenho certeza. Isso não faz parte do sonho.

O chão tá passando bem depressa mesmo por baixo de mim. Dá só pra ver a calçada, ter um vislumbre rápido das pessoas lá embaixo, um caminhão branco, um muro cheio de lanças. E aí, eu os vejo.

A multidão de monstros vira os rostos empalidecidos na minha direção. Todos são esqueléticos e me encaram com uma inegável fome no olhar. Alguns jogam a cabeça tão pra trás que acabam caindo. Pra variar, eles mexem a boca, mas não emitem som nenhum.

Perco o impulso e me choco contra a multidão. Levanto meus braços enquanto tento me locomover entre os monstros. Eles caem sob meus pés quando enfim aterrisso. O impacto nem dói. As leis da física dos sonhos salvam minha pele outra vez. Ou talvez as pessoas mortas tenham amortecido a minha queda.

Eles vêm feito um enxame pra cima de mim. Puxam minhas roupas, despenteiam todo o meu cabelo e se agarram nos meus braços e nas minhas pernas. Uma mulher com pele de marfim cai em cima de mim com a boca escancarada, arreganhando dentes imundos.

Sinto uma série de picadas pelo corpo. Parece como quando um braço ou uma perna fica adormecida e vai lentamente voltando ao normal, mas só em alguns pontos específicos do corpo. Eu consigo me livrar dos que puxam meu cabelo e olho pra baixo.

Estão me mordendo. Todos eles estão. As criaturas mortas estão me roendo com os seus dentes amarelados. Eles mastigam meus braços e minhas panturrilhas e...

Eles estão tentando me comer!

Eu entro em pânico até me dar conta de que eles são inofensivos. Estão mortos faz tanto tempo que os dentes vão caindo quando eles tentam me morder. Alguns dentes simplesmente se desfazem. Quanto tempo será que leva pros dentes de alguém que morre se desfazerem assim, só de tocar na minha pele?

Eu faço força pra me levantar e logo fico de pé outra vez. A maioria das criaturas cai em cima de mim, algumas me agarraram com tanta força que eu as saio arrastando enquanto sigo meu caminho. Elas devem ser muito leves. Ainda estão me mordendo, até os que nem tem mais dentes.

Papagaios, eu penso. *Esses são os papagaios*. Se no sonho eu pareço entender o que isso quer dizer num nível mais profundo, o nível em que eu sei que estou sonhando, na vida real eu sei que isso não faz o menor sentido. Mais memórias confusas.

Alguma coisa me puxa por trás. Coça. O que quer que seja, a coisa me levanta do chão e me tira da horda de monstros. Eu saio flutuando no ar e algumas das criaturas vêm junto comigo. Elas estão enroscadas nas minhas pernas ou agarradas à minha jaqueta de couro. Um deles enganchou o braço na minha bota. O cabo de aço me gira num círculo completo e as coisas mortas saem voando. Elas caem em cima dos outros monstros, derrubando tudo.

Alguém me dá um murro. Forte. Duas vezes. Eu me viro no ar e olho ao redor.

Tem um soldado atirando em mim. O sujeito, *enorme*, tá em cima do caminhão branco que eu tinha visto antes. O caminhão tá capotado, então o cara tá em cima da lateral dele. O soldado tá usando uma pistola de vídeo game, um troço parrudo demais pra ser de verdade.

Fico olhando pra pistola e ele atira de novo na minha direção. Eu até tento desviar, mas os tiros não parecem doer mais do que socos. As balas me jogam pra trás e tudo mais, mas dá pra ver que não estão me machucando de verdade.

– Por favor, senhor, fique abaixado – o enorme soldado diz. As palavras ecoam pelo ambiente silencioso. Ele tem uma boa voz, bem grave. – Não me agrada nada ter que fazer isso.

Isso é muito idiota, eu sei. Eu e o soldado estamos do mesmo lado. A gente devia estar lutando contra os monstros. Tudo não passa de um mal entendido.

O cabo em que eu estou pendurado vai me baixando quando as balas do sonho me atingem. Vou sendo balançado baixo o suficiente pros monstros me alcançarem. Um dos mais altos consegue fechar os dedos mortos sobre o bico da minha bota. Outro quase me agarra pelo calcanhar.

A intensidade da luz aumenta. Parte de mim se pergunta se é um daqueles momentos nos sonhos em que a noite vira dia de repente ou que você estava dentro de um lugar e, do nada, aparece do lado de fora. Mas eu já estava do lado de fora mais cedo, então sei lá o que mudou.

Aí, eu vejo outro cara. Outro cara pendurado no ar. O oficial também se vira na direção dele e dispara mais balas dos sonhos que não fazem nada.

Primeiro, eu pensei que o cara estivesse enrolado em papel alumínio. O corpo dele todinho reflete os raios do sol. De vez em quando, o brilho muda de lugar e fica piscando, como se o brilho de uma luz ainda mais forte estivesse refletindo naquela roupa estranha dele.

Ele brilha bastante.

Aí, a figura brilhante fala alguma coisa. Sua voz é meio estática. Um chiado distorcido. É preciso fazer um esforço danado pra entender o que ele tá dizendo, mas eu acabo entendendo porque é assim que as coisas funcionam nos sonhos.

Bem, o cara brilhante diz. Ele tá com a mão levantada e ela fica ainda mais iluminada. Parece que o cara de papel alumínio tá segurando o sol na mão. Tudo em volta da mão dele fica meio distorcido por causa do calor. *Até que estava tudo bem impressionante, sabe, até você chegar*.

ONZE

George acordou com dor de cabeça.

A corrente de miçangas, *clique-clique-clique*, clicava contra o ventilador de teto. As miçangas giravam, batendo da pá de metal sem parar, mais e mais e mais. Ele não conseguia tirar aquele ruído da cabeça.

Focou sua atenção na corrente de miçangas. Tinha alguma coisa de errado com ela. Então, seus olhos focaram para além da corrente e ele vislumbrou as manchas escuras de bolor espalhadas pelo teto. Pestanejou e se sentou na cama.

Enquanto dormia, alguém tinha destruído o apartamento.

A televisão tinha sumido junto com o aparelho de DVD e sua coleção pateticamente pequena de filmes. A prateleira improvisada onde ficava a televisão tinha sido golpeada e estava toda quebrada em pedaços mofados. O *closet* estava aberto e vazio. Sapatos, camisas, tudo tinha sumido. Até o...

O que era mesmo que ele guardava escondido no fundo do *closet*? Alguma coisa importante. Algo do qual ele tinha orgulho, mas não queria que ninguém visse.

O colchonete em que se deitava estava molhado. Dava pra ver faixas de mofo esbranquiçado se estendendo num canto feito teias de aranha. O canto oposto parecia ter sido rasgado. Talvez mastigado. Seus travesseiros e lençóis tinham sumido. Tinham sido levados durante a noite.

Tinham sido tirados *de baixo dele* durante a noite.

O quarto estava coberto de poeira. A janela estava quebrada. Até uma parte da moldura estava faltando. Havia uma poça no chão logo abaixo da janela, e um vento úmido entrava pelo buraco aberto. A tinta se soltava das paredes em tiras largas. Onde não estavam descascando, as paredes tinham um brilho pegajoso de condensação com alguns focos de bolor.

Ouviu um barulho abafado vindo de trás. Ele se virou e vislumbrou o intruso. Viu braços estendidos na sua direção, olhos cor de pérola, dentes arreganhados e, então, a mulher morta se lançou sobre…

George acordou com dor de cabeça.

Esticou seus braços por baixo do cobertor e cobriu os olhos. Outra noite de sonhos vívidos demais e sono tranquilo de menos. A corrente de miçangas, *clique-clique-clique*, clicava contra o ventilador de teto. As miçangas giravam, batendo da pá de metal sem parar, mais e mais e mais. O ruído enfatizava o fato de que ele não conseguiria voltar a dormir, apesar de o despertador mostrar que tinha acordado mais de uma hora antes do programado.

Seu braço estava dolorido. Formigava, a pele estava meio irritada. Ficou imaginando se alguma coisa o tinha mordido durante a noite. Algumas pessoas no prédio tinham reclamado de percevejos e tinham exigido que o síndico mandasse dedetizar o condomínio ou coisa que o valha. Até então, George jurava que tinha escapado dessa praga.

Saiu da cama e bocejou. De ora em diante, teria que se ocupar com alguma coisa durante uma hora antes de seguir ao trabalho.

Como a maioria das pessoas que se encontram nessa situação, foi para a internet.

George checou seu e-mail e o Facebook, e leu alguns artigos no *Yahoo! News*. O Presidente estava vindo à cidade para aparecer num daqueles *talk-shows* que passam de madrugada. As coisas ainda estavam prestes a explodir a qualquer momento no Oriente Médio. O grande lançamento nos cinemas naquele fim de semana estava sendo arrasado por críticos e bloggers.

Lá pelo meio da seção de entretenimento, viu uma foto de Karen Quilt vestindo um longo preto que nela parecia dos mais casuais. Ela iria participar de um evento de gala para arrecadar fundos à caridade em Los Angeles no dia seguinte, à noite. Também aproveitava a estadia para fazer um tour pelo laboratório da Jet Propulsion em Pasadena. Engenharia aeroespacial era um dos seus hobbies. O artigo destacou esse seu interesse de uma forma condescendente, como um pai explicando que seu filhinho quer ser astronauta quando crescer.

George se perguntou o que a Srta. Quilt pensava do repórter que tinha escrito a matéria.

A edição da *Maxim* estava dobrada sobre sua mesa. Tinha jogado lá ao chegar em casa, dia desses, e não tinha mais mexido nela desde então. Desdobrou a revista e abriu numa das primeiras fotos. Karen Quilt estava sentada numa escrivaninha num escritório estilo inglês com muitos livros e um globo de madeira. Vestia um terninho preto e óculos que a faziam parecer uma coruja. Era uma pose estilo bibliotecária sexy.

Alguém tinha escrito alguma coisa no fim da página, junto com um parágrafo introduzindo os pais de Karen Quilt e contando um pouco sobre a infância dela. George inclinou sua cabeça, depois virou a revista.

Tenta se lembrar – Madelyn

Ela também tinha escrito seu telefone e o número do quarto no dormitório. Tentou imaginar quando ela poderia ter tido tempo para escrever aquilo sem que ele percebesse. Talvez, quando atendeu seu Nextel? Será que ele tinha ficado muito tempo sem olhar na direção da mesa?

A história de Madelyn não saía da sua cabeça. Uma namorada de quem ele não se lembrava e um melhor amigo de quem ele nunca tinha ouvido falar. George olhou para a foto da bibliotecária sexy de novo e sacudiu a cabeça. Caras como ele não pegavam mulheres como aquela. Não no mundo real.

Qual era o nome do cara, mesmo? O suposto melhor amigo. Lembrava que o nome e o sobrenome tinham as mesmas letras. Tem uma denominação para isso, quando duas palavras começam com a mesma letra. Um monte de super-heróis antigos tinham nomes assim, a tal identidade secreta. Peter Parker. Bruce Banner. Wally West.

Tratou de afastar da cabeça a lista mental de nomes de super-heróis. Não tinha lido sequer uma revista em quadrinhos em anos, nem mesmo as *graphic novels* que estavam na moda. Mas Madelyn tinha conseguido encher sua cabeça com historinhas de super-heróis.

Ela tinha mencionado onde o tal melhor amigo trabalhava. Algum lugar no Novo México. Uma usina de energia ou algo assim. Ou seria um laboratório?

Digitou algumas palavras no computador. Levou cinco minutos para achar o Sandia National Labs em Albuquerque, Novo México, e o projeto Potência Pulsante. Parte dele era um negócio chamado Máquina Z.

Máquina Z. Z. Z. Z. Soava apropriado de algum modo que ele não sabia explicar.

George não entendeu nem metade dos factoides que a Wikipédia listava sobre a Máquina Z, mas aparentemente era usada para criar quantidades fenomenais de energia. Havia uma foto no artigo mostrando uma teia de eletricidade esticada sobre alguns equipamentos. Tinha quase certeza de que a foto mostrava algo que devia ter durado menos de um segundo, aquela teia de eletricidade não devia ficar permanentemente lá, mas, mesmo assim, achou aquilo tudo impressionante.

O site principal do projeto não listava a equipe envolvida, mas havia algumas fotos. George se demorou em uma que mostrava meia dúzia de pessoas reunidas em torno de uma mesa. Sentado na esquerda, havia um homem negro e magro de cabelos raspados à máquina.

O site tinha informações para contato. Alguns e-mails e dois números de telefone. O laboratório estava aberto (ou, pelo menos, estava atendendo os telefonemas) durante o horário comercial. George desplugou o celular do carregador e digitou o número. O fuso do Novo México era de uma hora a mais, o que significava dizer que eram...

Sete e meia da manhã lá. Eles provavelmente tinham seu próprio George para esvaziar o lixo deles. Não deveria aparecer ninguém por lá pelas próximas horas. Se aparecesse, provavelmente ignorariam os telefonemas.

Ele se sentiu um tanto tolo.

A história de Madelyn tinha tocado num ponto sensível. Um sonho idealista de infância sobre ajudar pessoas, poderes fantásticos e grandes responsabilidades, ou coisa que o valha. Parte dele quase teve esperanças de que a história dela fosse real. Menos a parte de matar milhares de pessoas. Colocou o celular de volta na mesa e fechou a revista.

George colocou os braços por trás da cabeça, entrelaçou os dedos e se espreguiçou. Uma boa noite de sono tiraria tudo isso da sua cabeça. Era só do que ele precisava.

O despertador tocou. Bateu o joelho na mesa ao se levantar. Era hora de se aprontar para o trabalho.

X X X

Mais uma vez, os pedestres transformaram o percurso de carro numa dor de cabeça. Todo cruzamento se enchia de gente, todos eles sem pressa alguma. George ficou parado durante todo o sinal verde na Fairfax enquanto homens e mulheres atravessavam a rua de maneira desajeitada. Olhando pelo lado bom, todo mundo nos outros carros podia enxergar a multidão, então ninguém ainda tinha começado a buzinar. A única coisa mais frustrante do que situações que atrasam o trânsito era ter um idiota atrás de você que não as percebe.

Também não ajudava em nada o fato do freio parecer estar falhando. Chegava a um cruzamento e o Hyundai tentava avançar nas pessoas na faixa de pedestre. Sentia o carro lutando contra seu pé quando pisava no freio. Com as constantes choradeiras no rádio exortando a diversas figuras religiosas, e o clima surreal que ele tanto detestava estava completo.

Parecia haver muitos sem-teto pelas ruas naquela manhã. Pelo menos metade das pessoas que cruzaram seu caminho vestia roupas manchadas, aos trapos. George sabia que Los Angeles tinha um contingente enorme de sem-teto, mas não era sempre que se via tantos assim, juntos. Ou talvez ele só tivesse começado a reparar mais neles, de todo modo.

Conseguiu percorrer boa parte do caminho até o campus antes do carro falhar várias vezes e morrer de novo. George gritou alguns palavrões e conduziu o veículo até o acostamento antes que a bateria acabasse totalmente. Girou a chave duas, três, quatro vezes. As luzes do painel não ligavam. Nem mesmo o clique da partida. O rádio estava em silêncio. Deu uma checada na rua pra ver o quão longe ainda estava do campus.

O carro tinha pifado na frente do escritório de recrutamento de novo.

Pescou alguma coisa se movendo com o rabo do olho, um vulto enorme se locomovia a passos pesados pela neblina da manhã. Era o mesmo funcionário careca que ele tinha visto na semana anterior, o sujeito com braços da grossura da cintura de George. Vestia uma camiseta cáqui e respirava fundo, o tipo de respiração controlada que as pessoas fazem depois de se exercitar. Tirou um molho de chaves do bolso e seguiu em direção à porta do escritório.

Passou pela cabeça de George que o carro tinha morrido assim que cruzou com o sujeito, mais ou menos meio quarteirão atrás.

George saiu do carro.

– Licença – ele disse, chamando o sujeito.

O gigante se virou. Aparentava estar confuso, mas soube disfarçar bem.

– Sim, senhor? – ele disse. – Como posso ajudá-lo? – sua voz pareceu ligeiramente confusa.

George apontou para o Hyundai:

– Desculpa incomodar – ele disse –, eu parei aqui na semana passada. Estou tendo problemas com o meu carro. Morreu outra vez.

– Eu me lembro. O carro precisa de uma chupeta de novo?

– Nem sei. Pra ser sincero, eu ainda não entendi o que tem de errado com esse carro.

Um barulho ecoou pela rua. Um pé se chocando contra a calçada. Um ruído baixinho de algo sendo arranhado, e outro baque alguns segundos depois. George correu os olhos pela rua. Um punhado de sem-teto se aproximava aos trancos pela Wilshire.

Algo neles fez um calafrio percorrer seu corpo todo.

– É melhor entrarmos – o oficial disse, apontando para a multidão com a cabeça. – Já fui muito generoso com eles, por isso não param de nos assediar. Hoje em dia, acho melhor evitá-los.

O gigante virou depressa a maçaneta e digitou um código num teclado perto da porta. Seus dedos eram ágeis para seu tamanho. Ligou as luzes e seguiu em direção à sua mesa.

–Valeu – George disse.

– Sem problema – o oficial retrucou.

– Meu nome é George.

– Tenente Freedom – o gigante disse, estendendo a mão imensa.

Os dedos de George mal chegavam ao fim da palma do outro. Sorriu ao se cumprimentarem.

– Freedom? Isso é algum esquema de recrutamento ou coisa do tipo?

O oficial fechou a cara:

– É meu nome de família, senhor – ele se virou e foi até uma porta nos fundos, bem no canto. – O Sargento Harrison deve levar mais meia hora pra chegar, mais ou menos, mas talvez tenhamos alguns cabos de chupeta lá atrás. Há um armário cheio de tranqueiras com um monte de coisas estranhas dentro.

Escutaram um baque surdo vindo da frente do escritório. Um dos sem-teto estava pressionado contra a janela. Os dentes dele eram uma catástrofe total, todos podres, e os olhos estavam cheios de cataratas. Balbuciava alguma coisa, mas George não foi capaz de ouvi-lo através do vidro.

Os olhos do sem-teto varreram todo o escritório e Freedom apontou uma pistola na direção dele. A boca da arma era enorme. George cambaleou para trás, com as mãos ao alto, tropeçou e caiu de bunda no chão.

Freedom pestanejou:

– Está tudo bem, senhor? – estendeu uma das mãos. Ambas já estavam vazias, sem pistola alguma.

George ficou encarando o sujeito enorme e depois olhou para trás. Os sem-teto estavam se dispersando. O cara com os dentes podres tinha deixado uma mancha no vidro.

– Você estava com uma arma – ele disse.

– Como, senhor? – Freedom fitou os próprios quadris. – Não estou armado.

George se pôs de pé enquanto tentava encaixar as peças do quebra-cabeça.

– Foi você quem atirou em mim – ele disse, apontando para a janela. – Aquelas coisas estavam espalhadas lá fora e você atirou em mim com uma pistola enorme.

O oficial não desviou o olhar, mas sua expressão mudou.

George o encarou de volta. Soava que nem um doido. Sabia bem disso. Tentou ignorar os intermináveis cliques da caneta e botar os pensamentos no lugar.

– Eu acho que te conheço – ele disse ao sujeito. – Acho que a gente se conhece faz tempo já.

Freedom endireitou a postura. Era quase trinta centímetros mais alto do que George.

– Tenho certeza de que nos conhecemos na semana passada.

O som da voz do oficial despertou algo na mente de George. Foi tão depressa que fez sua cabeça doer.

– Você era um capitão – ele disse. – O Harrison falou que você tinha sido rebaixado e eu não tinha ligado uma coisa a outra. Você é o Capitão Freedom. John Carter Freedom – as palavras foram cuspidas, surpreendendo-o tanto quanto surpreenderam o tenente.

O oficial comprimiu os lábios. George não soube dizer o que aquela expressão significava ao certo. Também não tinha certeza de onde ele tinha tirado aquele nome. Seus olhos passearam pelo escritório vazio e, então, voltaram-se novamente ao gigante.

– Senhor – Freedom disse –, acho melhor se retirar agora – cruzou os braços sobre o peito. Não se tratava de um pedido ou uma sugestão.

George foi embora meio desorientado. Alguns dos sem-teto o viram e mudaram de direção, mas ele entrou de volta no carro antes que um deles pudesse se aproximar. Checou seus bolsos e o vão embaixo do freio de mão, mas não havia moedas para lhes dar.

Ele se afundou no banco do motorista e pressionou as mãos contra os olhos. Não conseguia acreditar que tinha se envolvido numa situação daquelas. Tinha acusado um oficial do exército de ter tentado assassiná-lo! Sua falta de sono estava novamente fazendo-o agir feito um maníaco. Ele se perguntava se deveria ligar para o trabalho e dizer que estava doente por um dia ou dois e tentar recuperar o sono perdido.

Um baque chamou sua atenção. Uma mulher sujismunda estava com o rosto pressionado contra a janela do carro. Tinha olhos azuis empalidecidos, quase cinza. Seria bonita, não fosse pela camisa manchada e toda aquela sujeira no rosto.

George checou as horas no celular. Chegaria atrasado no trabalho. Deu partida no carro e se enfiou de volta no trânsito. Se os semáforos estivessem a seu favor, conseguiria chegar a tempo.

Já estava estacionando no campus quando se deu conta de que o carro tinha dado partida sem o menor problema.

George foi [illegible] [illegible] [illegible]
mudaram de dar que, mas [illegible] volume outro ano, que um [illegible]
pudesse [illegible] [illegible]

[illegible]

[illegible] Sentaram-se, não [illegible] ainda [illegible]
[illegible]

George e [illegible] ao [illegible]. Chegaram [illegible] no [illegible]
[illegible]

[illegible]

DOZE

George passou a manhã toda limpando janelas. Era um trabalho que não exigia esforço mental e, num dia normal, ele ficaria contente em realizá-lo e se deixar imergir no estado zen que emanava com a tarefa. Mas, naquele dia, ele não queria tempo livre algum para ficar de bobeira, pensando.

Sua atenção continuava recaindo sobre um dos prédios. Isso o incomodou por alguma razão. Teve uma sensação chata de que não se lembrava de alguma coisa sobre ele. Havia algumas salas de aula lá, um monte de laboratórios de bioquímica, e dois ou três grandes depósitos. Não conseguia se livrar da impressão de que um incêndio tinha ocorrido lá, ou algum tipo de explosão.

Alguma coisa bem no fundo da sua mente continuava insistindo que tinha ocorrido um incêndio num daqueles prédios e com ele lá, no *meio* do fogo.

Era quase meio-dia quando ouviu o papo entre dois rapazes que passavam pela escada onde estava. O que estavam conversando não fazia sentido algum para ele, então pegou seu celular e mandou um SMS para Nick. A resposta surgiu um minuto depois.

Hugh Laurie também não morreu. PQ vc tá numa vibe tão mórbida?

George suspirou. Nick estava certo. Ele estava ficando mórbido. Toda aquela conversa sobre catástrofes e destruição de Madelyn tinha se misturado com a falta de sono e dado nisso.

Ficou brincando com o celular na mão e seus dedos acabaram encostando na tela. O teclado do celular apareceu automaticamente e ele parou. Um número telefônico surgiu na tela. Não o reconheceu, nem mesmo o código de área. Levou um tempo para se lembrar de ter digitado os números naquela manhã. Parecia que tinha sido séculos atrás.

Sabia que deveria simplesmente apagar o telefone do Sandia. Era tentador. Não queria ligar e sair perguntando um monte de besteira que o fariam parecer um idiota. Um idiota, se tivesse sorte. Era um laboratório nacional. Não sabia bem o que isso significava, mas tinha certeza de que se eles contassem ao FBI sobre ligações esquisitas que tinham recebido, as queixas seriam levadas mais a sério do que as de outras pessoas na mesma situação.

Fora que ligar só alimentaria todo aquele delírio que a garota tinha compartilhado com ele. Um mundinho fictício onde todo mundo estava morto e ele era algum tipo de super-herói. A última coisa que ele precisava era se envolver numa coisa dessas, especialmente com uma aluna.

De todo jeito, se ele fosse mesmo um super-herói, não deveria ser corajoso o bastante para fazer essa ligação?

Seu polegar pairou sobre o teclado por um instante. E então, sem nenhum pensamento consciente, o polegar foi abaixo. O ícone do teclado piscou e a tela mudou sob o toque do seu dedo.

Discando.

Ainda dá tempo de desligar, ele disse a si mesmo. Sabia que, até ouvir o primeiro sinal de chamada, podia apertar o botão **finalizar**. Não era como se fossem ligar de volta.

Atenderam o telefone após o segundo sinal.

– Sandia National Labs – disse uma voz masculina. – Pra onde devo redirecionar a ligação?

– Hmmm... – George retrucou. – Oi. Estou procurando pelo, quer dizer, estou tentando entrar em contato com...

– Como?

O nome estava na ponta da língua.

– Barry. Eu acho que o nome dele é Barry... Burke.

– Ah – a voz disse –, claro. Só um segundo.

O telefone fez um clique e uma versão estilo música de elevador de "Radio Nowhere", de Bruce Springsteen, começou a tocar. Seu coração acelerou. Não se sentia assim fazendo uma ligação desde que tinha quatorze anos de idade.

Um minuto depois, novo clique.

– Barry falando – disse uma voz nada familiar aos ouvidos de George.

– Oi – ele retrucou –, é o Barry Burke?

– O primeiro e o único. Vou estar em cartaz lá em Las Vegas nos dias 16 e 17 do mês que vem. E você é...?

– Eu sou...

Idiota. De repente, George se sentiu um idiota. Aquela menina, Madelyn, tinha sacaneado com ele. Ela procurou na internet coisas sobre o projeto Potência Pulsante, achou alguns nomes e o convenceu a ligar para lá. Psicologia reversa ou coisa que o valha. Deveria ser trote de alguma irmandade.

– Foi mal – George disse –, acho que liguei errado.

O sujeito do outro lado da linha deu uma risada. Parecia ser do tipo que vivia rindo.

– Eu sou o único Barry por aqui – ele disse. – Se tem alguma outra Máquina Z em algum outro lugar com outro Barry Burke, eu acho melhor que ele tenha uma barbicha e uma faixa na cintura.

George soltou uma risadinha.

– Não, é só que... me desculpa. Eu acho que isso tudo foi um grande engano. Desculpa ter desperdiçado o seu tempo.

– Hmmmm... então tá. Tem certeza?

George ficou olhando para o edifício onde ficava o laboratório. Refletiu sobre seus sonhos e os sem-teto esquisitos que andava vendo. Lembrou-se da história de Madelyn sobre um melhor amigo do qual não se recordava.

– Olha só – ele disse –, isso vai soar bem idiota, eu sei, mas posso te fazer uma pergunta?

Outra gargalhada ecoou, vindo direto do Novo México.

– Você tá me salvando de uma reunião superchata, estranho-no-telefone. Pode me perguntar qualquer coisa.

– Você tá numa cadeira de rodas?

A voz do outro lado da linha ficou muda. George se deu conta do quão cretino tinha parecido dizendo aquilo. O silêncio se prolongou por mais dez segundos, e ele se perguntou se o sujeito tinha desligado.

– Quem é que tá falando? – Barry Burke retrucou.

– Me desculpa – George disse ao telefone. – Isso tudo foi bastante insensível da minha parte. Não era a minha intenção ser…

– É o George?

O telefone escapuliu da sua mão. Ou talvez ele tenha tido um espasmo. Ficou olhando assustado para o celular por um instante e depois o colocou de volta contra o ouvido.

– Você ainda tá aí? – o sujeito em Albuquerque perguntou.

– Estou – George respondeu. – Ainda estou aqui, sim. Eu só… você me conhece?

– Sua voz não me é estranha – Barry disse –, só não sabia dizer de onde. Aí, percebi que era igualzinha à voz do cara dos meus sonhos. E eu acabei de me tocar que isso soou bem diferente do que eu queria dizer.

George se sentiu meio aéreo. Encostou-se na parede, perto do seu balde d'água com sabão.

– Você tem sonhos comigo?

– Eu acho que sim. Você tem mais ou menos 1,80, cabelo castanho claro… hmmm, você não seria superforte, seria?

George se lembrou da caçamba de lixo.

– Talvez?

Barry assobiou.

– E quem é aquela mulher de cabelos ruivos?

– Hein?

– Também tem uma mulher de cabelos ruivos nos meus sonhos. Bonitinha. Eu acho que ela usa... – a voz dele sumiu – acho que ela é tipo um cavaleiro das antigas. Tipo um daqueles da época do Rei Artur e de Excalibur, esse tipo de cavaleiro. Ou talvez um piloto daquelas animações japonesas, *Gundam*.

– Foi mal – George retrucou –, eu não faço ideia de quem seja. Eu não... acho que eu nunca sonhei com você.

Ele percebeu a mudança de humor do outro lado da linha, mesmo por telefone.

– Não?!

– Acho que não.

– Então, o que foi que te deu pra me ligar?

– Tem uma menina – George explicou. – Uma moça. Ela sabe... ela diz que sabe um monte de coisas. E disse que eu me esqueci de algumas coisas. Que todo mundo esqueceu.

– Ela tá morta?

– Quê? Não, ela só...

Uma série de sons e imagens começou a passar depressa pela cabeça de George. O dia da mudança em que conheceu Madelyn pela primeira vez. O dia em que se encontraram de novo no refeitório.

Eu me chamo Madelyn Sorensen, ela disse. A Corpse Girl.

Ele olhou por cima da revista e viu uma garota morta numa cadeira de rodas.

Sua voz sumiu.

Barry pigarreou:

–Você ainda tá aí?

– Estou, estou sim, foi mal. É só que isso tudo é muito... muito esquisito. E é muita pressão.

– Nem me fale. Eu pensei que estava ficando louco ou coisa do tipo.

George se lembrou de outra coisa que Madelyn tinha mencionado.

– Tem mais alguém nos seus sonhos? Alguma outra pessoa?

– Um monte de gente – Barry respondeu. – Tem você, a ruiva, um cara gigantesco do exército…

– Eu já conheci esse cara – George disse. – Ele tá aqui em L.A. Tenente Freedom.

– Tenente? Eu acho que não era isso, não.

George sentiu algo pulsando por trás do olho direito, um leve sinal da dor de cabeça por vir.

– Eu também acho que não, mas ele ficou meio com raiva quando eu toquei no assunto.

– Mas ele existe, mesmo? Você viu ele de verdade?

– Eu apertei a mão dele ainda hoje de manhã.

– Caramba – o sujeito retrucou. – Mas enfim, tem um monte de gente. A ninja, a garota morta, tem até um fantasma.

A pulsação tinha passado também ao outro olho.

– Um fantasma, você disse?

– É, mas acho que isso pode ter sido só coisa de sonho. Não acho que signifique alguma coisa – fez uma breve pausa. – Posso te falar mais uma coisa? Ou te perguntar mais alguma coisa?

– Claro.

– Isso vai soar bem estranho, hein.

– Mais estranho do que toda essa parada de "pessoas aleatórias que nunca se viram tendo os mesmos sonhos"?

– Pode apostar – Barry retrucou –, acho que sim. Isso é tipo… tão estranho quanto a primeira temporada de *Lost*.

– Beleza.

– Você saca o George Romero?

George franziu a testa. Levou um minuto para se situar.

– O diretor de cinema?

– Isso! – a voz ao telefone soou aliviada. – Beleza, parte dois. Você sabe que tipo de filme ele faz?

– Hmmm… filme de terror?

– É, mas que tipo de filme de terror? Dá pra ser mais específico?

George massageou as têmporas. A dor de cabeça parecia estar fazendo com que seu cérebro inchasse.

– Hmmm… filme de monstros, né? Daqueles bem sangrentos.

– Mas que tipo de monstro? – Barry insistiu. – Vampiros? Lobisomens? Qual que é o monstro?

– Eu não sei – George respondeu. – Esse lance de filme de terror não é muito lá minha praia.

– Bem, pois é a minha – Barry retrucou. – Eu sou fã de carteirinha. Um dos maiores. E quer saber?

– O quê? – a dor de cabeça de George tinha chegado para ficar. A luz do sol machucava seus olhos. O som saía do celular feito um monte de agulhas espetando seu ouvido.

– Eu também não sei qual tipo de monstros que eles são – o sujeito em Albuquerque disse. – Chequei no Google, no Netflix, na Amazon, nuns *fansites* aí. Estou tentando descobrir faz dias e ainda não faço a menor ideia.

TREZE

O celular de George escorregou dos seus dedos. Sua cabeça estava latejando. Seus ouvidos latejavam como se um carro estivesse com os alto-falantes no máximo. Nunca tinha tido uma enxaqueca antes, mas aquilo parecia ser bem pior. Parte dele se perguntava se um vaso sanguíneo não tinha estourado ou qualquer coisa explodido na sua cabeça. Talvez um aneurisma. Poderia jurar que aqueles eram seus últimos segundos de vida.

Ouviu um ruído estridente logo adiante. Levantou a cabeça e se forçou a abrir os olhos. Levou um tempo para focar a vista.

Um grupo de pessoas estava parado bem na sua frente. Alunos e professores, imaginou. Três mulheres e dois homens. Com o rabo do olho, pescou outro homem caminhando na sua direção. Outros dois observavam tudo a alguns metros de distância.

Estavam todos mortos.

O cadáver mais próximo a George tinha um machado vermelho enterrado num dos ombros. O machado desequilibrava a criatura sempre que ela se movia a ponto de quase derrubá-la. A blusa de uma das mulheres tinha três buracos de bala com as bordas chamuscadas. Um rapaz acima do peso estava com os braços esticados, roídos até os ossos. Faltava-lhe, pelo menos, metade dos dedos. Uma garota morta estava com uma mochila em forma de macaco pendurada nas costas.

As mandíbulas abriam e fechavam sem parar, estalando os dentes cada vez mais e mais. Alguns deles estavam só partidos ou lascados. O sujeito com o machado não tinha nada além de tocos irregulares. O barulho dos dentes era como granizo caindo no chão ou plástico-bolha sendo estourado, um clique-clique-clique constante.

George se esquivou para longe deles e seguiu seu caminho pela lateral do prédio. A grama, alta, roçava seus joelhos. Mirou o prédio cinza. Uma camada espessa de sujeira cobria as janelas que ele tinha acabado de limpar. Anos de poeira, marcada pelas chuvas.

As pessoas foram atrás dele, cambaleando. O cadáver dos braços roídos tropeçou e deu de cara na parede do prédio. O rosto dele ficou esmagado contra o concreto. O resto do bando lentamente desviou a rota e seguiu na sua direção.

A cabeça de George ainda latejava e ele sentiu uma náusea subindo até a garganta. Pensou em telefonar para a segurança do campus, mas seu celular tinha caído em algum canto em meio à grama alta. Mesmo que conseguisse passar pelas criaturas, não tinha certeza de quanto tempo levaria para encontrar o aparelho. Correu numa ampla circunferência, contornando as coisas mortas, e seguiu de volta pelo longo caminho em direção ao Departamento de Ciências.

Pelo menos uns vinte monstros cambaleavam pelo pátio. Talvez mais. Alguns vestiam ternos e gravatas todos manchados de sangue. Outros carregavam mochilas ou bolsas-carteiro. Uma das mulheres mortas usava um moletom da UCLA. Um troço com uma perna só e cabelos compridos se arrastava pela calçada, esfolando tanto o rosto e o peito que George não foi capaz de dizer se tinha sido um homem ou uma mulher. O barulho dos dentes se chocando uns contra os outros ecoava por entre os prédios.

Uma coisa morta perto do prédio de Geologia vestia um uniforme de segurança do campus. Faltava-lhe um dos braços. Esticou o braço que lhe restava na direção de George, como se pudesse agarrá-lo mesmo estando do outro lado da praça.

O pátio parecia abandonado. O mato crescia por entre os tijolos. Os arbustos estavam secos, sem folhas. Manchas escuras tomavam conta de todo o lugar em meio a montes de lixo já ressecados pelo sol que mais pareciam animais mortos, embora não o suficiente para aparentarem ser outra coisa senão o que realmente eram. As poucas janelas ao redor do pátio que não tinham sido quebradas estavam com uma grossa camada de sujeira.

Parte dele, uma parte animalesca, instintiva, dizia-lhe para sair correndo. Simplesmente correr sem parar. Parte essa que urrava sincronizada com a dor de cabeça latejando. Os corpos ainda estavam dispersos o suficiente para que ele pudesse correr desviando deles. Só não sabia bem para onde correr. De volta ao escritório da manutenção? De volta ao carro?

Outra parte dele queria lutar. Algo lhe dizia que aquelas coisas não representam uma ameaça. Não a *ele*. O instinto de fuga disputava contra a certeza de que as coisas mortas não eram capazes de machucá-lo.

Fugir venceu a disputa.

George correu por alguns metros e a dor latejando na sua cabeça fez seus olhos lagrimarem. Conseguiu correr mais alguns metros e caiu de joelhos. Seu estômago revirava e sua garganta estremeceu sob a promessa de vômito iminente. Algo queimava o fundo da sua boca.

Os mortos fechavam o cerco em volta dele. Pés se arrastavam. Dedos lhe arranhavam as costas. Dentes rangiam e o *clique-claque-clique-claque* das mandíbulas seguia o mesmo ritmo do seu crânio latejando.

Tentou se levantar, mas a náusea o impediu. Arqueou as costas. Sua garganta convulsionava. Algo quente parecia querer forçar passagem pela sua boca. Parecia fumaça líquida e ácido escorrendo entre seus dentes.

– Jesus amado – alguém disse. – Você tá bem, cara?

George conseguiu encher os pulmões de ar e abrir os olhos. Tentou vomitar, mas não saía nada. Sua náusea e sua dor de cabeça tinham sumido como se alguém as tivesse desligado num interruptor.

Ergueu os olhos. Um homem de terno e um guarda da segurança do campus estavam diante dele.

– Por um instante, você me pareceu bem mal aí – o homem de terno disse. Era careca e usava óculos quadrados.

Uma roda de pessoas cercava George. A maioria se mostrou um tanto educada e permaneceu a alguns metros dele. Muitos assistiam a tudo das mesas mais próximas.

George se levantou.

– Me desculpem – ele disse. – Eu não queria assustar ninguém. Foi só... uma enxaqueca muito forte.

Metade da multidão suspirou e foi se dispersando, sem maiores esperanças de ver algum incidente mais sério. Alguns ainda ficaram por lá para ter certeza de que não perderiam nada.

–Você tá se sentindo melhor agora? – o homem de terno perguntou.

– Tenho um Advil – disse uma mulher entre as pessoas ainda perdendo tempo ali. Tirou a mochila das costas e remexeu num bolso lateral. – Eu tenho umas dores horríveis de vez em quando.

George fez que não com um aceno.

– Já estou bem, valeu.

O homem de terno, provavelmente um médico ou coisa que o valha, ajudou George a se sentar num banco e checou seu pulso e seus olhos. Seja lá qual tenha sido a impressão dele, pareceu não ser nada demais. O homem apertou o ombro de George, recomendou-lhe que descansasse um pouco e seguiu caminho, cruzando a praça. A maioria das pessoas ainda por ali sumiu logo depois.

O segurança esperou até que o homem de terno tivesse ido embora.

– Você estava bebendo, né? – ele murmurou. O nome na plaquinha dourada era Crosby.

– Quê? – George sacudiu a cabeça. – Não.

Crosby fitou a identificação de George.

– Se você estiver bebendo, eu vou ter que reportar – ele disse –, você sabe disso.

– Eu não estava bebendo. Juro.

O segurança assentiu com um sinal de cabeça.

– Tudo bem, então. Se cuida. Não deixa isso acontecer de novo – ele disse e saiu andando com um ar confiante de superioridade, deixando

George sozinho no Departamento de Ciências. Ainda havia algumas pessoas olhando na sua direção, mas não demoraram a ir embora também.

Esperou dois minutos para ver se a dor de cabeça voltava. Como a dor não voltou, decidiu refazer seus passos. A não ser por um único copo de café no chão e uma lixeira quase transbordando, o pátio estava impecavelmente limpo. Nada de mato. Nada de rachaduras. As janelas ao redor da praça estavam inteiras e limpas.

Encontrou seu celular em meio à grama bem aparada, perto dos materiais de limpeza. Quase o derrubou dentro do balde do esfregão. De acordo com o registro de chamadas, vinte minutos tinham se passado desde sua conversa ao telefone com Barry. Não se lembrava de ter desligado. Ficou se perguntando se o cara tinha ficado na linha. Será que ele tinha escutado alguma coisa?

George ainda fitava o celular quando ele tocou.

– George – alguém disse –, você ainda está aí ou não?

– Estou sim, Jarvis, estou aqui.

– Estou tentando falar contigo já faz uns cinco minutos.

– Desculpa, meu celular tinha caído na grama.

– Terminou de limpar as janelas?

Olhou para o prédio e suspirou:

– Pra ser sincero – ele disse –, estou uma meia hora, mais ou menos, atrasado.

Jarvis ficou em silêncio por um instante. George foi capaz de visualizar o sujeito grisalho o xingando no escritório.

– Qual foi o problema? – ele perguntou.

George olhou de volta para o pátio no Departamento de Ciências.

– Eu acho que peguei alguma doença. Não estou me sentindo muito bem.

– Deixa de brincadeirinha, George.

– Estou falando sério – ele retrucou. – Tenho tido umas dores de cabeça insuportáveis. Eu quase vomitei faz uns minutos.

Novo silêncio do outro lado da linha.

– Se fosse qualquer outra pessoa – Jarvis disse – eu diria pra parar de frescura.

– Foi mal.

– Você acha que precisa ir num médico?

Chegou a considerar a opção por alguns segundos.

– Nem. Eu acho que só preciso descansar um pouco.

– É – Jarvis concordou –, você anda bem baqueado, esses dias. Pode ir. Vai pra casa e dorme um pouco. E vê se não me aparece doente amanhã, senão eu vou ter que te despedir.

xxx

George não se lembrava do telefone ou do número do quarto de Madelyn, mas se lembrava de onde estava a caçamba em que tinha jogado fora o sofá. Aquele sofá absurdamente leve. Encontrou um bom local entre os dois prédios e ficou lá parado, esperando.

Seu estômago roncou. Era hora do almoço. Considerou a possibilidade de caçar uma das máquinas de venda automática, mas não queria deixar de procurar a garota. Passou pela sua cabeça que ela poderia estar no refeitório procurando por ele, mas tratou de afastar o pensamento, não queria perder tempo duvidando de si mesmo.

Dois caras cruzaram o pátio recitando comédia britânica um para o outro.

– Eu descobri – disse um deles – que a única razão pela qual ele estava naquele poleiro, em primeiro lugar, era porque tinha sido pregado lá.

– Bem, é claro que ele foi pregado lá – o outro retrucou. – Se eu não tivesse pregado aquele pássaro lá, ele teria fuçado naquelas barras, entortado tudo com seu pequeno bico e... vum! – saíram andando, entretidos com suas próprias performances.

Já estava lá havia uma hora quando avistou Madelyn. As mãos da menina corriam pelas borrachas das rodas, locomovendo a cadeira num ritmo decente. Ela não tinha o menor problema para acompanhar alguns dos outros pedestres.

Estavam a uns doze metros um do outro quando ela o viu. O rosto de Madelyn expressou várias emoções a um só tempo. Ela diminui sua velocidade. Levou outros dois minutos para cruzar os últimos dez metros.

– Eu não sabia se te veria de novo – ela disse.

– Eu tenho pensado nas coisas que você me disse.

– É?

– Eu liguei praquele cara do Novo México.

O rosto dela se encheu de alegria:

– Zap! – ela disse, prolongando o Z no céu da boca, como se estivesse falando francês ou algo assim.

– Eu ainda não me lembro dele – George disse. – Ele parecia me conhecer, mas...

– Mas?

– Mas é isso.

Ela cruzou os braços e ficou encarando George.

– Então, quer dizer que foi só isso?

– Ele me perguntou se você estava morta. Ele disse que, nos sonhos dele, tinha uma garota morta, mas do jeito que ele fala parece até... parece que ela nem tá morta de verdade.

Madelyn sorriu.

– Pois é, essa sou eu.

Ele ficou andando em círculos na frente dela por quase um minuto. Então, percebeu o que estava fazendo e parou.

– Isso não tem como ser real – ele disse.

– Mas é.

– Isso é besteira.

– Foi por isso que você veio aqui? – ela perguntou. – Você só quis dar uma de cretino e vir até aqui pra me dizer que isso tudo não passa de besteira?

– Os monstros.

Ela o encarou de volta:

– O que tem eles?

Sua nuca latejou. Uma única vez. A dor foi cruzando seu crânio até ecoar nas órbitas oculares. Apenas um lembrete para que ele pegasse mais leve.

– Eu acho que estou...

Tendo algum tipo de colapso nervoso, passou pela sua cabeça.

– Acho que estou vendo aquelas coisas dos meus sonhos – ele continuou –, enquanto eu ainda estou acordado.

Madelyn olhou ao redor.

– Vendo essas coisas *aqui*? – ela perguntou.

Ele sacudiu a cabeça:

– Elas vêm e vão.

Madelyn lançou um olhar a uma lixeira ali por perto.

– Você tá vendo um jornal bem ali?

– Quê?

– No lixo. Tá vendo um jornal ou uma revista, um troço assim?

Ele olhou para a lixeira e sacudiu a cabeça.

Ela balançou a cadeira de rodas para frente e para trás algumas vezes.

– Tem como você subir até o meu quarto? Eu preciso te mostrar uma coisa.

Sentiu o que qualquer um sentiria nessa situação. Aquilo significaria demissão na certa. Além do mais, tinha que admitir, estaria ultrapassando todos os limites. De certa forma, isso o assustava ainda mais.

– Tá – ele disse –, beleza.

George foi seguindo a garota até um dos dormitórios. Ficaram esperando pelo elevador por um tempo e, quando chegou, Madelyn saiu deslizando para dentro até girar a cadeira com desenvoltura de modo a conseguir apertar os botões. Não era um elevador muito grande. George se sentiu um tanto espremido.

As portas abriram no terceiro andar e Madelyn o guiou pelo corredor. Ela levava uma mochila consigo, de onde tirou um chaveiro preso numa cordinha acolchoada e destrancou a porta.

– Desculpa – disse uma voz de dentro do quarto. – Eu não sabia que você ia voltar tão cedo.

Madelyn conduziu a cadeira dormitório adentro e jogou sua mochila na cama. Seu lado do dormitório pareceu um tanto vazio a George, mas ele não soube bem dizer por quê. Então, ela girou a cadeira de rodas para se acomodar à escrivaninha.

Dois tanques de oxigênio se encontravam perto da cama. Pareciam mais equipamento de mergulho em cima de um carrinho. Um tubo transparente saía do tanque esquerdo e se conectava a uma máscara também transparente que lhe cobria metade do rosto.

Madelyn notou que George ficou analisando o tanque.

– Eu preciso disso pra dormir – ela explicou. – Não consigo respirar quando fico inconsciente.

O canto oposto do quarto parecia mais um projeto para aula de artes. Cartazes e páginas de revistas mostravam ginastas olímpicos, dançarinos e lutadores de artes marciais. Nada que George já não estivesse acostumado a ver. Mais ou menos um mês após o início das aulas, os alunos finalmente se davam conta de que ninguém os supervisionava, o que acabava causando um bum de decorações, roupas e relacionamentos extravagantes. Algumas dessas mudanças eram permanentes. A maioria não.

Uma moça asiática, sentada na cama de pernas cruzadas, vestia um moletom branco folgado com um arco-íris grande estampado na frente. Tinha uma apostila aberta no colo e sua longa trança encostava-se às páginas. Tirou os olhos da apostila assim que Madelyn entrou no quarto.

– Oi – ela disse –, meu nome é Kathy.

– George.

Ela o analisou por um instante.

– Ei! – ela disse. – Eu te conheço! Você é o cara do sofá!

Ele sorriu e se lembrou dela toda encolhida no banco do passageiro de um carro.

– Isso.

– Desculpa pelo jeito que o meu pai falou com você. Ele e a minha mãe andam muito ansiosos porque estão se separando.

– De boa.

– Aquilo lá foi meio incrível, hein. Você levantou o sofá como se não pesasse nada!

– É... – George lançou um olhar a Madelyn. Os dedos dela não paravam de se mexer no *touchpad* do laptop – Foi só um truque de equilíbrio. Parece bem impressionante, mas nem é tanto assim.

Kathy sorriu e baixou os olhos de volta à apostila.

– Aquele seu amigo era bem gatinho também.

– Quê?

Ela ficou vermelha.

– O de óculos. Quantos anos ele tem?

– Ei – Madelyn interrompeu –, presta atenção aqui.

– Foi mal – George disse, dirigindo um olhar a Kathy como que se desculpando, mas ela acenou como quem diz não ter importância e retornou à leitura.

Não havia nada na mesa de Madelyn além do laptop. A prateleira logo acima estava abarrotada com uns vinte daqueles cadernos pretos com pauta. Em todos eles, havia uma etiqueta colada na capa, com a data anotada. Numa das extremidades da prateleira, três deles pareciam ser diários. Madelyn lançou um olhar a George e, depois, em direção aos cadernos.

– São cadernos de anotações – ela disse. – No começo, eu usava só como diário, mas agora eu acho que tão mais pra bloquinho de notas, mesmo.

– Você tá planejando escrever suas memórias ou coisa do tipo?

– Lembra de quando eu disse que andava tendo probleminhas de memória um tempo atrás e tal?

– Lembro, sim.

– Escrever nesses cadernos me ajuda a lembrar das coisas – ela disse. Seus dedos ainda zanzavam pelo *touchpad* do laptop. – Tinha um monte de coisas que eu precisava me lembrar.

Um calendário estava pregado na parede e, ao lado dele, havia uma lista com nomes impressos numa fonte bem grande.

Corpse Girl (EU)
St. George/Mighty Dragon
Capitão Freedom
Stealth
Zzzap
Cerberus
Motorista

Ela olhou na mesma direção para a qual ele estava olhando, para a lista, e apontou para o topo da mesma.

– Aquele ali é você – ela disse. – Você é o Mighty Dragon. Você era, na verdade.

Ele mordeu o lábio.

– Tá bom, então.

Madelyn digitou algumas palavras no teclado do laptop e abriu uma página. Uma manchete daquela manhã mostrava o Presidente e a Primeira-dama em algum evento. George se lembrou de ter lido alguma notícia sobre eles estarem na cidade.

– Era isso que você queria me mostrar? – ele perguntou.

– Quando eu percebi quem ele era – ela disse –, pensei que fosse só parte desse troço esquisito da história estar sendo reescrita. Ele trabalhava pro meu pai. Eu acho até que já eu falei com ele pelo telefone na época em que eu ainda estava no colegial – ela apontou para a foto. – Você sabe quem ele é?

A dor de cabeça estava voltando e seu nariz começou a escorrer. Deu uma fungada e pressionou a ponta do nariz.

– O Presidente?

Ela suspirou:

– É, tá, mas fora isso.

– O que você quer dizer com "fora isso"?

– Tá bom, então, que tal isso aqui – ela pegou uma caixa de lenços no canto da mesa e a jogou para ele. – Você consegue reconhecer a mulher dele?

George tirou uns dois lenços e limpou o nariz. Fitou a foto da Primeira-dama e fez um sinal de cabeça. Ela era seis anos mais velha do que o marido, só que parecia bem mais porque ele era bastante conservado. Por mais de uma vez, chegou a responder aos risos as acusações de que tinha passado por uma cirurgia plástica. – Ela era vereadora aqui em LA, antes deles se casarem.

– Christian Nguyen.

– Isso.

– Pois é – Madelyn disse, batendo os dedos na foto do Presidente –, tenho certeza de que ele tá por trás de tudo isso.

– Por trás do quê?

– De a gente estar aqui em vez de no nosso mundo. De você e todo o resto não estar se lembrando de que são super-heróis. Tudo isso.

George a encarou por um instante.

– Beleza – ele disse, amassando os lenços de papel. – Então, agora o Presidente tá por trás de tudo isso?

– É, acho que sim.

Levou o lenço ao nariz de novo e tentou não assoá-lo de maneira muito indelicada.

– O Presidente mais bem sucedido da história? Um cara que é tão amado que tem um movimento bipartidário no Congresso nesse exato momento só pra revogar a vigésima-segunda emenda de modo que ele possa concorrer à presidência pela terceira vez?

– Pois é. Ele ainda deve ter os superpoderes dele de alguma maneira. Provavelmente porque foi ele que fez tudo isso.

George tamborilou os dedos na perna. Quase caiu naquela conversa toda. E o pior é que ele queria mesmo acreditar nela.

– Então, eu sou um super-herói – ele disse – mas eu não me lembro disso.

– Exato.

– E eu deveria estar namorando uma modelo da Abercrombie & Fitch que também é uma super-heroína. E ela também não se lembra disso, eu suponho. E você é uma super-heroína também, a não ser pelo fato de que você deveria estar morta.

– Não desse jeito – ela disse. – Esse é exatamente o meu superpoder.

– Estar morto não conta como um superpoder.

– No meu caso, conta sim.

– Tá. E além de tudo isso, você quer que eu acredite que o Presidente John Smith, em quem eu votei, por sinal, é algum tipo de supervilão.

– Isso – ela disse –, bem por aí – seu olhar decaiu até o lenço nas mãos dele.

Ele olhou para baixo. Os lenços estavam empapuçados de sangue.

CATORZE

George passou os dedos pelo nariz. Voltaram com uma mancha de sangue. Do outro lado do quarto, os olhos de Kathy se arregalaram.

– Ai, meu Deus – ele disse. Pegou mais alguns lenços da caixa.

Madelyn se inclinou na cadeira de rodas.

– Eu acho que o seu nariz tá sangrando porque você tá lutando contra aquele homem – ela disse. – O John, quer dizer, o Capitão Freedom me disse que ele faz esse tipo de coisa com as pessoas.

– Ele disse?

– Aham.

– Então, ele também se lembra?

Ela fez questão de não olhar para George.

– É, bem… ele me disse antes de tudo mudar. Ainda no nosso mundo – ela bateu os dedos na foto do Presidente e da Primeira-Dama outra vez. – É isso que o Smith faz. Ele faz as pessoas acreditarem nas coisas. Foi assim que ele matou minha mãe e eu.

– Sua mãe morreu? – Kathy perguntou.

– Ela não tá morta e nem você – George retrucou. – Eu vi vocês duas juntas no dia da mudança.

– Mas a gente devia estar – Madelyn rebateu – no nosso mundo. Só que, de alguma forma, ele mandou a gente pra cá e fez você se esquecer de que tem superpoderes. Ele tentou fazer que todos nós esquecêssemos.

Ele pressionou um lenço limpo contra o nariz.

– Eu não tenho superpoderes. Eu acho que o que eu tenho é um tumor no cérebro, isso sim.

– Você só tá se lembrando das coisas. Será que você não entende mesmo, George? – ela balançou as mãos de cima abaixo na direção de George. – Você é tão mais do que isso. Todo mundo te admira. Todo mundo confia em você.

– Porque eu sou um super-herói – ele disse, fitando a lista na parede. – Porque eu sou o tal do "Mighty Dragon".

Ela fez que não com a cabeça.

– Porque você é o St. George.

O nome ecoou nos seus ouvidos. Era o mesmo nome dos seus sonhos. O nome que ele nunca conseguia se lembrar.

– E se você não acredita em mim – Madelyn prosseguiu –, pelo menos, vê se acredita nela.

Abriu outra janela no computador com um clique do mouse. Uma foto da supermodelo Karen Quilt num vestido preto. Era o mesmo artigo que George tinha lido mais cedo. O que dizia que ela estaria em Los Angeles.

Parecia ter se passado uma eternidade desde aquela manhã.

– Depois do meu pai – Madelyn disse – ela é a pessoa mais inteligente que eu já conheci. Ela vai saber dizer o que tá acontecendo. Ela vai entender.

George ficou olhando para a foto. Aquela mulher lhe parecia muito familiar. Mais do que isso. Ela parecia simplesmente… a pessoa certa. Ele a olhava e se sentia feliz.

A dor de cabeça estava começando a passar e toda aquela felicidade foi junto. Ele era só mais um cara fantasiando com uma vida melhor. Mais precisamente, era um cara babando em cima duma foto de uma supermodelo no dormitório de uma adolescente.

– Olha só – George disse –, sei que você quer acreditar nessa história toda. Eu queria acreditar também. Mas não existe isso de super-heróis e supervilões. Monstros não existem. E mulheres como essa – ele disse, apontando para tela do computador – não acabam ficando com serventes que nem eu. Essas coisas não acontecem no mundo real.

– Eu já falei mil vezes – Madelyn retrucou –, esse aqui não é o mundo real. Não é o nosso mundo real.

Ele pensou em dizer alguma coisa, mas preferiu se calar. Deu alguns passos até a porta e a abriu.

– Eu queria poder acreditar em você – ele disse –, de verdade. Mas eu preciso de mais coisa do que só você me dizendo que é verdade.

– Então, por favor – Madelyn insistiu –, vai falar com ela. Ela vai passar essa semana toda aqui em Los Angeles. Vê se acha ela e tratem de conversar um pouco.

Ele a encarou uma última vez. A luz da tela refletia nos olhos dela fazendo com que parecessem ser totalmente brancos. Ela o encarava de volta feito um filhotinho suplicante.

– Vamos ver... – ele disse.

A expressão no rosto dela não foi das melhores.

– Quando meu pai diz isso, sempre quer dizer "não".

George sorriu. Passou para o corredor e fechou a porta. Pouco antes de a porta bater, escutou Kathy gritando:

– Foi bom te conhecer!

XXX

George cruzou o campus, certo de que havia um balão sobre sua cabeça escrito "idiota". As noites sem dormir estavam lhe fazendo mal. As histórias de Madelyn estavam lhe fazendo mal. Tinha colocado seu emprego em risco indo até o quarto dela. Tinha feito isso por causa de um telefonema que provavelmente não passava de uma pegadinha, uma alucinação causada pela falta de sono.

A menina era completamente doida. Só podia ser. Super-heróis. Epidemias. Monstros. Conspirações envolvendo o Presidente. Só de pensar sobre essas coisas já fazia sua cabeça rodar como se estivesse bêbado.

E ainda assim…

No fim das contas, tudo que a garota disse fazia sentido. Pouco tempo atrás estava falando com Nick sobre como sempre sentia como se estivesse se esquecendo das coisas. Sobre os buracos na sua memória preenchidos pelos sonhos.

Mas super-heróis?

Sacudiu a cabeça enquanto andava em direção ao Hyundai. Um sujeito de colete mexia numa maleta, próximo a um carro. George pensou que deveria ser um estudante já meio velho ou um professor mais jovem. Só algo que lhe ocorreu enquanto caminhava, nada mais. O colete tinha grandes losangos estampados, mais parecendo uma meia gigante.

George não conseguia encontrar seu carro. Tentou desacelerar o fluxo de pensamentos. Não achava bom dirigir tão atormentado e distraído. Respirou fundo algumas vezes e avistou o para-lamas do seu carro a uma distância de mais ou menos umas dez vagas.

Duas morenas vinham na sua direção. Vestiam camisetas estampadas e calças folgadas. A tal liberdade universitária. Um cara musculoso com cabelo escovinha e uma camiseta de time de futebol ia ao encontro delas.

Conforme a distância entre ele e as mulheres diminuía, George percebeu que não eram tão jovens assim. O fato de serem magras fazia com que parecessem adolescentes, mas, olhando mais de perto, deu para ver seus rostos angulosos. Então, notou o padrão irregular da estampa nas roupas. Não eram círculos ou espirais. Eram respingos e manchas, tudo vermelho e marrom.

Respirou fundo. O cara de camisa de futebol também vinha na sua direção. Logo acompanhado pelo cara de colete.

Pelo rabo do olho, ao longe, deu para pescar mais umas dez pessoas espalhadas pelo campus e seguindo na direção da Westwood. Moviam-se em câmera-lenta. Todos cambaleavam e se desequilibravam enquanto andavam.

George se manteve no mesmo lugar e tentou ficar calmo. A alucinação desapareceria em alguns minutos, como das outras vezes.

As duas mulheres já estavam perto o suficiente para que ele pudesse ver os ferimentos delas. A de cabelo quase preto tinha um corte que lhe rasgava a boca até a bochecha, deixando todos os dentes à mostra. A outra, de cabelos castanhos claros, não estava usando algo que pudesse ser considerado uma camisa. Alguns trapos se dependuravam do pescoço dela e o torso era uma confusão só, cheia de coisas trituradas, sangue e carne empalidecida. Tinha sido atingida por um tiro de espingarda. Talvez dois ou três. Ou uma granada.

Já estavam a apenas uns seis metros de distância.

Por trás dele, o ruído se aproximava mais e mais. George não daria corda para mais esse devaneio olhando para trás, mas, se tivesse que chutar, diria que o cara de colete estava a uns três metros dele.

O cara de camiseta de futebol se arrastava na sua direção. Uns dez metros entre eles, no máximo. O cadáver ambulante não tinha um corte escovinha. O cabelo e couro cabeludo tinham sido escalpelados, isso sim. Tufos de sujeira misturada com sangue ressecado se espalhavam pelo crânio.

George fechou os olhos. Quando os abrisse de volta, não haveria ninguém mais em volta dele a não ser alunos normais. Talvez, algum professor. E mais ninguém.

De olhos fechados, dava para sentir nitidamente o fedor de poeira e mofo. Era tão forte que ficou impregnado nas suas narinas. O fedor de carne podre estava ficando cada vez mais insuportável. E cada vez mais próximo.

Conseguia ouvir o barulho dos dentes se abrindo e fechando. *Clique-claque-clique-claque-clique-claque*. Era o som de uma pessoa teclando depressa numa máquina de escrever de madeira.

Alguma coisa parecida com couro se enroscou em sua cintura. Uma onda nauseabunda subiu pela sua garganta. Seus olhos se abriram.

As mulheres estavam a menos de um metro de distância. O cara com a camisa de futebol vinha logo atrás delas. Outro morto, esse vestindo um sobretudo longo, saiu de trás de um carro de maneira desajeitada do outro lado do estacionamento. George olhou para trás e se viu cara a cara com o cara de colete, cuja pele era branca feito uma teia de aranha. Faltava-lhe um dos olhos. O outro parecia leite congelado.

Os dentes estalaram bem na frente do nariz de George e não chegaram a mordê-lo por uma questão de centímetros.

George se livrou da mão que o segurava com um puxão e acabou caindo nos braços das mulheres, que o agarraram por trás, apalpando-lhe o peito. Uma delas ficou mexendo na sua orelha e, então, tascou-lhe uma mordida, tentando arrancá-la. A outra mastigava seu ombro. Dava para senti-la roendo sua camisa.

Ele se virou de costas e as duas mortas rodopiaram junto como se não pesassem nada. Alguma coisa tilintou no chão, provocando um barulhinho de nada. Eram os dentes da mulher mordendo sua orelha.

O cara com a camisa de futebol se movimentava de forma ameaçadora na sua direção. George lhe deu um murro na barriga. A força do soco fez o cadáver se curvar todo, desmoronando a alguns metros de distância com o couro cabeludo ensanguentado à mostra. Mal conseguiu se levantar.

Levou as mãos às costas e agarrou um punhado de cabelos castanhos claros, ressecados e quebradiços. Deu um puxão e a morta saiu voando por cima do seu ombro feito um saco de folhas. O corpo caiu no chão perto do cara com a camisa de futebol.

George respirou fundo. Sentiu a garganta queimando com algum tipo de ácido. Bateu uma vontade tremenda de vomitar, mas segurou e engoliu. Não podia correr o risco de ficar indefeso enquanto vomitava.

Sacudiu os ombros e se livrou da mulher que mordia sua orelha. O monstro de cabelos pretos cambaleou por um instante antes de cair sobre um carro e conseguir se equilibrar novamente. Os dentes dela se chocavam sem parar. A aba de carne solta na bochecha dela abria e fechava. A morta avançava a passos vacilantes e George lhe deu um murro. O queixo dela se desfez feito gesso velho. A parte de baixo do rosto ficou balançando. Os dentes, espalhados pela calçada.

E a criatura não parecia nem perceber. O lado esquerdo do rosto se contorcia enquanto os músculos mortos se agarravam aos destroços do que antes costumava ser uma mandíbula. O movimento fez mais um dente cair do buraco destroçado que então restava da boca.

George levou seu braço para trás e desferiu outro soco. Ele se valeu de toda sua força. A cabeça da morta se abriu feito uma pinhata. Uma quantidade equivalente a duas mãos cheias de tecido mole se esparramou sobre o capô de um carro estacionado. O corpo tombou na calçada.

Os braços do cara com a camisa de futebol se fecharam ao redor de George. Eram musculosos, braços de atleta. Até os mortos podiam ser fortões, vejam só.

George se jogou para cima do morto. Os dois foram lançados para trás e os dentes do sujeito tentaram penetrar as costas de George. Teve uma sensação bem intensa de *déjà vu* e se deu conta de que estava vivendo o mesmo que no sonho, caindo pelos ares e lutando contra monstros.

Despencaram sobre algo sólido. Uma perua. O cara da camisa de futebol absorveu a maior parte do impacto. George escutou o barulho do vidro se estraçalhando e do metal sendo amassado. Os braços que antes lhe seguravam então se contorciam, já bambos.

Ele se afastou do veículo e fitou o monstro. O impacto tinha deixado as costelas dele à mostra. O morto escorregou pela lateral da perua e tentou levantar os braços. Sem nada que pudesse lhe servir de apoio, desistiu, aquietando os ombros por baixo da camisa de futebol.

George se agachou e agarrou aquela coisa pela mandíbula e a nuca. O morto ainda tentou morder seus dedos, mas pareceu já não ter mais forças. A exemplo de um filhotinho de cachorro tentando ser feroz, não conseguia sequer rasgar a pele.

George torceu a cabeça da coisa, que nem os assassinos e demais fodões faziam nos filmes. Ouviu-se um estalo duplo, feito plástico bolha estourando, e o corpo bambeou. A mandíbula continuou roendo seus dedos. George soltou o monstro, que caiu ao lado da perua.

Ele se virou. Viu que tinham caído bem mais longe do que ele supunha. Sua pancada tinha impulsionado os dois por uns cinco metros.

O cadáver vestindo um casaco comprido tinha cruzado o estacionamento. Tentou alcançar George, que agarrou os pulsos da coisa. Rodopiou o monstro e o lançou pelos ares até se chocar contra o porta-malas de um carrão. Caiu de cabeça no carro e, então, tombou no chão.

A morta de cabelos castanhos claros continuava se debatendo na calçada. Imaginou que tivesse quebrado a coluna dela ao jogá-la por trás do seu ombro. Ele ficou de cócoras e torceu a cabeça da morta. Pareceu-lhe a coisa certa a fazer. Era um ato misericordioso. Já estavam mortos, mas assim poderiam descansar em paz. Já não estariam mais perambulando por aí.

George correu os olhos pelo estacionamento e pelos corpos e pelos carros cobertos de poeira com as janelas quebradas e pelos vultos ao longe ainda vagando sem rumo pelo campus.

Ficou esperando a alucinação terminar.

Seu nariz estava sangrando de novo.

QUINZE

Vinte minutos depois, George pestanejou e o mundo mudou. Os corpos desapareceram. Os carros estavam limpos e inteiros. As pessoas ao redor retomaram o passo e andavam normalmente, até com certa leveza.

Ficou parado no meio do estacionamento a poucos metros do seu carro. De acordo com seu celular, dez minutos se passaram desde que ele tinha saído do dormitório de Madelyn, e não trinta conforme estranhamente sentia. De resto, nem sinal do aluno com o colete estampado.

Havia sangue em suas mãos. Uma camada espessa e pegajosa, mais parecida com lama. As pontas dos seus dedos estavam oleosas. Resíduos do crânio esmagado da morta-viva. Tudo grudado embaixo das unhas. Cheirava um pouco a ferrugem, mas sem o forte odor.

Foi caminhando até o dormitório mais próximo e encontrou um banheiro. Não havia sabonete, o banheiro não era destinado ao público. Pensou até em ir ao almoxarifado para pegar sabonete e toalhas de papel, mas queria se limpar o quanto antes.

Abriu a torneira da água quente e lavou as mãos duas vezes. A água nem estava tão quente assim. Aproveitou para também esfregar o rosto e assoar o nariz. Escorreu um líquido vermelho, depois rosa e, em seguida, transparente.

Seus dedos enfim estavam livres de quaisquer resíduos. Unhas limpas. Sem cortes ou arranhões nas mãos.

Nadinha.

Virou a cabeça e puxou sua orelha. A mulher de cabelos negros tinha mastigado sua cartilagem por quase um minuto. Torceu o lóbulo de um lado para o outro, mas não conseguia sentir um arranhãozinho que fosse. Desabotoou a camisa e puxou o colarinho. Seu ombro nem sequer estava ferido onde o outro monstro tinha mordido.

Um rapaz entrou enrolado numa toalha. Estava carregando um baldinho cheio de produtos de higiene. Olhou para George, sorriu e seguiu rumo a um dos boxes. Instantes depois, o som da água jorrando ecoou pelo banheiro.

George abotoou a camisa e retornou ao seu carro. Ficou parado do lado de fora por um tempo e olhou em volta. Três alunos atravessavam o estacionamento. Fechou os olhos, contou até cinco e os fitou novamente.

Ainda eram meros alunos.

Pulou para o banco do motorista e enfiou a chave na ignição. Levou um minuto para organizar seus pensamentos. Então, pegou seu celular. Discou um número e fechou os olhos de novo enquanto o aparelho chamava.

O sinal de chamada parou. A voz de Nick reverberou do celular:

– E aí – ele disse –, tudo certo?

– Eu preciso de um favor.

– Claro, é só dizer.

George se calou por um instante.

– Só pessoalmente, mesmo – ele continuou. – Mas eu não posso ir até aí e eu acho que não dá pra esperar até a próxima vez em que a gente sair.

– Ok.

– Preciso de um favor relacionado a trabalho.

– Hein?

– Eu preciso que você descubra uma coisa pra mim.

Do outro lado da linha, deu para escutar a testa de Nick se franzindo:

– Ok.

–Você disse que a sua agência representa praticamente todos os grandes nomes, né? Atores, diretores, modelos.

– Isso, isso. Me diz qualquer nome e é bem provável que ele esteja com a gente.

– E quanto a Karen Quilt?

Nick emitiu um ruído que mais pareceu um grunhido.

– Tenho quase certeza que ela é nossa, sim – o barulho das teclas invadiu o alto-falante do celular. – Sim, a gente a representa. E eu posso te garantir desde já, ela não tá morta.

– Não é isso.

–Você quer um autógrafo dela ou coisa do tipo?

– Eu preciso saber em qual hotel ela tá hospedada.

O silêncio imperou entre os dois. Quando Nick voltou a falar, sua voz estava baixa e mais abafada.

– George – ele disse –, eu não posso vazar uma coisa dessas.

– Eu só…

– Eu posso ser demitido por te dar a esse tipo de informação – Nick ressaltou.

– É importante, eu juro. Não é nada assustador, nem vou sair perseguindo a menina, nem nada, é só…

– Só o que?

–Você confia em mim?

– Como assim?

– Sim ou não. Você confia em mim?

– Sim, claro. Eu confiaria a vida da minha irmã pra você. Ou até dinheiro.

– Então, é só acreditar no que estou falando. Isso é importante, beleza?

Mais alguns instantes de silêncio.

– Não – Nick disse. – Desculpa, mas esse é o tipo do limite que não pode ser cruzado, saca?

– Nick, por favor…

– Não – ele o interrompeu. – É fim de papo, ok? Chega. Estamos entendidos – batucou as chaves na mesa. – Eu tenho que voltar ao trabalho. A gente se fala mais tarde.

Nick desligou.

George se afundou no banco do motorista. Tinha sido um pedido dos mais estúpidos. Nick já tinha lhe contado algumas histórias horrorosas de pessoas que fizeram coisas parecidas. Tinha acabado de se tornar uma *daquelas* pessoas.

Um porém: aquelas pessoas não conseguiam carregar uma caçamba de lixo. Não eram atacados por cadáveres ambulantes. E se fossem, George tinha certeza de que os dentes dos monstros não quebrariam quando tentassem mordê-las.

Tinha que encontrar Karen Quilt.

Buscou a ignição. Seus dedos estavam a um centímetro da chave quando o carro ligou. O motor roncou. O painel se iluminou. O rádio começou a tocar. Estava no intervalo ente uma música e outra.

– Isso aí – o DJ disse. – Foi totalmente incrível. Bom te ver na ativa outra vez, cara.

George ficou paralisado. Não se lembrava de ter ligado o carro. Certo que já era um reflexo natural, tipo da coisa que nem se dava mais conta ao fazer. Havia tanta coisa martelando na sua cabeça, que ele pôde muito bem ter girado a chave e, depois, dado um branco. Talvez fosse algum problema em alguma instalação elétrica? Não sabia mais como explicar, mas, com todas aquelas coisas estranhas acontecendo, um carro ligar sozinho era o de menos. Caramba, um problema na fiação elétrica seria a explicação mais razoável para que o carro continuasse afogando toda santa manhã.

O DJ passou a criticar severamente divórcios e santos. George desligou o rádio. Como é que aquela coisa sempre acabava voltando para a estação religiosa de novo, por sinal? Outro problema com a fiação elétrica?

Tratou de afastar o pensamento da cabeça. Precisava voltar para casa e esquadrinhar alguns artigos na internet. Talvez, quem sabe, encontrasse alguma pista sobre onde Karen Quilt se hospedaria. Assumiu que seria num hotel, mas talvez ela tivesse algum apartamento em algum canto por Hollywood ou Santa Monica ou algo assim. O senso comum lhe dizia que, com tantos sites de *paparazzi* por aí, alguém tinha de ter uma ideia de onde ela estaria.

Seu celular bipou. Nick tinha mandado um SMS.

Four Seasons na Doheny. Pelo amor de Deus, não me faça me arrepender disso.

George abriu um sorriso e engatou a marcha ré.

O Four Seasons de Beverly Hills era um prédio alto, ladeado por enormes palmeiras. Era repleto de sacadas, mas ainda guardava as cores e as linhas da arquitetura espanhola. A entrada ficava discretamente isolada do resto da humanidade por uma série de cercas vivas e árvores menores.

George passou com o carro pela entrada. Através das brechas entre os arbustos, avistou vários manobristas e pouquíssimas vagas livres. Seguiu mais um pouco e dobrou numa esquina. Levou mais alguns minutos até achar onde estacionar, e outros dois até encontrar uma placa lhe garantindo que poderia fazê-lo com segurança.

Foi caminhando até o hotel. Parou um pouco e colocou a camisa para dentro, além de arrumar os cabelos, antes de passar pelas colunas de trepadeiras e seguir em direção aos jardins. Havia algumas estátuas em tamanho real ao longo da entrada. Não conseguia parar de pescá-las com o rabo dos olhos. Aquela inércia toda era irritante. A visão das estátuas piscou um pouco e, por um segundo, ele as enxergou recobertas por anos de musgo.

O sujeito na estação dos manobristas sequer lhe dirigiu o olhar. George tinha certeza de que não era a primeira pessoa a driblar o estacionamento pago. Retribuiu o sorriso do porteiro e entrou. O lobby parecia caro de uma maneira bem elegante. Era o tipo de despesa que não carecia de maiores ostentações.

Avistou o balcão da recepção logo ao lado e tentou se decidir se era mesmo necessário falar com o recepcionista ou o gerente. Sua experiência em hotéis chiques tinha se limitado a duas ou três festinhas com Nick, e nenhuma delas naquele hotel. Resolveu falar com o recepcionista, na esperança de que os representantes do baixo clero fossem mais prestativos do que os do alto clero. Um sujeito esbelto e uma mulher com uniformes combinando estavam parados atrás do balcão.

– Boa tarde, senhor – o rapaz disse quando ele se aproximou. – Bem vindo ao Four Seasons. Como posso ajudá-lo?

– Oi – George disse –, estou tentando entrar em contato com uma das suas hóspedes.

As mãos do sujeito passaram a teclar num computador.

– Pois não. Qual seria o número do quarto?

– Infelizmente, eu não sei.

– Nome do hóspede?

Tamborilou os dedos na cintura.

– Karen. Karen Quilt.

O rapaz ergueu os olhos da tela. Encarou George por um breve momento, então passou o olhar a algo logo atrás dele. Havia um espelho imenso por trás do balcão, e nele George pôde ver um homem esperando pelos elevadores. Era um sujeito grande, tão alto quanto George, mas um tanto mais forte. Vestia uma camiseta preta com terno escuro.

– A Srta. Quilt está esperando pelo senhor? – o recepcionista perguntou.

– Não tenho certeza – ele respondeu. Pareceu-lhe uma resposta honesta. Fitou o telefone na mão do recepcionista. – Você poderia dizer a ela que... o George tá aqui embaixo?

– George...?

– George Bailey.

O rosto do sujeito se contorceu e de uma maneira nada agradável. Os olhos dele passearam pelo grandalhão de terno e camiseta.

George se sentia preparado. Tinha lidado com aquele tipo de situação por toda sua vida.

– Não – ele disse –, sério. Esse é meu nome de verdade – tirou a licença de motorista da carteira e a estendeu ao recepcionista.

O sujeito ficou olhando para o documento, então para George e de volta à licença. Levou o documento para baixo da luminária e depois o devolveu a ele.

– O senhor tem pais bem cruéis – ele disse com um sorriso educado.

– Eles até que eram legais, fora a parte do nome.

– De todo modo, a Srta. Quilt deixou bem claro que não queria ser incomodada essa tarde.

– Eu sei – George improvisou. – Mas é meio importante, e ela não tá atendendo o celular – decidiu arriscar tudo. – E nem o assistente dela.

O recepcionista suspirou.

– Eu vou averiguar, senhor, mas tenho quase certeza de qual será a resposta dela.

George levantou os braços:

– Se ela não quiser conversa, eu vou embora numa boa.

– Sim – o recepcionista retrucou –, claro que sim.

Os dedos dele bailaram pelo teclado e ele pegou o telefone. Meio que se virou de costas e a mão no telefone acabou abafando a voz. Trocou algumas palavras com a pessoa do outro lado da linha, ficou em silêncio, disse mais algumas palavras e, então, novo silêncio. O olhar dele passou de George à tela do computador.

George se virou de costas e tentou parecer casual. Olhou em volta do lobby. Seus olhos cruzaram com os do grandalhão por um instante, e George lhe cumprimentou com um aceno educado de cabeça, não retribuído.

– Senhor – o recepcionista disse –, ela está lhe esperando no décimo sexto andar, na suíte real – apontou para os elevadores.

George ficou ali parado por um tempo, tão impressionado com as boas novas quanto o recepcionista. Tinha certeza de que o recepcionista soube disfarçar melhor do que ele, porém. Conseguiu agradecer antes de partir.

Os elevadores eram todos espelhados com detalhes em latão. A exemplo do lobby, parecia ter sido caro. George ficou encarando seu reflexo no espelho e ajeitou um pouco mais sua jaqueta. Fitou suas botas e quis trocá-las na hora por um par de tênis ou algo mais casual. Tinha quase certeza de que havia um par de tênis no carro. Ficou imaginando quanto tempo levaria para pegá-los lá.

As portas do elevador se abriram, revelando um lobby menor, mas ainda tão elegante quanto o principal. Checou a sinalização e seguiu pelo corredor da esquerda, ornado com mesinhas e arranjos de flores.

Um homem estava a sua espera em frente à porta. Podia ser uns dois centímetros mais alto do que George, mas era mais magro. As roupas escuras acentuavam a magreza. Os cabelos grisalhos eram bem curtinhos, e um par de óculos redondos se equilibrava na ponta do nariz. George não sabia dizer se os óculos de John Lennon faziam com que o sujeito se parecesse mais um assistente *hipster* ou algum oficial nazista disfarçado.

– Senhor Bailey? – a voz dele era ríspida. O tipo de rispidez encontrado dentro das pirâmides. Um tom seco com toneladas de peso e séculos de história por trás.

– Isso – George fez um sinal de cabeça e estendeu a mão.

O sujeito não demonstrou o menor sinal de que retribuiria o cumprimento. Pareceu nem notar a mão estendida, na verdade. Fez sinal a George, apontando para a porta aberta e a fechou assim que passaram por ela.

George acompanhou o sujeito pela suíte. Era gigantesca, cor de creme. Tinha certeza de que seu apartamento inteiro caberia dentro do cômodo principal. Uma das paredes era de vidro e portas francesas levavam a duas sacadas. Passou por um sofá dos mais convidativos em forma de L e por uma mesa com tampo de vidro para dar de cara com uma televisão do tamanho da sua cama. George estava certo de que qualquer coisa daquelas custava mais do que um mês de aluguel.

–Você tem dez minutos – o sujeito disse, apontando para uma cadeira com dois dedos. A cadeira também parecia bem cara.

– Obrigada, pai – alguém disse.

George se virou e viu a mulher no sofá. Ela estava jogada de maneira que ele não tinha conseguido vê-la antes. Ela deixou o livro que lia de lado e endireitou a postura sem usar as mãos. Também apontou para a cadeira.

Depois de anos vivendo em Los Angeles, George já tinha cruzado com algumas celebridades. Tinha trombado com Lindsay Lohan, certa vez, escalando o Runyon Canyon, e visto Scott Bakula numa pizzaria em Larchmont. Uma vez, perto do Natal, tinha ficado numa fila na Target com o Biff, do *De volta para o futuro*, e, num verão, tinha se sentado bem na frente daquela ruiva de *A sete palmos* numa cafeteria por quase meia hora. Então, já dava para ter uma ideia de como as celebridades se comportavam. Sem uma iluminação especial ou horas de maquiagem, quando você simplesmente as vê de algum ângulo normal, a maioria acaba perdendo um tanto do encanto. Ainda assim: continuavam bem mais encantadoras do que ele. Mas ficava claro de que não passavam de pessoas normais, gente como a gente.

Karen Quilt parecia ser mais bonita ao vivo do que nas fotografias. Vestia um top preto sem mangas e uma calça de moletom. Se ela usava maquiagem ou não, ele não soube dizer. Os cabelos pretos caíam sobre os ombros. Os braços eram musculosos.

Fitou os sapatos dele e, então, ela o encarou. Tinha olhos lindos. Azuis feito o céu. Havia certo ar de astúcia neles, mas nada cruel. Ele não conseguia parar de olhar para ela, na esperança de vislumbrar uma faísca de reconhecimento.

Se é que houve, ela soube disfarçar bem.

– George Bailey – ela disse. – O personagem principal do filme *A felicidade não se compra*, de 1946. Eu teria me lembrado de já ter conhecido alguém com um nome tão distinto.

Um tapa na cara.

– Você não se lembra de mim?

Ela ergueu as sobrancelhas:

– Lembraria de você de onde?

– Lá do... sei lá, só pensei que fosse se lembrar.

Ela sorriu. O sorriso foi ainda mais formal e educado do que o do recepcionista.

– Eu geralmente não costumo me relacionar com zeladores.

O coração dele quase saiu pela boca.

– Você sabe que eu era zelador?

Karen apontou para a mão dele:

– Há sete manchas circulares na sua manga direita – ela disse. – Cada uma delas desbotada num certo nível. São manchas provenientes de algum produto de limpeza industrial que respingou na manga enquanto você enfiava um esfregão no balde, e não aparecem na manga esquerda porque esta sempre se encontra mais afastada. Por terem sido causadas em decorrência de um produto químico industrial, a descoloração não ocorreu na sua casa. O tom degradê da descoloração implica dizer que o incidente aconteceu várias vezes com diferentes medidas de água e produto químico. Esfregar o chão é uma tarefa regular que você executa quando não está em casa, portanto, um zelador.

Ele sorriu:

– Você é tipo um Sherlock Holmes, então.

– A não ser pelo fato de que não sou ficcional – ela retrucou, baixando a cabeça ligeiramente. O movimento fez com que algumas mechas de cabelo escorregassem sobre seu rosto. – Em que você trabalha no momento?

– Hein?

– Você disse que *era* zelador. Com o que você trabalha hoje em dia?

Ele não conseguia encontrar uma resposta.

– Eu... eu não sei nem por que eu disse isso – ele se enrolou. – De nervoso que eu estava, eu acho.

– Por quê?

– Por que o quê?

– Por que você está nervoso?

Tentou pensar em mais algumas respostas inteligentes.

– Porque é importante pra mim que você me reconheça.

– Por quê?

Ele deu de ombros.

– Sei lá – ele disse.

– Você está mentindo – ela rebateu. – E, devo dizer, é péssimo nisso.

A cabeça dele estava a mil e se deu conta do quão despreparado estava para ter aquela conversa.

Karen tirou uma garrafa d'água de um balde com gelo sobre a mesa. Não esboçou o menor sinal de que pretendia abri-la. Havia outras três garrafinhas no balde, e ele pensou em pegar uma para ganhar tempo. Só não sabia dizer qual seria a reação dela e lhe pareceu um tanto grosseiro da sua parte sair pegando as coisas sem que ela tivesse oferecido.

Seus olhos vagaram pela mesa, passando pelo rosto dela até o telefone elaborado do hotel. A conversa com Barry pelo telefone passou pela sua cabeça.

– Eu posso te fazer uma pergunta?

Ela passou um dedo na tampa da garrafa, tirando o excesso de água.

– Pois faça.

– Você sabe quem que é o George Romero?

– É um diretor de cinema norte-americano que iniciou a carreira fazendo filmes comerciais e curtas-metragens nas redondezas de Pittsburgh, em especial uma participação no programa infantil *Mister Rogers' Neighborhood*. Ele é mais conhecido como o criador dos filmes da série de terror *A noite dos mortos-vivos*.

– Isso! Do que esses filmes tratam?

Ela ergueu uma das sobrancelhas.

– Por favor – ele insistiu –, é importante.

Ela o encarou por um tempo.

– Uma força desconhecida faz com que os mortos voltem a se reanimar, passando a atacar os vivos. Na maioria dos filmes da série, a trama envolve pequenos e isolados grupos de personagens obrigados a lidar com os mortos.

– Mas como é que eles são chamados?

– Os personagens?

– Os mortos.

– Romero já declarou em inúmeras entrevistas que ele e seus parceiros de filmagens não deram um nome específico às criaturas, muito embora ele tenha se inspirado na lenda de ghoul, o demônio mítico.

George sacudiu a cabeça.

– Nem, não era ghoul. Eles são chamados de outra coisa diferente.

A mulher negra chegou a abrir a boca para dizer algo, mas sua expressão logo mudou. Seu olhar se enterneceu. Então, endireitou novamente a postura, deixando os ombros totalmente retos.

– Apesar do meu status como celebridade – ela disse –, não posso ser considerada uma estudiosa da cultura popular. Não é nada raro que eu desconheça grande parte das referências nos filmes.

– Mas isso não é uma referência – ele retrucou –, é só um nome. Uma palavra – os dois trocaram olhares e os olhos dela enterneceram outra vez, por um breve momento. – E, pelo visto, você não faz a menor ideia de qual seja, né mesmo?

Não foi exatamente a melhor coisa a se dizer. O olhar dela endureceu. Torceu o canto dos lábios. George teve a clara impressão de que a tinha insultado de alguma maneira.

– Qual é o propósito deste encontro, Sr. Bailey?

– Olha só... eu sei que isso vai parecer coisa de doido, e eu aposto que você escuta esse tipo de maluquice o tempo todo, mas eu acho que você e eu... eu acho que a gente devia estar em outro lugar.

– Onde?

– Em algum lugar... que não aqui.

– Isso não foi muito elucidativo.

– É difícil explicar...

Ela torceu o canto dos lábios novamente.

– Você, por acaso, tá sonhando com uns monstros? – George perguntou. – Pessoas mortas que saem andando por aí, que nem nos filmes do Romero. E eu também estou nos sonhos, não estou?

– Não – ela respondeu –, não está.

O coração dele quase sai pela boca outra vez.

– Não estou, não?

– Eu não tenho sonhos – ela disse, encarando-o nos olhos – desde que eu era criança. Pratico um método de sono polifásico.

Mais um momento de silêncio se entendeu entre os dois, chegando a um minuto inteiro. Ela ainda segurava a garrafinha d'água, mas não tinha dado um gole sequer. George teve quase certeza, a essa altura, de que ela lhe ofereceria uma garrafa.

Também tinha quase certeza de que ela ainda não tinha piscado.

– Quer dizer, então – ele retomou a palavra –, que nada disso significa alguma coisa pra você?

Ela virou a cabeça de ponta a ponta. Esquerda. Direita. Sem nunca deixar de encará-lo nos olhos.

– Você não se lembra nadinha mesmo de mim?

Novamente, uma única vez de lado a lado.

– Então, por que foi que você me convidou pra subir?

– Não foi ela – o magricela disse, por trás de George –, fui eu.

George o encarou, bem como Karen.

– Pai?

– Seu nome é George – o homem mais velho disse –, como o santo?

A comparação fez sua cabeça latejar. Ficou completamente sem fôlego.

– Isso – ele respondeu, tossindo –, isso mesmo.

O pai de Karen a encarou.

– Você o chama enquanto dorme.

Quaisquer sinais remanescentes de ternura no rosto dela sumiram de vez. Uma expressão digna de uma professora rabugenta ou de um soldado em combate.

– Besteira.

Ele suspendeu o queixo e logo o baixou. Um movimento econômico e eficiente, como os de Karen.

– E há três semanas – ele disse –, quando o recepcionista disse que havia um homem com o mesmo nome perguntando por você, eu mandei que ele subisse de imediato.

Ela lançou um olhar ao pai.

– Você autorizou acesso total a um completo estranho? E se ele fosse perigoso?

O senhor franzino lançou um olhar a George. Soltou um ruído seco, que bem pôde ter sido uma risadinha.

– E se ele fosse?

George teve um estalo. Lembrou-se de quem, ou o quê, o pai de Karen Quilt era. Lembrou-se dos links que encontrou enquanto navegava pela internet e os artigos que vieram junto. Algumas fotografias naqueles artigos eram piores do que as coisas com que ele sonhava.

O sujeito com os óculos do John Lennon, ele se tocou, estava bem, mas bem mais para um oficial nazista do que para um assistente *hipster*.

O senhor franzino encarou sua filha de volta:

– Se não há mais nada a ser dito – ele disse –, creio que os dez minutos do Sr. Bailey se esgotaram.

Karen se levantou. Foi um movimento suave, gracioso, exatamente o que se espera de uma modelo profissional. Ela estendeu a mão e ele a cumprimentou. Os dedos dos dois se encaixaram perfeitamente uns nos outros. Ela tinha um aperto forte.

– Essa experiência não deixou de ser interessante – ela disse. – Foi um prazer ter conversado com você, St. George.

Outra pontada de dor na cabeça castigou George e ele espremeu os olhos. O pai dela ergueu uma das sobrancelhas. George soltou a mão dela.

– Perdão – Karen se adiantou. – Foi um pequeno deslize devido à referência mencionada antes pelo meu pai. Não foi minha intenção insultá-lo.

– Tá tudo certo – ele disse. – Dá até pra dizer que eu merecia se tivesse sido um insulto. Você foi muito generosa desperdiçando seu tempo comigo.

O pai dela levou a mão ao braço de George e o guiou até a saída. A suíte passou voando por seus olhos e, quando viu, já estava de volta ao corredor. Fitou o senhor franzino novamente e, então, a porta se fechou. Deu duas voltas na tranca, pelo barulho, depois fechou a trava de segurança.

Enquanto esperava pelo elevador, ainda considerou voltar e bater na porta. Aí, pensou em bater com força e exigir mais alguns minutos, mas, a essa altura, já tinha entrado no elevador. Considerou, então, subir de novo e forçar passagem pelo velho magricela, mas parte dele sabia bem que esse seria o pior plano possível. E, a essa altura, já estava saindo do hotel.

Enquanto passava pela porta de saída, o porteiro o observava com olhos esbranquiçados e uma boca cheia de dentes arruinados. George fez questão de não se virar ao sujeito, mas escutou o barulho dos dentes se chocando. Deu alguns passos já na calçada quando o morto exclamou:

– Tenha uma boa tarde, senhor.

Caminhou de volta até o carro e tentou pensar no próximo passo. Algo lá no fundo da sua cabeça lhe dizia para desistir daquela ideia idiota, mas ele se forçou a continuar. Precisava falar com Madelyn. Talvez, também fosse bom ligar para Barry Burke de novo. Já devia ter ligado, na verdade.

Aí, um trombadinha pulou bem na sua frente.

O moleque de capuz preto apareceu do nada. O moletom, três vezes o tamanho do sujeito, virou do avesso em volta dele e George concluiu que o moleque devia ter saltado de algum lugar alto, muito embora não conseguisse vislumbrar de onde. Ele ergueu os punhos cerrados e o trombadinha deu um tapa neles ainda no meio do caminho. E aí, ele reparou no volume dos seios e na pele acetinada e nos olhos azuis e se tocou de que não se tratava de um moleque.

– Pensei melhor e decidi conceder mais dez minutos pra que você se explique – Karen disse.

DEZESSEIS

George olhou para trás e, então, de volta à mulher na sua frente. Ela ainda vestia o moletom e o top por baixo, mas tinha coberto a cabeça com o capuz e usava um par de botas que pareciam ser de combate.

– Como diabos você veio parar aqui na minha frente?

–Você está desperdiçando seus dez minutos – Karen disse.

– Sério – George retrucou –, eu vim andando direto pra cá e não te vi passando por mim. Como é que você chegou aqui tão rápido?

– Eu vim descendo pelo lado de fora do prédio. Era o caminho mais rápido.

Ele mirou o prédio em tom pastel e examinou as colunas nas sacadas. Havia mais de uma dezena delas, uma em cima da outra.

– Nem, fala sério.

Os cantos dos lábios dela esboçaram um sorriso. Mas só esboçaram.

– Talvez, eu tenha pegado o elevador seguinte, logo atrás de você, então – abriu passagem para que eles pudessem caminhar lado a lado. – Agora, você só tem nove minutos e quinze segundos.

Ele passou para o lado dela e os dois saíram caminhando pela rua.

– Por que foi que eu ganhei mais dez minutos?

Um casal de velhinhos dobrou a esquina e seguiu andando na direção deles. Karen se escondeu um pouco mais por baixo do seu capuz. As sombras contra sua pele negra encobriam ainda mais seu rosto. George se pegou achando aquele visual meio bizarro, mas ela acabou puxando o capuz um pouco mais.

Assim que o casal passou por eles, ela levantou a cabeça.

– Perdão – ela disse –, às vezes, é difícil pra eu ter uma conversa em particular. Prefiro que esta continue assim.

Ele olhou em volta.

– Paparazzi ou coisa do tipo?

Ela deu outro puxão no capuz:

–Vi dois deles na frente do hotel e um terceiro do outro lado da rua. Eles não me viram sair, mas qualquer pessoa pode acabar me reconhecendo.

– Mas, e então – ele disse –, por que você tá aqui?

– A questão envolvendo os monstros de George Romero me deixou intrigada – ela respondeu. – Como eu disse, não sou muito versada em assuntos referentes à cultura popular. No entanto, tenho pesquisado várias mitologias e lendas folclóricas do mundo inteiro e está tudo bem fresco na minha memória. É bem estranho que eu não me lembre de um nome ao menos ilustrativo a essas criaturas cinematográficas, mas eu realmente não consigo pensar em nenhum nome pra eles.

– Se isso te consola – George disse –, você não é a única com esse problema.

– Aqueles sonhos dos quais você falou, em que aparecem esses monstros? Você também está tendo esses sonhos?

– Estou sim. Eu e algumas outras pessoas.

– Interessante – ela disse. – Você é fã dos filmes do Romero?

Ele sacudiu a cabeça:

– Eu curto mais filmes de ação. Às vezes, uma comédia ou outra.

– Então, você ainda não viu esses filmes, ou outros do gênero?

George matutou um instante sobre o assunto.

– Certeza que não, mas parece que eu conheço um monte deles. Talvez de alguma festa em que eles foram figurantes ou coisa do tipo – ele a encarou.

– Como assim?

– Eu só acho meio interessante isso de eu ter tagarelado por dez minutos e a única coisa que chamou sua atenção foi quando você percebeu que não sabia de tudo.

– Não só isso – ela retrucou.

– O que mais?

Ela não respondeu. Continuaram andando por mais alguns metros. Oito blocos de concreto, para ser mais exato.

– Esse silêncio tá contando nos meus dez minutos? – ele perguntou.

– Nos últimos oito anos – ela disse – recebi mais de cem propostas de casamento, mais ou menos sérias. Eu estimaria em cerca de dezessete mil o número de homens e mulheres que confessaram seu amor por mim em e-mails ou em vários e vários sites na internet. A grosso modo, muito mais declarações de cunho estritamente sexual.

– Isso me parece mais uma razão pra me evitar do que me seguir – George disse.

– Você não fez nenhum comentário desse tipo – Karen retrucou. – Você afirmou que deveríamos estar em outro lugar. Estarmos juntos foi um fator secundário – tomou um breve fôlego para continuar a falar, enquanto cruzava mais três blocos de concreto na calçada.

– E?

– Quando nos despedimos… eu me senti bem ao apertar sua mão.

Algo revirou no estômago de George. Ele se sentia como um adolescente convidando a chefe de torcida ao baile.

– Como assim?

– Eu me senti bem, só isso – Karen respondeu. – Quando você soltou minha mão, fiquei um tanto confusa.

Caminharam por mais alguns metros. Uma parte de George esperava que ela tomasse a iniciativa e pegasse na sua mão de novo, mas os dedos dela estavam bem escondidos dentro dos bolsos do casaco. Passaram por sua Hyundai e seguiram descendo a rua.

– Por que você acha que já nos conhecemos? – ela perguntou.

– Eu não tenho certeza. Já tinha visto cartazes com o seu rosto estampado neles antes mesmo de eu saber o seu nome, mas provavelmente qualquer pessoa poderia afirmar o mesmo. Pra ser honesto, essa garota que eu conheci me disse que você e eu somos apaixonados um pelo outro e... bem, ela já acertou um monte de coisa.

– Entendi...

– Parece até que eu estou me declarando pra você, né?

Ela o encarou:

– E está, George?

Mais três blocos de concreto.

– Eu também me senti bem quando segurei sua mão.

Alcançaram a esquina antes que ela abrisse a boca outra vez.

– Essa moça está tendo sonhos semelhantes?

Ele olhou para os dois lados e atravessaram a rua.

– Tá sim, mas ela se lembra de muito mais coisa do que eu. Pelo menos, com muito mais clareza do que eu.

– E ela sabe a resposta pra sua pergunta sobre George Romero?

– Eu nem perguntei isso pra ela. O nome dela é Madelyn Sorensen.

Karen pestanejou ao passarem pelo meio-fio.

– A filha do Dr. Emil Sorensen?

– Talvez – George respondeu. – Eu conheci o pai dela no dia da mudança. Ele parecia mais ser professor. Você o conhece?

– Conheço, sim. Ele é um bioquímico e neurologista de renome. Havia expectativas de que ele fosse agraciado com o Prêmio Nobel em 2007, e o sentimento geral foi de que ele merecia a honraria bem mais do que a equipe que a acabou recebendo. Por que você se sente tão incomodado ao ser chamado de santo?

George sentiu uma pontada no olho:

– O que você quer dizer com isso?

– Quando meu pai lhe comparou a St. George, você fechou os olhos e baixou a cabeça. Quando me referi a você da mesma maneira, você reagiu como se as palavras lhe causassem verdadeira dor física. E agorinha mesmo, os músculos em torno dos seus olhos contraíram.

– Sei lá... Madelyn me chamou assim também. Eu só me sinto meio estranho com isso das pessoas me chamando de santo. E ela continua me dizendo que eu tenho que ser um super-herói.

Karen arqueou as sobrancelhas.

– Perdão, como?

Ele olhou para a frente.

– Pois é... segundo ela, todos nós temos superpoderes. É por isso que a gente luta contra os monstros. Eu deveria ter uma força descomunal, acredito.

Foi aí que George se tocou de que, talvez, estivesse passando a um novo nível de loucura. Razão pela qual a resposta dela o pegou desprevenido.

– E você tem?

– Hein?

Ela olhou para os braços dele.

– Você tem essa força sobre-humana? Você me disse que ela estava certa acerca de muitas coisas.

Outra pontada nos olhos.

– Talvez? Por quê? Você tem?

Karen Quilt endireitou a postura e fitou a calçada logo em frente aos dois.

– A partir de certa idade, ainda muito jovem, meu pai passou a me treinar pra ser uma pessoa hábil e independente. As circunstâncias exigiram que ele ficasse ausente por muitos anos, mas eu continuei treinando por conta própria.

– E isso quer dizer o quê?

Ela voltou a encará-lo:

– Eu notei a cara que você fez no hotel, George. Você sabe quem é meu pai.

Seus lábios se contorceram antes que ele pudesse fazer algo a respeito.

– Sei, sim.

– Com isso em mente, o que você acha que ele consideraria hábil?

– Jesus amado – ele retrucou –, você é mesmo uma super-heroína.

– Se eu decidisse seguir esse caminho, poderia ser uma, sim.

George resolveu não insistir sobre quais outras maneiras o pai dela poderia tê-la treinado. Encheu os pulmões de ar.

– Eu acho que levantei uma caçamba de lixo, dia desses – ele disse. As palavras fizeram que sua cabeça estourasse de dor, mas ele se sentiu bem ao dizê-las.

Karen o encarou. Ele não foi capaz de decifrar a expressão no rosto dela.

– Você acha que a levantou?

– Eu estava com enxaqueca e, talvez, tenha imaginado coisas.

– Coisas como pessoas mortas que continuam andando?

– É…

– Quão alto você levantou a caçamba?

– Eu… sei lá, nem foi tanto assim. Alguém me viu. Mais ou menos até aqui – suspendeu as mãos alguns metros acima da calçada e fingiu levantar algo.

– Foi difícil?

Ele sacudiu a cabeça e a dor passou um pouco.

– Nem foi, na real. Eu também levantei um sofá em outro dia. Um sofá-cama, pra falar a verdade.

– Impressionante.

– Você desceu pelo lado de fora do prédio pra valer?

– Sim, sim, é uma técnica *Parkour*.

Ele olhou para trás, rumo ao topo do hotel e às colunas das varandas.

– Uau.

Karen abaixou a cabeça e, então, levou a mão ao nariz. Seus dedos voltaram manchados de sangue.

– Perdão – ela disse. – Pelo visto, eu mesma estou tendo uma leve dor de cabeça que acabou causando uma hemorragia nasal.

Do outro lado da rua, três homens avançaram na direção dos dois. Um deles vestia um terno e os outros dois, jaquetas. Os paparazzi os encontraram. A conversa tinha acabado.

Foi então que George vislumbrou o tom pálido da pele e os olhos esbranquiçados. Um deles levantou um braço, que terminava logo após o cotovelo. Outro sujeito tropicava, havia dois buracos enormes e irregulares perto de um dos joelhos. Passaram a atravessar a rua, mancando.

Num piscar de olhos, o mundo mudou. Os carros nas ruas estavam cobertos de poeira, alguns com os para-brisas rachados, como se fossem teias de aranha. Folhas secas se espalhavam por todo o chão. Ervas daninhas cresciam soltas nas frestas entre os blocos de concreto na calçada.

George olhou para trás. Mais quatro monstros se aproximavam cambaleando pela calçada. Os dois mais de trás se pareciam muito com o casal de velhinhos com os quais ele e Karen tinham acabado de cruzar, minutos antes.

– Devemos conversar mais com Madelyn Sorensen – Karen disse. Levou a mão novamente ao nariz e limpou os dedos na manga do moletom. – Se ela realmente se lembra com mais clareza desse tal mundo paralelo, talvez possa ter informações cuja relevância ela não é capaz de perceber.

George a encarou:

– Então, você acredita em mim?

– Não parece que eu tenha muita escolha.

– Como assim?

Ela apontou rua abaixo:

– Há três pessoas vindo em nossa direção e todos parecem estar mortos.

A loira na dianteira tinha cabelos crespos. Um punhado considerável tinha sido arrancado, deixando exposta parte do crânio da morta. O cadáver seguinte estava com um par de óculos pendurado numa das orelhas. O rosto do último deles estava queimado ou esfolado de uma maneira tal que não tinha sobrado mais nada além dos dentes e das órbitas oculares. George não soube dizer se era um homem ou uma mulher.

– Ahhh – ele retrucou –, então, você também tá conseguindo ver esses caras?

– Estou, sim. Três adiante, três ao lado, quatro atrás de nós.

– Que bom… já estava começando a pensar na possibilidade de eu estar louco.

Karen ficou em posição de combate.

– Eles, por acaso, têm alguma força ou fraqueza aparente?

– Eles são meio lentos – George respondeu –, e gostam de morder. Pancadas na cabeça e no pescoço os derrubam mais rápido. Não se preocupa, eu já passei por isso algumas vezes e dá pra…

A voz dele sumiu e ela agarrou seu braço. Por um instante, ele imaginou Karen meio que desfalecendo nos seus braços, que nem nos cartazes daqueles filmes antigos de amor. A imagem o fez se sentir um pouco heroico.

Então, a outra mão passou ao ombro dele e o puxou para baixo.

Ela deu um giro sobre ele feito uma ginasta saltando um cavalo com alças. A bota dela se lançou no rimo do trio à frente dos dois e pegou a loira bem na ponta do queixo, que quebrou na hora, estalando alto. Karen virou os quadris, ergueu a outra perna e sentou o salto da bota em cheio na cabeça de um dos mortos, partindo os óculos dele. Ela caiu agachada no chão, rodopiou e passou uma rasteira nos três monstros.

George se virou de lado e viu que a coisa morta com o braço decepado estava a um metro de distância. Avançou e deu de mão aberta no peito do cadáver, empurrando-o de volta. Mal sentiu o impacto, a criatura não podendo dizer o mesmo. Saiu voando como se a gravidade tivesse mudado e foi parar do outro lado da rua. Acertou com um dos braços avariados em outro maneta, que chegou a rodopiar. George deu um soco e o peito de outra coisa morta explodiu.

Karen agarrou o ombro de George outra vez com ambas as mãos e saltou sobre a cabeça dele. Caiu com as botas nas cabeças de duas criaturas, levando-as ao chão. Deu um tapa com cada uma das mãos ao mesmo tempo nos dedos murchos que ainda tentaram segurá-la e, então, mais alguns golpes de karatê no queixo, pescoço e coluna. Mais duas coisas mortas tombaram, dando-lhe espaço para quebrar outro pescoço com um chute giratório.

No instante em que ele parou para observá-la, um dos últimos monstros, uma mulher corpulenta, afundou os dentes na sua mão. Sentiu o aperto da mandíbula e escutou os dentes se despedaçarem contra os ossos da mão. Puxou seu braço e deu um murro na cara da morta. A cabeça saiu quicando pela rua.

– Você está machucado? – Karen perguntou. O capuz caiu sobre seus ombros, expondo seu rosto. Ela fitava a mão dele com os olhos arregalados. Não era medo, apenas perplexidade.

George suspendeu a palma da mão:

– Nem sequer um arranhão.

– Você tem muita sorte.

– Ou talvez eu seja invulnerável.

– Talvez – ela retrucou. – Sua força descomunal seria de pouca utilidade sem uma estrutura óssea e epidérmica capaz de suportar a massa complementar.

– Eu só estava brincando – ele disse.

– Pois eu não.

Ele passeou os olhos pelo círculo formado pelos corpos ao redor deles. Alguns ainda estalavam a mandíbula. A luta não tinha durado sequer um minuto. Karen tinha derrubado três das criaturas para cada uma que ele detinha.

– Acho que a maioria das supermodelos não daria conta de fazer isso, ou estou errado?

– Nenhuma que eu conheça.

Ela apontou em direção ao fim da rua. Havia alguns carros batidos no meio da pista que pareciam estar lá por um bom tempo. Alguns corpos estavam espalhados pela calçada. Um prédio não passava de uma estrutura carbonizada. Outro parecia ter sido entrincheirado antes, mas as barreiras já tinham sido derrubadas.

– Mas então... – George disse. – No começo, eu só via os monstros, mas agora tá tudo mudando ao redor.

– Você não mencionou nada disso mais cedo.

– Eu estava tentando não parecer tão maluco assim.

Ela ergueu uma das sobrancelhas. Então, apontou de novo para o fim da rua. Ao longe, seis vultos se aproximavam cambaleando.

– Quanto tempo esses estados alternados duram?

– Essa já foi a terceira mudança do dia – ele respondeu. – A última antes dessa tinha durado meia hora.

– É melhor voltarmos ao hotel. O lobby não é seguro, mas os andares mais altos podem ser mais defensáveis.

– Se você tá dizendo...

Passaram por cima dos monstros abatidos. Alguns tentaram agarrar seus tornozelos. George sentou um pisão num deles, transformando o crânio numa pasta nojenta. Subiram de volta para a calçada a passos ligeiros.

Karen o encarou.

– Você se considera uma pessoa violenta?

– Hein?

– Você aprova atos de violência?

– Não, de jeito nenhum. Por quê?

Ela olhou para trás.

– Você não hesitou sequer um segundo antes de destruir aquelas criaturas, mesmo que elas já tenham sido seres humanos. A maioria das pessoas se sentiria um tanto relutante de levar a situação a cabo.

Ele deu de ombros.

– Meio que tá na cara que eles não são mais gente.

– Se Madelyn estiver certa – ela disse –, talvez você tenha mais experiência pra lidar com a situação do que você consegue se lembrar.

– Pode ser – George retrucou. – Então, quer dizer que nada disso aconteceu contigo? Aquelas coisas mortas e tudo mais se transformando?

Ela moveu a cabeça de um lado ao outro uma única vez:

– Não, não aconteceu nada.

– Tem certeza?

Ela o encarou bem nos olhos:

– Absoluta certeza.

– Você não se sente estranha, tipo como se tivesse mergulhando numa espécie de energia plena?

– O que você quer dizer?

– Eu ando tendo umas visões, uns flashes desses monstros já faz umas duas semanas. E a coisa toda só tem piorado. Faz uns dois dias, o mundo todo tem literalmente mudado. Mas contigo foi a primeira vez.

– Talvez porque eu esteja com você – Karen sugeriu.

Dobraram a esquina e avistaram a entrada do Four Seasons. A carcaça incinerada de uma limusine obstruía a passagem. A traseira estava tão torta que bloqueava uma pista inteira. Duas coisas mortas se arrastavam em volta dela.

Karen o encarou bem no fundo dos olhos. Contraiu os músculos do pescoço. Ele cerrou os punhos e se sentiu forte.

E aí, o mundo mudou. As ruas ficaram limpas e os escombros desapareceram ou se reconstruíram de novo. A limusine já restaurada deu partida e entrou no hotel. Um sujeito perto dela tirava algumas fotos com uma câmera bem pequena.

– Pelo visto, nossa conversa chegou ao fim – Karen disse.

– George deu uma breve espiada por trás do ombro. Os corpos tinham sumido. O mato tinha desaparecido.

– É... pelo que parece, terminou mesmo.

O tal fotógrafo veio descendo a rua, sem tirar os olhos dos dois. Karen cobriu a cabeça com o capuz e se virou de costas.

– Acabei de ser reconhecida.

– Hein?

O sujeito foi se aproximando deles, ganhando velocidade a cada passo. Posicionou a câmera contra o rosto.

– Teremos que continuar nossa conversa em outro momento. Eu lhe darei o número do meu telefone particular. Ligue ainda hoje, logo ao anoitecer. Vamos marcar de nos encontrarmos amanhã.

A ideia de uma supermodelo estar empurrando seu telefone para cima dele não lhe pareceu nada má. Ele se segurou para não deixar escapar um sorriso ao lhe entregar o celular. Os dedos dela passearam pelo teclado. Então, ensaiou devolver-lhe o aparelho, mas se interrompeu no meio do caminho.

– Seu celular é um Katana LX, fabricado pela Sanyo.

– Isso, faz tempo que estou ensaiando pra comprar um novo, mas esse aí meio que é lá do trampo, então...

– Esse modelo é de cinco anos e meio atrás – ela disse – já deveria estar fora de circulação.

– É, pois é, mas não tá...

Ela lhe devolveu o celular e pegou o seu no bolso do moletom. O aparelho girou na sua mão, revelando um teclado já um tanto gasto.

– Esse aqui é um T-G1 – ela disse –, com sistema operacional Android. Me deram como parte de um acordo por uma série de campanhas promocionais.

– Tá certo. Esse aí deixa o meu no chinelo…

Karen sacudiu a cabeça:

– Não, não deixa não. Esse modelo foi lançado no outono de 2008. Também tem cinco anos – ela o encarou. – Por que é que eu estou usando um aparelho que já tem meia década de vida?

O fotógrafo disparou umas cinco fotos dos dois analisando os celulares. Num plano mais aberto, daria até para pensar que estavam de mãos dadas. George ficou imaginando as imagens dele ao lado de Karen Quilt com legendas provocativas numa revista de fofoca qualquer, entre fotografias de *popstars* e atores gostosões. Aí, ele se deu conta de que não saberia dizer o nome de sequer um ator ou atriz que fosse considerado a última grande revelação do momento. O mesmo valendo para qualquer música ou quem quer que a cantasse.

Houve uma praga. Foi desencadeada na primavera de 2009 e devastou quase que o mundo inteiro.

– Qual foi a última música nova que você escutou?

O celular girou e se encaixou na mão dela feito uma pistola na mão de um caubói.

– Pensei que você tivesse entendido quando eu disse que não sou muito de acompanhar os novos lançamentos…

– Qualquer coisa – ele a interrompeu –, qualquer coisa mesmo. Você sabe dizer o nome de qualquer música que tenha sido lançada de dois anos pra cá?

Ela sacudiu a cabeça.

– Nenhum filme? Livro?

A cabeça dela foi de um lado a outro novamente:

– Não, não sei.

– Nada de celular novo, nada de música, nada de livro. Tá enxergando algum carro novo?

Karen perscrutou a rua de ponta a ponta.

– Todos os modelos que consigo identificar são de 2009 ou mais antigos. Com a crise econômica, nem seria de se espantar.

– Nessa área da cidade? Nesse hotel?

O fotógrafo estava bem perto deles, quase cinco metros. Um segundo surgiu descendo a rua e se juntou ao colega, logo seguido por um terceiro.

– É melhor continuarmos essa conversa mais tarde.

Karen deu um giro já tirando seu moletom e o acomodando no braço como só uma supermodelo com anos de experiência o faria. As lentes todas se focaram nela à medida que foi se afastando de George e de volta para o hotel. George tinha certeza de que o primeiro cara tinha tirado pelo menos umas vinte fotos dos dois juntos, mas aproveitou a chance para escapulir de lá, dobrando a esquina, e seguir até seu carro.

Seu Hyundai de 2002. Tinha mais de dez anos.

DEZESSETE

ANTES

Estou despencando pelos ares.

Tem mais de cem pessoas se amontoando na rua lá embaixo. Chega a levantar poeira. Estão todos usando uniformes militares, mas eles não estão marchando feito os militares. Os passos deles estão meio frouxos, totalmente dessincronizados, tem alguma coisa errada. Parece que tá todo mundo bêbado. A barulheira dos dentes se batendo chega até mim.

Aí, eu me dou conta de que não estou caindo na direção daquela multidão, mas na direção de um prédio bem na esquina. E não estou caindo sozinho. O cara com a roupa laminada, o cara lá que brilha todo, tá caindo junto comigo. A roupa brilhante dele fica zunindo enquanto a gente vai caindo, e esse zunido forma palavras. *Se você não se importa que essa parte da base seja aniquilada no processo, beleza.*

Não sei se tenho certeza do que esse cara tá falando. O sonho me jogou bem no meio da conversa. Não lembro como foi que ela começou, então fico sem saber o que responder.

O telhado passa direto pela gente e eu só o consigo enxergar um pouco antes das minhas botas baterem no piso. Isso nunca acontece. Ou, então, elas batem de um jeito tão delicado que eu nem consigo sentir nada. Aí, meus braços entram no meu campo de visão e uma terceira pessoa aparece no sonho. Estou carregando um senhor de idade com o cabelo desgrenhado e a barba por fazer. Ele nem pesa quase nada. Parece um professor que tá sem dormir faz dias. O rosto dele me é familiar, tanto no sonho quanto na vida real, analisando o sonho por outra perspectiva.

Eu coloco o senhor no chão do telhado e escuto alguma coisa. Minha própria voz. Leva um tempo até que eu a reconheça e, quando enfim cai a ficha, as palavras já foram ditas e se perderam no sonho. O velho professor olha para mim e acena.

– Entendo bem. Vai dar tudo certo.

E aí, eu começo a cair de novo. Alguns dos mortos vêm na minha direção com os braços pra frente. Mais de perto, dá pra ver que os uniformes deles estão incompletos. Alguns vestem jaquetas com camuflagem digital, outros vestem só camisetas e uns poucos usam regatas de cor. Dois ou três usam cinto, outros dois têm capacetes. Caio bem no meio da turba e eles se voltam contra mim.

Agarro um monstro pelo braço estendido e o giro feito um mangual medieval. O cadáver derruba mais uns dez dos soldados mortos. Rodopio minha arma improvisada pro outro lado e abro caminho até um imenso hangar. Tinha sido transformado numa tumba coletiva. Eu sei disso daquele jeito que as pessoas sabem das coisas nos sonhos.

Minha arma se quebra no meio de um giro e o corpo do morto se parte na altura do ombro com um barulho gosmento. Eu fico segurando o braço e a maior parte do ombro. Um toco de osso amarelado fica exposto na ponta do membro. Outro monstro passa cambaleando pela entrada do prédio. Eu o agarro pelo peito e o empurro de volta pra dentro. Ele sai tropeçando pra trás até cair num monte de cadáveres no chão.

Seguro a imensa porta de entrada do prédio com uma das mãos e dou um puxão. As rodinhas de metal rangem alto e a porta se abre. As coisas mortas tentam morder minhas mãos, mas eu sei que elas não são capazes de me ferir.

Alguma coisa sibila logo atrás de mim, as sombras dão um salto e desaparecem. Um homem de papel alumínio tá suspenso no ar com os braços esticados, empurrando algo. Algumas nuvens de cinzas negras logo à frente dele, por um instante, parecem ter o formato de soldados, mas não demoram a dispersar. Perto das bordas das nuvens, tem outros três ou quatro monstros chamuscados que se despedaçam do nada enquanto eu os observo.

O sujeito não tá coberto de papel alumínio. Ele só é quente demais. Extremamente quente. Totalmente branco de tão quente.

Meu murro atravessa a cabeça de um dos soldados mortos e acaba derrubando o outro que estava logo atrás. Agarro um corpo em cada mão e os arremesso feito bonecos sem vida.

Eu falo alguma coisa pro cara brilhante e ele responde de volta. Digo mais uma coisa, mas as palavras se perdem no meio daquela bagunça toda dos sonhos. A gente tem toda uma conversa que eu simplesmente não consigo escutar. Não, quer dizer: que eu não consigo me lembrar. Isso é importante porque parte de mim, lá no fundo, sabe o que é.

Os monstros estão todos mortos. Eu os joguei todos numa pilha e o cara brilhante incinerou tudo. Isso fez o brilho dele ficar mais fraco.

Eu avisto o professor idoso no telhado e dou um salto até à. Como nos outros sonhos, sou levado por cabos invisíveis que fazem minhas costas coçarem um pouco. Me seguro no professor e a gente vai decaindo até o nível da rua. Não é uma queda, na real. Isso também é importante. Não é que eu esteja caindo nesses sonhos todos. Eles…

O chão estremece e perco minha linha de raciocínio. Escuto o barulho de passos pesados e firmes, mais parecem de um dinossauro. O reflexo da luz treme nas janelas dos prédios nas redondezas.

A alguns edifícios rua abaixo, algo sai destruindo a porta de outro hangar. O imenso portão fica todo dobrado como se fosse de papelão. Algumas lascas saem voando feito balas. Sem pensar duas vezes, eu puxo o professor e me ponho na frente dele. Estilhaços de metal resvalam no meu peito. Dá pra sentir todos eles, mas nem machucam.

Por um instante, o imenso robô fica na frente do buraco que ele próprio abriu. Aí, então, ele se vira e sai correndo pela rua, distanciando-se da gente. O chão vai parando de tremer conforme ele vai se afastando e…

DEZOITO

George acordou com o clique-clique-clique da corrente de miçangas contra a pá do ventilador. Aquilo não parava nunca. O barulho tinha conseguido penetrar até nos seus sonhos.

Aí, ele se deu conta de que já estava acordado.

Jogou o corpo para cima e o papagaio mastigando seu braço cambaleou para trás. Já tinha sido uma mulher antes. Bem miudinha. Cabelos loiros afogueados, curtinhos. Os dentes pequenos provavelmente também a faziam parecer ainda mais jovem. Isso, quando ela estava viva, claro.

A camisola da coisa morta era bem fina, quase transparente. Se não estivesse ensopada de sangue, daria para ver tudo por baixo dela. A cadáver vestia shortinhos bem curtos e estava descalça. A mulher tinha morrido enquanto dormia. Ou sido assassinada, melhor dizendo.

A coisa morta deu outro passo trôpego na sua direção. Ele a agarrou pelo ombro e a manteve à distância do comprimento do seu braço. A pele dela estava gelada, mais parecia que tinha acabado de sair do congelador.

Ela baixou a cabeça e tentou morder o pulso dele. George escorregou suas mãos pelos braços da coisa e a imobilizou pelos lados. Ela ficou estapeando o vazio entre os dois, na altura dos seus cotovelos.

Seu apartamento estava destruído outra vez. Destruído não, como notou dessa vez, não tanto quanto abandonado por anos a fio.

E ele estava lutando contra uma mulher morta, afinal. E de pijamas. Enquanto ele próprio ainda estava de pijamas também.

George foi empurrando o papagaio (era mesmo um papagaio? Isso era coisa dos sonhos) pelo quarto e rumo à porta. A cadáver pesava tanto quanto ele tinha imaginado, mas não possuía equilíbrio algum, nem sequer coordenação motora. Todo e qualquer empurrãozinho fazia com que ela tropeçasse.

Por trás da cabeça cheia de bobs da mulher morta, deu para ver a porta do apartamento aberta. A fechadura estava arrebentada. A madeira em volta se encontrava rachada, toda lascada. O corredor parecia tão negligenciado quanto seu apartamento. Uma mancha escura decorava uma das paredes. E não era bolor.

Torceu o braço do monstro e o empurrou para trás por mais alguns metros. A mulher tropeçou nos próprios pés e tombou contra uma parede. Ele quase tentou apará-la, mas os dentes à mostra e os olhos esbranquiçados o lembraram de que não se tratava de uma mulher de fato. Mais alguns passos adiante e a criatura já estava no corredor, ainda desferindo mordidas ao léu. George dobrou um pouco seus braços e um dos dedos dela chegou a encostar na sua barriga. As unhas pintadas quase rasgam sua camiseta.

George deu um empurrão e a cadáver foi cambaleando pelo corredor até se espatifar contra uma porta. O crânio se chocou perto do número do apartamento, bem contra o olho mágico. A coisa morta vacilou por um instante e, então, levantou-se, tomando novo impulso. A camisola arriou um pouco, expondo mais da pele empalidecida e um mamilo roxo.

George recuou e bateu a porta do seu apartamento. A madeira lascada perto da fechadura esmagou a criatura antes que a porta se fechasse totalmente. Ele deu outras duas batidas, forçando a mulher contra a moldura.

Por puro instinto, tentou passar o trinco, mas acabou se atrapalhando todo com a corrente.

A porta sacudiu com o impacto da mulher morta do outro lado. Sacudiu de novo. E pela terceira vez. Então, ele ouviu as unhas envernizadas arranhando a madeira da porta.

Seria tão difícil para ela conseguir abrir a porta quanto seria para ele conseguir fechá-la de novo. Poderia usar o que tinha sobrado do sofá para bloquear a passagem um pouco mais, o que lhe daria mais alguns minutos de vantagem para pensar no que fazer. E catar algumas roupas para vestir.

Checou o trinco duas vezes e se virou para perscrutar o apartamento. O tapete estava limpo. As persianas estavam entreabertas. Os raios do sol adentravam pela janela. Ele se voltou outra vez à porta, ainda no lugar.

– Filha da puta – George murmurou.

Aproximou-se da porta, mas não conseguiu escutar mais nada. Observou o corredor através do olho mágico. Pelo que dava para ver, não havia mais perigo algum. Tudo vazio.

Deslizou a corrente e virou a maçaneta quebrada. A porta ficou escancarada. Deu um passo corredor adentro e olhou para os dois lados. A mancha na parede não estava mais lá.

George voltou para seu apartamento e fechou a porta.

Não se lembrava de ter ligado o ventilador na noite anterior. As noites estavam ficando mais frias, mesmo em Los Angeles. De todo modo, as pás estavam girando bem devagar. A cordinha de miçangas oscilava sem parar, roçando no metal mais e mais. Lembrava de ter voltado para casa e comido algumas sobras que catou na geladeira. Lembrava também de ter pensado em ligar para Karen e não ter certeza de qual seria a melhor hora para entrar em contato com uma supermodelo. Então, simplesmente ligou e os dois conversaram por dez minutos. Fez uma piada sobre todas as conversas de dez minutos entre eles. Ela não tinha achado graça, mas deu para sentir que tampouco tinha ficado constrangida por ele.

Devia se encontrar com ela na cafeteria perto do hotel onde ela estava hospedada às dez horas. Olhou para o relógio. Tinha dormido demais. Já eram quase sete. A hora do rush estava em pleno vapor, o que significava dizer que levaria quase uma hora para chegar ao...

Significava dizer que ele estava atrasado para o trabalho!

Ficou em pânico. Podia pular a parte do banho, colocar um pouco mais de desodorante, ou talvez borrifar um pouco da colônia que usava uma vez ao mês, mais ou menos. Os outros funcionários encheriam o saco, mas pelo menos sairia de casa tão logo vestisse suas roupas.

E então, respirou fundo de novo. Já tinha tomado uma decisão na noite anterior. O que quer que estivesse acontecendo com ele era mais importante do que o trabalho.

Tratou de colocar a cabeça no lugar e deu outra espiada no quarto. Nenhum sinal da destruição com a qual tinha acordado. Pela segunda vez, diga-se.

George chegou novamente à fechadura e partiu rumo ao chuveiro.

Estacionou o carro logo dobrando a esquina. Naquela manhã, havia uma limpeza geral das ruas programada, o que queria dizer que toda a vizinhança tinha sido obrigada a mudar os carros de lugar. Como um bom madrugador que era, dias como esses significavam mais vagas na noite anterior, de onde poderia tirar seu carro já pela manhã antes que as proibições de estacionamento valessem. Mas, na noite anterior, ele tinha decidido estacionar em algum lugar mais seguro, só para garantir, e acabou parando a um quarteirão e meio do seu prédio.

Esperou um sedan preto de vidros fumê passar para atravessar a rua. Ainda havia algumas poucas gangues no setor, e a primeira coisa que passou pela sua cabeça foi que deviam estar fazendo alguma missão logo cedo de manhã. O carro, porém, era básico demais para tanto. Não era um veículo extravagante, pelo contrário. Um Crown Victoria ou coisa que o valha.

Aí, a segunda coisa que passou pela sua cabeça, logo no rabo da primeira, foi que devia ser um policial. O que foi um tanto reconfortante, dado o primeiro pensamento. Mas apesar dos vidros peliculados, ele tinha quase certeza de que o homem e a mulher dentro do carro não eram policiais. Vestiam ternos pretos. A mulher o encarou de volta pela janela fechada quando o carro passou.

Cruzou a rua tão logo o sedan foi embora e seguiu rumo à esquina. Avistou seu carro e resmungou alguma coisa. Uma van preta estava estacionada em fila dupla, bloqueando seu carro. O outro motorista sequer tinha colocado algum tipo de sinalização no local. George se preparou para um possível confronto entre os dois. Sabia que a maioria das pessoas tiraria o carro sem problemas e ficariam com uma cara de arrependimento na hora, mas sempre havia a chance de pegar alguém mais esquentadinho ao ser repreendido sobre o fato de que as ruas em Los Angeles não tinham sido construídas para serem estacionamentos particulares. Ao se aproximar, porém, a van deu partida e subiu a rua. George tirou as chaves do bolso e escutou o barulho do atrito de borracha contra o asfalto. A van fez uma curva fechada, fechando outros dois carros. Deu meia-volta e avançou na sua direção, vindo pela faixa amarela bem no meio da pista. Fez uma manobra brusca e parou no último segundo, bem em cima do Hyundai, logo antes de bater.

Os dois homens dentro da van ficaram encarando-o. A porta lateral se abriu e George vislumbrou outros dois sujeitos nos bancos de trás. Todos eles vestiam ternos pretos.

Outra freada brusca. O sedan preto também tinha voltado. Estacionou no meio da pista, logo atrás dele. A dianteira do carro ficou a poucos centímetros da traseira do Hyundai. Os dois veículos pretos e seu próprio carro o cercaram pelos três lados. Enquanto ainda pensava no que estaria acontecendo, um segundo sedan despontou na esquina, fechando o quadrado em torno dele. A porta do passageiro se abriu enquanto o sedan ainda estacionava e uma loira baixinha saiu do carro. A mulher que o tinha encarado quando passaram pela frente do seu prédio. Tinha cabelos curtos e um rosto que talvez até tenha sido gracioso quando ela era mais jovem, mas que então já se encontrava um tanto carcomido pelo tempo.

Ela vestia o mesmo terno preto que os homens da van e o motorista que a levava. A loira segurava um objeto escuro. Contraiu os dedos, abrindo a carteira, revelando um brasão dourado, uma fotografia e algumas palavras minúsculas num fundo branco. George foi capaz de reconhecer um S maiúsculo, mas a carteira se fechou antes que ele pudesse ler coisa que fosse.

– George Bailey – a mulher disse. Não tinha sido uma pergunta, mas uma afirmação. Ela queria simplesmente deixar claro de que tudo aquilo tinha sido intencional e deliberado.

George se deu conta um pouco tarde demais de que devia ter aproveitado o tempo que passou pensando na situação para ter tentado fugir.

Dois homens o seguraram pelos braços. Um terceiro cobriu sua cabeça com um saco. Era feito de um tecido grosso e preto, tipo brim. Escutou o barulho de um zíper se fechando e o capuz ficou bem preso em torno do seu pescoço.

Ainda tentou reagir. Um dos homens o soltou. George girou o braço e ouviu um grunhido de dor partindo de alguém. O sujeito que o segurava pelo outro braço também o soltou, mas então alguém lhe deu um soco. O mundo rodopiou por dentro do capuz preto, algo lhe acertou bem na cabeça e tudo em volta parou.

DEZENOVE

Sentia-se um tanto sufocado.

George se deu conta de que aquela escuridão não era por estar inconsciente, mas sim porque havia algo lhe cobrindo a cabeça. Tentou tirar o capuz e algo gelado apertou seus pulsos. Aí, lembrou-se da van e dos homens de preto e…

– Ele está acordado.

O capuz foi retirado da sua cabeça. A loira estava parada bem na sua frente. Estava mexendo em sua carteira. Segurava sua carteira de motorista contra a luz. Virava os documentos de um lado para o outro, observando os hologramas.

Estavam dentro de um quarto. Havia um sujeito de preto em cada um dos quatro cantos. Um deles tinha um ferimento na cabeça que não estava lá quando ele o agarrou. Outro deles estava com uma tala em dois dedos e no dedão. O único móvel no cômodo era a poltrona à qual George estava algemado e uma mesa encostada na parede.

Não havia espelho. Pensou que sempre existisse um espelho com fundo falso nessas salas, de modo que a pessoa do outro lado pudesse ver tudo o que se passava lá dentro. Perscrutou cada canto do quarto. Sem espelho, nem câmeras.

Não soube dizer se isso era bom ou ruim.

A loira jogou sua carteira de motorista na mesa. Seus cartões de crédito já se encontravam lá, junto com o pouco dinheiro que ele tinha e alguns recibos.

– George H. Bailey. *H* de Harrison – ela sacudiu a cabeça. – Sério, com um nome desses, não sei por que você ainda não tá no elenco de *Homeland*.

– É meu nome de verdade.

– Eu sei – ela retrucou, puxando alguns cartões de supermercado da carteira. Analisou todos eles e os jogou na mesa. – Seus pais eram fãs dos Beatles?

Ela ficou o encarando por um tempo e George se deu conta de que ela de fato esperava uma resposta. Ele engoliu a seco e tentou permanecer calmo.

– *Star Wars*. Meu pai disse que quase foi George Han Bailey, mas minha mãe acabou ganhando.

O sujeito à esquerda de George, o que tinha um ferimento, reprimiu uma risada.

A mulher não tirou os olhos dele:

– Você é um desses nerds, fãs de ficção científica?

– Quando eu era criança.

– E não é mais?

– Não mais do que qualquer outra pessoa, eu acho.

Outra longa pausa se seguiu. Os olhos dela eram verdes claros. Quanto mais ele a encarava, mais tinha certeza de que ela não era uma boa pessoa. Desviou seu olhar.

– Hmmmm... qual é o papo? O que tá rolando?

A loira jogou sua carteira na mesa.

– Você pratica algum tipo de esporte?

– Quê?

– Futebol americano? Levantamento de peso? Talvez uma bolinha no intervalo do almoço?

– Eu... não.

– Nadinha?

– Eu vou de bicicleta pro trabalho, às vezes, no verão. Mas é basicamente isso.

– E você já tomou alguma coisa pra isso?

– Como assim?

A loira fez um sinal para o homem com a tala na mão.

–Você lutou pra valer quando a gente te pegou.

– Eu estava meio apavorado.

– Lutou bem mais do que um cara do seu tamanho e com sua massa corporal seria capaz de lutar. Especialmente contra homens como esses – ela fez uma pausa. – Meu amigo aqui acha que você toma bomba.

Ele sacudiu a cabeça:

– Não, de jeito nenhum.

– Foi exatamente o que eu disse pra ele.

– Legal – George retrucou. – Então, você acertou.

–Você é franzino demais pra quem toma bomba. Eu aposto que é meta-anfetamina.

George pestanejou:

– Eu não uso nada, não.

–Tem certeza?

– Eu faço exame antidrogas a cada seis meses. Eu nem sequer fumo.

Ela estendeu a mão. Um dos homens lhe passou um celular. George percebeu que era o seu. Ela passou o dedo pela tela algumas vezes e lhe mostrou os registros de chamada.

– Ontem de manhã – ela disse – você fez uma ligação pro Laboratório Sandia no Novo México. O Projeto Energia Pulsante. A ligação durou menos que nove minutos.

A pausa que se seguiu foi duas vezes maior do que a anterior. George não tinha certeza se ela queria uma resposta e não queria correr o risco de interrompê-la se ela começasse a falar de novo. Assim que confirmou a espera por uma resposta, fez-lhe um breve sinal:

– Sim, sim, eu fiz.

– Por quê?

– Por que o quê?

– Por que você ligou pro laboratório?

– Eu estava procurando uma pessoa.

– Barry Burke?

– Isso.

– E você o encontrou lá – outra afirmação, não uma pergunta.

– Isso.

– De onde você conhece o Sr. Burke?

– Eu...

A loira colocou o celular na mesa e cruzou os braços.

– Não é uma pergunta das mais difíceis – ela disse. – De onde você o conhece?

– Eu não tenho muita certeza disso – George admitiu.

– Então, por que você ligou pra ele?

George ensaiou responder, mas se conteve a tempo.

– E aí?

– Eu acho... eu acho que gostaria de falar com um advogado – George disse –, Defensor público, sei lá como vocês chamam.

A expressão da loira mudou. Parecia um tanto cruel.

– Um advogado? – ela repetiu. – Em que ano você acha que a gente tá, George? Eu não preciso deixar você ir nem ao banheiro, se eu não quiser. Só responde a minha pergunta. Por que você ligou pro Barry Burke?

Algo queimou no fundo da sua garganta e ele engoliu o que quer que fosse de volta.

– Pra ver se eu o reconhecia. Reconhecia a voz dele.

– Mas você não o conhece, conhece?

– Eu acho que não.

– Você acha que não? Vocês dois já se encontraram alguma vez?

– Não – George disse, sacudindo a cabeça.

– Já tinham se falado ao telefone antes?

– Não.

– Trocaram e-mails? Conversaram por chat? Nada?

– Não.

– Então, como você o reconheceria?

George ficou de boca fechada outra vez.

– De acordo com a recepcionista, você ficou esperando um minuto e meio até que o Sr. Burke atendesse a chamada. Vocês conversaram por cerca de sete minutos. Sobre o que vocês conversaram?

– Nada de mais.

–Você não disse nada pra ele? Só ficou parado segurando o telefone?

– Não, claro que não.

– Mas então, vocês conversaram sobre o quê?

– Eu perguntei quem ele era, ele fez uma piada.

– Que tipo de piada?

George tentou girar os ombros. As algemas apertaram seus pulsos.

– Eu disse que achava que tinha me enganado de pessoa. Ele disse que se existisse outro Barry Burke, ele provavelmente teria um cavanhaque e um cinturão.

A loira franziu a teste.

– O que diabos isso quer dizer?

– *Star Trek* – um dos agentes disse – no universo paralelo, toda a tripulação da *Enterprise* usava um cinturão referente a sua patente, e o Spock do mal usava um cavanhaque.

– Cala a boca, Winston – ela vociferou.

– Perdão, senhora.

– Eu acabei de dizer pra você calar a boca – lançou um olhar a George. – Mas, e então, você reconheceu o Sr. Burke?

Ele pensou por uns instantes antes de responder.

– Não.

– Tem certeza?

– Tenho, sim.

– E ele, reconheceu você?

George se interrompeu com a boca já aberta.

– Eu não sei dizer.

A loira o encarou.

– Na última semana, você parou duas vezes na frente do escritório de recrutamento do exército em Linkbrook. Por quê?

– Olha só, eu acho que mereço pelo menos saber do que isso tudo se trata. Eu conheço bem os meus direitos, sabe.

– A gente já tá quase lá – ela retrucou. – Por que você estava no escritório de recrutamento?

– Meu carro morreu. Eu estava procurando ajuda. Alguém que pudesse fazer uma chupeta no meu carro.

– E na segunda vez?

– A mesma coisa.

Ela ergueu as sobrancelhas.

– Seu carro morreu duas vezes na mesma semana e na frente do mesmo escritório?

– Não. A primeira vez foi a meio quarteirão de distância. A segunda vez foi um pouco antes do escritório, mas aí eu já sabia que eles tinham os cabos pra chupeta.

– Com quem você conversou lá?

– Um sargento, eu acho, não sei tanto assim sobre patentes militares. E um tenente.

– Nomes?

Ele sacudiu a cabeça:

– Eu não sei – o nome do imenso oficial passou pela sua cabeça. – O grandalhão lá, o tenente, o nome dele era Freedom.

A loira trocou olhares com um dos homens atrás de George. Sem ser o fã de *Star Trek*. George olhou para trás e vislumbrou o sujeito teclando num Black Berry.

– Ontem à tarde – a loira continuou – você visitou uma mulher chamada Karen Quilt no hotel Four Seasons.

– Isso.

– Você conhece a Sra. Quilt?

– Não. Quer dizer, só das fotos nas revistas e tudo mais.

– Nunca chegou a conhecê-la de fato? Nunca lhe enviou um e-mail nem nada disso?

– Não.

– Você é apaixonado por ela?

George pestanejou.

– Quê?

– Você tem sonhos com ela? Fantasias?

Ele fez uma pausa, então sacudiu a cabeça:

– Não.

A loira percebeu a pausa.

–Você tá seguindo essa moça?

– Não!

Ela pegou o celular dele e seus dedos passearam pela tela. Segurou o aparelho na cara de George para que ele pudesse ler a mensagem.

– Nikolai Bartamian te enviou o endereço dela. Do hotel em que ela tá hospedada.

Sentiu seu estômago revirar.

– Sim...

– Eu acho que, pra alguém na posição dele, isso é um tanto comprometedor, não? Você sabe que ele tem grandes chances de ser despedido por isso, né?

– Sei sim... ele me alertou sobre isso.

Ela voltou a encará-lo por um bom tempo.

– Então, quer dizer que você não tá seguindo a Sra. Quilt, mas tá disposto a colocar o emprego do seu amigo em risco só pra conseguir o endereço de uma mulher que você sequer conhece. Estou certa, né?

– Não...

– Então, por favor, me explica.

– Eu só... – baixou sua cabeça.

–Você queria ver se a reconheceria?

– Isso.

– E por que você acha que ela te reconhecia?

– Eu não sei. Não dá pra explicar, foi mal.

– Ela te reconheceu?

Ele suspirou:

– Não.

– De acordo com os seguranças do lobby, vocês ficaram conversando na cobertura do hotel por quase vinte minutos.

– Foram só dez minutos. Muitos dos quais foram no elevador e procurando o quarto dela.

– Se ela não te reconheceu o que vocês ficaram conversando por dez minutos?

– Filmes antigos. E Sherlock Holmes.

– Não brinca comigo, Bailey.

Ele comprimiu os lábios.

A loira estendeu a mão outra vez. O sujeito com a tala pegou o celular de George e lhe entregou uma pasta marrom. Ela deu uns tapinhas na pasta antes de abri-la. Tirou os olhos de George, recaindo-os sobre as páginas abertas.

– Você por acaso sabe – ela disse, sem levantar a cabeça – que a Sra. Quilt tem conexões com um suspeito de terrorismo? Um homem procurado pela CIA e pelo Departamento de Segurança Interna, pra não mencionar o M15 e praticamente todos os serviços de inteligência do mundo?

– Eu pensei que todo mundo soubesse disso – ele retrucou. – Isso não saiu na *People* e na *TMZ* e em todas essas revistas?

– Você assiste à *TMZ*?

– Não.

– Lê a *People*?

– Não. Eu acho que li isso numa edição que eu achei na cafeteria.

– E também pesquisou na edição online, não foi?

Sentiu uma coceira na garganta. Engoliu a seco outra vez e fez sinal positivo.

– Engraçado… a gente vasculhou seu histórico de navegação e parece que você voltou em todos esses sites pra confirmar essas informações na noite passada antes de se encontrar com ela.

A loira suspendeu uma fotografia. Havia uma série de números e letras no canto inferior da imagem. A foto estava meio embaçada e a cabeça do sujeito fotografado estava raspada quase à máquina zero, mas os traços grosseiros e os óculos pequenos não davam margens a maiores dúvidas. Eram óculos escuros e George se pegou imaginando se o pai de Karen usava lentes polarizadas. Ela aproximou a fotografia ao rosto dele.

– Você reconhece esse homem?

Ele observou a foto por um bom tempo.

– Eu não tenho certeza.

– Pensa com cuidado, George. Sua resposta poderá influenciar os próximos trinta e cinco ou quarenta anos da sua vida.

E, então, quando George estava prestes a entregar os pontos, a porta se abriu e o Presidente entrou na sala acompanhado da Primeira-dama. O Presidente olhou para George sentado à cadeira. Christian, a Primeira-dama, levou a mão à boca, perplexa. Ela se voltou a outro homem de terno na entrada da porta e sussurrou algo.

– Do que se trata tudo isso? – o Presidente Smith perguntou. – Eu disse pra vocês simplesmente terem uma conversa com ele.

A loira pareceu estar confusa, mas logo disfarçou.

– Nós o detemos pra um interrogatório, Senhor Presidente.

– O quê? – o comandante em chefe sacudiu a cabeça. – Não, era somente uma conversa. Literalmente, só uma... ah, pelo amor de Deus, tirem essas algemas dele.

A loira lançou um olhar a um dos homens atrás de George. Um tanto da confiança que transparecia desapareceu. A expressão no rosto dela ficou mais leve, mas ainda assim ela não parecia uma pessoa das mais agradáveis. O fã de *Star Trek* soltou as algemas e George levou os braços à frente. Esperava ficar com marcas horríveis nos pulsos, mas sequer estavam machucados. Tão logo George se viu livre, o Presidente acenou para que todos saíssem da sala.

– Saiam – ele disse. – Nos deem um minuto a sós.

Os agentes olharam para a loira. Ela acenou brevemente com a cabeça e todos deixaram a sala. O Presidente Smith a encarou, mas ela continuou em posição de alerta, com os braços imóveis ao lado do corpo. Ele suspirou e se voltou à Primeira-dama.

– Só um minutinho, sim, querida?

Ela sorriu:

– Estarei lá fora, caso você precise de mim.

Christian Smith foi para o corredor e fechou a porta. O Presidente lançou outro olhar à loira e ela recuou meio passo. Então, ele concentrou sua atenção em George.

– Sinto muito – ele disse –, não era minha intenção ser tão rude. Não queria que eles prendessem você ou atrapalhassem sua vida. Você provavelmente também não queria ser importunado, queria?

– Não – George respondeu –, não mesmo.

O Presidente tinha um rosto jovial. O formato, o tom da pele. Os últimos anos tinham-no envelhecido, como costumava acontecer aos que ocupavam o cargo, mas ele soube lidar com o tempo de modo a evitar o que tinha de pior. Alguns dos poucos detratores que tinha o acusavam de tingir os cabelos, ao que a Primeira-dama sempre ria. Logo abaixo do colarinho, George pôde ver uma cicatriz. O ferimento de guerra que o Presidente não era capaz de esconder. Um insurgente o tinha esfaqueado bem na garganta. Um oficial da Marinha o manteve vivo por tempo o suficiente até que sua vida fosse salva no hospital campal. A cicatriz fazia sua voz parecer mais velha.

– Sr. Bailey – o Presidente disse, apertando uma das mãos contra a outra –, será que eu posso lhe chamar de George?

George assentiu. Não sabia muito bem o que mais fazer. Após meia hora de quase pânico, sua mente estava totalmente vazia.

– George, eu estou enfrentando um problema – o Presidente prosseguiu. – Isso pode ser difícil pra você acreditar, mas temos fontes confiáveis dentre nossa inteligência pra crer que há uma célula terrorista operando aqui no sul dos Estados Unidos. Acreditamos que vários membros se estabeleceram aqui em Los Angeles. E achamos que você entrou em contato com eles.

George sacudiu a cabeça, mas o Presidente ergueu uma das mãos.

– Não se preocupe – ele continuou –, sabemos que você não está envolvido com eles. Não deliberadamente. Mas precisamos da sua ajuda se quisermos detê-los, George. Podemos contar com sua ajuda? Você está disposto a realizar seu papel como cidadão desse grande país?

– Sim, claro.

O Presidente Smith abriu um sorriso radiante.

– Eu só preciso que você me responda algumas perguntas, sim? É muito importante, George. Sua resposta nos dirá o quanto eles sabem e como podemos ajustar nossos planos.

O comandante em chefe se apoiou sobre um dos joelhos, o que lhe deixou mais baixo do que George, então endireitou a postura até que ficassem da mesma altura. Os dois se encararam por um momento antes que o Presidente voltasse a falar.

– Você sabe quem eu sou?

George pestanejou, um tanto confuso.

– É claro que eu sei. O senhor é o Presidente.

O Presidente sacudiu a cabeça.

– Não, não. Além disso – ele se inclinou mais um pouco e encarou George bem nos olhos –, você sabe quem eu sou?

Uma dor de cabeça súbita foi subindo pela nuca de George, a pior que já tinha sentido. Parecia que alguém tinha enfiado um prego até a metade no seu crânio e, então, estava martelando para que o prego atingisse o osso.

– Desculpa – George disse, pestanejando mais um pouco –, você é... você é o John Smith. Você é o Presidente dos Estados Unidos.

Smith deu um sorriso. Era o mesmo sorriso de centenas e centenas de fotos oficiais e de divulgação na imprensa. Era um sorriso escancarado, bem ensaiado.

– Você tem certeza disso?

O martelo bateu no prego mais algumas vezes e o crânio de George estremeceu. Seus olhos lacrimejaram.

– Sim, claro, eu votei no senhor.

– Nenhuma dúvida quanto a isso?

Algo pingou no colo de George. Uma gota de sangue. Seu nariz estava sangrando.

– Senhor Presidente... – ele disse – eu não sei se tenho certeza sobre o que o senhor...

– Eu perguntei se você tinha alguma dúvida quanto a isso. Você tem alguma dúvida quanto a isso, George? Nós já nos conhecemos antes? Em algum outro nível?

A ideia de ter conhecido o Presidente e se esquecido disso poderia até soar engraçada em outras circunstâncias. Naquele momento, porém, com o prego sendo enfiado no topo do seu crânio, a ideia quase o fez gritar de pavor. O sangue escorria do seu nariz direto à boca. Mais um pouco e estaria jorrando.

– Não – ele sussurrou. O som da sua própria voz o retraiu.

O sorriso do Presidente escancarou ainda mais.

– É claro que não nos conhecemos – ele disse, dando uns tapinhas na bochecha de George. – Vamos tentar manter isso em mente.

George pestanejou, um tanto confuso.

— É claro que eu sei. O senhor é o Presidente.

O Presidente sacudiu a cabeça.

— Não, não. Além disso — ele se inclinou mais um pouco e encarou George bem nos olhos —, você sabe quem eu sou?

Uma dor de cabeça abateu-se [illegible] pela nuca de George [illegible]

[illegible]

[illegible] começou, seus olhos lacrimejaram.

— Sim, claro, eu voltei no senhor [illegible]

— Nenhuma dúvida quanto a isso.

Algo pingou no colo de George. Uma gota de sangue. Seu nariz estava sangrando.

— Senhor Presidente... — ele disse — eu não sei se tenho certeza sobre quem o senhor...

— Eu perguntei se você tinha alguma dúvida quanto a isso. Você tem alguma dúvida quanto a isso, George? Nós já nos conhecemos antes? Em algum outro nível?

[illegible] de ter conhecido [illegible] agregado em outras organizações. Naquele momento, porém, com o [illegible] de pavor. O sangue escorria do seu nariz [illegible] estava [illegible]

— Não — ele sussurrou. O som de sua própria voz o [illegible].

O sorriso do Presidente escancarou ainda mais.

— É claro que não nos conhecemos — e [illegible] dando umas palmadinhas na bochecha de George. — Vamos tentar manter isso em mente.

VINTE

O despertador tocou e George acordou.

Sentia-se bem descansado. Sua cabeça não doía. O colchão continuava duro, mas confortável.

O ventilador estava silencioso.

Tinha conhecido o Presidente no dia anterior. O Presidente dos Estados Unidos da América. Ele e a Primeira-dama tinham sido muito compreensíveis sobre o mal entendido, e ficaram bastante agradecidos pela sua contribuição. George não achava que tivesse algo importante para lhes contar, mas os dois pareceram considerá-lo como uma espécie de grande herói americano.

Isso fez a vida ficar um pouco mais leve, pelo visto.

O percurso até o trabalho lhe pareceu mais lento do que de costume, mas ele nem se importou com isso. Fazia parte. Considerou o mesmo quanto aos pedestres e aos enxames de sem-teto. E pensar que, até dois dias atrás, estava com a cabeça cheia de conspirações e monstros. Ligou o rádio, estação religiosa de novo. Nem gastou tempo procurando outra estação. Simplesmente o desligou. O rádio ainda disparou um "pô, cara, me dá uma chance" antes que ele girasse o botão.

George chegou cinco minutos mais cedo, mas não conseguia encontrar seu cartão de ponto. Procurou seu nome em letras grandes por trás dos outros cartões. Não estava lá. Ele resmungou e pegou um cartão novo, já sabendo que levaria uma bronca do RH.

A máquina bateu o ponto feito uma mandíbula esfomeada.

Os olhos de Jarvis se arregalaram um pouco quando George entrou no escritório.

– E aí – o supervisor disse. Um longo momento de silêncio se passou antes que ele retomasse. – Eu não estava esperando te ver.

– Por que não?

O olhar do sujeito grisalho foi de um lado para o outro, como se pensasse que alguém estava escondido no armário e atrás da estante desarrumada.

– Uns agentes federais vieram ontem aqui atrás de você.

George suspirou e acenou com a cabeça.

– É, tô ligado. Tá tudo certo, eles me encontraram.

– A Agência de Segurança Nacional – Jarvis disse.

– Tá tudo certo – ele repetiu –, eles me acharam. A gente conversou um pouco. Tá tudo certo, mesmo, foi só um mal entendido.

Jarvis não demonstrou o menor sinal de que estava prestando atenção no que ele dizia.

– Levaram tudo com eles. Seu contrato, meu caderno de anotações, seu histórico empregatício. Eles foram até lá na contabilidade e pegaram todos os seus cartões de ponto – sacudiu a cabeça. – Eles pegaram o depoimento de praticamente todo mundo que já falou contigo. Da gente aqui, de alguns professores, até de alguns alunos.

George imaginou o olhar determinado da agente loira e não teve a menor dificuldade em imaginar pelo que seus colegas tinham passado.

– Eu sei que isso vai parecer loucura da minha parte – ele disse –, mas o Presidente queria falar comigo.

Seu chefe o encarou.

– Estou falando sério. Foi meio que uma confusão aí.

Jarvis fechou os olhos:

–Você não é um desses lunáticos, né mesmo?

– O que você quer dizer com isso?

Jarvis apontou para o computador:

–Você não é desses caras que agem como se fossem normais no trabalho e aí vão pra casa e passam a noite inteira comentando no Yahoo! sobre o impeachment do Presidente ou teorias da conspiração idiotas, nem nada do tipo, né?

– Quê, cara? Não, é claro que não.

–Você tá em alguma dessas listas de observação?

– Não. Quer dizer, não mais. Eu acho.

–Você acha?

George levantou as palmas das mãos.

– Se eles achassem que eu fiz alguma coisa errada, eles me deixariam ir embora, livre?

Jarvis se acomodou na cadeira:

– Todo o povo estava surtado – ele disse depois de um minuto, mais ou menos. –Vão surtar ainda mais agora que você tá de volta.

– Por quê, já?

– Por que você acha? O que é que todo mundo pensa hoje em dia quando alguém do Governo começa a bisbilhotar seu vizinho? Pode apostar que ninguém vai achar que o cara tá ganhando o Prêmio Nobel, isso eu te garanto. Metade das pessoas que vieram falar comigo ontem estavam pensando que você tinha sido preso ou deportado pra Guantánamo ou coisa do tipo. Se eles te virem por aqui...

– Onde é que você quer chegar com isso, Jarvis?

O supervisor coçou a barba grisalha.

– Olha só – ele disse. – Só tenta ser um pouquinho mais discreto daqui pra frente, beleza? Tenta não... sei lá, chamar tanta atenção. Vê se não faz nenhuma maluquice. Talvez isso faça com que os ânimos se tranquilizem um pouco nos próximos dias.

O celular de George bipou. Era um SMS de Karen Q. Ele apagou a mensagem sem sequer lê-la.

– Tá, tá – ele retrucou –, vou fazer isso que você tá dizendo.

– Estou te fazendo um favor – Jarvis disse – só porque você trabalha aqui desde sempre e é um excelente profissional. Vê se não vai tacar fogo em si mesmo nem nada do tipo.

– Vou me esforçar.

Outro SMS. Deletou de novo.

XXX

Sua primeira função do dia foi substituir uma lâmpada que estava falhando no salão de leitura. Nada de mais, mas precisaria da escada de cinco metros. Quando terminou o serviço, Jarvis o mandou arrumar um banheiro interditado num dos dormitórios e, depois, esvaziar as lixeiras de um dos prédios de ciências. Tudo trabalho automático. A parte mais desafiadora foi limpar com um esfregão uma lixeira onde tinham jogado um copo quase cheio de café.

George esvaziou a última lixeira na caçamba. Papéis soltos, sacos de Doritos e copos de plástico. Havia umas roupas velhas na caçamba, mais alguns sacos cheios de lixo e uns pedaços do que parecia ter sido uma televisão ou talvez um monitor de computador.

Fechou a tampa e apoiou uma das mãos na caçamba. Fechou os olhos, retorceu o pescoço e fez força no braço. Sentia uma tensão nos ombros da qual queria se ver livre. Ele se curvou um pouco mais e nivelou os ombros na altura da caçamba.

Quando abriu os olhos, Karen Quilt estava parada na sua frente.

Ela vestia calças pretas e um blazer. Usava uma gravata, mas sem camisa por baixo do blazer, entreaberto. O cartaz estava a mais ou menos uns três metros dele. Alguém tinha colocado lá entre uma das suas andanças à caçamba. Não reconheceu o nome na base do cartaz, e não sabia dizer se era uma marca ou uma loja. Talvez ambas.

Ela parecia estar desapontada com ele.

Aquela garota, Madelyn, insiste em dizer que eu sou um super-herói.

Desviou o olhar do cartaz e de volta à caçamba. Estava quase cheia de lixo. Papel, em sua maioria, mas a coisa toda devia pesar umas três ou quatro toneladas. Firmou as mãos na borda e a chacoalhou um pouco. O container de puro aço estremeceu.

Segundo ela, todos nós temos superpoderes. É por isso que conseguimos lutar contra os monstros.

Deu um passo de lado. Tinha as mesmas abas que a que ele tinha levantado, ou achava que tinha levantado, no outro dia, mas eram um pouco menores. Seria mais fácil agarrar a aba com uma das mãos e apoiar a caçamba por baixo com a outra mão. E aquela estava bem distante do prédio. Ninguém seria capaz de vê-lo.

Teoricamente, eu sou um super-herói.

Agarrou uma das abas e sua cabeça dilatou. Levou os dedos à têmpora e sentiu sua veia pulsando. Seu nariz começou a escorrer e, quando o limpou com as costas da mão, sua luva ficou manchada de sangue.

Mais um sangramento. Ainda não conseguia acreditar que teve um sangramento enquanto conversava com o Presidente. Para uma criança de seis anos, é até normal ter um sangramento ocasional. Era difícil imaginar algo mais vergonhoso do que aquilo, além de se mijar nas calças. Ao menos, o Presidente e a Primeira-dama foram bem gentis quanto a isso. Christian lhe ofereceu um dos lenços que a assistente dela levava consigo, inclusive sugeriu que o médico oficial da Presidência desse uma examinada em George.

Tirou a luva, inclinou a cabeça para trás e apertou o nariz. Afastou-se da caçamba, arrastando a lixeira de plástico. Passou pelo cartaz de Karen Quilt sem nem olhar.

X X X

De acordo com o menu, a lanchonete estava servindo frango à parmegiana. George tinha certeza de que não passava de frango frito com molho de tomate e queijo mozarela, tampouco sabia como um frango à parmegiana deveria ser exatamente. Com espaguete, dois rolinhos primavera e um pouco de salada, seria um almoço nutritivo.

Achou um jornal abandonado numa mesa e o folheou. Mais notícias sobre a visita do Presidente a Los Angeles. Uma coluna sobre a conversa da Primeira-dama com os policiais e as crianças nas escolas. Ao terminar de almoçar, encontrou um pequeno artigo na seção de entretenimento. Karen Quilt tinha sido avistada na companhia de um homem misterioso do lado de fora do hotel onde estava hospedada. O artigo tinha apenas dois parágrafos, um dos quais apresentava a biografia dela. Não havia fotografia alguma. George ficou se perguntando se o Presidente tinha, de alguma maneira, vedado a veiculação das imagens.

Ou a alface ou o tomate não tinha lhe caído muito bem. Não sabia dizer qual dos dois. Separou a salada no canto do prato e partiu um rolinho com as mãos.

Alguém pigarreou. Ele ergueu os olhos e viu uma moça sentada a sua frente. Os cabelos pretos da garota estavam amarrados num rabo de cavalo. Ela não estava sentada à mesa. Estava numa cadeira de rodas. Era a tal maluquete de novo.

– E aí – Madelyn disse. – Eu não tive notícias suas ontem.

Ele a ignorou e voltou sua atenção ao jornal. Ela deu uma espiada nos artigos de baixo para cima. Apontou para o artigo sobre Karen Quilt.

– Eu vi isso na internet – ela continuou. – Era com você que ela estava? Você foi lá falar com ela?

As mãos dela ficavam ainda mais pálidas sob a luz incandescente da lanchonete. Dava para ver as veias por baixo da pele e alguns hematomas por baixo das unhas. Uma parte dele relutava em acreditar que uma garota viva podia ter mãos como aquelas.

– Por favor, me deixa em paz – George disse.

A menina arregalou os olhos.

– Como é que é?

–Vai embora.

Madelyn olhou para o artigo de novo.

– Ela não se lembrou de você? Era pra ela ter se lembrado de você.

Ele tamborilou os dedos na mesa. Então, enrolou mais um tanto bebendo um pouco de leite. Estava quase azedo e o gosto amargo o levou a fazer uma careta. Tinha alguma coisa errada com a geladeira do refeitório.

– George – ela insistiu –, o que foi que aconteceu? Tem alguma coisa errada?

– Eu não faço parte dessa história toda. O que quer que seja esse mundinho de fantasias que você tá inventando, me deixa fora dele.

Aquelas palavras equivaleram a um tapa na cara dela.

– Como assim, cara?

Ele fechou o jornal. Não era tão dramático quanto se fechar um livro.

– Você é maluca – ele retrucou –, você precisa urgentemente de um terapeuta ou um psiquiatra ou coisa que o valha. E eu ia gostar muito se você simplesmente me deixasse em paz enquanto isso.

– Que bicho te mordeu?

– Bicho nenhum, eu só não estou mais a fim de entrar nesse teu joguinho.

– Joguinho?

– Toda essa maluquice sobre super-heróis.

– Você é um herói...

Ele sacudiu a cabeça:

– Eu sou só um cara normal tentando cumprir seu dever de cidadão dessa grande nação.

Ela pestanejou:

– Hein?

– Por favor, só me deixa em paz – voltou sua atenção ao jornal, colocando as mãos sobre a mesa. Podia sentir as veias pulsando nas suas têmporas. Ela estava lhe dando uma baita dor de cabeça. Conseguia enxergá-la pelo canto dos olhos. Ela estava de cabeça baixa e ele imaginou que ela pudesse estar passando mal. Não fazia ideia do que poderia acontecer em seguida. Foi capaz de imaginar pouquíssimas possibilidades. Mas, para sua surpresa, a mão pálida da garota se estendeu novamente até recair sobre a manchete da capa. A que falava sobre o Presidente.

– Ele por acaso conversou com você?

George enfiou outra garfada de salada na boca. Parecia estar mesmo estragada. A alface estava meio pegajosa e o tomate, meio ácido. Forçou a barra para continuar mastigando tudo.

Madelyn bateu na fotografia do Presidente Smith com a ponta do dedo.

– George, ele por acaso conversou com você? Ele te perguntou alguma coisa? Isso é importante.

– George! – outra pessoa gritou. Kathy, a colega de quarto da maluquete – E aí, a quantas o senhor anda?

Ele enfiou o garfo em mais uma porção de alface, mas não foi capaz de comê-la. Seu estômago tinha se revirado após a última garfada. Por outro lado, a náusea começava a superar a dor de cabeça.

Kathy parou a alguns metros da mesa:

– Vocês estão discutindo ou coisa do tipo?

George sacudiu a cabeça. Madelyn simplesmente a ignorou.

– O Smith é capaz de entrar na sua cabeça – ela lhe disse. – Eu te disse, é a especialidade dele. Se ele conversou com você, a gente meio que voltou ao ponto zero.

– Eu não queria interromper nada – Kathy disse. – Foi mal – ela se despediu timidamente e foi embora.

Madelyn abriu a boca para falar e o Nextel a cortou com um bipe.

– George – Jarvis o chamou. Sua voz parecia estar cansada.

Tirou o celular do cinto sem sequer olhar para Madelyn:

– Na escuta, chefe.

– Onde é que você tá?

Ele lançou um olhar à garota.

– Almoçando.

– Acaba aí e volta aqui para o escritório.

– Qual foi? Quer que eu dê um jeito naquele espelho quebrado?

– O Mark já tá vendo isso. Só dá uma passada aqui para falar comigo.

George carregou sua bandeja. Pensou em levar o jornal também, mas Madelyn ainda estava com as mãos sobre ele. Levantou-se.

– Você precisa de ajuda – ele disse.

– O que você acha que estou tentando fazer?

Sentiu a menina o seguindo com os olhos enquanto foi esvaziar a bandeja no lixo. Tentou não pensar nela. Sua náusea tinha sumido, mas sua cabeça voltou a latejar.

– Eu acho melhor te dar alguns dias de folga – Jarvis disse. – Só até que essa coisa toda dê uma esfriada.

Foi um soco no estômago, ainda que ele já pressentisse o pior a caminho.

– Nem, para com isso, Jarvis, você não pode fazer isso comigo.

O supervisor sacudiu a cabeça:

– Não tem nada que eu possa fazer.

– Mas eu fiz exatamente o que você me disse pra fazer – George retrucou. Ficou imaginando se alguém o tinha visto conversando com Madelyn. – O que foi que aconteceu?

– Aquela vaca do RH veio te procurar. Os advogados preparam uma retratação pra você assinar, alguma coisa pra eles mostrarem pros pais dos alunos. Eu disse que você estava trabalhando no departamento de ciências e a cabeça dela só faltou explodir.

Levou um tempo para a ficha cair.

–Você só pode estar de brincadeira comigo…

Jarvis sacudiu a cabeça:

– Eles te suspenderam até o fim das investigações.

– Mas eu não fiz nada!

– Pois é, mas você não pode provar isso – seu chefe disse. – Os agentes federais te deram algum número pra você ligar ou coisa do tipo?

– Bem… na real, não.

Jarvis levou as mãos ao alto.

– Eles estão paranoicos, George. Tanto você quanto eu sabemos que tem uns cem pais, pelo menos, que não iam parar de ligar pra cá se soubessem que um suspeito de terrorismo trabalha aqui.

– Mas eu não sou um… – George se conteve. Fechou os punhos – Isso não passa de uma grande besteira!

– Eu sei disso, amigão. Eu sei. Mas as minhas mãos estão atadas – fez uma pausa. – Eu preciso da sua identificação de volta. E das suas chaves, inclusive os cartões magnéticos.

George ficou parado na frente da mesa por alguns instantes. Jarvis analisava alguma coisa na tela do computador. Então, pegou uma caneta e a batucou na mesa. Ficou batendo por quase trinta segundos antes que George entregasse os pontos e tirasse o cordão de segurança do pescoço.

– Você vai receber pelos dias trabalhados, fica tranquilo – Jarvis disse. – Não vai ter hora extra nem nada disso, mas já é alguma coisa.

– Valeu.

Estava na cara que tinha entrado gente no apartamento de George enquanto ele estava trabalhando. Havia livros jogados da estante. Alguns dos DVDs estavam abertos. Metade das suas roupas se encontrava no chão e a porta do armário…

O que era mesmo que ele escondia no armário?

…a porta do armário estava escancarada. Algumas gavetas tinham sido deixadas entreabertas. Ficou se perguntando se o Governo tinha contratado dois tipos de agentes, aqueles que são enviados quando não se quer deixar nenhum sinal de que estiveram em algum lugar, e aqueles que são enviados quando se quer que alguém não tenha dúvidas de que foi visitado. Talvez os agentes fossem treinados para ambas as possibilidades.

Jogou sua carteira e seu celular na mesa da cozinha, chutou fora os sapatos e passou a limpar aquela bagunça toda. Começou pelo mais fácil. Fechou as gavetas. Guardou os livros e os DVDs de volta no lugar. Enfiou as roupas no cesto de roupa suja. Até pareciam estar limpas, mas não lhe agradava a ideia de vestir nada que outras pessoas tenham colocado as mãos. Além do mais, já tinha visto episódios o suficiente de *CSI* para saber que elas deviam ter sido pulverizadas com vários produtos químicos diferentes para ver se aparecia alguma mancha de sangue ou resíduos de pólvora ou outro produto químico qualquer.

Seu laptop estava aberto e ligado. A senha provavelmente não tinha dificultado nem um pouco a vida deles. Até aí, tudo certo. Mas e quanto às senhas online? Do banco? Do seu e-mail? Facebook? Amazon? Teria que redefinir todas elas. Muito embora não achasse que fosse fazer a menor diferença. O Presidente pareceu ser bem direto, mas George ainda não conseguia confiar na loira que o sequestrou do meio da rua. Ele provavelmente estava sendo monitorado de algum jeito. Apesar do que tinha dito a Jarvis, podia apostar que seu nome já estava incluído em toneladas de listas da Segurança Nacional. Talvez houvesse câmeras e microfones no seu apartamento também.

Ficou um tanto perturbado com o fato do histórico de navegação ter sido apagado. Metade dos seus links favoritos também. Não que estivesse surpreso de verdade, só considerou um pouco mesquinho da parte deles sair apagando tudo daquele jeito. Mesmo que ele não tivesse a intenção de algum dia voltar a entrar naqueles sites de novo.

Depois de duas horas, George se deu por satisfeito com a arrumação do apartamento. Estava tão bagunçado quanto o tinha deixado antes de sair para o trabalho. Seu estômago roncou. Não havia muita coisa para comer no apartamento, mas sabia que, pelo menos isso, não era culpa da CIA ou do Serviço Secreto ou de quem quer que fosse o patrão da loira. Costumava comer fora uma vez por semana, sempre no mesmo restaurante mexicano, subindo a rua, ou no tailandês a um quarteirão de distância, mas depois de perder um dia e meio de trabalho, achou melhor não sair gastando mais do que realmente precisava.

Alguém bateu à porta.

Como andava mais cauteloso que nunca, achou melhor checar quem era no olho mágico antes de abrir a porta. Não viu ninguém por um instante, mas logo vislumbrou o topo da cabeça de uma menininha. Destrancou a porta e a abriu.

Só que não era uma menininha. Era uma garota numa cadeira de rodas.

– O que é que você tá fazendo aqui? – George perguntou.

– Procurando por você – Madelyn tentou avançar com a cadeira de rodas, mas ele não abriu a porta de maneira que ela pudesse passar, tampouco saiu do caminho.

– Como é que você descobriu onde eu moro?

–Você já tinha me apontado o prédio uma vez. Quando a gente estava por aí, catando coisas pelas ruas.

– Sem mais joguinhos. Chega. Como é que você conseguiu meu endereço?

Ela suspirou.

– Eu transei loucamente na cadeira de rodas com um cara responsável pela folha de pagamentos da universidade. Era isso que você queria ouvir? Me deixa entrar.

Ele sacudiu a cabeça:

– É melhor você ir pra casa. Ou de volta pros dormitórios. Só dá o fora daqui.

– Estou tentando. Será que você ainda não sacou nada? Essa não é a nossa vida. Era pra gente estar em outro lugar.

As palavras da menina fizeram sua cabeça voltar a doer.

– Por favor... só para com isso duma vez.

– Você é superforte, George – ela insistiu. – Você é invulnerável. Você é capaz de cuspir fogo. Você... – ela tomou fôlego e o encarou bem nos olhos – Você é capaz de voar.

Ele fechou os olhos e contou até cinco. A dor de cabeça passou. Quando abriu os olhos de novo, ela ainda o encarava.

– É melhor você ir embora – ele disse outra vez.

Ela suspirou.

– Beleza, então...

Ele a esperou se virar e seguir de volta pelo corredor. Ela não mexeu sequer um músculo.

– Foi mal – ela disse –, mas a gente precisa superar isso, e eu não vejo outra maneira melhor pra te convencer de uma vez por todas.

Madelyn puxou algo escondido entre seu quadril e o braço da cadeira. Parecia enorme nas mãos dela e George se deu conta do que se tratava. Ela a apontou para ele.

– Opa! – ele disse, jogando as mãos para cima – Pera lá. Você não quer fa...

O disparo estremeceu o vidro da janela no fim do corredor estreito.

VINTE E UM

Em meio a todo aquele empurra-empurra e o estado de choque, passou pela cabeça de George que ele nunca tinha estado numa ambulância antes.

A máscara de oxigênio e as correias da maca limitavam seus movimentos, então mal conseguia enxergar o próprio peito. A mulher que estava com ele (não sabia dizer se era paramédica, socorrista ou coisa que o valha) não parava de lhe fazer perguntas. Seu nome. Em que ano estavam. Quem era o presidente. Tinha quase certeza de que aquilo era pra distraí-lo.

A mulher tinha prendido uma máscara de oxigênio no seu rosto e furado seu braço com três agulhas diferentes. Cortou sua camisa e examinou seu peito com os dedos. Pressionou um chumaço de gaze contra seu corpo com uma das mãos. O motorista disse alguma coisa e ela virou a cabeça, tentando falar mais alto do que as sirenes.

Ela parecia preocupada.

Ele tinha sido atingido por um tiro. Madelyn tinha atirado nele à queima-roupa. Tinha visto programas policiais o suficiente para saber no que isso implicava. Morreria dentro de uma hora, ficaria aleijado se tivesse sorte. Tentou mexer os dedos dos pés, que pareceram até se mover, mas ele não conseguia vê-los. Sabia que pessoas amputadas sentiam dores no membro-fantasma e coceiras em partes que não existiam mais há anos.

Também se lembrou de ter lido em algum lugar que as pessoas nunca sentiam uma dor absurda nessas situações. O corpo humano já vinha com algum tipo de sistema interno que amortecia os nervos nesses casos. As pessoas nunca sentiam plenamente a dor de ossos quebrados ou outros ferimentos graves.

George sentia seu peito pulsando devagar. E nada mais. Isso, combinado à cara de preocupação da mulher, meio que o deixou à beira de um colapso nervoso. Tentou falar, mas ela pressionou ainda mais a máscara de oxigênio contra seu rosto.

Puxaram a maca para fora da ambulância e saíram empurrando-o por um corredor. Havia painéis brancos e lâmpadas fluorescentes tubulares, iguais às que ele trocava no trabalho. Outra mulher e dois homens estavam inclinados sobre ele. Vislumbrou rapidamente que um deles usava um uniforme da polícia.

A maca passou por outra porta e foi colocada no meio de um círculo formado por cortinas. O policial tinha desaparecido. A mulher mais nova movimentava as mãos pelo seu peito. Os cabelos dela estavam presos num rabo de cavalo curto. Não parava de cutucar seu corpo enquanto perguntava se ele sentia alguma dor. E aí, ela também sumiu.

Será que tinham desistido dele? Tinha uma palavra pra isso, quando paravam de desperdiçar recursos em casos sem solução. Sentia que seu batimento cardíaco estava forte. Não tinha problemas em respirar. Não sentia nada no peito. Até a dorzinha chata tinha passado. Achava que deveria ser por causa das injeções que tinham lhe dado na ambulância, embora os pensamentos estivessem fluindo na sua cabeça com total clareza.

A mulher de cabelo preto reapareceu.

– George – ela disse –, eu sou a Dra. Velez. Precisamos bater alguns raios X. Vai levar só alguns minutinhos, não se preocupe.

Foi embora antes que ele pudesse perguntar qualquer coisa. A maca passou a se mover de novo através das cortinas e de volta ao corredor.

Estava frio, ele estava sem camisa. Alguns minutos depois, um novo rosto surgiu sobre ele.

– George – o homem disse –, vamos te mudar de lugar.

Nem esperaram por uma resposta e o transferiram para uma cama. O frio continuava e uma máquina que parecia mais um canhão despontou sobre ele. O canhão fez um clique bem alto e deu para ouvir outro estalido enquanto o sujeito mexia em alguma coisa.

Logo depois, já estava de volta à maca, deslizando pelos corredores. Velez reapareceu.

– Temos que fazer o exame de novo – ela disse –, perdão.

O teto mudou outra vez e lá estava ele de volta ao corredor. Deslizaram-no para baixo da máquina de raios X novamente, as placas fizeram mais barulho e, então, outra vez no quarto com as cortinas.

Resolveu tatear seu peito. Não sentiu nenhum ponto, sequer ataduras. Ficou imaginando se tudo não estaria amortecido.

Lá permaneceu por mais uns vinte minutos até escutar uma voz.

– Você é um homem de muita sorte – a Dra. Velez disse, dando alguns tapinhas no seu braço e, então, desafivelou a correia que o prendia à maca pelos quadris.

George a encarou e depois entortou o pescoço de modo a conseguir fitar o próprio peito.

– Hein? Como assim? Eu vou ficar bem?

A médica deu um sorriso:

– Você vai ficar ótimo.

Ficou se perguntando o que "ótimo" poderia significar.

– A bala não atingiu nenhum órgão, então? – ele perguntou. – Eu já vi casos assim na TV, quando a bala passa por dentro da pessoa, mas não atinge nada. Foi isso que aconteceu?

– Não exatamente – ela puxou um raio X de uma pasta bem grande e o colocou na frente da caixa de luz. A imagem em preto e cinza apareceu. Na vida real, o raio X era bem mais escuro do que parecia na televisão. Ela se virou de volta a ele e o rabo de cavalo roçou o pescoço dela.

– Você se considera um cara mórbido?

– Hein?

– Você gosta de ler sobre tentativas de suicídio? O Darwin Awards?[1] Esse tipo de coisa?

– De vez em quando. O mesmo tanto que qualquer pessoa, eu acho.

– Você já ouviu falar de alguma dessas histórias em que um cara é atingido na cabeça por um tiro num lugar exato, num ângulo específico e aí a bala só ricocheteia?

Ele olhou para o raio X e, então, de volta para a médica.

– Calma, como assim?

– É raro de isso acontecer – ela disse –, mas acontece. Ossos são duros. Mais duros do que as pessoas imaginam. Pense no tanto de coisas a que você submete o seu corpo, agora pense no seu esqueleto fazendo tudo isso.

– Eu... eu não tenho certeza se estou entendendo o que você quer dizer.

Ela apontou à estrutura óssea na radiografia e traçou uma linha no centro das costelas.

– Você levou um tiro, mas a bala ricocheteou bem no esterno, entre a quinta e sexta costelas.

Seus dedos estavam pressionados contra o osso do seu peito. A carne parecia meio mole, mas não conseguiu achar nenhuma ferida.

– O que você quer dizer com isso?

– A bala ricocheteou – ela repetiu. – Bateu exatamente no centro e ricocheteou. Sem quebrar nada, nem ao menos rachar algo. Sequer rompeu a pele. Vai ficar um hematoma onde a bala atingiu, mas só isso, mesmo – ela batia na radiografia com uma caneta. – Simplesmente o lugar certo, num ângulo perfeito.

A temperatura na sala parecia ter subido uns três ou quatro graus. George foi tomado por uma onda de alívio.

– Eu não estou machucado, então?

Velez fez que não com a cabeça.

---

1 Darwin Awards (cujo nome provém de Charles Darwin) é um prêmio irônico concedido a indivíduos que morrem de maneira absurda e, segundo os criadores da honraria, idiota. O nome do prêmio brinca com o pressuposto de que estes indivíduos, ao se autodestruírem, contribuem para a melhoria do *pool* genético humano ao eliminarem os seus "maus" genes. (N.E.)

– Você está em estado de choque, dá pra entender, mas eu não vejo nadinha aí. Nenhuma fratura, os pulmões estão limpos, o coração se encontra num bom ritmo. Poderíamos fazer uma ressonância, mas se você não sente nenhuma dor muito forte, eu acho que seria só perda de tempo.

Ele tentou se levantar e sentar, mas ainda havia uma correia amarrada na altura do peito. Dobrou seus braços para cima na tentativa de alcançar a correia. Ela foi de volta até ele e abriu o fecho. George se sentou e examinou seu corpo. Viu uma mancha sutil, lilás ou azul, bem no meio do seu peito. Era menor do que uma moeda de 25 centavos. Doía quando ele se mexia, mas só o suficiente para lembra-lo de que estava num hospital. Abanou uma das mãos na direção do raio X desbotado.

– Tem certeza de que não é nada?

– Absoluta.

– Esse raio X tá bem escuro.

– Sim, fizemos o exame duas vezes. Os primeiros resultados saíram muito escuros e pensamos que se tratasse de um lote de má qualidade. Acontece que é a nossa máquina que precisa de uma manutenção, o nível de contraste está bem ruim, mesmo. Ou talvez os raios X também não consigam penetrar na sua pele – ela disse sorrindo e deu uma piscadela. – Mas, falando sério, agora, não invente de começar a pensar que você é à prova de balas ou algo do gênero, senão você vai acabar vindo pra cá de novo. Se contente em ter a história mais legal do mundo pra contar por aí. Eu posso te passar uma receita de Ibuprofeno. Ou você pode simplesmente ir pra casa e tomar uma bebida forte. Em um ou dois dias, você não vai mais nem sentir isso aí.

A Dra. Velez puxou a cortina. Os médicos zanzavam pela sala de emergências. George viu o que parecia ser uma vítima de ataque de cachorro antes que fechassem outra cortina com um puxão. Ouviu o barulho dos instrumentos cirúrgicos sendo depositados nas bandejas de metal do outro lado dos panos verdes.

– Não quero ser indelicada – Velez disse –, mas se você se sente bem o suficiente pra andar, essa cama seria de bom uso pra um paciente que precise dela.

– É, eu estava pensando justamente nisso – George retrucou. Olhou para baixo e viu seus pés de meia. – Meus sapatos estão por aqui em algum lugar?

A médica sacudiu a cabeça.

– Eu acho que você já chegou aqui assim. Desculpe.

Ele deu um pulo para fora da cama. O frio do chão atravessou suas meias e alfinetaram seus pés. Apalpou os bolsos de trás. Sem carteira também. Ainda estava sobre a mesa da cozinha junto com o celular.

Seguiu por um corredor que o levou a uma porta dupla. Sem sapatos, sem camisa, sem carteira e com uma necessidade tremenda de sair daquele hospital, onde quer que fosse, e chegar logo em casa. Depois de ter sido baleado. Essa com certeza não seria uma das melhores noites da sua vida.

Empurrou as portas da sala de espera. Era uma câmara grande, esterilizada, com fileiras de cadeiras de plástico azuis e uma televisão passando *Seinfeld*. A parede no canto oposto era toda de vidro com uma porta de correr que dava para fora do hospital.

Parada na porta, estava Karen Quilt. Ela o encarou do outro lado da sala, com os braços cruzados por cima de um *trench-coat* escuro que parecia mais ter sido feito para durar do que para ser estiloso.

Trocaram olhares por um breve momento antes que ela cruzasse a sala de espera em oito longos e precisos passos. Ela parou a menos de trinta centímetros dele.

– Era pra você ter ido me encontrar pra tomarmos um café.

– Eu sei – George retrucou. – Em vez disso, acabei me encontrando com o Presidente – seus olhos pulsavam enquanto as palavras saíam da sua boca.

Ela comprimiu os lábios:

– É extremamente raro que um homem falte a um compromisso comigo.

– Não tive escolha.

– E você não retornou minhas ligações.

– Pois é… estava muito ocupado levando um tiro.

–Você não retornou minhas ligações antes do tiro.

– Foi mal. O que você tá fazendo aqui? Já deve ser quase meia-noite.

Ela cruzou os braços outra vez.

– Eu estava esperando por você. Fiquei sabendo sobre os tiros pelo rádio da polícia que meu pai tem. Fui até seu apartamento pra investigar o ocorrido e depois vim pra cá pra me certificar de que você não estava machucado.

Ele apalpou o hematoma no esterno.

– É, quase isso.

– Não ficou ferido no lugar onde a bala entrou?

– Eles acham que a bala ricocheteou nas minhas costelas.

Ela refletiu sobre a possibilidade.

–Você disse que foi investigar no meu apartamento?

– Era importante analisar a cena do crime antes que a polícia a comprometesse – Karen disse. – Os métodos deles podem até ser bons quando se trata de crimes comuns, mas considerei que seu atentado poderia requerer uma interpretação mais ampla dos fatos.

– O que você quer dizer com isso?

– Onde está o resto das suas roupas?

Ele deu de ombros.

– Só tenho isso, mesmo. Eu não estava calçado quando me trouxeram pra cá, fora que cortaram minha camisa na ambulância.

Karen o examinou de cima abaixo.

– Espere aqui – ela disse.

– Hein? Por quê?

Ela deu um giro sobre seus saltos e saiu furtivamente pela porta.

George se aquietou numa cadeira de plástico e cruzou os braços. Era esquisito ficar ali sentado sem camisa, mas, com tantos sem-teto espalhados pela sala de espera, ele nem se destacava tanto assim. Um sujeito parrudo estava descalço. Outro parecia que não tomava banho havia meses. Os dois atraíam bem mais olhares do que ele.

Ele se virou e encarou uma garotinha de olhos empalidecidos. Ela estava em pé na cadeira atrás dele. Os dentes dela se chocavam uns contra os outros enquanto ela mastigava chiclete.

Pelo menos, parecia ser um chiclete.

Ela se inclinou na direção dele. George se levantou e a garotinha pulou o encosto para se sentar onde ele estava antes. Ela não gritou. Simplesmente continuou rangendo os dentes enquanto escorregava do assento ao chão. Ele se afastou mais alguns metros, aproximando-se de um dos sem-teto, uma mulher de cabelos desgrenhados, e se apoiou numa das janelas.

A polícia não devia ter vindo fazer um interrogatório? George pensou. Pegar um depoimento ou coisa do tipo? Olhou ao redor, mas não viu ninguém de uniforme ou alguém que parecesse ser um policial.

Não sentia mais frio e, mesmo assim, ouvia o barulho de dentes batendo na sala de espera. O pai da garotinha tinha se virado e começado a encarar George. O pescoço do sujeito estalou duas vezes quando ele se moveu. A sem-teto tinha cataratas nos dois olhos, o que os tornava praticamente brancos. A enfermeira logo atrás dele ficou de queixo caído ao encará-lo. O batom vermelho escuro contrastava com os dentes de marfim.

Ele pestanejou e desviou o olhar. A garotinha choramingava. Na televisão, George Constanza tentava explicar a diferença entre um tipo de café e outro.

A porta automática se abriu por trás dele. Karen reapareceu com uma sacola grande, a qual lhe entregou.

– Tudo aí deve caber em você – ela disse.

Ele deu outra checada rápida no povo na sala de espera, depois olhou dentro da sacola. Uma camisa social nova, um tênis com aparência genérica e um pulôver de lã com o logo do hospital. Tirou a camisa da sacola e os plásticos que a prendiam dobrada.

– Onde é que você conseguiu essas coisas?

– Na lojinha de presentes do hospital.

Ele viu a etiqueta na embalagem da camisa e tentou não transparecer o choque que teve ao se deparar com os preços.

– Quanto é que eu te devo?

Ela sacudiu a cabeça e tratou de findar a questão com um aceno da mão.

Ele tirou o papelão de baixo do colarinho da camisa e começou a abrir os botões. A camisa estava dura e tinha uns vincos profundos por causa das dobras, mas até que caiu bem nele. Revirou os ombros.

– Como é que você sabia o meu tamanho?

– Eu trabalho como modelo de passarela há doze anos – ela respondeu –, consigo saber o tamanho de uma pessoa só de olhar pra ela – ela o observava abotoando a camisa. – Fica ainda mais fácil quando não estavam vestindo nada.

– Estou de calça – ele disse, apoiando-se na moldura da porta para calçar um dos sapatos. O tênis tinha uma tira grossa de velcro ao invés de cadarços. Serviu perfeitamente. Calçou o outro pé.

– É melhor irmos embora – Karen disse –, agora.

Ele ergueu a cabeça. As pessoas na sala de espera estavam encarando-o de novo. Uns cinco deles, mais ou menos, estavam de pé. O som dos dentes batendo ecoava pelo salão. Saíram cambaleando na direção de George e Karen. A garotinha estava na dianteira da pequena multidão.

Karen o puxou pela porta e cruzaram o estacionamento. Ele parou para enfiar as embalagens e as sacolas no lixo e, então, deu alguns passos apressados para alcançá-la.

– Seria melhor se não nos separássemos – ela disse.

Pegou as chaves e um carro esporte a alguns metros dali disparou um bipe agudo.

– O que quer que sejam essas alucinações, está claro que você tem dificuldades pra lidar com elas sozinho.

– Por que você diz isso?

Ela o encarou:

– Você não disse que teve um encontro com o Presidente?

Ele enfiou o pulôver pela cabeça.

– Sim, mas isso aconteceu de verdade – ele sentiu uma pontada na cabeça ao falar.

Ela contraiu os lábios novamente. Não passavam de uma linha bem fina agora.

– É verdade – George insistiu. A pontada foi crescendo até se transformar numa bola de espinhos que pressionava em todas as direções. Pôde senti-los por trás dos seus olhos, nos seios nasais, arranhando o interior do seu crânio. Ignorou-os. Aí, parou do nada.

– Como foi que meu carro chegou até aqui? – ele perguntou.

Karen ficou parada ao lado de um Tesla Roadster. Era um conversível, rebaixado, preto e lustroso. Parecia ser veloz.

– Perdão, como?

George apontou para o Hyundai. Estava a algumas vagas de distância do Tesla.

– Aquele é o meu carro. Você mandou alguém trazer o meu carro pra cá?

Ela sacudiu a cabeça.

Ele foi caminhando até o carro. Olhou a traseira, reconheceu a placa e o adesivo que o permitia estacionar no trabalho. Seus tênis velhos da Payless estavam no espaço entre os bancos da frente.

A porta estava destrancada. Sentou no banco. A chave não estava na ignição. Checou o vão perto da marcha e viu a pequena coleção de moedas. Checou o porta-luvas e o porta-CDs que ficava preso ao para-brisa.

– Na sua opinião, quais seriam as chances de alguém ter roubado o meu carro, não ter levado nada e ter vindo parar no mesmo hospital que eu?

– Bem improvável – Karen examinou o Hyundai. Colocou uma das mãos no capô. – É possível que você tenha vindo pra cá dirigindo?

George sacudiu a cabeça.

– Até uns vinte minutos atrás, eu pensava que tinha sido baleado e estava prestes a morrer. Tenho certeza que eu estava num estado de choque profundo.

– Não são poucos os que costumavam dirigir em condições semelhantes.

Ele saiu do carro e o contornou de modo a fitá-la por cima do capô.

– Mas, e então, onde é que estão as chaves do meu carro?

Ela olhou de volta ao hospital.

– Se você estivesse em estado de choque, seria plausível supor que você pôde tê-las deixado caírem em algum canto entre seu carro e a entrada.

Ele sacudiu a cabeça.

– Eu fui trazido por uma equipe na ambulância – saiu do carro. – O jeito é voltar mais tarde pra buscar essas chaves.

O motor deu partida. Acelerou duas vezes, com potência o suficiente para fazer o chassis estremecer. Os faróis ainda chegaram a iluminar um arbusto nas proximidades e parte de um muro de concreto antes de piscarem e desligarem outra vez.

George e Karen se entreolharam.

– Será que a gente tá vendo coisa? – ele perguntou.

– Talvez. Acredito que seu carro esteja tentando se comunicar em código Morse.

– Hein?

Ela apontou para o arbusto. Os faróis piscaram numa série de lampejos curtos e longos. George ficou observando tudo por um tempo antes de se dar conta do padrão.

– Isso é um SOS?

– O padrão que ele vem repetindo, a bem da verdade, é OSO – Karen retrucou. – Foi por isso que eu disse "tentando". É um erro comum àqueles que não sabem o código Morse.

O motor roncou e o padrão de lampejos mudou. O rádio ligou e passou a reproduzir algumas entrevistas aos berros. Pelo lado de fora do carro, com o motor ligado, não passavam de grasnidos distorcidos.

– Será que ele vai se transformar num robô gigante?

– Duvido muito – Karen rebateu. – Embora eu esteja cada vez mais suscetível ao que normalmente consideraria sandice. Acredito que devemos entrar em contato com Madelyn Sorensen. Eu gostaria de ouvir mais sobre os insights dela a respeito desse outro mundo que temos vislumbrado.

– Isso pode ser um pouquinho difícil – George ponderou. – Ela provavelmente deve estar atrás das grades nesse exato momento.

– Por quê?

– Porque foi ela quem atirou em mim.

Karen sacudiu a cabeça.

– Na última hora, nenhuma prisão foi feita e nenhum suspeito foi identificado. Sua vizinha do outro lado do corredor ouviu os tiros e chamou a polícia. Ela alegou não ter visto o atirador.

– Então, ela ainda tá solta por aí em algum canto?

– Acredito que ela não teve a intenção de machucá-lo, George. Ela julgou não ser capaz de feri-lo e estava apenas tentando provar isso.

– Ela podia ter simplesmente me furado com uma tachinha ou coisa do tipo. Da próxima vez, eu posso não ter tanta sorte assim.

Karen lhe lançou um olhar esquisito.

Ele apontou para o próprio peito.

– Como eu já te disse, foi um tiro em um milhão. A bala seguinte poderia ter…

– A bala seguinte não fez nada – Karen retrucou.

– Quê?

Ela o encarou sobre o capô do carro.

– Eu lhe disse que examinei a cena do tiroteio – ela disse. – Encontrei um total de onze cápsulas vazias. Todas no chão, bem na porta de seu apartamento, todas achatadas pelo impacto. Com base no alcance estimado e nos danos às paredes ao redor, ficou claro que todas elas atingiram algum objeto impenetrável e que já não se encontra mais no local desde que o tiroteio ocorreu.

George fitou seu próprio peito.

– A essa altura – Karen prosseguiu –, acredito que o tal objeto tenha sido levado em uma ambulância.

A mão de George foi deslizando até suas costelas. Mesmo através da lã e da camisa novinha em folha pôde sentir os hematomas desaparecendo.

– Você não pode estar dizendo a verdade.

– Todas as evidências sugerem que Madelyn Sorensen disparou onze vezes contra seu peito. Seis enquanto você estava de pé e mais cinco quando você já estava caído no chão.

Ele esfregou seu peito. Sua cabeça latejava outra vez.

– A polícia teria dito…

– O relatório da polícia disse que vários tiros foram disparados. A experiência deles, no entanto, atesta que os disparos não poderiam tê-lo acertado, pois tal número de ferimentos à bala seria fatal.

George sacudiu a cabeça. Sentiu seu nariz ficar úmido e inchado. Outro sangramento a caminho.

– Todos os tiros que você levou foram premiados? – Karen perguntou. – Cada um dos tiros atingiu um osso e ricocheteou?

– Só tem um hematoma – ele disse. Pareceu uma desculpa idiota.

– Eu acredito que a médica tenha sucumbido à mesma linha de raciocínio da polícia – Karen disse. – Racionalizar algo que não se consegue entender através do conhecimento tradicional. Ela afirma que uma bala atingiu seu esterno e foi repelida. Eu acredito que apenas uma das balas tenha atingido o osso. O restante atingiu tecidos moles nos seus ombros, abdômen ou mesmo sua garganta, que acabaram absorvendo o impacto.

George se lembrou da enorme pistola nas mãos de Madelyn. O som dos disparos ecoando pelo corredor estreito. A pancada no seu peito. Tinha sido mesmo bem no centro? Ele ficou olhando para baixo, na direção do tambor da arma, então a bala deve ter acertado...

Ela tinha lhe dado um tiro na cabeça?

A dor por detrás dos seus olhos esmaeceu um pouco. Fungou uma única vez, bem forte. O fluxo de sangue tinha estancado antes que tivesse aumentado o suficiente para começar a escorrer.

– Entra no carro – ele disse a Karen.

Ela fitou o Hyundai e levantou uma das sobrancelhas.

– Meu veículo é bem mais adequado a qualquer...

– Só entra logo duma vez – George retrucou. Ele voltou ao interior do veículo. O rádio desembestou a falar e ele o desligou. – Eu preciso pensar um pouco e não vou conseguir fazer isso aqui.

– Todos os livros que você levou eram premiados? – Karen perguntou.

– Cada um deles é um grupo poderoso e [illegible].

– Soa como um bem [illegible] – ele disse. – Parece uma [illegible] idiota.

– Eu acredito que a medicina tenha [illegible] a nossa linha de [illegible] da polícia – Karen disse. – Pode [illegible] algo que não se consegue [illegible] através do conhecimento tradicional. Ela alterna [illegible] uma [illegible]

[illegible]

única vez, bem forte. O fluxo de sangue tinha estancado antes, mas teria aumentado o suficiente para [illegible].

– Nesse caso – ele disse a Karen.

Ela [illegible] o livro [illegible] levantou uma das [illegible].

– Mais veloz e bem mais [illegible] que qualquer [illegible].

– [illegible] – George [illegible]

veloz. [illegible] – Eu preciso pensar um pouco e não vou [illegible] isso agora.

VINTE E DOIS

Sob outras circunstâncias, George até estaria se divertindo. O trânsito estava congestionado na 101 e praticamente parado perto da 405, mas seu Hyundai saiu costurando pela pista, deslizando entre os carros sem hesitar. Pensou em ligar o rádio e procurar alguma música boa para dirigir, mas não quis correr o risco de ter que submeter sua passageira a ouvir baboseiras religiosas.

–Você é um excelente motorista – Karen disse.

–Valeu, Rain Man – ele disse com um sorrisinho sacana.

O canto da boca dela tremeu. Era o mais próximo de um sorriso que ele tinha visto no rosto de Karen.

–Você fez algum curso de direção defensiva?

– Não que eu me lembre.

O mesmo esboço de sorriso de sempre desapareceu e ele se deu conta do que tinha dito.

Na verdade, o Hyundai estava tendo o desempenho de um carro esporte top de linha, como se soubesse exatamente o que ele queria fazer e predissesse seus movimentos. O volante se movia praticamente sozinho. O carro não tinha desacelerado nem sequer uma vez até pegarem a rodovia em Santa Monica e serem obrigados a esperar num sinal fechado.

Alguns pedestres atravessavam na faixa. Era um grupo grande para aquela hora da madrugada, mesmo naquela parte da cidade. Todos andavam como se tivessem tomado mais drinks do que deviam. A maioria vestia roupas rasgadas e sujas. Alguns deles fitaram o para-brisa do Hyundai com olhos esbranquiçados.

O motor roncou.

Karen virou a cabeça na direção de George.

– Você está tentando me sequestrar?

– Hein?

– Você está dirigindo num padrão evasivo como se tentasse despistar alguém que possa estar nos seguindo. Você não me disse onde estamos indo. Eu devo valer uma soma considerável em dinheiro pelo resgate, se esse era mesmo seu plano.

Ele a encarou nos olhos e tentou entender se aquilo era uma brincadeira. Então, sacudiu a cabeça. – O carro tá parado. E a sua porta tá destrancada.

– Eu sei disso.

– Eu acho que se você pensasse mesmo que eu fosse te sequestrar, eu estaria inconsciente no banco traseiro ou coisa do tipo, né não?

Ela voltou a olhar para a pista.

– Algo assim – ela respondeu. – O sinal está verde.

George pisou no acelerador e dobrou para esquerda. Cortaram outro carro e seguiram ao oeste.

– Beleza – ele disse –, tem um cara no Novo México. Barry Burke. Ele tem tido os mesmos sonhos que a gente.

– Quem ele é?

– Eu sei lá. A Madelyn que me contou sobre a existência dele. Eu só sei que ele tá numa cadeira de rodas e que é um cientista, eu acho.

– Você entrou em contato com ele?

George fez que sim.

– Falei com ele no telefone por uns minutos. Ele trabalha num laboratório lá. Sands? Sandy?

– Laboratórios Sandia – ela o corrigiu. – Fica em Albuquerque, no Novo México.

– Pois é, foi lá que eu o encontrei, mesmo.

O relógio no painel marcava uma hora da manhã. Karen tirou seu celular do bolso.

–Você tem o telefone da casa dele ou o celular?

George fez que não.

– Eu estava... com uns probleminhas na cabeça.

Ela digitou três números e levou o celular à orelha.

– Albuquerque, Novo México – ela disse. – O número de Barry Burke – uma breve pausa e, então, uma voz distante. – Você poderia me dar o endereço de todos os cinco? – nova pausa. – Esse, por favor.

–Você encontrou ele?

– Encontrei. Estão transferindo a ligação.

– Tem certeza que é o mesmo cara?

– Existem três B. Burkes registrados em Albuquerque. O segundo Barry mora na estrada Wolf Creek, que fica a apenas meio quilômetro do Laboratório Sandia. Pra um sujeito cuja locomoção é um tanto complicada, como um cadeirante, provavelmente optaria por morar o mais perto possível do local de trabalho.

– Eles disseram em que rua era?

– Memorizei os mapas das ruas de todas as cinquenta capitais dos estados federativos, assim como os mapas de outras cidades importantes como Los Angeles, San Diego, Dallas... Boa noite – ela disse ao telefone. – Gostaria de falar com Barry Burke.

Barry sabia bem que seus sonhos deveriam ser fruto do seu gosto por todas aquelas coisas *geek*.

Nos sonhos, sempre estava usando óculos de raios X, iguais àqueles anunciados nas contracapas das revisas em quadrinhos de antigamente, a não ser pelo fato de que os seus funcionavam de verdade. As pessoas não passavam de esqueletos ambulantes, cercados de músculos brilhantes e auras infravermelhas, tudo envolvido por uma nuvem cintilante de eletromagnetismo. Era capaz de medir os comprimentos de onda individuais e partículas energéticas feito uma criança vasculhando uma lata de Lego. Era capaz de enxergar próteses e pinos cirúrgicos e marca-passos pelo padrão das ondas magnéticas.

E era capaz de voar.

O que não deixava de ser bom, já que as outras partes do sonho tendiam mais para o lado da ficção científica de horror. Gente morta abarrotando as ruas, amontoando-se ao redor dos prédios. Gente morta e faminta. Os dentes de todos eles se chocavam, abrindo e fechando mais e mais. O ruído era como se cem garotos chacoalhassem cem copos de dadinhos ao mesmo tempo.

Eram mortos-vivos. Eram demônios... Eram...

Caramba, ele pensou, *o que diabos eles eram, afinal?*

Sua voz era sempre distorcida nos sonhos. E ele nunca chegou a questionar isso. Provavelmente, tinha a ver com o fato de que as pessoas não reconhecem suas próprias vozes nas gravações. Nos sonhos, ele soava como um robô de um filme vagabundo nos anos 50. Ou um kazoo.

Num sonho normal, lutava contra hordas de mortos-vivos com raios de pura energia, raios que saíam *dele,* e que os pulverizava. Era como se valesse de uma arma parruda, cujos raios poderiam causar um estrago total se não fosse cuidadoso. Mesmo que as coisas mortas conseguissem chegar perto o suficiente para encostar nele, sua pele os queimava.

Sua pele era completamente branca nos sonhos. Branca feito leite. Branca feito uma lâmpada fluorescente. E meio borrada. Tinha certeza de que alguns psicólogos se divertiriam muito com tudo isso. Ele não estava nem aí.

Além disso, ainda lutava ao lado de um robô gigante, o que era bem legal. E o robô também era estranhamente atraente. Às vezes, apesar dessa história de voar e dos mortos-vivos, parecia que aquilo tudo estava se transformando num outro tipo muito diferente de sonho. Embora voar já devesse significar outro tipo de sonho, de todo jeito.

O sonho da noite anterior contava com os habituais voos, os mortos--vivos e o robô gigante. Mas, aí, ele ouviu um som baixinho, como se o conjunto de metais de uma banda estivesse se aquecendo. O ruído foi gradativamente se sobressaindo ao barulho dos dentes, cada vez mais alto. O robô não parecia estar escutando nada. Barry olhava ao redor e tentava entender de onde vinha aquilo.

E, então, Barry reconheceu o ruído. Era o som geralmente emitido por uma cabine policial daquelas antigas e azuis, do tipo que estava em desuso fazia uns cinquenta anos, se materializando num vórtex de tempo. Seu coração acelerou por um instante, mas ele logo notou que era só o toque do seu celular.

E aí ele se deu conta de que tinha acordado.

– Mas que droga – ele resmungou.

Rolou na cama. A luminosidade da tela do celular o fez apertar a vista. Fechou os olhos e tateou o criado-mudo até achar o telefone. Olhou para a tela e leu a frase "Número privado" enquanto atendia. A voz do outro lado estava enumerando uma série de cidades.

– É melhor que ou você seja linda ou esteja me oferecendo um monte de grana – ele disse.

– Boa noite – a mulher retrucou. – Gostaria de falar com Barry Burke.

– É o próprio – Barry disse, bocejando. – E então, é mulher bonita ou dinheiro?

– Estou ligando pra falar sobre seus sonhos.

No mesmo instante, ele se sentiu completamente desperto.

– Quem é que tá falando?

– Acredito que temos um amigo em comum. Estou com George Bailey.

Ele deu uma risada.

– George Bailey, o amável mártir de Bedford Falls? O cara que comanda o Building and Lo... epa, peraê! George? – ele se sentou na cama. – Você tá com o George?

– Estou.

– E aí – disse outra voz do outro lado da linha. Barry se lembrou de tê-la ouvido alguns dias atrás, fora em incontáveis noites. Estava arrependido por não ter pedido o telefone do cara e terem acabado perdendo contato.

– Você tem sonhado com outra vida? – a mulher perguntou.

– Sim, sim, tenho sim – Barry respondeu...

– Uma vida onde o mundo está repleto de cadáveres reanimados e você possui superpoderes e habilidades sobre-humanas de alguma forma.

– Isso mesmo – Barry confirmou –, eu tenho sonhado com isso, sim. Você também é um dos cinco últimos Cylons?

– Acredito que a resposta seja sim.

– Uau! – Barry deu um pulo da cama de modo a ficar apoiado na cabeceira. – Beleza, eu tenho uma perguntinha pra você. Você sabe quem é o George Romero?

– Nosso amigo em comum já tinha me feito essa mesma pergunta. Eu tampouco saberia dar a denominação adequada às criaturas de Romero.

– Merda!

– Ainda há pouco, você se valeu de uma referência cultural popular da série de TV *Battlestar Galactica*, certo?

– Isso – ele disse. – Pelo tom da sua voz, você parece ser bem bonita, então, por favor, não me diz que você é uma daquelas aberrações que acha a série original melhor.

– Você é um aficionado pelo gênero?

– Um aficionado? – ele repetiu, soltando uma risadinha. – Pode apostar que eu sou. Você me conhece?

– Por favor, cite outra série de ficção científica que está sendo exibida no momento.

– Quê?

– *Battlestar Galactica* passava há mais ou menos uns cinco anos. Você conseguiria dizer o nome de alguma outra série exibida depois disso? Uma que ainda esteja sendo exibida ou que tenha sido cancelada.

Barry tentou pensar em algo. Nos últimos tempos, passou a maior parte do tempo assistindo a reprises da segunda temporada de *Chuck* e um pouco de *Star Trek: Deep Space Nine*, mais pro fim da série, quando a Guerra Dominion começou de fato. Tentou pensar em alguma coisa que se destacasse. Queria assistir à nova temporada de *Doctor Who*, mas se deu conta de que não sabia em qual temporada estava. Será que a BBC tinha colocado a série novamente na gaveta, como tinha feito no último ano com o personagem principal do David Tennant? E, falando nisso, em qual temporada estava mesmo *Chuck*? E como é que tinha sido o final de *Lost*? Ele tinha certeza de que já tinha acabado, mas não se lembrava de nenhum dos últimos episódios.

– Senhor Burke?

– Pera aí…

Ele não conseguia se lembrar de nenhum desenho animado novo. Todo dia de manhã, fica assistindo aos episódios de *Battle of the Planets*. Sabia que, para algumas pessoas, aquilo era *softcore*, mas ele tinha crescido assistindo a essa versão antes mesmo que tivesse ouvido falar do *Gatchaman* original. E no rabo dessa linha de raciocínio, eis que surgiu outra lembrança.

– Ai, meu deus – ele disse –, você é a ninja!

– Perdão, como?

– Nos meus sonhos! Estou reconhecendo a sua voz. Você é a ninja. Você tem armas. E uma capa.

Houve uma pausa.

– Devo tomar isso como se você fosse incapaz de citar o nome de um programa de televisão na atualidade?

– Eu acabei de te contar que você é uma ninja, com armas, e você ainda quer ficar falando de televisão?

– Isso é mais importante – a mulher disse ao telefone. – Algum elemento dos seus sonhos chegou a aparecer na vida real?

– Foi mal, dá pra repetir?

– Você tem visto algum dos elementos dos seus sonhos enquanto acordado?

– Tipo um cara de suéter vermelho e verde com uma luva cheia de lâminas?

– Os ex's.

– Aaaahhn… não, não que eu me lem…

Lembrou-se de uma reunião da equipe realizada havia alguns dias, logo após o telefonema de George, quando seus colegas de trabalho ficaram todos quietos e pareceram extremamente pálidos sob as lâmpadas do escritório. Todos o encararam sem nem piscar por um instante e, depois, a reunião continuou como se nada tivesse acontecido. E havia um fedor no escritório que ele não soube dizer de onde vinha, de mofo e podridão. Empesteava tudo em volta. Às vezes, o fedor até o acompanhava de volta para casa.

– Talvez – ele disse. – É, eu acho que sim.

Outra pausa do outro lado da linha. A mulher falou de novo:

– Acredito que é do nosso interesse que nos encontremos. Você pode vir a Los Angeles?

Alguns pensamentos passaram pela cabeça de Barry. A conversa que teria de levar com Mike, da manutenção, sobre o odor. Jerry e Vanessa falando sobre o horário do teste de componentes. Keith pedindo os relatórios. Seu jogo semanal de *Warhammer* com os caras da loja.

Lembrou dos seus sonhos e do quanto tudo aquilo parecia fazer sentido. Não apenas de um jeito que satisfizesse as maiores pretensões de um *geek*. Num sentido mais simples, básico. Conversando com a mulher ao telefone, conversando com George, sabia que seus sonhos eram reais.

– Beleza – Barry respondeu –, posso sim. Dá pra pegar o próximo voo no Sunport e chegar a Los Angeles lá pelas dez da manhã.

–Vou me encarregar de que tenha um carro a sua espera no Aeroporto Internacional de L.A.

– Legal – ele disse. – Te vejo lá então.

Ela desligou e ele colocou o telefone no gancho. Pensou no que tinha acabado de concordar em fazer, e teve certeza de que isso acabaria com sua carreira no Sandia. Estavam sempre com o orçamento estourado e ele não se encontrava numa posição privilegiada o suficiente no emprego para que fosse acobertado de alguma forma. Estaria jogando tudo isso fora por causa de um sonho.

Um sonho onde ele era capaz de voar.

Barry se esticou para agarrar a alça sobre sua cama. A maioria das pessoas chamaria aquilo de trapézio, mas ele achava que se você saísse dizendo por aí que tinha um trapézio sobre a cama, você teria que atender a certas expectativas. Ele se firmou na alça e levantou o corpo da cama até a cadeira de rodas. Suas pernas se arrastaram junto.

Passava um pouco das duas da manhã. Daria para ele arrumar as malas e sair às três e meia, estar no aeroporto às cinco. Aí, só precisaria arrumar uma vaga no voo.

XXX

– Ele estará aqui pela manhã – Karen disse a George. – Vou pedir pra que meu pai o pegue no aeroporto.

Ele a encarou do banco do motorista:

– Isso é seguro?

– O que você quer dizer?

– Tipo... é... – pensou num jeito educado de dizer o que lhe afligia, mas desistiu. – Não seria arriscado pro seu pai ir num aeroporto?

A sobrancelha dela se ergue.

– Ele não é meio que... procurado?

Os cantos dos lábios dela tremeram de novo. O tal quase sorriso.

– Faz um tempo que meu pai aperfeiçoou a arte de se esconder à vista de todos. Se ele não quiser ser visto, não será. De que outra forma ele poderia estar hospedado num hotel cercado de paparazzi?

George decidiu dar o assunto por encerrado:

– Então tá...

Estavam em algum lugar no meio de Santa Monica, só não sabiam exatamente onde, mas, de acordo com a numeração das casas, a praia deveria estar a uns dez quarteirões dali se seguissem direto pela mesma rua em que estavam. Depois disso...

– Bora parar pra tomar uma cerveja? – ele perguntou.

A sobrancelha dela se ergueu de novo.

– Estamos dirigindo por aí, sem nenhum plano e o carro não tem nem um quarto do tanque cheio. Vamos parar em algum lugar e traçar algum plano, isso sim.

Ela checou as horas no seu celular.

– A maioria dos estabelecimentos já vai fechar nos próximos quinze minutos.

Passaram na frente de duas boates antes de se sentarem num bar. George estacionou do outro lado da rua e, quando foi desligar o carro, enfim percebeu que ainda estava sem a chave. O motor acelerou. Soou feito um resmungo.

– Eu já volto – ele disse ao painel do carro. – Meia horinha, no máximo.

O carro roncou de novo e se desligou.

– Você está falando com seu carro – Karen disse.

– Eu não sei se você percebeu, mas o carro tá me respondendo.

Ela chegou a abrir a boca para responder, mas achou melhor não.

Atravessaram a rua, era bem larga. Um sujeito enorme estava sentado numa cadeira perto da porta do bar. Uma mesa alta com uma luminária de mesa e um guarda-sol em cima faziam às vezes de *check-in* do bar. O porteiro tirou os olhos do livro que lia quando os viu se aproximando, e se endireitou na cadeira. George procurou sua carteira e se deu conta de que ela ainda estava no seu apartamento, mas o sujeito acenou para eles com um sorriso aberto, fitando Karen. Ele deu um passo para ficar lado a lado com ela, certificando-se de que o porteiro entendesse que os dois estavam juntos. Ele se sentia esquisito e, sob aquela luz direcionada, os vincos da sua camisa se destacavam ainda mais. Ficavam roçando nos seus braços e ele tinha que se esforçar para não ficar coçando a toda hora e, assim, acabar chamando mais atenção para os dois. A coceira passou para seu bíceps e ele deu uma coçadinha de leve com as pontas dos dedos.

O segurança sacudiu a cabeça e soltou uma risadinha. George se coçou de novo e a risadinha do sujeito se abriu numa grande risada. Tinha dentes podres. Faltava-lhe um dos incisivos.

Cabiam mais ou menos umas cem pessoas naquele bar, mas estava quase vazio. Dois homens estavam sentados o mais longe possível da porta e um sujeito com duas mulheres estavam sentados o mais perto possível dela. Uma mulher de camiseta escura limpava uma mesa onde parecia ter acontecido uma festa considerável. Umas cinco ou seis pessoas, que deviam ser estudantes (*estudantes de cinema*, uma voz disse na cabeça de George, acostumado a lidar com estudantes na Universidade), conversavam na outra extremidade do bar. George ouviu nomes e termos o suficiente para saber que discutiam sobre comédias. Um deles começou a recitar falas sobre Winchesters e *pints*[1] com um sotaque britânico horrível.

Um sujeito largo com cabelos já quase ralos limpava o bar quando entraram. Olhou por cima do ombro para um relógio assim que os dois o alcançaram.

– Só dá tempo pra mais uma – ele disse. – O que vocês querem?

George apontou para uma das torneiras. Karen analisou uma fileira de garrafas na prateleira do bar e pediu um Martini de vodca. Alguns instantes depois, o bartender serviu seus drinks e saiu para pegar os últimos pedidos dos estudantes de cinema.

Karen segurava sua taça pelo cabo e a levou aos lábios. O líquido se moveu, tocou sua língua e ela colocou a taça de volta no guardanapo. A base da taça de Martini estava centralizada no porta-copos de papel quadrado.

– E agora? – ela lhe perguntou.

George deu um gole na sua cerveja.

– Sei lá... – admitiu.

Ficaram sentados em silêncio por um tempo. Nenhum dos dois tocou nas respectivas bebidas.

– Faz só algumas horas que eu levei um tiro...

Ela esperou que ele continuasse.

– Levei um tiro, no dia anterior fui sequestrado por agentes federais e meu apartamento foi todo revirado. E eu acho que encontrei...

Uma pontada de dor lhe subiu pela nuca. A sala girou por um instante. Apertou os olhos. Sentiu a ponta do seu nariz molhada.

– Eu acho que me encontrei com o Presidente e a Primeira-dama.

Ela molhou a língua com o Martini novamente.

– Por que você acha que se encontrou com o Presidente?

– Porque eu me lembro disso ter acontecido.

– Não – Karen retrucou. – Por que você acha que isso aconteceu?

– Eles acham que eu posso ser...

---

1 O *pint* é um tradicional copo de cerveja usado na Inglaterra e na Alemanha. (N.E.)

As pontadas chegaram aos olhos. Tentou ignorá-las e se lembrar dos fatos.

– Ele queria saber se eu o conhecia.

– O Presidente?

– É... a Madelyn disse... – as pontadas se expandiram mais alguns centímetros. Pareciam espinhos. Era capaz de imaginá-los cavando pequenos sulcos por trás dos seus glóbulos oculares. – A Madelyn disse que ele faz as pessoas acreditarem nas coisas. E que ele é de outro mundo, como a gente.

Ela puxou o guardanapo de baixo da taça e estendeu para ele.

– Seu nariz está sangrando novamente.

– Eu sei. Eu acho... eu acho que ele sangra à medida que eu vou me aproximando da verdade. E a verdade é que uma menina maluca me disse que eu tinha superpoderes, depois atirou em mim mais de dez vezes no peito e não aconteceu nada – ele passou a mão pela camisa e baixou os olhos. – Eu acho até que o hematoma já tá sumindo.

Ela esticou o braço por cima do balcão do bar, enfiou a mão num dos compartimentos e pegou mais dois guardanapos de uma bandeja pequena. O bartender olhou para George e o viu com o guardanapo empapado de sangue embaixo do nariz.

– Você tá bem, cara? – ele perguntou de longe.

– Tudo certo – George respondeu. Envolveu o guardanapo com a mão na tentativa de esconder aquele sangue todo. – Não precisa se preocupar.

– A título meramente argumentativo – Karen disse – suponhamos que tudo o que Madelyn lhe disse seja verdade. Somos super-heróis presos num universo alternativo ou outra corrente temporal.

– Parece bem mais convincente com você falando.

– Se isso for tudo verdade – ela continuou –, por que nós voltaríamos pra lá? O mundo em que estamos nos oferece tudo o que desejávamos. Está livre daquelas criaturas que comprometiam a outra realidade.

– Mas não é pra gente estar aqui. Se ela estiver certa, isso significa que tem outro mundo que depende da gente. Um mundo que a gente abandonou, mesmo sem saber que a gente estava fazendo isso – passou a pressionar o nariz com um novo guardanapo.

Karen o encarou por um instante.

– É a prisão perfeita – ela disse.

– Quê?

– Prisões são construídas baseadas em algumas ideias, a principal sendo a de que os prisioneiros não querem estar lá e sua vontade de fugir é controlada com ameaças de que serão feridos ou mortos se tentarem. Pra pessoas como você e eu, a ameaça é consideravelmente menor, se não nula. Então, como alguém nos aprisionaria?

George dobrou o guardanapo ao meio.

– Criando uma prisão de onde a gente não queira escapar.

No outro lado do bar, os estudantes tinham mudado o tema da conversa. Dois deles estavam interpretando uma cena de algum filme. George levou um tempo para reconhecer a esquete.

Ela acompanhou o olhar dele.

– Alguma coisa errada?

– Não... eu acho que não. É só que... pode parecer idiota, mas eu tenho ouvido um monte de coisas do Monty Python nos últimos tempos.

Karen o encarou por um instante.

– E por que isso seria importante?

– Eu sei lá – ele admitiu. – É só meio estranho. Todos esses anos trabalhando no campus, eu devo ter visto pessoas interpretando Monty Python umas mil vezes. Mas não me lembro de ter visto ninguém imitando o Steven Wright, o Seinfeld, o Eddie Izzard... qualquer outra coisa de humor. É sempre Monty Python.

– Não sou familiarizada com as esquetes deles.

Um homem magro de óculos elevou a voz a um tom quase maníaco.

– Tá duro que nem pedra! – ele gritou com uma voz esganiçada. – Desprovido de vida. Ele descansa em paz! Se você não o tivesse prendido no poleiro com um prego, ele estaria mortinho da silva!

George acenou ao bartender.

– Desculpa – ele disse ao sujeito musculoso. Apontou com a cabeça na direção do grupo de estudantes. – Eles vêm sempre aqui?

O homem lançou um breve olhar aos rapazes que pareciam estudar cinema.

– É, muitas pessoas desse tipo dão as caras por aqui. Tem um monte de produtoras pequenas naquele edifício do outro lado da rua. Eles estão gritando muito?

George sacudiu a cabeça.

– Não é isso, é só que… você sabe qual é a esquete que eles estão interpretando? Tá na ponta da minha língua, mas eu não consigo lembrar o nome.

O bartender deu um breve sorriso.

– É Monty Python.

– Sim, eu sei, mas como é o nome dessa esquete?

O grandalhão deu de ombros e virou a cabeça:

– Ei, Shaun?

O magrelo parou de declamar sua fala e olhou na direção do outro. Tinha olhos azuis por trás dos óculos.

– Qual é essa esquete que vocês tão fazendo?

– É um clássico do Monty Python – Shaun respondeu. – A esquete do papagaio.

Papagaios.

Shaun e seu parceiro, um cara que usava óculos com armação de marfim e um cabelo absurdamente loiro, continuaram a esquete, virando-se na direção da nova plateia. O tom das vozes se elevou ainda mais para que eles os ouvissem. Agora, sim, dois maníacos.

– Se você não o tivesse prendido no poleiro com um prego – o magricela repetiu, retomando a fala – ele estaria mortinho da silva! Seu metabolismo agora é passado! Não quer mais saber de galhos! Ele chutou o balde, deixou seu corpo mortal. Deixou que as cortinas caíssem e se juntou ao coro invisível! Esse – Shaun declarou dando ênfase às palavras – é um *ex*…

Uma pontada que mais pareceu ser uma facada saiu rasgando o crânio de George. Antes que a dor o forçasse a fechar os olhos, pôde ver as mãos de Karen voarem em direção a sua cabeça. Ainda a escutou se mexendo na cadeira, e um breve gemido.

Seu crânio estalou e ele enxergou uma luz forte. Era tão forte que não adiantava fechar os olhos. Não adiantava cobrir os olhos com as mãos. Não importava o que fizesse, ainda podia vê-la.

Forçou seus olhos a se abrirem, enfrentando a dor, e olhou para Karen. Notou que ela já o encarava. Os olhos dela estavam completamente abertos. Ele deslizou as mãos pelo balcão do bar e ela o segurou. George sentiu o sangue escorrendo pelos lábios, tanto que deu para escutar o barulho do líquido jorrando no balcão do bar.

– Ei – o bartender disse –, vocês estão bem?

Lembranças eram despejadas no cérebro de George feito aço derretido, queimando todo o resto enquanto esfriavam e endureciam. Enxergou a si próprio. Viu seu mundo. Viu todos *eles*...

Os mortos-vivos.

Os zumbis.

Os ex-humanos.

Um arrepio passou pelo seu corpo e fez os pelos do seu braço se ouriçarem. Um fedor que sempre estivera por lá se tornou insuportável. Era o fedor de mofo e bolor, o fedor pegajoso de podridão que os seguia. Fitou a pequena poça de sangue no balcão empoeirado do bar. Sua garrafa de cerveja tinha caído e se espatifado em mil pedaços. O guardanapo embaixo dela tinha se desfeito, deixando para trás apenas alguns fragmentos e poeira.

Pelo rabo do olho, percebeu que parte das pessoas no bar tinha desaparecido.

O resto delas tinha morrido.

As que tinham morrido se viraram na sua direção. Os olhos eram como bolas feitas de giz. A pele ressecada e puída feito as páginas de um livro antigo.

Os dentes danificados batiam uns contra os outros. Era um barulho constante, seco. O som do vidro se quebrando e das canetas clicando e da cordinha batendo na pá do ventilador cada vez mais e mais e mais e mais. O barulho ecoava pelo bar.

Tomou impulso para longe do balcão do bar.

E St. George, o Mighty Dragon, se virou na direção dos ex's.

Seu crânio estalou e ele enxergou uma luz forte. Era tão forte que não adiantava fechar os olhos. Não adiantava cobrir os olhos com as mãos. Não importava o que fizesse, ainda podia vê-la.

Forçou seus olhos a se abrirem, enfrentando a dor, e olhou para Karen. Notou que ela já o encarava. Os olhos dela estavam completamente abertos. Ele deslizou as mãos pelo balcão do bar e ela o seguiu. George sentiu [illegible]

Um arrepio passou pelo seu corpo e fez os pelos do seu braço se arrepiarem. Um fedor que sempre esteve ali, por isso se tornou insuportável. Era o fedor de mofo e bolor, o fedor pesado de podridão que os seguia. Ficou a pequena poça de sangue no balcão empoçando do [illegible]. [illegible]

[illegible]

O [illegible] tudo e na [illegible].

[illegible]

VINTE E TRÊS

O lugar tinha sido quase que completamente saqueado. As prateleiras atrás do balcão do bar estavam vazias e, pela quantidade de poeira, havia anos. O que não pôde ser levado tinha sido destruído. Estilhaços de vidro por todos os cantos. As almofadas da cabine estavam rasgadas.

St. George contou quinze ex's no bar. Uma mesa prendia dentro da cabine mais próxima um casal de mortos, que não conseguiam se levantar e tampouco eram inteligentes o bastante para saírem pelas laterais. Um dos ex's da cabine mais distante estava caído no chão. Cruzava o bar rastejando na direção dos dois.

A maioria das pessoas que pareciam estudantes de cinema ainda estava lá. Shaun não passava de uma casca ressecada. Os óculos estavam pendurados apenas por uma orelha. Os cinco ou seis ex's em volta dele batiam os dentes, avançando na direção dos heróis. Os braços deles estavam esticados, tentando alcançá-los. O ex-loiro levantava mãos que, no total, tinham três dedos. Pelo visto, os dedos tinham sido perdidos no mesmo incidente que também arrancou queixo e nariz.

– Você consegue vê-los? – Karen perguntou. Era mais uma confirmação do que propriamente uma pergunta.

Não, não era Karen, ele se corrigiu.

Era Stealth.

– Sim, sim – ele disse, apontando ao redor. – Dois ali, mais quatro, acho que uns sete ali. O porteiro na entrada. Eu não vejo o garçom em lugar nenhum – olhou para trás. – E o bartender.

O bartender estalava a mandíbula logo atrás deles. A bochecha do sujeito não passava de uma aba solta de pele empalidecida, exibindo uma fileira de dentes amarelados. Um deles se destacava dentre todos, de tão branco e reluzente. St. George imaginou que pudesse ser um implante. Os dedos do homem morto cruzaram o balcão do bar e roçaram o braço de St. George.

Stealth movia seus ombros por debaixo do casaco. Tinha afrouxado o cinto do *trench-coat* para ter mais mobilidade, mas deu para notar que a roupa ainda repuxava seus ombros. Seus dedos se flexionaram por dentro das luvas finas de couro e afastaram as mãos do bartender com um tapa.

– Eu cuido daquele grupo maior ali – ele disse. – Você dá conta dos outros?

– É claro que sim.

– Você tem alguma arma?

Stealth levantou uma das sobrancelhas.

– George – ela disse –, você chegou mesmo a pensar que eu precise de uma arma?

Ela se virou e desferiu um soco ligeiro feito uma cobra dando o bote. Atingiu o bartender bem na ponta do nariz. A cartilagem estalou ao ser empurrada para dentro do crânio, deixando o rosto do sujeito totalmente chapado. O ex caiu por trás do balcão.

George sorriu.

– É bom ter você de volta.

– Você também.

St. George deu um passo adiante e agarrou pelo pescoço a coisa morta que um dia tinha sido Shaun. Suspendeu o ex e partiu o pescoço com um movimento rápido dos dedos. A mandíbula do morto continuava abrindo e fechando, embora braços e pernas estivessem bambos. Atirou o corpo sobre os outros mortos e derrubou dois deles.

Não estava tão forte quanto deveria, notou. Deveria ter derrubado todos os mortos quando jogou aquele para cima deles. Ele se perguntava se ainda havia algum tipo de bloqueio na sua mente.

Atrás dele, Stealth pisou com força no ex que rastejava. O resto dele foi esmagado contra o carpete, deixando uma mancha escura no lugar. Um segundo chute com a bota em cheio na nuca fez o morto desfalecer de vez. Uma poça de sangue coagulado e escuro se espalhou por baixo da cabeça.

St. George agarrou outro ex e torceu o pescoço. Um terceiro, o cara loiro, estava agarrado a seu braço, mordendo próximo ao cotovelo. Os dentes do ex deixaram um círculo pegajoso na sua manga e, então, foram aos poucos se desfazendo e caindo. Espanou os fragmentos de dentes do suéter e depois deu um murro na cara do morto loiro.

A parte da frente da cabeça do zumbi se abriu e os nós dos dedos quebraram a parte posterior. Por alguns instantes, o crânio do homem ficou balançando no seu braço feito uma pulseira gigantesca, o corpo totalmente bambo. St. George sacudiu o braço até que o resto da cabeça se partisse, separando-se do corpo. Caiu no chão com um baque surdo. Ele o chutou para longe e os restos mortais foram parar na cabine onde o casal de ex's se debatia para sair de trás da mesa.

Deu mais um passo adiante e agarrou outros dois ex's, um morto de terno e uma morta magra com cabelos curtos feito uma vassourinha de privada. Os dentes produziam um constante clique-clique-clique. Girou os dois, chocando as cabeças uma contra a outra feito bolas de bilhar. Girou-os outra vez e despencaram no chão.

O último do grupo dos cinéfilos foi cambaleando na sua direção, tentando agarrá-lo com os braços esticados. Com uma virada de pulso, St. George fez a mulher rodopiar e deslocou um dos braços da morta. Apoiou uma das mãos nas costas dela e empurrou. A ex saiu voando pelo bar e caiu em cima de uma mesa no canto oposto.

Alguma coisa trombou nas suas costas. O porteiro grandalhão. A mandíbula do sujeito balançava aberta e St. George percebeu que a maioria dos dentes já não estava mais lá. Uma fileira de dentes lascados brotava da gengiva inferior. Tocos de ossos esmaltados, brancos, espalhavam-se pela língua enegrecida.

O grandalhão mordeu com força seu ombro e o que ainda sobrava dos dentes se pulverizou. St. George colocou sua mão na testa dele e o empurrou para longe. O monstro saiu cambaleando para trás e os tocos dos poucos dentes que ainda restavam na mandíbula rasgaram sua camisa. St. George não conseguia pensar em outra palavra para descrever o barulho das mandíbulas tentando roê-lo a não ser "suculento".

Avançou em direção ao morto e o puxou pela mão. A borda da palma acabou rasgando na hora, expondo os ossos. A cabeça do zumbi girou, embora o impulso tenha o empurrado na direção oposta. A cabeça saiu rodopiando do pescoço do zumbi e caiu no chão. O corpo tombou logo depois.

St. George limpou o sangue dos seus dedos. Ele se virou e Stealth o encarou. Três ex's estavam empilhados aos pés dela.

– Muito impressionante – ela disse. – Você parece confiar muito nas suas habilidades.

Ele checou os corpos espalhados pelo bar.

– Pra ser honesto, só estou seguindo o meu instinto. Ainda tem um monte de coisa rolando na minha cabeça.

– Entendo bem. Também estou tendo problemas pra separar minha própria história dessa história alternativa – ela se ajoelhou e deu um murro na nuca de um ex que tentava se levantar. Ouviu-se um forte estrondo e a coisa desabou no chão.

St. George lançou um olhar em direção à porta e depois ao alto.

– Você acha que essas mudanças afetam todos nós ao mesmo tempo?

– Não tenho informações o bastante pra predizer uma coisa dessas – foi até ele e pegou na sua mão. Ela se sentiu bem ao entrelaçar seus dedos com os dele. – Você está preocupado com Barry?

St. George fez que sim com a cabeça.

– Deve ter sido horrível se, enquanto ele ainda estava no avião, tudo mudou e ele voltou pro nosso mundo.

Ela levantou uma das sobrancelhas.

– Se algo assim tiver acontecido, é quase certo que as habilidades dele foram ativadas por instinto de sobrevivência.

– Mas a gente não tem como saber isso – St. George retrucou. – Ainda estou me sentindo meio fraco, e a maior parte dos meus poderes ainda não voltou.

Para exemplificar o que queria dizer, fitou seus pés. Tentou tirá-los do chão, mas não saíam do lugar. Havia um truque para decolar, mas ele não conseguia se lembrar. Flexionou os dedos dos pés, tentou imaginar foguetes o impulsionando, imaginou asas imensas o suspendendo no ar.

Continuou no chão.

– Baseada no meu entendimento – Stealth disse – você ainda não precisou de nenhuma das suas habilidades além da força e da invulnerabilidade. Estou certa de que eu poderia empurrá-lo do topo de qualquer estrutura de tamanho considerável e sua habilidade de voar voltaria por ela mesma.

– Valeu – ele disse –, eu também te amo.

– Ainda não estou certa do que causou esse...

– Smith – St. George disse –, ele voltou.

Ela calou a boca de repente.

– Você tem certeza?

– Quem é o Presidente nesse exato momento?

Os lábios dela se comprimiram ainda mais. Ela se lembrava do Agente Smith, do Departamento de Segurança Interna.

– A Madelyn sabia – St. George disse. – Ela nunca sequer chegou a se encontrar com ele, mas ela sabia o tempo todo. Ela tentou me dizer, mas o jeito como ele reestruturou meu cérebro me fez rejeitar a ideia. Eu disse pra ela que era loucura dela.

– Pelo visto, você lhe deve um pedido de desculpas – Stealth rebateu.

– É... eu acho que ele deve ter encontrado alguma coisa em Groom Lake que acabou permitindo com que ele mandasse a gente pra outra realidade ou coisa assim. Aí, ele reestruturou os nossos cérebros pra que a gente nunca descobrisse nada.

Ela o encarou e levantou uma das sobrancelhas.

– Esta não é uma outra realidade, George.

– Como assim?

– Este aqui é nosso mundo. Já vinha suspeitando disso há algum tempo, mas o envolvimento de Smith apenas confirma tudo. Ele alterou nossa percepção de modo que não enxerguemos a realidade como ela é. Razão pela qual os ex's foram apagados de nossas mentes, para que não percebamos o que estava em nossa volta.

Ele sacudiu a cabeça.

– Isso não é possível.

Ela apontou por trás dele, em direção ao ex decapitado no chão.

– Os dentes dele estavam quebrados.

– Sim, e daí?

– Recentemente quebrados – ela continuou – as bordas internas se encontravam pouco descoloradas e ainda havia algumas lascas no interior da boca.

– Beleza, e…?

Ela lhe lançou aquele olhar típico, deixando claro que ele não tinha entendido algo óbvio.

– Só há uma coisa no bar que poderia ter quebrado os dentes dele, George.

Levou mais um tempinho até que a ficha caísse.

– Eu?

– Quando entramos no bar, você arranhou o braço esquerdo. O braço mais próximo ao porteiro.

– Essa camisa é meio piniquenta. Ainda tá cheia dessas dobras engomadas que ficam quando a gente tira da embalagem.

– O porteiro era um ex. Ele estava lhe mordendo.

– Não, não era, não.

– Era.

St. George sacudiu a cabeça.

– Ele ficou sentado no banquinho dele o tempo todo. Eu teria notado se ele estivesse me mordendo, sabe.

Uma das suas sobrancelhas se ergueu novamente e ela fitou seu próprio braço.

– Do mesmo jeito que o Capitão Freedom tinha imaginado que notaríamos caso noventa e três por cento das pessoas no Projeto Krypton tivessem morrido?

Quando encontraram o capitão pela primeira vez, toda sua base estava sobre a influência de Smith. Todos acreditavam que se tratava de uma base militar dentro dos conformes, com mais de quinhentos soldados e equipe de apoio. E, então, os heróis chegaram e revelaram que mal havia cem pessoas por lá.

St. George sacudiu a cabeça outra vez.

– Isso não é lá muito convincente de que as coisas estão um pouco melhores do que a gente pensava. Isso é coisa dele nos avisando que agora as coisas estão completamente diferentes. Só parece bem além do que a gente viu ele fazendo antes – repuxou a manga do suéter que vestia. – E se a gente não tá pulando de mundo em mundo, de onde é que veio isso? Isso aqui não é meu.

Stealth não respondeu. Estava analisando os próprios braços. Suspendeu uma das mangas e passou o dedo pela sua pele.

– Peraí – ele disse. – Você tá bem, foi mordida?

– Não, não fui. Não tenho ferimento algum.

Ele suspirou aliviado.

– Embora também esteja me perguntando de onde vieram essas roupas.

Ele observou as roupas dela:

– Não são suas?

Ela fez que não com a cabeça:

– Tenho apenas três conjuntos de roupas de civil no Monte. Todos os três foram escolhidos a dedo, os mais discretos possíveis. Mas essa roupa foi feita especialmente pra mim.

– Tem certeza?

A sobrancelha se ergueu novamente.

– Então, se a gente não tá saltando de um mundo pro outro, onde foi que você arrumou essa roupa feita nas suas exatas medidas?

– Não tenho certeza. É possível que Smith a tenha fabricado pra tornar a ilusão de outro mundo mais real – puxou a manga de volta para o lugar. – Nossa prioridade é localizar os outros. Você sabe onde Madelyn está?

– Sei, sim. E também Freedom, Gorgon e…

Ele se interrompeu. Fechou seus olhos por um instante. Respirou bem fundo e, então, os abriu.

Ela o encarava. Surgiram algumas rugas sutis nos cantos dos olhos dela, sinal de que tinha ficado preocupada.

– Gorgon?

– É… eu esqueci. Eu esqueci que ele tá morto. Eu tenho sonhado bastante com gente morta.

Ela tomou sua mão e a apertou.

– Madelyn e Freedom, então.

Ele assentiu com um sinal de cabeça:

– Eles estão em Westwood, mas os dois estão sozinhos. A gente pega eles, descobre onde diabos o Barry e a Danielle se enfiaram e depois volta pro Monte.

A sobrancelha dela se ergueu mais uma vez e uma expressão meio confusa tomou conta do seu rosto. Baixou um pouco a cabeça.

– Eu estou de acordo.

Ele se dirigiu até a porta. Era um pedaço sólido de madeira com, no mínimo, uma polegada de espessura, sem nenhuma janela ou frestas por onde pudessem olhar. Bateu levemente na porta quatro vezes e esperou.

Tudo permaneceu em silêncio do outro lado.

Trocaram olhares. Abriu a porta com um empurrão e saiu. Stealth foi logo atrás dele.

A rua estava deserta. Nada se movia. Nada emitia som algum. Passaram da calçada para o asfalto, de costas um para o outro.

– O leste tá limpo, até onde dá pra ver – St. George disse.

– O oeste também está – ela levantou a mão assim que ele ameaçou abrir a boca novamente. Virou a cabeça ao norte e depois ao sul – Não estou escutando nada.

– Nem eu.

– Não estou escutando *nada* – ela repetiu. – Não há barulho de dentes.

St. George fechou os olhos e se concentrou em qualquer ruído que fosse. Então, se virou e olhou ao redor.

– Quais são as chances de não ter nenhum ex num raio de uns quatro ou cinco quarteirões?

– Bem poucas – Stealth respondeu. – A rua está limpa. Nada de folhas, lixo, nenhum tipo de entulho. E, no entanto, todos os nove postes que consigo ver daqui estão apagados.

– Meu carro não tá mais aqui – St. George disse, perscrutando a rua de ponta a ponta. – Na real, não tinham uns quatro ou cinco carros estacionados na rua quando a gente chegou?

– Eram seis só nesse quarteirão – Stealth disse –, sem contar com seu Hyundai. Dois Fords, dois Hondas, um Chrysler e um Volkswagen.

Um ronco bem baixinho fez com que eles se virassem. St. George cerrou os punhos. Stealth ergueu uma das sobrancelhas. Ela não parecia nada preocupada.

Um carro dobrou a esquina e os faróis iluminaram os dois. O veículo seguiu na direção deles sem diminuir a velocidade. Saiu ventando pela rua, com os pneus do lado do motorista bem em cima das linhas amarelas. Stealth saiu da pista com dois passos ligeiros. St. George não se moveu e ficou encarando os faróis. O carro não o acertou por poucos centímetros. Era um Mustang das antigas, um carrão clássico. Metade da lataria estava sem a pintura, apenas com o primer, e a outra metade era preta, bem lustrosa.

O carro foi diminuindo a velocidade conforme se aproximou do sinal de PARE na esquina, por tempo o suficiente para que o motorista mostrasse um cotoco a St. George e o xingasse de algumas coisas que ele simplesmente não conseguiu entender. Então, o motorista pisou fundo no acelerador e o Mustang desapareceu rua acima. O ronco do motor ecoou por alguns instantes antes de sumir.

– Filho da puta – St. George disse. Deu algumas piscadelas para dispersar os pontos de luz que os faróis tinham deixado nos seus olhos. A rua continuava clara, mesmo depois dos pontos terem desaparecido.

Olharam ao redor. Os cinco carros estavam de volta, estacionados ao longo das calçadas em ambos os lados da rua, brilhando sob a iluminação dos postes. Um dos Hondas não estava mais lá. No lugar, havia uma pequena pilha de folhas. O Hyundai de George também tinha sumido.

Ao longe, ele escutou o ruído de outros carros nas ruas. Os bares começavam a fechar e as pessoas estavam voltando para casa ou indo a festas de fim de noite. A maioria seguia rumo ao leste ou ao sul em direção às autopistas.

– Suas mãos estão limpas.

Ele olhou para baixo. As manchas de sangue e de tecido coagulado tinham desaparecido dos seus dedos. O suéter também não estava mais sujo. Ele lançou um olhar ao bar por cima do ombro.

– Beleza – ele disse. – Então, pra todo mundo que estava lá dentro daquele bar, a gente apenas foi embora sem pagar a conta, né?

– Foco, George.

– A última coisa que a gente precisa agora é da polícia atrás da gente.

– Não há polícia alguma pra ser acionada. Tudo isso não passa de ilusão.

– Tá certo – ele mirou o oeste. – Quanto tempo você acha que leva pra chegar até a Westwood a pé?

Stealth flexionou os dedos.

– Depende do que encontrarmos pelo caminho.

VINTE E QUATRO

Freedom passou correndo por vários grupos de sem-teto que se amontoavam em volta de fogueiras. As pessoas achavam que Los Angeles era sempre ensolarada e maravilhosa, mas os últimos anos mostraram que não era bem assim. Não nevava, mas fazia frio o bastante durante a noite para colocar a saúde de alguém que vivesse nas ruas em risco. Mesmo àquela hora, pouco antes do sol nascer, ainda saía fumacinha da sua boca quando respirava.

Sua corrida matinal já estava quase no fim. Era uma estrada sinuosa que ia do seu apartamento em Hancock Park, passando por Beverly Hills, até o escritório de recrutamento. Ele já tinha medido o comprimento de todo o percurso, exatamente treze quilômetros. Percorria o mesmo trajeto todo santo dia, fizesse chuva ou sol, em menos de quarenta e cinco minutos, dependendo dos semáforos. No fim do dia, corria o mesmo caminho de volta para casa.

O exército poderia até não querer mais saber dele, mas estava determinado a ainda fazer jus ao uniforme.

Havia mais pessoas do que de costume ao longo da sua rota. Mãos desesperadas ornavam o caminho. Sabia que a crise econômica tinha deixado muita gente sem condições, mas parecia que o número de sem-teto tinha dobrado ou triplicado nos últimos três meses. Alguns tentavam segui-lo toda santa manhã e toda santa noite. Cambaleavam na sua direção com os braços esticados, suplicando sem, no entanto, emitir palavra alguma. Mas, no ritmo da sua passada, ficavam para trás antes mesmo que o notassem. Tentava não pensar neles enquanto corria.

Às vezes, na cidade deserta ao amanhecer, pairava algo de genuinamente desagradável sobre eles. O jeito que ficavam parados nas sombras, a lentidão com que se moviam, tudo lhe parecia um tanto agressivo, até meio perigoso. Só não sabia bem dizer por quê. Aquelas mãos não eram tão suplicantes quanto... famintas.

Havia um trecho do Wilshire Boulevard que cortava o Country Club de Los Angeles, entre Beverly Hills e Westwood. Cercas vivas se estendiam pelos dois lados da estrada, das mais altas. Se cruzasse com outros pedestres ou ciclistas ali, teria de sair da calçada e passar para a pista. Não havia mais para onde fugir pelo quilômetro seguinte. Aquelas manhãs escuras, povoadas por sem-teto, sempre o lembravam de Donner Pass. Tampouco sabia dizer por que o nome lhe vinha à cabeça. A rua não ficava no cume de uma montanha ou recoberta de neve, nem nada disso. O que deixava apenas uma opção. A opção da fome.

Em West Point, costumava ter um sonho recorrente depois que fez um trabalho sobre o Donner Party e como a situação deles poderia ter sido resolvida sem ter acabado em canibalismo. Tinha voltado a ter os sonhos fazia um tempo, duas ou três vezes só no último mês. Talvez mais.

Só que, no sonho, comer outra pessoa não era a última alternativa. Os colonos eram soldados sob seu comando. Era um capitão outra vez, responsável por levá-los a um lugar seguro, mas continuava recebendo ordens conflituosas do Presidente, que lhes dizia para continuarem onde estavam. Então, o grupo inteiro, dezenas e mais dezenas de homens e mulheres empalidecidos por causa do frio, irrompia na sua direção feito uma multidão de velhinhos. Mordiam seus dedos, mãos famintas agarravam seus braços e pescoço.

A Rua Wilshire descia por uma ladeira íngreme em direção ao Federal Building e 405 (ainda não tinha pegado o hábito californiano de se referir às autopistas precedidas com o artigo "a"). Os braços e pernas de Freedom pulsavam de modo sincronizado, nunca saíam do ritmo. Deixava bancos, lojas e prédios residenciais para trás. Não havia trânsito na estrada para que ele pudesse comparar sua velocidade com a dos carros, mas tinha certeza de que ganharia a corrida.

Cortou a Avenida Manning e foi desacelerando o passo até voltar a caminhar, ainda a três quarteirões do escritório. Estava acontecendo alguma coisa mais à frente. Por um instante, pensou que um carro pudesse ter avançado na calçada. O que quer que fosse, o estrago tinha sido grande.

Então, os formatos das coisas foram aos poucos se tornando mais claros sob a neblina da manhã. Uns dez caixotes e contêineres de carregamento, daqueles super-resistentes, com as bordas protegidas por puro aço, estavam na frente do escritório de recrutamento. Aquelas coisas o lembravam dos cases que tinha visto com o pessoal que se apresentava nas turnês itinerantes da United Service Organization, projetadas para guardar os equipamentos.

Havia uma mulher meio apoiada na moldura da porta logo atrás de uma das caixas maiores. Sua cabeça estava virada para o lado oposto ao de Freedom, e seus cabelos ruivos se prendiam numa trança enrolada num coque desgrenhado. Vestia jeans e uma jaqueta do uniforme de combate do exército com remendos desfiados ao invés de insígnias. Seus braços estavam cruzados de um jeito que mais parecia na defensiva do que de forma casual.

Freedom deixou que as botas batessem no chão um pouco mais forte do que o de costume à medida que foi se aproximando do escritório. O barulho ecoou pelo piso e ela se virou para ver quem vinha. O rosto dela era coberto de sardas. Na medida certa de modo a fazê-la parecer jovial, embora as linhas de expressão ao redor da boca acabassem entregando o jogo.

– Bom dia, senhora – ele lhe disse.

– Bom dia. – ela retrucou – Você que é o Freedom?

Ele estendeu a mão por cima de uma caixa.

– Tenente Freedom. O que posso fazer pela senhora?

Ela tirou um dos braços do peito, apertou a mão do tenente e a balançou uma única vez.

– Dra. Danielle Morris. Eu vou fazer uma demonstração de recrutamento aqui no seu escritório...

– Eu não lhe esperava tão cedo.

Ele soltou a mão dela, que voltou a cruzar o braço contra o peito.

– O pessoal queria deixar tudo aqui antes do café da manhã. A hora do rush deve meio que ser uma porcaria por essas bandas, né não?

Freedom apontou com a cabeça em direção à rua de oito pistas.

– Dentro de uma hora, isso tudo aqui estará parecendo mais um estacionamento do que outra coisa. Acho que a senhora não precisava ter vindo agora. A demonstração só começa ao meio-dia.

A Dra. Morris deu uns tapinhas no caixote a sua frente.

– O Cerberus é o meu bebezinho – ela disse. – Aonde quer que vá, eu vou atrás.

Freedom manteve uma expressão séria no rosto e foi capaz de se conter para não ranger os dentes. Mais um civil que não entendia lá muito bem o conceito de horários. Fitou as caixas outra vez.

– É isso aí, então?

– Aham. O Sistema de Combate Cerberus.

Freedom varreu a rua do começo ao fim com os olhos.

– A senhora não fica preocupada em largar tudo isso na calçada?

– Eu não larguei nada – ela retrucou. – Eu não arredei o pé daqui em momento nenhum.

– O que eu quis dizer foi se a senhora não ficou preocupada que alguém pudesse roubar alguma caixa?

– Repetindo: eu fiquei aqui o tempo todo. E tem mais, essas coisas são um pouquinho pesadas demais pra alguém passar correndo e levar – apontou com o queixo em direção a uma das caixas, um cubo de uns sessenta centímetros de altura. Seus braços pareciam grudados no peito. – Essa daí é a mais leve e pesa uns cinquenta quilos.

Ele a analisou por um breve momento.

– Está tudo bem com senhora?

– Estou bem.

– A senhora parece um pouco tensa.

– Estou bem, é só que... – a Dra. Morris encheu os pulmões de ar, procurando se acalmar, e se forçou a baixar os braços. – Será que a gente pode entrar? Eu não quero... eu prefiro conversar lá dentro.

As caixas estavam a uns dois metros da porta do escritório de recrutamento. O olhar de Freedom foi das caixas à entrada.

– A senhora está sozinha?

– O resto da minha equipe deve aparecer lá pras dez horas. Eles ainda estão no hotel – ela acompanhou o olhar dele. – Me disseram que ia ter um carrinho-de-mão por aqui.

– Talvez tenha. A senhora se importa de esperar mais uns minutos enquanto eu dou uma espiada no depósito lá atrás?

Ela fechou os olhos por um instante.

– Não, sem problemas.

Depois de desativar o alarme e destrancar a porta, Freedom viu que, de fato, havia um carrinho-de-mão por lá. Empurrou duas caixas cheias de panfletos com o pé e saiu puxando o carrinho pelo escritório. Ela pareceu aliviada ao vê-lo de novo e ainda mais aliviada quando entrou.

Levou um pouco menos de meia hora para que ele colocasse as caixas para dentro e as acomodasse em frente à mesa de Taylor. Dra. Morris observou tudo pelo lado de dentro, dando-lhe instruções enquanto ele descarregava as caixas. Deu para notar o quanto que ela se controlava para não perder a paciência sempre que ele trombava uma das caixas contra a moldura da porta.

Ao terminar, bateu a porta. Os ombros dela relaxaram um pouco assim que escutou o barulho da maçaneta travando.

– A senhora está se sentindo melhor?

– Eu acho... desculpa por agir daquele jeito esquisito.

– Sem problema.

– Eu tenho agorafobia. Geralmente, dá pra controlar bem, mas hoje eu me senti... sei lá, muito exposta de verdade lá na frente. E desculpa se eu estraguei alguma coisa que você tinha planejado.

– Como assim, senhora?

Ela apontou para as caixas empilhadas no meio do escritório.

– Eu deixei um monte de gente irritada insistindo nessa viagem, não?

– Não saberia dizer.

Ela deu um breve sorriso.

– Não saberia ou não quer?

– Não saberia dizer.

– Tá bem... foi o que eu pensei, mesmo. Desculpa se eu estraguei alguma coisa. Eu sei que o exército adora cumprir horários.

Freedom quase soltou uma risada. Quase.

– Se a senhora não se importa que eu pergunte – ele disse –, por que a senhora insistiu tanto em vir aqui?

O sorrisinho sumiu do rosto da Dra. Morris e ela permaneceu com o olhar fixo nas caixas.

– Eu meio que tinha certeza... eu achei que vocês fossem precisar do Cerberus aqui.

– Como assim, senhora?

Ela endireitou a postura e o encarou.

– Eu me lembro de como é L.A. Eu sabia que vocês iam precisar de mim aqui. De mim e de Cerberus.

– Los Angeles não é tão ruim quanto alguns pensam – ele retrucou. – Não é um paraíso, mas também não chega nem perto do que era nos anos 70 e 80. Foi o que me disseram – Freedom franziu a testa e tentou se lembrar de todas as informações que lhe tinham repassado sobre Morris. – A senhora já esteve em Los Angeles antes?

– Em agosto de 2009 – ela respondeu. – Eu vim de avião com a armadura pra... – sua voz sumiu. – Eu tive um branco, desculpa.

– Sem problema.

– Eu vim pra cá em 2009, num avião do exército – ela continuou. Não estava falando exatamente com ele, soava mais como se estivesse pensando alto. – Minha equipe veio em outro avião, eu estava com o Cerberus e a gente tinha vindo pra... – seu rosto se deformou em sinal de pura frustração.

Ficaram lá parados em silêncio por um breve momento.

Se a senhora já estiver melhor – ele interrompeu – Eu...

– Preciso me lavar antes de abrir o escritório – apontou para suas roupas de corrida.

Ela lhe deu um aceno de cabeça, um tanto distraída.

Freedom se encaminhou aos fundos, tirou sua camiseta e a pendurou no armário. Passou dez minutos se asseando no pequeno banheiro atrás do escritório. Uma das vantagens de sua cabeça raspada era a facilidade com que podia lavá-la. Quando enfim terminou, secou seu rosto e seu peito com a toalha e passou um pouco de desodorante embaixo dos braços.

Colocou a toalha de lado, enfiou uma nova camiseta pela cabeça e vestiu seu casaco. Checou sua identificação e suas insígnias no espelho e reprimiu a costumeira pontada de arrependimento ao vislumbrar a listra solitária em seu peito. Verificando as horas no relógio, viu que só tinha mais vinte minutos até abrir o escritório. Tempo de sobra para acertar os pormenores com a Dra. Morris e talvez ainda se atualizar sobre…

Alguém bateu à porta da frente.

Ele parou. Era cedo demais para que alguém aparecesse com o intuito de se alistar, e todos os membros da equipe possuíam as chaves. Às vezes, os sem-teto ficavam batendo nas janelas. Muito de vez em quando, os pneus de algum carro acabavam arremessando um pouco de cascalho. O barulho, porém, tinha soado de forma muito mais deliberada.

– Hmmm… tenente – Dra. Morris o chamou. Outra série de batidas ligeiras ecoou pelo vidro da porta da frente.

Ele se auto reprimiu e foi até o escritório.

Do outro lado da sala, avistou dois vultos pela porta da frente. Um dos quais era o sujeito que tinha aparecido no escritório no início da semana. O mesmo que tinha tocado no assunto do rebaixamento de Freedom. O outro vulto se tratava de uma mulher de pele morena, bem bonita, vestindo um casaco preto, que lhe pareceu bastante familiar. Passou por sua cabeça que talvez ela fosse alguma atriz, muito embora não conseguisse se lembrar onde poderia tê-la visto. Ou por que aquele maluco estaria com ela.

– Acho que eles querem entrar – Dra. Morris disse.

– Eles não são parte de sua equipe, são, senhora?

Ela sacudiu a cabeça.

– Não. Apesar de que… eles me parecem um tanto familiares.

Enquanto Freedom cruzava a sala, outras pessoas apareceram na calçada. Ao menos uma dezena de vultos se aproximava cada vez mais do casal à porta da frente. Mais desabrigados em roupas esfarrapadas. Com mãos afoitas estendidas adiante, moviam os lábios num fluxo constante de palavras que irrompiam através do vidro como estalos e cliques.

Um casal surgiu na porta da frente. Mais desabrigados em roupas esfarrapadas. As mãos suplicantes estavam estendidas e as bocas mexiam num fluxo constante de palavras por trás do vidro, clicando e estalando.

Por um instante, considerou ignorar aquelas pessoas. Os sem-teto podiam até ser irritantes, mas nunca tinha ouvido falar de nenhum ter machucado alguém. Não naquela parte da cidade, pelo menos. E, então, o incidente em Donner Pass cruzou sua mente outra vez. E a imagem das mãos sedentas.

Respirou fundo e destrancou os dois ferrolhos da porta.

O casal deslizou para dentro assim que puderam. A mulher empurrou a porta de volta e trancou as duas travas novamente, cada uma com uma das mãos. Olhando de perto, Freedom teve ainda mais certeza de que já tinha visto aquela mulher em algum comercial ou revista.

Só que havia algo mais nela. Sua postura. O jeito como ela se portava. Algo nela o fez pensar em oficiais com carreiras sólidas, embora não conseguisse se lembrar de jamais ter servido com alguma mulher tão bela quanto aquela.

– Valeu – o cara meio maluco disse.

– De nada – Freedom retrucou. Mirou as outras pessoas na calçada.

– Posso ajudá-los em algo?

A mulher fitou a insígnia dele.

– Tenente John Carter Freedom? – encarou o outro sujeito. – Ele não era capitão?

– Não.

Freedom se controlou para não rosnar.

O sujeito lançou um olhar a Dra. Morris no canto oposto da sala. Sorriu. Ela o encarava.

– Espera um minuto – ela disse. – Seu nome é George?

– Isso – o sujeito respondeu. – Você se lembra de mim?

É verdade, Freedom se lembrou. Ele tinha dito que seu nome era George.

– Eu acho que sim – Dra. Morris disse –, só não sei de onde. Você é da DARPA? Ou trabalha em alguma universidade?

– Mais ou menos, mas não é bem isso.

A outra mulher, a que parecia uma supermodelo, examinava as caixas.

– Essas caixas são a armadura Cerberus?

– Sim – Dra. Morris respondeu. – Como você sabe?

Freedom se perguntou a mesma coisa. O Sistema de Combate Cerberus não era nenhum segredo. O escritório de recrutamento vinha exibindo vídeos sobre ele fazia alguns meses, havia até alguma coisa no YouTube. Não estavam recebendo uma grande cobertura da mídia, mas, ainda assim, na mesma hora em que a armadura chegou, apareceram duas pessoas no escritório que pareciam extremamente familiarizadas a ela e a sua criadora.

Talvez familiarizadas demais.

Freedom endireitou a postura.

– Senhora – ele disse –, senhor, em que posso ajudá-los?

– Viemos ver vocês – George respondeu. – Os dois.

Dra. Morris ergueu as sobrancelhas.

– Desculpa, como é que é?

George lançou o olhar à supermodelo, que assentiu com um sinal de cabeça.

– Isso vai soar meio estranho – ele continuou –, mas, por acaso, vocês dois não vêm tendo um monte de sonhos? Uns sonhos que mais parecem pesadelo, mas não são?

– Estou sim – Dra. Morris respondeu, cruzando os braços. – Como é que você sabe disso?

George apontou para as caixas.

– Você anda sonhando que tá dentro dessa armadura? Lutando contra uns monstros?

Os olhos dela se arregalaram:

– Isso! Estou sempre cercada por eles. Parece um enxame, uma horda.

Freedom se retraiu. Não soube dizer bem por quê. Então, ele se lembrou de Donner Pass.

A supermodelo notou sua reação. Foi direto ao ponto, sem titubear:

–Você também está tendo sonhos semelhantes – ela disse. Outra afirmação, não uma pergunta.

– Não – ele rebateu, ainda que flashes das figuras de pele acinzentada não saíssem da sua cabeça. Ocorreu-lhe que ainda não sabia quem era aquela mulher –, não estou.

– Beleza, é o seguinte – George disse. – Alguém fez alguma coisa com as nossas mentes. Você não tem culpa de não se lembrar.

– Culpa? – Freedom retrucou. Percebeu que estava prestes a cerrar os punhos, mas se conteve – O que o senhor está insinuando?

– Quem foi que fez o quê, mesmo, com as nossas mentes? – Dra. Morris perguntou.

– Estamos perdendo tempo – a supermodelo interrompeu. – É melhor você tratar de convencê-los de uma forma mais direta, como Madelyn fez pra convencer você.

– Ela meio que não conseguiu me convencer de verdade, né?

– George – ela insistiu –, não temos mais tempo.

Ele suspirou e olhou para as caixas. Apontou para uma do tamanho de uma mesa e encarou Dra. Morris.

– Essa é a traseira, né? As placas da armadura, o controle medular, essas coisas? Quantos quilos têm aqui? Uns cento e sessenta, sem contar a caixa?

– Isso – ela respondeu. – Como é que você sabe?

– Eu já te ajudei a entrar e sair dessa armadura umas mil vezes. Essa é a única caixa grande o suficiente pra caber aquela coisa.

O rosto dela se contorceu, totalmente confusa.

– Gente, mas quem são vocês?! – ela perguntou.

George agarrou a alça do caixote e o suspendeu com apenas uma das mãos. Dra. Morris se engasgou. Freedom ficou tenso. George a equilibrou por um instante e, então, levou a caixa acima da cabeça.

Ficaram parados ali olhando por um uns segundos até que Freedom vociferou:

– Isso é propriedade do Governo, senhor, coloque de volta no chão.

– Gentilmente! – Dra. Morris acrescentou, desesperada. – Você tem ideia de quanto isso custa?

George baixou um pouco o caixote de modo que pudesse segurá-lo com ambas as mãos.

–Você vive preocupada com esse troço – ele disse –, mesmo que tenha sido construído que nem um tanque.

Freedom deu um passo adiante e se colocou entre George e o resto das caixas.

– Acho melhor você e sua amiga irem embora agora, senhor.

George o encarou.

– Pensa rápido! – disse, jogando a caixa para Freedom.

Dra. Morris soltou um rosnado. Freedom deu um pulo para frente. Pegou a caixa nos braços como se estivesse amparando um bebê. Ficou sem reação por um instante, não queria se mexer até ter certeza de que não deixaria a caixa cair.

– Pelo que posso perceber – a negra disse –, George não é o único que tem superforça.

Freedom acomodou a caixa no chão. Provocou um leve estrondo contra o carpete fino. Ficou fitando a caixa por um tempo.

Dra. Morris olhou para a caixa, então seus olhos foram de um homem a outro.

– Como vocês fizeram isso? – ela perguntou a George.

– Como? Com os meus braços!

– Não, fala sério. Como é que você levantou isso?

O sujeito franzino respirou devagar;

– Cara... – ele disse a Freedom. – Eu sei muito bem como é que você fez isso.

– Adrenalina – Freedom rebateu. – Já vi homens fazendo coisas impressionantes em combate. – Era verdade. Tinha visto soldados derrubarem portas sem fazer nenhum esforço e lançar oponentes pelos ares. Um homem tinha partido a porta de um Hummer pegando fogo ao meio quando a abriu com um puxão para resgatar um parceiro de esquadrão. Sabia que o corpo humano era uma máquina incrível, poderosa e resistente por si só, sem a ajuda de...Onde foi mesmo que ele ouviu aquilo? De um físico do exército. Um médico.

– Você fazia parte de um projeto especial do exército – George explicou. – Estavam tentando criar supersoldados. Quer dizer, tentando não. Eles *conseguiram* de fato.

Freedom estava prestes a revirar os olhos, mas se controlou. Dra. Morris já não podia dizer o mesmo.

– Sério mesmo? – ela vociferou. – Você não tem mais nada melhor pra inventar, não?

– Você estava alocado numa instalação militar de Yuma – a supermodelo interveio –, numa sub-base denominada Projeto Krypton. O responsável pelo programa era o Dr. Emil Sorensen, considerado um dos maiores especialistas do mundo em neurologia e bioquímica, entre outros campos de atuação.

Krypton. Sorensen. Os nomes desencadearam uma dor de cabeça bem atrás dos olhos de Freedom, como se pregos estivessem enfiados nas suas têmporas. Virou a cabeça para tentar se concentrar e percebeu que se encontrava de cara para uma foto do Presidente. John Smith olhava para baixo e sorria. Parecia um sorriso falso.

– Isso não faz nenhum sentido – ele disse.

– Faz sim, pior que faz – George retrucou. – De verdade.

A dor de cabeça tinha piorado. Parecia que alguém estava esbofeteando seu cérebro. A famosa gota chinesa, já um tanto obsoleta após a criação de métodos mais impiedosos de tortura com água.

– Gostaria que o senhor se retirasse imediatamente – ele disse. – E a senhora também.

– Foi mal, Capitão – George rebateu –, mas não sem você.

Ele se virou de costas.

– Não sou mais capitão.

– Você ainda é, sim – George insistiu. – Só que alguém apagou isso da sua cabeça.

Freedom encarou a Dra. Morris. Ela estava limpando o nariz com a mão. Lábios e dedos sujos de sangue.

– Vocês tão a fim de escutar uma coisa engraçada? – ela perguntou. – Eu meio que namorei com o Presidente por um tempo. Antes de ele se casar.

– Nós sabemos – a negra disse.

– Eu nem me lembrava mais disso desde... faz séculos, eu acho.

Freedom deu um passo na direção de George.

– Saia agora – ele ordenou. O clique-clique da caneta só piorava sua dor de cabeça. Sua mão praticamente encobriu o ombro do outro sujeito, menor do que ele, ao segurá-lo. – Por favor, não me obrigue a usar da força.

George lançou um olhar à mulher negra. Ela baixou a cabeça uma única vez e, então, olhou para Freedom novamente.

– Se é pro bem de todos... – ele disse. – Só tenta se lembrar que essa é a revanche com que você tanto sonhou.

– Como, senhor?

George avançou com a intenção de dar um tapa no peito de Freedom. Não foi um movimento particularmente forte ou habilidoso. O treinamento de combate veio à tona na mente de Freedom. Seu braço automaticamente baixou para bloquear o golpe, ainda a tempo de passar pela sua cabeça maneiras mais educadas de colocar o casal para fora.

A mão de George furou o bloqueio. Era como tentar parar um caminhão em movimento. Ou um tanque de guerra. Freedom só teve tempo de lembrar como o sujeito tinha sido capaz de segurar a caixa de aço sobre a cabeça e, aí, George espalmou a mão contra o esterno.

A porta saiu voando, o escritório se tornou um borrão só e alguma coisa se chocou contra as costas de Freedom antes que ele pudesse sequer escutar o barulho da madeira despedaçando. Recuperou o equilíbrio e olhou para trás. Sua mesa tinha sido esmagada entre suas costas e a parede do escritório.

George estava parado a uns três metros dele com uma das mãos estendidas. A Dra. Morris estava boquiaberta. A supermodelo tinha algo parecido com um sorriso no rosto.

Freedom se levantou e espanou a poeira dos ombros. Então, deu três passos ligeiros adiante e enterrou um soco no estômago de George. Foi como esmurrar um tronco de árvore, mas um segundo soco não tardou. Seus dedos estalaram contra o queixo de George, mas a cabeça do sujeito mal se mexeu.

Nem ao menos tinha levantado as mãos para se defender.

Dra. Morris soltou uns palavrões. Aí, resolveu xingar mais um pouco.

Freedom se afastou de George. Dra. Morris estava parada no meio da sala. Parecia estar brava e um tanto mais confusa. Seus braços se recolhiam junto ao corpo, esbravejavam e, então, eram recolhidos de novo.

– Onde é que tá? – ela disse, descontrolada. – Pra onde é que tudo foi parar?

Levou um tempo para que ele se desse conta do que ela estava falando. Nada parecia ter mudado. Ele já tinha se acostumado a ver o escritório vazio.

Todas as caixas do Sistema de Combate Cerberus tinham desaparecido.

Freedom ficou novamente meio ressabiado, mas nada daquilo fazia o menor sentido. Teria sido impossível tirar as caixas durante os poucos segundos em que passou lutando com George, ainda mais sem ninguém notar.

– O que é que vocês fizeram com elas? – Dra. Morris encarava a supermodelo sem nem piscar.

A mulher e George a ignoraram. Os dois trataram de varrer o escritório com os olhos.

– Nossas percepções mudaram de novo – a supermodelo disse.

– Foi...

Só então, Freedom reparou no escritório em si. O piso não era de carpete, mas de uma lajota escura, industrial. O chão estava coberto de cardápios desbotados e cacos de vidro.

Uma das janelas tinha sido bloqueada com uma pilha de mesas, formando uma barricada improvisada. Uma teia de aranha enorme cruzava o vidro. Os fios do centro estavam com manchas amarronzadas, já escuras, provavelmente sangue seco. As paredes de madeira estavam recobertas com um laminado barato, solto em alguns lugares. Os cartazes de recrutamento tinham sumido. Um quadro sem graça de flores azuis e amarelas estava jogado no chão. A moldura estava quebrada.

Sua mesa tinha desaparecido. No lugar, havia um balcão e os restos de um grande mostruário de vidro. Uma máquina registradora logo ao lado, no chão. O retrato do Presidente tinha sido substituído por um imenso quadro-negro, metade do qual preenchido com um menu dos mais coloridos, nomes de sobremesas e cafés. Tinham tentado apagar a outra metade, borrando tudo, e escrito algo por cima com giz rosa e letras garrafais, apressadas.

ESPECIAL
FIM DO MUNDO
$ 6,66

Algo pingou nos seus lábios. Levou a mão ao rosto e seus dedos voltaram vermelhos. Seu nariz estava sangrando, igual ao da Dr. Morris. Não se lembrava de ter levado um soco ou uma cabeçada de George. Vasculhou a mente atrás de possíveis toxinas no ar e da localização das máscaras de gás na sala dos fundos, mesmo se dando conta de que George e as mulheres estavam bem.

A caneta de Adams clicou. Foi então que Freedom percebeu que Adams ainda não tinha chegado. Na verdade, era o dia de folga dele.

Ele se virou na direção do ruído.

A mesa de Adams tinha sumido. Uma mesa grande o suficiente para cinco ou seis pessoas estava no lugar. Tinha sido empurrada, prendendo quem estava por trás contra a parede.

Era um homem, já morto. Vestia uma jaqueta camuflada toda surrada dos anos oitenta, completamente desbotada. Seus cabelos eram da mesma cor do que os cabelos de Adams, mas muito mais longos. O nariz também era maior e o maxilar, mais largo. Os olhos estavam esbranquiçados e a pele, acinzentada. Cinza, como os sonhos de Freedom.

O morto tentou alcançá-los do outro lado da mesa, os dedos ressecados rabiscavam linhas aleatórias na camada de poeira. Abria e fechava a boca sem parar. O barulho dos dentes batendo ecoava pela sala.

A Dra. Morris soltou um ruído baixinho, algo entre um grunhido e um gritinho. Os braços dela estavam apertados em volta do corpo novamente.

– O que é que tá acontecendo? – ela sussurrou. – Que *porra* é essa?

Outros cinco mortos surgiram amontoados na passagem da porta, e Freedom avistou ainda mais deles vagando pela rua em direção ao escritório. Ou à cafeteria. Aonde quer que fosse. Alguns dos mortos não tinham um dos olhos ou parte dos dentes. Uma deles parecia ter sido escalpelado. Uma mulher na dianteira do grupo vestia uma camisa onde se lia MARINHA em letras grandes. Estava toda manchada de sangue. Bem como sua boca.

– Onde em nome de Deus nós estamos? – Freedom perguntou.

– Tudo mudou de volta – George disse – A gente tá vendo o mundo real de novo.

– E o que isso quer dizer? – Dra. Morris perguntou.

– Olha só, você tem que confiar na gente – George rebateu. – Alguém tem controlado nossas mentes, fazendo a gente ver o mundo da maneira que bem entenderem, deixando assim o caminho livre pra fazerem o que quiserem – ele foi andando até a criatura morta em cima da mesa e colocou a mão no cocuruto da cabeça. O pescoço do morto logo se contraiu, enquanto o morto tentava abocanhar os dedos de George. Então, ele girou a mão, torcendo a cabeça do cadáver como quem abre uma garrafa. A coluna da criatura morta estalou duas vezes, feito madeira esturricando, e ele caiu bambo sobre o tampo da mesa. A mandíbula continuou mexendo.

Freedom se deu conta de que não tinha feito nada para impedir George, nem sentiu nada quanto ao pescoço quebrado. Sabia que, no fundo, aquilo não tinha sido assassinato. Tinha sido uma limpeza.

– Vocês dois precisam vir com a gente – George disse. – Estamos indo lá no campus buscar mais uma pessoa, e depois vamos pra Hollywood.

– Vocês estão de carro, caminhonete ou coisa assim? – Dra. Morris perguntou.

– Não, não temos – a supermodelo respondeu. – Estamos a pé.

A ruiva pestanejou.

– A pé? Com aquelas coisas soltas por aí?

Os homens e as mulheres mortas apalpavam o vidro e batiam os dentes uns contra os outros.

– A gente vai ficar bem – George garantiu. – Dá pra lidar com eles até a gente chegar no Monte.

O nome ressoou na cabeça de Freedom.

– O Monte?

– Nossa base de operações – a mulher negra disse. – Suas memórias estão embaçadas, por isso você não se recorda. Uma epidemia dizimou a população mundial. Os sobreviventes de Los Angeles formaram um complexo seguro em Hollywood.

– A gente precisa achar a armadura – Danielle retrucou, limpando o nariz de novo. Sua mão estava coberta de sangue. – Não dá pra eu sair daqui sem a armadura.

– Ela provavelmente tá no Monte – George disse – só esperando por você na sua oficina.

Danielle sacudiu a cabeça.

– É melhor que esteja, mesmo – resmungou. – Se eu descobrir que Cesar pegou minha armadura pra passear por aí, eu vou... quem diabos é Cesar?

– Maravilha! – George disse. – Sua memória tá começando a voltar.

Freedom fechou os olhos e tentou dispersar a dor de cabeça.

– Eu preciso de mais provas do que isso, senhor – ele ressaltou.

George lançou um breve olhar à porta, os mortos continuavam se esfregando contra o vidro.

– Mais provas do que isso?

– O senhor está me pedindo pra abandonar tudo em que eu acredito – Freedom ponderou.

O olhar da mulher negra decaiu até o peito do oficial e ela franziu a testa.

– Aparentemente – ela disse –, não estamos.

Freedom baixou os olhos. Seu uniforme de combate do exército estava velho e puído. Havia dois remendos soltos, e reconheceu a costura zelosa que sua mãe tinha lhe ensinado quando garoto. No seu peito, um retalho de velcro com duas listras pretas, já desbotadas.

Sua patente de capitão.

– Os homens e as mulheres [illegible] o vidro [illegible] les uns contra os outros.

– [illegible] fica, [illegible] Jeanne [illegible] uma [illegible]

[illegible] no Monte.

[illegible]

– O vento?

[illegible]

– [illegible] cabeça.

[illegible]

– Maravilha! [illegible]

[illegible]

– Eu [illegible]

[illegible]

[illegible]

– [illegible]

– [illegible]

[illegible]

[illegible]

VINTE E CINCO

St. George encarava os ex's do lado de fora do escritório. Uns sete ou oito saíram vagando até um pequeno café ali por perto enquanto ele e Stealth tratavam de reiterar cada vez mais seus argumentos a Danielle e Freedom. Contou quinze mortos na calçada. Outros vinte, mais ou menos, pela rua que ainda não tinham notado o café da manhã farto, mas não tardariam.

Ele se voltou aos outros. Stealth tinha catado um cabo de vassoura em algum canto. Era longo, daquelas vassouras industriais, com algumas tiras de fita isolante em volta. Não sabia dizer se ela estava planejando usar o cabo como uma lança ou algum tipo de bastão de combate.

Danielle ainda estava de braços cruzados, mas não parecia tão em pânico quanto antes. Continuava correndo os olhos ao redor. St. George tinha certeza de que ela ainda guardava esperanças de que as caixas reaparecessem do nada, a qualquer momento.

Freedom foi até ele. O enorme oficial calçava um par de luvas grossas, tirado de um dos bolsos do seu uniforme.

– Qual é o plano, senhor?

– Bem – St. George disse –, eu pensei que a gente poderia abrir a porta, aí eu saio empurrando essas coisas aí fora, a gente dá a volta neles e se manda, depois pega a Avenida Glendon pra chegar até o campus.

– Onde Madelyn está – Freedom completou.

– Isso – ele notou o semblante do oficial. – Eu tenho certeza que ela vai ficar bem até a gente chegar – ele acrescentou. – Os ex's provavelmente nem sabem que ela tá lá.

– Seria mais seguro irmos pelos telhados – Stealth ponderou.

– Seria mesmo – St. George concordou. – Mas eu acho que você é a única que daria conta de ir por lá. A Danielle é humana, o Freedom ainda não tá tão seguro assim das habilidades dele... sem ofensa, Capitão.

– Sem problema – Freedom disse.

– E, não sei por que, eu ainda não consigo voar.

– Desculpa – Danielle interrompeu –, você acabou de dizer "voar"? Tipo voar, pelos ares e tudo mais?

– Isso – St. George concordou. – Que nem o Superman. Tipo ele...

– Ah, tá...

– Disse a mulher que tem uma armadura computadorizada...

Ela soltou um grunhido e olhou ao redor do café outra vez.

– Só que agora não...

– Pois é, por isso que a gente ainda tá aqui – St. George alfinetou.

– São quase nove horas – Stealth disse. – Estimo que leve pelo menos setenta minutos pra resgatarmos Corpse Girl. Se nosso objetivo é cruzar a cidade e chegar ao Monte antes do sol se pôr, devemos sair já.

– Concordo – Freedom disse. – Pelo que vocês estão dizendo, a última coisa que queremos é estar na rua depois de escurecer.

– Beleza, então – St. George disse. – Eu vou na frente. Stealth, você me segue. Freedom, retaguarda. Danielle, fica no meio da gente e tenta se manter em segurança. A gente vai te enfiar dentro do Cerberus antes que você perceba.

Ela soltou um grunhido e jogou os braços abaixo.

– Todo mundo pronto?

Todos concordaram com a cabeça.

St. George abriu a porta com um empurrão.

XXX

Os primeiros foram os mais fáceis. Abriu os braços ao passar marchando pela porta e foi catando os ex's pelo caminho. Poucos passos depois, empurrou todos eles contra o meio-fio. O desnível não passava de uns quinze centímetros, mas foi o bastante aos mortos desmiolados. Cambalearam e tropeçaram e caíram. Dois deles se chocaram de cabeça no chão, cujos dentes de pronto pararam de bater.

Ainda no asfalto, outros ex's perceberam a movimentação. Os olhos esbranquiçados se voltaram a ele. Os mortos todos mudaram de direção e seguiram cambaleando em seu rumo.

Ele pensou em atear fogo à pilha de ex. Bem no fundo de sua garganta, pôde sentir o leve toque de fumaça. Sabia que havia um truque, um jeito de fazer com que a fumaça se transformasse em chamas, mas não conseguia se lembrar qual. Assim como sair do chão, era algo que os bloqueios de Smith ainda mantinham escondido dele.

Olhou por cima do ombro.

– Bora logo.

Quatro deles avançavam pela calçada. St. George agarrou os ex's pelas jaquetas, camisas e blusas e os atirou na rua. Por trás de si, ouviu o bastão improvisado de Stealth cortando o vento duas vezes, ambas seguidas pelo ruído de ossos partidos. Freedom soltou duas lufadas, lufadas de um pugilista, e St. George escutou mais dois corpos caindo no chão.

Conseguiram, enfim, chegar à esquina e os olhos de St. George varreram a Glendon. Embora houvesse menos ex's lá, a rua parecia um pouco mais estreita. Arriscou um rápido olhar para trás.

– Como é que tá a situação atrás da gente?

– Se conseguirmos manter esse ritmo, senhor, devemos ficar bem – Freedom respondeu. – Estamos nos movendo rápido demais para que eles possam nos alcançar.

St. George fitou os zumbis na Glendon. Já estavam se arrastando em sua direção.

– É, mas talvez a coisa esteja prestes a ficar feia – ele retrucou.

Olhou em volta e avistou uma placa de estacionamento. Golpeou um ex e puxou a placa até algo se partir por baixo do solo e ela se soltar em suas mãos. Rodopiou o cano para ter uma noção do peso. Em seguida, girou a placa feito um bastão e quatro crânios foram esmagados no caminho.

Passaram ao centro da rua. St. George deu alguns passos, mudou o cano de posição em suas mãos e se valeu da placa de aço como uma lâmina afiada. Com um único golpe, dilacerou três ex's. Um homem e duas mulheres. As roupas se rasgaram, a carne se partiu e as entranhas dos três se esparramaram pelo chão. Intestinos delgados e grossos se desenrolaram pelo asfalto. Estômagos, corações e outros órgãos acinzentados que ele não soube identificar jorraram das feridas abertas. Os ex's bambearam por um tempo, perderam o eixo de equilíbrio e acabaram tropeçando nas próprias entranhas.

Outro giro de sua placa-machado, um pouco mais alto dessa vez, e dois crânios saíram rodopiando pelos ares. Racharam ao meio contra o pavimento ao tempo em que os corpos foram abaixo. St. George girou o machado improvisado de novo, tentando caprichar na mira dessa vez, e levou mais quatro cabeças. Uma das coisas mortas, um homem com um lenço palestino drapeado sobre os ombros, era um pouco mais baixo do que o resto. A placa de metal lhe tinha transpassado o meio do crânio, na altura dos olhos. A mandíbula ainda abriu e fechou três vezes antes que ele caísse.

Passaram por uma joalheria e uma sala de leitura de Ciência Cristã. Um carro tinha se chocado contra uma árvore enorme. Havia já só o esqueleto de um corpo por baixo do pneu da frente, murcho. Do outro lado da rua, quatro tendas esfarrapadas e alguns cases com o logo da Guarda Nacional.

– Parece uma barreira alfandegária – Freedom disse. – Deveríamos procurar suprimentos.

– Talvez na volta – St. George retrucou. – Eu acho melhor a gente não parar.

– Mas, senhor, pode ter...

– Não haverá nada – Stealth interrompeu. – O posto avançado da Westwood National Guard tinha sido tomado no dia 27 de julho de 2009. Na melhor das hipóteses, devia ter sido todo saqueado até o dia 04 de agosto. Isso foi antes da consolidação da zona leste de Century City como território dos South Seventeens, os quais saquearam tudo nas redondezas.

Freedom agarrou um ex pelo braço e o lançou com um giro para cima de outros dois. Os três zumbis cambalearam e tombaram.

– Pois bem – ele disse. – Vamos seguir em frente.

A meio quarteirão do posto avançado, uma pilha de cadáveres ressecados obstruía um cruzamento. St. George estimou uns duzentos deles ali. Todos tinham ferimentos na cabeça. A maioria, buracos de bala, mas havia feridas causadas por pancadas também. A pilha era delimitada por cones alaranjados e alguns cavaletes amarelos.

Deu uma olhada para trás e viu Danielle se retrair. Estava se esforçando ao máximo para não se encolher toda. Dava para ver isso no seu rosto.

Passaram por um acidente envolvendo três carros e uma série de lojas com as vitrines quebradas. St. George eliminou mais uns dez ex's com seu machado improvisado. Juntos, Stealth e Freedom eliminaram a mesma quantidade. Na Avenida Le Conte, St. George checou se o grupo todo estava bem.

– A gente já percorreu mais ou menos um terço do caminho até o dormitório – ele lhes disse.

Danielle franziu a testa.

– Como é que você sabe que ela ainda tá lá?

– Eu não sei – ele admitiu. – Só não sei mais onde procurar por ela.

Freedom deu um chute que destruiu as costelas de um ex.

– Mais importante do que isso, senhor – ele disse. – Como o senhor sabe qual é o dormitório dela?

– Relaxa – St. George retrucou. – Ela passou duas semanas tentando me fazer lembrar de tudo isso.

Stealth deu um salto, investindo seu bastão adiante. A ponta entrou pela boca de uma morta, estraçalhando os dentes e atravessando a nuca. A ex fechou a mandíbula sobre o cabo da vassoura, debateu-se e tombou.

Enquanto o corpo ainda caía desfalecido, uma brisa passou pela rua. St. George ouviu um rosnado que foi crescendo até virar um ronco potente. Levou um tempo para que ele o reconhecesse. Ele se voltou a Stealth que, concentrada, tentava localizar de onde vinha o som.

Danielle deu um passo adiante.

– Peraí – ele lhe disse.

Um ônibus despontou no cruzamento. Cantou pneus e seguiu caminho. Um cartaz do canal cinco, KTLA, estava pregado na lateral do veículo.

Uma buzina soou. Um Jetta verde estava a uns trinta centímetros das canelas de Freedom. A motorista meteu a mão na buzina de novo e mandou saírem do meio da rua com um gesto nada educado. Outros carros atrás dele também buzinavam. Com o fim do rush, o tráfego fluía em torno deles, parados no meio da pista.

Olharam uns aos outros e St. George passou para a calçada. Stealth o encarou.

– O que você está fazendo?

– Saindo do meio da rua.

– Isso não é um carro de verdade.

– Eu sei – St. George disse –, só acho que vai ficar um pouco mais fácil de pensar sem todas essas buzinas imaginárias enchendo o saco.

Saíram todos da pista e seguiram por um estacionamento. O motorista do Jetta seguiu caminho ainda buzinando. O resto estava mais preocupado em conseguir passar o sinal verde.

Freedom estava prestes a pisar na calçada quando Stealth agarrou seu braço. Três homens de terno vinham na direção deles pela calçada. Um estava ao celular e os outros dois, conversando.

– São só pessoas – Freedom disse.

– Não – Stealth disse. – São ex's, só estamos percebendo os três como se fossem pessoas.

– Certeza?

Os homens se aproximaram mais e St. George ergueu a placa de rua. Passaram por ele sem diminuir a velocidade. Um deles se virou a St. George e, então, fitou o cabo de vassoura de Stealth. Não olharam para trás. O que estava ao celular xingou um adolescente que passou ventando num skate. O adolescente nem tomou conhecimento dos quatro heróis no estacionamento.

– Se todas essas pessoas são... – Danielle fechou os olhos e estalou os dedos três vezes. – Se eles são todos ex's, por que é que eles não atacaram a gente?

Um segundo ônibus freou. Algumas pessoas saltaram e se dispersaram em direções diferentes. Nenhuma delas prestou atenção nos heróis. Uma moça com uma camiseta da UCLA passou bem perto deles, fazendo seu cooper, com os fones de ouvido no último volume. Olhou rapidamente para Freedom e sorriu.

– Boa pergunta – St. George disse, baixando a placa.

– Pois tenho uma pergunta ainda melhor – Stealth retrucou. – Por que nunca fomos atacados antes?

Freedom olhou sobre seu ombro na direção da Wilshire.

– Antes do quê?

– Antes de recuperarmos nossas percepções do mundo – ela respondeu. – Se estivemos perambulando por Los Angeles por semanas sob a influência de Smith, como ainda estamos vivos? St. George pode ter sobrevivido por sua alta resistência a todo tipo de danos, mas nós três não temos esse tipo de habilidade. Deveríamos estar mortos.

– Que pensamento mais agradável – Danielle resmungou.

– Mas ela tá certa – St. George disse. – Não é porque a gente não vê esse povo todo como os zumbis que são, que eles iam parar de agir feito zumbis.

– Talvez a gente tenha dado sorte.

Stealth sacudiu a cabeça.

– Havia cerca de quarenta criaturas dessas no cruzamento – Freedom ponderou. – Eu diria que há quase o dobro de pessoas agora lá, sem contar as que estão nos carros.

– E tem cinco vezes mais carros – Danielle acrescentou. – Será que são só as alucinações ou o que quer que seja?

– Bora continuar andando – St. George disse. Baixou um pouco mais a placa, deixando-a na altura do quadril. – Mesma formação, não deixem eles chegarem perto.

Uma multidão de estudantes passou por eles em direção ao campus. A maioria ignorou os heróis. Um deles olhou para a placa na mão de St. George e sorriu. Disse alegremente "Caaaara!" antes de continuar andando.

– Mantenham uma distância segura deles – Stealth observou. – Parecem inofensivos, mas podem nos atacar a qualquer momento – mudava o bastão de mão em mão, girando-o de maneira que resguardasse ele e Danielle.

St. George os guiou através do departamento de medicina do campus e, então, dobraram para direita. Avistou o prédio da administração e se perguntou se Jarvis estaria lá. A essa hora, deveria estar terminando de checar as novas requisições.

Aí, ele se deu conta de que Jarvis nunca tinha trabalhado no campus de fato. Tantos anos se passaram, e as falsas memórias ainda eram extremamente límpidas. Ele se lembrou de Jarvis, o Jarvis *de verdade*, fazendo uma piada sobre como o apocalipse zumbi tinha resolvido seu problema de desemprego.

– George – Stealth murmurou.

Levantou a cabeça e viu que tinha deixado três moças se aproximarem. Duas moças e um rapaz meio afeminado, não demorou a perceber. Lançaram um breve olhar a St. George e aos outros e seguiram caminhando. Uma voz de mulher disse logo depois:

– Você viu? Ele estava carregando uma placa de rua!

Um casal em uniformes de oficiais da reserva em treinamento pararam e fizeram uma rápida saudação a Freedom. Ele a retribuiu automaticamente e, então, os dois seguiram caminho.

Enquanto passavam pelas quadras de tênis, dois rapazes de moletom encararam Stealth e cochicharam entre si. Um puxou o celular do bolso e tirou uma foto.

– O que está acontecendo? – perguntou Freedom.

– Eles a reconheceram – St. George respondeu.

– Como assim?

– Antes da insurreição – Stealth disse – eu era considerada uma celebridade menor.

– E parece que nesse mundo você ainda é – Freedom retrucou.

– Nesse mundo que a gente tá imaginando – Danielle acrescentou.

– Exato – Stealth concordou. Baixou os cantos dos lábios e franziu as sobrancelhas.

Avançaram mais uns dez passos e o mundo mudou.

St. George piscou e a grama cresceu mais de um palmo. Uma construção se transformou num monte de vigas enferrujadas. Dois carros ali próximos perderam os para-brisas e desbotaram depois de anos ao sol. Um deles estava virado de lado fazia tempo. Os sons da cidade sumiram, sendo substituídos pelo barulho dos dentes batendo.

Um punhado de ex's perambulava pela rua. Três homens mortos, duas mulheres mortas e dois que não dava para distinguir como uma coisa ou outra. Um era muito magro e usava roupas sem corte e unissex. O outro parecia ter sido escalpelado e a maior parte do rosto tinha se perdido no processo.

Uma das mulheres mortas estava bem próxima. St. George ergueu a placa. O primeiro giro esmagou a cabeça da ex, que derrubou outros dois. Pelo rabo do olho, St. George pescou Freedom se lançando entre Danielle e a coisa sem rosto.

E, então, um avião passou voando sobre suas cabeças e a realidade despencou sobre eles. A ex mais próxima deles se tornou uma mulher viva com uma mochila enorme nas costas. Os carros estacionados ficaram novos outra vez. Um deles tentou sair da vaga e um caminhão buzinou.

Não, George se corrigiu. Nada disso é verdade. É tudo ilusão.

– Caramba – Danielle disse.

A mulher de mochila lançou um olhar com frieza total a George. Ele se deu conta de que ainda estava com a placa de rua erguida. Baixou o machado improvisado enquanto ela ainda passava por ele. A placa triscou o calçamento.

– Só pra me certificar – Danielle disse –, tá todo mundo vendo o mundo sem zumbi agora, né?

– Correto – Stealth respondeu.

– Sim, senhora – Freedom corroborou.

– Isso aí – St. George não parava de olhar para trás. – Tá todo mundo bem, né? A gente pode continuar? – Freedom e Danielle confirmaram com um sinal de cabeça.

Stealth voltou sua atenção ao outro lado da rua, onde havia um homem que parecia ser um professor bem jovem ou assistente.

– Alguma coisa errada? – St. George lhe perguntou.

– Não tenho certeza – ela respondeu. – Estou começando a conjeturar uma hipótese, mas não acho que tenha dados o suficiente pra tanto.

– Beleza, mas no que você tá pensando?

Stealth ficou olhando para o sujeito por mais um tempo.

Então, seu celular tocou.

Ela puxou o aparelho do bolso e fitou a tela. Seu polegar deslizou e ela ergueu o telefone.

– Você está no viva-voz – ela disse.

– E aí? – Barry saudou.

Os olhos de Danielle se arregalaram. Apenas movendo os lábios, disse a George algo que pareceu ser "eu conheço essa voz".

– Como você conseguiu esse número? – Stealth perguntou.

– Você me ligou naquele dia, lembra? Eu trabalho com partículas de energia subatômicas, você acha que eu não sei usar um bina?

– Esse número não está na lista de números identificáveis.

– Você acha mesmo que alguma coisa fica fora de qualquer lista desse mundo? Tudo que a gente precisa saber é qual lista e onde achar essa lista. E, falando nisso, apesar da gente não estar falando nisso, você pensa em me dizer o seu nome qualquer dia desses?

– Você não sabe?

– Ah, eu sei sim, só tô checando, sabe.

– Isso foi uma tentativa de piada?

– Eu acho que… é, eu acho que foi, sim.

Stealth ficou olhando para o celular por uns segundos.

– Meu nome é Karen Quilt. Você deve me conhecer como Stealth.

A voz no telefone soltou uma risadinha.

– Algo engraçado?

– Ô, sem tem – ele respondeu. – Sabia que você tem o mesmo nome de uma ganhadora do *Jeopardy!*? Eu aposto que você escuta isso o tempo todo.

– Nem é com toda essa frequência – ela rebateu. – A realidade ao seu redor passou por alguma mudança há cerca de quatro minutos?

– Quê?

– Há cerca de quatro minutos, sua percepção do mundo mudou por vinte e seis segundos e depois voltou ao normal? Você viu os mortos-vivos dos quais falamos ontem à noite?

– Não – Barry respondeu. – Talvez? Todo mundo meio que parece morto-vivo esperando as malas no aeroporto. Especialmente o pessoal da segurança.

– Você tá no aeroporto? – George perguntou.

– Sim, sim, estou aqui. Foi por isso que eu liguei. Você não tinha me dito que vinha alguém pra me pegar aqui, a senhorita Karen Quilt ou, talvez, o Stealth?

– Sim, eu disse.

– Quer dizer, então, que o cara que você mandou me pegar foi embora sem mim ou coisa do tipo? Levou uma meia hora pra esses idiotas me tirarem do avião. Parecia que nunca tinham lidado com um cara de cadeira de rodas.

– Procure um homem magro de óculos. Deve estar segurando uma placa com seu sobrenome escrito.

– Não. Já faz uns vinte minutos que estou procurando e nada. Não tinha ninguém lá fora com os seguranças, nem na esteira das malas.

– Você tem certeza disso?

– Uso cadeira de rodas, minha filha, eu não sou cego. Além do mais, eu sempre quis dizer "Sim, eu mesmo, sou o senhor Burke" pra, daí, me colocarem numa limusine e me levarem embora, sabe. Eu tô dizendo: ele não tá aqui!

Stealth comprimiu os lábios.

– Pegue um táxi. Vá até o hotel Four Seasons em Beverly Hills. Dependendo do trânsito, você chegará lá dentro de mais ou menos uma hora. Pagarei sua despesa quando nos encontrarmos.

– Beleza. Quer dizer que não vai dar tempo de eu fazer um passeio pelos Estúdios da Universal?

Danielle reprimiu uma risada, e St. George se pegou sorrindo.

– Beleza – Barry disse depois de um momento de silêncio –, acabou a graça. Agora, eu entendi. Então, é isso, eu acho que a gente se vê daqui a uma hora, né?

– É o melhor que você faz – ela disse e desligou o telefone, voltando-se a George. – Ele não parece levar a situação a sério.

– Eu acho que esse é o normal dele, né não?

– Ele ainda não passou pela troca de realidade – Freedom disse. – E não reconheceu você.

– Talvez ele só não esteja acompanhando o nosso ritmo – Danielle opinou – Tipo, eu acho que lembrei de uns oitenta por cento das coisas, mas ainda tem alguns buracos na minha memória.

St. George encarou Stealth.

– Tem mais coisa, será?

Ela fitou o celular e, então, olhou ao redor. Franziu a testa de novo.

– Todos concordamos que ainda estamos no mundo real – ela disse. – E que o agente Smith usou seus poderes pra afetar nossas percepções.

– Correto – St. George disse. Danielle e Freedom concordaram com um sinal de cabeça.

– Se é assim – ela continuou –, e isso tudo não passa de uma ilusão, como Barry pode estar ligando pro meu celular?

VINTE E SEIS

– Mas todo mundo tem usado celular – St. George disse. – Eu liguei pro Barry. Liguei pra você. Liguei pra…

–Talvez, ele esteja usando seus poderes – Danielle disse. – Ele tem… – fechou seus olhos por um instante e estalou os dedos outra vez. – Ele tem poderes relacionados à energia, né? A voz dele fica saindo pelos walkie--talkies o tempo inteiro, né não?

– Exato – Stealth disse. Segurou o telefone na altura do rosto. – No entanto, transmitir sua voz a um aparelho celular requereria uma rede ativa na qual pudesse se infiltrar. E não há nenhuma ativada há cerca de quinze meses.

– Me lembro disso – Danielle resmungou. – Esse seu jeito irritante de sabe-tudo.

– Além disso – Stealth continuou, ignorando os demais – Barry não é capaz de manifestar seus poderes parcialmente. Ou é Zzzap ou não possui habilidade alguma.

– E se tivesse se transformado no Zzzap, por que ele ainda acharia que tá preso numa cadeira de rodas?

– Será que é um celular mesmo, quando a realidade muda? – Danielle perguntou. Apalpava o corpo em busca do seu aparelho. – Talvez, a gente esteja se comunicando com ele por um walkie-talkie.

Stealth sacudiu a cabeça:

– Se a mente dele continua confusa é possível que…

– Senhora, senhor – Freedom interrompeu –, talvez, devêssemos continuar essa conversa num lugar mais seguro? É melhor não estarmos a céu aberto caso a realidade mude por mais tempo da próxima vez – enquanto falava, ele se colocou entre Danielle e um sujeito exausto fazendo cooper aos trancos na calçada.

– Sou obrigada a concordar – Stealth disse. Colocou o celular de volta no bolso. Fez um sinal de cabeça a St. George – Continue.

– A gente tá quase lá – ele apontou para um prédio alto de tijolinhos. – O dormitório dela é aquele lá.

A colega de quarto de Madelyn, Kathy, abriu a porta. Estava vestida com calças de moletom folgadas e uma blusa solta, mas nem parecia que tinha acabado de acordar. Seus olhos se arregalaram ao ver George. Ficou boquiaberta quando viu Stealth.

– Ai, meu Deus! – ela disse. Tratou de fechar a boca, abrindo um sorriso enorme – Ai, meu Deus!

St. George sentiu um soco no estômago. Não a tinha reconhecido antes. A última vez que viu Banzai sem sua máscara tinha sido quase cinco anos atrás, na manhã do dia em que ela tinha morrido. Todos se reuniram para discutir estratégias de eliminação dos ex's. Estava vestida com seu uniforme de caratê com as cores do arco-íris, máscara pendurada nas costas, parada ao lado de Gorgon enquanto analisavam o mapa de Los Angeles.

– Oi… – ele disse, forçando-se a não se lembrar de mais nada. – A Madelyn tá por aí?

– Ai, meu Deus – os olhos dela não desgrudavam de Stealth.

– Como vai? – Stealth disse, estendendo a mão. St. George notou que ela também estava abalada, embora soubesse esconder bem melhor do que ele. – É um prazer conhecê-la. Sua colega de quarto está?

– Ai, meu De... sim. Sim, ela tá aqui – ficou olhando para a mão estendida como se estivesse ao mesmo tempo muito empolgada e muito apavorada. Deu um passo para trás e abriu a porta.

– Maddy, tem visita pra você.

– Quem é?

Kathy olhou de novo para as visitas e notou um paredão de camuflagem digital por trás de Stealth. O olhar da garota foi subindo até se deparar com o rosto de Freedom.

– É aquele seu amigo – Kathy respondeu –, junto com a Karen Quilt. E um gigante.

Ela saiu do caminho e fez um gesto para que eles entrassem. St. George virou a cabeça para trás, em direção a Freedom. Os dois trocaram olhares, traçando uma linha imaginária entre Kathy e Danielle. Freedom fez um sinal, compreendendo a situação.

Todos entraram, amontoando-se no quarto do dormitório. Madelyn estava deitada na cama, vestia calças de nylon e uma camiseta. Estava com um manual aberto sobre a cabeça. Olhou na direção da porta e se sentou assim que viu Stealth.

– É você – ela disse. – Você tá aqui.

– Sim, estou. Você me conhece?

– Mais ou menos. Eu conheço a sua vo... John! – Madelyn apoiou as mãos na cama para se arrastar até os pés do colchão.

Freedom a pegou com apenas um dos braços e lhe deu um abraço apertado. St. George notou a mudança na expressão do enorme oficial. Ainda continuava formal e um tanto séria, mas bem menos tensa ao abraçar a garota.

Danielle fechou a porta. Kathy foi para sua própria cama e botou seu MacBook no colo. Segundos depois, o som de um vídeo no YouTube estourou nos alto-falantes. A menina encarou Stealth com uma cara espantada por cima da tela do computador.

George se deu conta, sem muita surpresa, que Kathy estava assistindo a uma das antigas esquetes do Monty Python.

O capitão acomodou Madelyn da cadeira de rodas.

– É muito bom te ver de novo, também – ele disse.

– Pelo menos, você se lembrou de não me chamar de "senhora" – ela retrucou, sorrindo.

– Mas então – St. George disse –, antes de mais nada, eu acho melhor você parar de atirar nas pessoas daqui pra frente, mesmo que seja pra fazer com que elas se lembrem das coisas.

A menina ficou sem graça:

– Foi mal – ela disse. – Eu só não sabia mais o que fazer. O Smith tinha te enganado de novo e você continuava negando a realidade.

– Onde está a arma? – Stealth perguntou. – É melhor que eu tome posse dela.

Madelyn virou de lado e pegou a mochila pendurada na cadeira de rodas, colocando-a no colo. Abriu o zíper e tirou a pistola.

Kathy engoliu a seco:

– Você tem uma arma?!

Stealth estendeu a mão e Madelyn lhe entregou a pistola. A supermodelo verificou a trava de segurança e ejetou a cartucheira para checar a munição.

– Uma Sig Sauer Pro 2009 – ela disse. – Quatro balas ainda na cartucheira com capacidade pra quinze disparos. Você é muito nova pra comprar uma dessas na Califórnia. Como você a conseguiu?

– Eu conheço um cara e tal.

Stealth recarregou a pistola e a enfiou na cinta presa à sua cintura, por baixo do moletom.

– Quem?

– O nome dele é Hector. Ele faz parte daquela gangue, os South Seventeens. Foi ele quem me arrumou.

– Hector de la Vega?

Madelyn fez que sim com a cabeça:

– Se você se sente melhor com isso, fica sabendo que ele também ficou meio horrorizado comigo.

– Se você tivesse atirado nele pra convencer o cara – St. George retrucou –, aí, sim, eu te digo: ele ficaria horrorizado, mesmo.

– Eu já pedi desculpa.

– Quanto você já foi capaz de experienciar? – Stealth perguntou.

– Hein?

– Há vinte e dois minutos, todos nós passamos por uma alternância de percepção, a qual nos permitiu ver o mundo como ele de fato é ao invés da realidade implantada em nossas mentes por Smith. Aconteceu com você também?

Madelyn sacudiu a cabeça.

–Você viu algum dos ex's?

– Exes? – Kathy repetiu da cama. St. George deu um passo adiante e se colocou entre a garota e Stealth.

Madelyn sacudiu a cabeça outra vez:

– Eu não vi nenhum deles, não. Mas eu me lembro deles lá do nosso mundo.

Então, foi a vez de Stealth sacudir a cabeça:

– Não há outro mundo.

– Não, não, tem sim – a garota insistiu. – A gente não devia estar aqui. No nosso mundo, rolou um vírus que...

Stealth ergueu uma das mãos:

– Estou ciente dos acontecimentos – ela disse. – No entanto, como eu disse, não há outro mundo. Estamos em nosso mundo agora, mas sua percepção e suas memórias foram alteradas de modo que você não consiga se dar conta disso.

– Quê? Não, não, minha memória tá de boa. Quer dizer, eu acho, pelo menos.

Stealth encarou Madelyn:

–Você conhece o trabalho do diretor George Romero?

Ela sorriu de maneira um tanto afetada:

– Sim, claro.

– Como os monstros eram chamados nos filmes dele?

– Como assim?

– Isso é importante – St. George disse. – É meio que um teste.

– Eu... eu não me lembro. Eram só umas pessoas mortas, não eram?

Stealth sacudiu a cabeça:

– Há uma denominação específica.

Madelyn deu de ombros:

– Sei lá.

Kathy entrou na conversa, olhando por cima do computador:

– Eles eram zumbis, né não?

Tanto Stealth quanto St. George lançaram olhares à menina.

– Correto – Stealth disse.

Kathy abriu um sorriso.

– Ex-humanos – Danielle retrucou, arrastando as palavras língua afora.

Madelyn fechou a cara.

– Você confia na gente? – St. George lhe perguntou.

Ela o encarou e, então, olhou para Freedom:

– Sim, pô, claro que eu confio.

– Então, isso é o bastante por enquanto. Pega o que quer que você precise e vamos nessa.

Madelyn rodopiou a cadeira de rodas, abriu uma gaveta e pegou um par de calças jeans.

– Hmmm... – olhou de novo para Freedom e St. George –, será que vocês se importariam de esperar só um pouquinho lá fora, rapazes?

St. George lançou um olhar a Kathy, depois a Stealth e Danielle.

– Vocês vão ficar bem aí?

Stealth confirmou com a cabeça.

– Se dá tudo na mesma – Danielle disse – eu prefiro ficar esperando com vocês lá fora.

Saíram os três do quarto. O corredor do dormitório estava vazio, muito embora desse para ouvir os ecos de vozes e passos vindos de ambas as extremidades. St. George também pôde escutar o barulho de um chuveiro ligado em algum lugar.

Freedom apoiou as costas contra a porta. Danielle se encostou na parede, logo ao lado de um extintor de incêndio.

– Essa cadeira de rodas vai acabar empatando a gente – ela disse. – Se rolar outra mudança de realidade, a gente pode acabar ficando preso em algum canto.

– Tecnicamente, já estamos presos em algum lugar – Freedom retrucou. – A alternância, por esse lado, pode até acabar facilitando as coisas, pois seremos capazes de ver onde estamos de fato e o que nos rodeia.

– Fora que, se rolar outra alternância – St. George acrescentou – ela não vai mais nem precisar daquela cadeira, de todo jeito.

Danielle deu de ombros e correu os olhos pelo corredor. Um rapaz bem jovem vinha se aproximando com uma toalha enrolada na cintura, tinha acabado de tomar banho. O barulho da porta do quarto dele se fechando ecoou pelo corredor.

– No pior cenário possível, eu posso simplesmente carregá-la nos braços – Freedom disse – ou ela pode ir montada no meu cangote.

– *Esse,* meu caro, é o pior cenário possível – Danielle resmungou. – A gente tá lutando pra sobreviver no meio dessa confusão toda e não tem estrutura nenhuma pra isso.

Madelyn se arrastou de volta para cama e tirou as calças de nylon. Tentou não pensar sobre o fato de ficar nua na frente de uma mulher que era mil vezes mais atraente do que ela, o que ficou meio difícil quando passou a lutar contra o jeans. Só mais um lembrete do quanto seus quadris eram largos para sua idade enquanto Karen Quilt era simplesmente perfeita.

– Se você quiser – ela disse –, tem um moletom com capuz no armário. É um pouco grande pra mim. Pode pegar.

Karen (não, Madelyn pensou, Stealth. A gente sempre chama ela de Stealth) ergueu uma das sobrancelhas.

– A temperatura está agradável, obrigada.

– Nem, eu não quis dizer que você estava com frio. Só pensei que você fosse querer por causa...

– Entendi o que você quis dizer. Obrigada, mas não é necessário. Você precisa de ajuda?

– Não, de boa. Já estou craque nisso – os dedos dela se engancharam na passagem do cinto e puxaram o jeans para cima. Caiu de costas na cama e o jeans passou pelos seus quadris. – Todo mundo me diz que eu fiquei muito doente quando eu tinha nove anos, foi por isso que parei numa cadeira de rodas, mas eu nem me lembro. Você acha que eu vou conseguir andar de novo quando a gente voltar lá pro outro mundo?

– Parece-me que, uma vez que cada um de nós individualmente se der conta de que Smith tem manipulado nossas percepções, passaremos a descobrir maneiras de contornar os bloqueios criados por ele. Assim que nossas mentes criarem esses novos atalhos e conexões, nossas memórias e habilidades começarão a retornar.

– Mas eu já tenho todas as minhas memórias e tal – a garota retrucou. – Então, por que é que eu ainda preciso da cadeira?

Stealth lançou um olhar ao outro lado do quarto.

– Não tenho certeza – ela admitiu –, mas seria razoável assumir que a natureza única da sua mente lhe permitiu lembrar de certos elementos do mundo real. Não há como saber, portanto, por que certos aspectos do mundo ilusório parecem continuar presentes na sua percepção consciente.

Madelyn comprimiu os lábios:

– Então, quer dizer que isso pode ser permanente? – ela disse, colocando as pernas na beira da cama e pulando de volta à cadeira de rodas.

– Repito: não tenho certeza – Stealth disse. – Há muitos fatos ainda inconsistentes – ela deu uma espiada no outro lado do quarto de novo.

– Como assim?

Stealth não respondeu nada. Ficou parada, encarando Kathy. A garota trocou olhares com Madelyn e se afundou um pouco mais por trás do laptop.

X X X

Freedom saiu empurrando a cadeira de rodas pelo corredor. Danielle vinha logo atrás, grudada nele. St. George e Stealth cobriam a retaguarda.

– Retornar ao hotel deve ser nossa nova prioridade – ela disse.

Ele a encarou:

– Por quê?

– Barry deve chegar lá dentro de uma hora e estará desprotegido. Além do mais, meu pai ainda insiste em viajar com certos itens. Há armas lá que nos serão úteis.

– Armas? – St. George perguntou. – Quer dizer, não vai ser só um quarto vazio, no fim das contas? A maioria dos hotéis e motéis da cidade foram totalmente saqueados logo no primeiro ano do surto epidêmico. Pô, só a gente saqueou metade deles.

Ela respirou fundo. Ele a encarou outra vez:

– Que foi?

– Acho que há mais coisas por trás dessas ilusões do que supúnhamos inicialmente.

– O que você quer dizer?

– Minha hipótese inicial sobre nossa situação, baseada no que conhecíamos das habilidades do Agente Smith, pode estar equivocada.

– O que te faz pensar isso?

– Você não me disse que Banzai era a colega de quarto de Madelyn.

– Bem, eu só fiquei sabendo disso quinze minutos atrás – ele retrucou. – E assim, tipo, não é ela de verdade, né? A Kathy de verdade ainda tá perambulando em algum canto lá pras bandas de… o quê, West Hollywood, da última vez que a gente viu ela?

– Isso, é verdade – Stealth confirmou. – Madelyn nunca chegou a conhecer Banzai com vida, nem nunca cruzou com ela já ex-humana. Tampouco Capitão Freedom. Banzai morreu dezenove dias antes de Cerberus ser transferido a Los Angeles, portanto Danielle só a conhece como ex.

– E daí?

Stealth apertou os cantos dos olhos. Ficou um tanto frustrada com ele. O coitado simplesmente não entendia.

– George – ela disse –, como é possível as duas estarem se vendo e ouvindo alguém que nunca chegaram a conhecer de fato? A ilusão não pode se basear em memórias que elas nunca tiveram.

Ele desviou os olhos rumo às escadas:

– Talvez o Smith tenha plantado as memórias do mesmo jeito que plantou as sugestões.

– Smith também nunca chegou a conhecer Banzai. Como seria possível ele saber detalhes tão precisos sobre a voz dela, a aparência, a personalidade?

– Talvez seja um lance de percepção – ele disse. – Talvez, o que a gente esteja vendo não seja necessariamente o que os outros estejam vendo também.

Saíram do prédio e foram banhados pela luz do sol. Tiveram os ouvidos invadidos pelo barulho do campus. Uma leve brisa soprava ao oeste. A placa de trânsito de St. George continuava caída sobre a grama recém-aparada, junto com o cabo de vassoura de Stealth.

– Então, o que você quer dizer é que… esse aqui é outro mundo, mesmo?

Stealth apertou os cantos dos olhos de novo, com um pouco mais de força dessa vez.

– Eu não sei – ela disse. – Ambas as conclusões seriam igualmente inconsistentes dadas as evidências.

– O que quer dizer que…

– O que quer dizer que há uma terceira conclusão, por sua vez, consistente dadas as evidências. Infelizmente, no momento, eu ainda não sei qual é. Até nossas roupas são inconsistentes. Tanto as nossas quanto as de Danielle continuam as mesmas em ambos os mundos. O uniforme de Freedom, porém, muda.

– É, eu reparei nisso – ele catou as armas improvisadas do chão e passou o cabo de madeira a Stealth. – Tá tudo bem com você?

– Sim, claro.

– Estou perguntando só porque sei bem como esse tipo de coisa sem sentido nenhum te deixa maluca.

Ela respirou fundo.

– É só… frustrante – ela admitiu. – Obrigada pela preocupação.

– Ei! – Madelyn gritou. Freedom já a tinha empurrado por uns doze metros ao longo da calçada. – Bora logo, pessoal! A gente tem uma vida de super-herói pra correr atrás.

VINTE E SETE

– Isso tudo seria bem mais fácil se a gente tivesse um carro – Danielle disse – ou pegasse um taxi. Ou pegasse um ônibus logo duma vez.

– É, até que a realidade mudasse tudo de novo e a gente se visse dentro dum ônibus destruído amontado no meio duns vinte ou trinta ex.

Tinham conseguido voltar até o escritório de recrutamento e já estavam subindo a ladeira em direção à Beverly Hills. St. George ia na dianteira, enquanto Stealth cobria a retaguarda. Freedom carregava a cadeira de rodas de Madelyn.

Já estavam andando fazia mais ou menos vinte minutos quando o barulho de freios brecando ecoou pela Wilshire. Meio quarteirão adiante, um carro surgiu em alta velocidade por uma estrada à direita, cortando meia dúzia de veículos. Estacionou bem ao lado deles e roncou o motor. Então, buzinou duas vezes. St. George se virou para olhar. Era um Hyundai, exatamente igual ao dele. O motorista era…

Ninguém. Não havia motorista.

Buzinou de novo. A porta do passageiro se abriu.

– Esse é seu carro – Stealth disse a St. George.

Dois carros diminuíram a velocidade para desviar do Hyundai. O terceiro não desacelerou e foi buzinando enquanto passava por ele. Não parava de chegar cada vez mais carros atrás do Hyundai, todos buzinavam. Alguns freios rangeram. Os faróis do Hyundai se acenderam.

– Ah, não – Danielle disse. Seus olhos se arregalaram. – É o Cesar.

A buzina apitou três vezes.

Ela abriu um sorriso.

– Ninguém aqui tá te chamando de "o motorista".

St. George se voltou a Stealth:

– O que é que você acha?

– Eu não saberia dizer – ela disse. – Estou insegura quanto ao fato de Cesar ainda ter seus poderes enquanto o resto de nós ainda é limitado.

– Mas e aí, você acha que a gente vai estar em risco se entrar?

– Entendi o que você quis dizer antes, George. Não sei.

– Eu sei – Danielle disse –, estou cansada e os meus pés tão doendo – lançou um olhar a Freedom. – Eu imagino que você queira ir na frente.

Ele sorriu.

– Preferia dirigir, mas o carro não é meu.

Danielle dobrou o assento do carona para frente e foi para o banco de trás. Freedom e Madelyn olharam para St. George e, então, para Stealth.

– A gente vai fazer isso, mesmo? – Madelyn perguntou.

– Não há espaço pra nossas armas – Stealth ponderou.

St. George jogou a placa na calçada.

– Na pior das hipóteses – ele disse –, daqui a vinte minutos, a gente vai estar sentado dentro dum carro abandonado. Na melhor, a gente vai estar no hotel.

– Na pior das hipóteses – Stealth o corrigiu –, abandonamos nossas armas, a realidade muda e nos vemos com quatro ex's no carro.

Outro motorista buzinou enquanto passava por eles.

– Não tem nenhum ex – gritou uma voz no rádio. – Tô limpo, minha senhora.

– Até onde você sabe – Stealth retrucou, jogando o cabo de vassoura fora.

O capitão ajudou Madelyn a sair da cadeira de rodas, então a carregou e a colocou no banco de trás do Hyundai. Danielle a ajudou a se acomodar. Stealth entrou enquanto St. George colocava a cadeira de rodas no porta-malas. A suspensão chiou quando Freedom se espremeu no banco do passageiro e o empurrou para trás. Ainda assim, seus joelhos ficaram espremidos contra o painel.

St. George mal deu um passo em direção ao Hyundai e se virou para observar os carros que passaram em alta velocidade. Notou pequenos detalhes em cada um deles: a pintura lascada, panfletos presos no limpador de para-brisas, motorista ao telefone, uma mulher arrancando fios de cabelo branco.

Se tudo não passava de ilusão, era uma ilusão incrível.

O trânsito deu uma parada. St. George abriu a porta e desceu do carro. Assim que a fechou, o Hyundai voltou a andar. O volante se mexia sozinho.

– Senti falta de vocês, gente! – o rádio disse. – As últimas semanas foram bem esquisitas, vocês não acham?

– Meio que acho – St. George respondeu.

– Pra onde é que a gente tá indo? Vocês querem que eu nos leve de volta ao Monte?

– Primeiro, no Four Seasons, na Doheny – Stealth disse. – Já se passaram semanas? Não temos certeza de quanto tempo se passou desde que caímos sob a influência de Smith.

– Eu acho que sim – Cesar respondeu. – Quer dizer, é meio difícil saber na minha posição, saca?

O volante girou, os pneus cantaram e os carros ao redor desviaram. O Hyundai passou depressa por um sinal amarelo. Muitos carros buzinaram, mas logo as buzinas ficaram para trás.

– Você ficou no carro esse tempo todo e tal? – Madelyn se inclinou entre os bancos da frente para falar com o radio. Teve que se espremer para passar pelo ombro de Freedom.

– Pois é! – Cesar disse – Estava seguindo o St. George esse tempo todo. Eu ficava tentando falar contigo, mas você ficava me cortando, cara...

Stealth olhou para St. George.

– Você tem alguma lembrança disso?

– Eu só me lembro de baixar o volume do som... é, foi mal, Cesar.

– Sem bronca, cara.

O Hyundai mudou de pista ao descerem uma colina, ultrapassando um ônibus do aeroporto. Foi para o lado esquerdo outra vez ao ultrapassar uma BMW, o motor do carro roncou alto. A luz no fim da colina ficou vermelha e o carro parou com certa relutância.

– Acho improvável – Stealth disse – que você tenha encontrado um carro ainda funcionando, do mesmo modelo do seu carro antigo, ao mesmo tempo em que Smith alterou sua memória.

– Hyundais não eram tão raros assim – Danielle retrucou. – Tem pelo menos uns mil em Los Angeles.

– Não é um Hyundai – Cesar rebateu. – A gente tá num Taurus velho.

– Não – St. George disse –, esse é o meu carro antigo, um Hyundai Accent azul.

– Cara – disse a voz no rádio –, isso é a porra dum Taurus. A maior parte dele é vermelha, mas a porta do passageiro e toda a lataria da outra lateral estão sem pintura. Parece que capotou de lado e nunca terminaram de consertar ele.

Freedom olhou para a porta pelo lado de fora.

– Motorista – Stealth disse –, o que você consegue ver?

St. George pôde jurar que o carro tinha se levantado um pouco da estrada.

– O que você quer dizer com isso? – perguntou a voz no rádio.

– O que você consegue ver na estrada a nossa frente? Há quantos carros nesse trecho da estrada?

– Aaahn – Cesar disse. – Não tem nenhum, não.

Freedom observou um Hummer preto lustroso enquanto o ultrapassavam.

– Por favor, desenvolva – Stealth solicitou.

– Quer dizer, tem alguns destroços e umas coisas pelo chão. Uns carros abandonados. Era desses carros que você queria saber?

Um Volkswagen amarelo desviou quando o Hyundai passou para sua pista. Uma mulher numa moto mostrou um dedo nervoso quando Cesar passou por ela e quase a jogou para a calçada. O motor roncou e dispararam por um sinal vermelho, saindo num corredor de onda verde.

– O Donner Pass – Freedom resmungou.

Madelyn tocou seu braço.

– Quê?

– Nada.

St. George deu uns tapinhas no volante.

– Então, quer dizer que não tem nada na estrada?

– Nada se locomovendo – disse a voz no rádio.

Passaram ventando pela onda verde, deixando para trás um posto de gasolina e o Beverly Hilton. O Hyundai cruzou duas pistas, furou um sinal vermelho e fez uma curva aberta em volta de uma fonte. Mais carros buzinaram e uma sirene irrompeu logo atrás deles.

– Polícia – Danielle disse.

– Cadê? – Cesar perguntou.

– Bem atrás da gente – Madelyn respondeu. – Vão te pegar!

– Não tem polícia nenhuma – Cesar retrucou. – Não tem mais ninguém na pista.

St. George olhou para o retrovisor.

– Você não consegue ver nem escutar nada aí na frente?

– Já te disse, cara, as coisas não funcionam assim. Quanto eu estou aqui, é como se desse pra eu ver as coisas com mais… sei lá, mais comodidade. Tipo quando você tem um carro faz dez anos e já conhece tudo dele.

– Pelo que me parece – Stealth disse –, os sentidos excepcionais do Motorista neste estado lhe conferem uma percepção diferente do mundo ao nosso redor, muito semelhante ao fenômeno na mente de Madelyn que a permite resistir às falsas memórias.

O Hyundai passou por uma multidão esperando para cruzar a rua. Todos tinham a pele muito clara. St. George nem teve tempo de olhar direito, mas parecia que dois deles não tinham um dos braços. As cabeças de todos se viraram para acompanhar o carro.

Cesar disse mais alguma coisa, mas St. George não escutou. Sua cabeça estava virada, com a atenção voltada aos pedestres na rua. Vislumbrou uma mulher morta arrastando um vulto pequeno e encolhido por uma coleira infantil.

De repente, sentiu o volante contra seu peito e se partindo por baixo dele. Escutou o vidro se estilhaçando e viu Freedom agarrando Madelyn e Danielle. O impacto tinha lançado as duas pelo vão entre os bancos e direto nos braços dele. Todos tinham uma pequena aureola sobre a cabeça e, então, St. George se deu conta de que o brilho vinha dos caquinhos de vidro refletindo os raios do sol, tão logo foi cuspido pelo para-brisa.

Caiu de cabeça no chão, deu uma cambalhota e seus joelhos se chocaram contra o asfalto. Ainda conseguiu ter um breve vislumbre do carro novamente antes que o impulso da queda o virasse de ponta-cabeça outra vez. O chão judiou sua testa, suas costas, tornozelos, testa de novo, é que foi detido por uma barreira de concreto. Ainda ficou estatelado de cara contra o concreto por alguns segundos antes cair deslizando. Suas bochechas e nariz estavam recobertos de poeira. Parte da barreira desmoronou com ele.

St. George permaneceu no chão por alguns instantes. O céu acima dele estava totalmente azul. A cidade se encontrava num silêncio só. Ficou imaginando se não tinha quebrado algum osso, e aí se lembrou de que era à prova de balas e praticamente invulnerável.

Então, ele se sentou. Seus jeans e jaqueta de lã estavam rasgados. Sua camisa tinha ficado intacta. Flexionou os dedos e espanou a poeira da roupa, os cacos de vidro do cabelo, aí fitou a rua.

A dez metros de distância, um Taurus vermelho coberto de poeira e com os quatro pneus furados. Quase todo o para-brisa se encontrava espalhado pelo capô.

Então, vislumbrou Freedom se mexendo no banco do passageiro. O oficial tinha um corte na testa. Madelyn sacudiu a cabeça perto dele. St. George não viu ferimento algum nela.

– Tá todo mundo bem? – ele gritou, ficando de pé. Espanou mais cacos de vidro da roupa e foi caminhando em direção ao carro. Alguns cacos por dentro da calça foram caindo pela barra conforme ele andava.

– Aparentemente, ninguém muito machucado – Stealth disse, passando por Danielle até o banco do motorista. Danielle abriu a porta com um empurrão e as duas caíram do carro. A porta de Freedom se abriu com um chiado, quase emperrando. O enorme soldado saiu com certa dificuldade, ainda com Madelyn num dos braços.

Havia alguns carros abandonados pela rua. Um deles não passava de ferro-velho incinerado. Dois outros estavam com corpos dentro. Num deles, o corpo por trás do volante estapeava o para-brisa. O som de dentes se chocando ecoava por toda a parte.

St. George deu umas batidinhas no capô do Taurus.

– Cesar – ele disse –, você tá bem?

O carro fez silêncio.

Ele deu a volta no veículo e enfiou a cabeça pela janela:

– Cesar?

O rádio tinha sumido havia tempo. Um buraco retangular ficou no lugar, bem no meio do painel.

– Ele não está mais aqui – Stealth disse.

– Como é que você pode ter tanta certeza?

– As habilidades de Cesar permitem que ele possua aparelhos mecânicos cujos circuitos eletrônicos ainda estejam com certa funcionalidade. Baseada na camada de poeira e na falta de vários itens, eu estimaria que esse veículo não funciona há quatro anos.

St. George fitou o carro.

– E o que isso quer dizer?

– Ele tá morto? – Madelyn perguntou. – Se a gente trocar de carro e for pra um que funcione, isso iria... quer dizer, isso poderia matar o Cesar?

– Eu não sei – Stealth respondeu.

– Mas é o carro em que ele disse que tava, mesmo – Danielle disse. – Um Taurus vermelho.

Alguns metros atrás do carro, uma multidão de mortos-vivos cambaleava pela rua. Um deles tropeçou no meio-fio e deu de cara no chão. Os outros conseguiram recuperar o equilíbrio e seguiram adiante.

– Não podemos ficar aqui – Freedom disse. – Temos que continuar andando.

– A gente vai simplesmente deixar o cara aqui? – Danielle retrucou. Estava com os braços apertados em torno de si mesma, observando a multidão de ex's. Havia, pelo menos, quinze deles se aproximando, já a uns doze metros, e outros tantos mais ao longe.

– Não há a menor evidência de que ele permaneça por aqui – Stealth disse, encarando o carro como se ele a tivesse ofendido. – Se estamos alternando entre realidades, talvez ele tenha ficado pra trás no outro mundo.

– A não ser pelo fato de que ele conseguia enxergar esse aqui – Madelyn rebateu. – Dava pra ele ver os carros parados e os mortos.

– Há divergências demais nas informações pra que possamos chegar a uma hipótese concreta.

Havia arranhões em volta da fechadura do porta-malas, e uma marca que parecia ser de um pé-de-cabra. St. George arrancou a porta traseira com um puxão.

– Puta merda – ele murmurou.

Danielle lhe lançou um olhar:

– O que foi?

– A cadeira de rodas da Madelyn já era.

Maddy tentou se sentar nos braços de Freedom:

– Como assim?

St. George baixou os olhos ao porta-malas totalmente vazio.

– Já era – ele reiterou. – Sumiu.

Um ex se jogou nas suas costas e mordeu seu ombro. Os dentes da criatura se afundaram na jaqueta de lã e rasparam na sua pele. St. George deu de ombros, livrando-se do morto, e o empurrou de volta à multidão que se aproximava, derrubando alguns deles. Os outros tropeçaram nos que tinham caído e prosseguiram.

– É melhor irmos andando – Stealth disse.

– De acordo – Freedom retrucou. – Seremos capaz de nos locomover mais rápido sem a cadeira de rodas.

– Então, tá – Madelyn disse. – Vão me carregar nos ombros?

O enorme oficial a suspendeu e ela deu a volta, passando para as costas largas de Freedom.

– Vamos ter de pegar as ruas laterais um pouco – ele disse. – É melhor os despistarmos antes que o número deles cresça ainda mais.

St. George fitou o carro uma última vez. Ficou se perguntando onde Cesar estaria. Imaginando aonde todos no carro tinham ido parar? Ou, talvez, estivesse em algum tipo de limbo, sem a menor consciência de que sua existência tinha chegado ao fim.

Stealth voltou a caminhar. Todos seguiram logo atrás dela.

Foram subindo pela Santa Monica Boulevard. Os ex's iam no rastro deles. St. George e Stealth derrubavam os ex's pelo caminho, esmagando várias cabeças. Freedom agarrou um que conseguiu se aproximar demais e o atirou de volta ao fim da rua. Após andarem por quase um quilômetro, Stealth dobrou a esquina e pegaram uma rua em direção ao leste. Mais um quilômetro e sete outros ex's depois, St. George vislumbrou o hotel se avultando sobre as demais construções.

– Já tá de tarde, eu acho – ele disse.

– Estou ciente disso. Pelas sombras, eu diria que é meio-dia e meia.

Ele olhou para as sombras:

– A gente vai demorar muito no hotel?

– Eu espero que não.

A vista de todos embaçou e o ruído de dentes batendo sumiu. Stealth recuou e empurrou Danielle para fora do caminho assim que uma perua passou ventando por eles, com o dobro da velocidade permitida no perímetro. Não acertou George por uma questão de milímetros.

– Seu idiota – Madelyn gritou.

– Parece que a gente não tem muita escolha, né? – Danielle disse. – Se a gente fica na calçada, corre o risco de ser atacado de surpresa por ex escondidos. Se a gente fica no meio da rua, corre o risco dum carro passar por cima da gente de repente.

– Os intervalos parecem estar diminuindo – Freedom disse. – Entre as mudanças. Não estão durando mais do que uma hora.

– Não estão, mesmo – St. George concordou.

Quando chegaram no outro lado da rua do hotel, Stealth parou.

– St. George e eu vamos sozinhos daqui em diante – ela disse. – O resto de vocês deve permanecer aqui e tentar localizar Barry.

– Desculpa, como? – Danielle disse, fechando a cara.

– Qual parte você não entendeu? Dependendo de como estava o trânsito e como foi a experiência dele entre as alternâncias, ele já pode estar por aqui há cerca de noventa minutos.

– Você tá realmente dizendo pra gente se dividir? – Madelyn perguntou. – Será que você nunca viu um filme de terror?

Stealth soltou fogo pelas ventas:

– Num dia normal, o hotel recebe mais de novecentos hóspedes. Os corredores são estreitos, têm menos de dois metros de largura, o que torna nossa mobilidade bem limitada. Se houver outra alternância e, pelo menos, metade dos hóspedes se revelarem ex, não haverá a menor chance de que um grupo desse tamanho escape sem baixas. Sem uma infecção, no mínimo; muito embora a possibilidade de que algum de nós acabe morto seja grande.

As palavras pairaram sobre as cabeças de todos.

– É, eu acho que a gente vai ficar aqui fora, mesmo, procurando pelo Barry – Danielle disse.

– Você está com uma enorme responsabilidade nas costas, Capitão – Stealth prosseguiu. – Você se sente recuperado o bastante pra tanto?

O enorme peito de Freedom se encheu de ar e ele ergueu a cabeça um pouco mais.

– Sim, senhora – ele disse, conseguindo disfarçar quase toda a apreensão no tom da voz.

Stealth se virou e passou a atravessar a rua. Cada passo foi dado com precisão de modo a evitar os carros vindo em ambas as direções. St. George foi logo atrás. Foi desviando dos carros até alcançá-la. Atingiram o outro lado da rua e seguiram rumo ao hotel.

– Devo entrar sozinho – ela disse. – Preciso que você fique vigiando a entrada.

– Então, a gente vai se separar ainda mais?

– Eu ficarei bem, George.

– E quanto ao seu… hmmm, seu pai?

– Eu ficarei bem.

– Você tem certeza? O cara que supostamente devia ser o seu pai é… bem intenso.

Ela o encarou. O rosto dela parecia especialmente calmo e estoico.

– Ele é meu pai, George. Quase que exatamente como eu me recordo dele.

– Menos aquela parte toda sobre ele ser um terrorista internacional?

Ela ficou calada.

– Jesus amado – St. George murmurou. – Por que é que você nunca me disse nada?

– Ele pouco teve a ver com minha vida ou minha criação, muito menos com nossa vida na Grande Muralha. Nunca me pareceu relevante.

– Relevante, mulher? Seu pai tá no limite de ser um supervilão com a cara estampada em todas as listas dos mais procurados do mundo e você não achou que fosse relevante?

–Você teria confiado menos em mim? Isso teria mudado algo quanto ao que você sente sobre minhas habilidades?

Ele estendeu as mãos. Ela as segurou, apertando.

– Em nosso mundo – ela lhe disse –, meu pai está morto. Se eu tivesse alguma razão pra acreditar que vocês algum dia se encontrariam, eu teria lhe contado tudo. E ainda pretendo fazê-lo depois que resolvermos essa situação, se assim você desejar.

St. George esboçou um meio sorriso.

– Tem certeza disso?

– Sim, claro. É importante pra mim que tenhamos uma relação aberta e de confiança um no outro.

– O que eu quis dizer foi: você tem certeza de que ele tá morto? Parece que os Quilts são conhecidos por serem durões.

Os olhos de Stealth caíram e ela soltou as mãos dele.

– Tenho certeza de que ele está morto em nosso mundo.

Houve um momento de silêncio entre os dois.

– Aaaaahhh... – George disse.

– Repito: eu lhe contarei tudo, se assim você quiser.

A entrada do hotel estava a um quarteirão de distância. Havia um sujeito com uma câmera apoiado num carro. Ficou todo animado quando avistou Stealth.

St. George fitou o homem e, então, se voltou ao hotel.

– Talvez fosse melhor eu ir com você.

Ela sacudiu a cabeça.

– O fato de eu entrar no hotel acompanhada de um homem desconhecido atrairá muita atenção. E o Quilt desse mundo ainda se parece o bastante com meu pai pra que eu saiba que não reagirá bem ao se deparar com uma surpresa.

– Será que eu ia gostar de saber quais são as diferenças entre os dois?

– Penso que não – Stealth disse. – Mas lhe direi se assim considerar válido.

– Eu provavelmente vou ter um sono mais tranquilo se não souber – St. George retrucou com outro meio sorriso.

– É verdade – ela disse. – Espere aqui. Não levará nem quinze minutos.

Stealth entrou no hotel a passos largos, deixando os paparazzi para trás antes que pudessem se dar conta da chance que tinham perdido. Algumas câmeras mais espertas conseguiram um clique, mas ela não tinha tempo para ficando posando para fotos. Escutou um homem falando sobre o fato de ela estar voltando com as mesmas roupas com que tinha saído na noite anterior.

Ela nunca tinha estado ali antes com sua própria mente e memórias. Enfim podia admitir, era desconcertante estar tão exposta assim na frente de tantas pessoas. Sem sua máscara.

O porteiro lhe abriu a porta antes de reconhecê-la de fato. Cabeças viraram quando ela tirou seu casaco e o pendurou no braço. Olhou ao redor em busca de Barry, mas não o encontrou. Ouviu alguns cochichos enquanto esperava pelo elevador. Uma menina, turista galesa a julgar pela sua camiseta, sacou uma Canon Powershot S30 e tirou uma foto.

A S30, Stealth notou, tinha sido lançada em 2003.

O elevador chegou, ela entrou e as portas se fecharam. Houve cerca de trinta segundos de solidão antes que as portas se abrissem novamente no andar dela. Encontrou uma chave no bolso e destrancou a suíte.

Duas almofadas do sofá tinham sumido. Bem como o imenso controle remoto da TV. As persianas verticais estavam abertas. Ela pôde sentir o cheiro de móveis recém-lustrados. Pelas marcas no carpete e o cheiro de motor elétrico, concluiu que alguém tinha acabado de limpar o quarto. O odor sutil de tabaco se sobressaiu ao odor elétrico. O responsável pela limpeza também era fumante.

A porta se fechou por trás dela. Seu coração bateu nove vezes. As únicas coisas que conseguia escutar era o ruído quase subsônico do refrigerador na cozinha e o assobio baixinho de uma central de ar condicionado.

Cruzou a suíte a passos lentos. Firmava primeiro os dedos do pé no chão e o carpete macio abafava o impacto. A maçaneta da porta do closet fez barulho quando ela a girou. As dobradiças chiaram quando ela abriu a porta.

Dois cases achatados estavam pendurados, um em cada canto do closet. Eram azuis claros, uma cor escolhida a dedo para chamar atenção e desviá-la ao mesmo tempo. Numa análise casual, pareciam mais sacolas de ginástica, bem maiores do que o normal. Encostada na parede estava uma enorme mala da Versace, uma monstruosidade cor de rosa nada difícil de ser encontrada no armário de uma supermodelo em trânsito.

Das memórias que guardava daquele mundo, sabia que as sacolas azuis deviam conter uma coleção de molduras e faixas projetadas para manter o conteúdo em segurança. Uma delas devia guardar um conjunto de armas portáteis – facas, *sais*, cassetetes reclináveis, socos ingleses. A outra devia conter quatro Glocks, um par de pistolas Colt, três pistolas Mk23 USSOCOM, duas micro-Uzis e um rifle Heckler & Koch G36 que seu pai tinha adaptado para ela. Na maleta cor de rosa, também deviam estar os coldres de couro, cintas e munição.

Stealth pegou as sacolas e abriu os dois zíperes de uma só vez.

Ambas estavam vazias.

Não havia a menor necessidade de checar outra vez. Mesmo antes de abri-las, o peso das sacolas já indicava que tudo dentro delas tinha sido removido. Cutucou a maleta. Parecia estar cheia de coisas, mas o conteúdo seria inútil sem as armas.

– O que você está fazendo?

Ela se virou num giro veloz, já levando as mãos acima em posição de combate.

Quilt estava parado a dois metros dela. Distância o suficiente para ficar fora do alcance de um chute dela. Ficou com a guarda aberta numa postura relaxada.

Os dois ficaram se encarando por um tempo.

Ele tirou as mãos de trás das costas. Estavam vazias. O dedo indicador esquerdo estava com uma pequena mancha de óleo, metade do tamanho de uma moeda, logo ao lado da unha. Levou a mão ao rosto e ajeitou os óculos. Nem piscou. Os olhos dele estavam fixos nos dela.

Se ele estivesse com a intenção de lutar, estaria com olhar sobre o esterno dela, o que daria uma visão geral dos movimentos de um oponente, sem a distração de encará-lo nos olhos. Stealth não soube exatamente por que passou pela sua cabeça a possibilidade do Quilt daquele mundo a considerar uma oponente.

Ela baixou as mãos. Não totalmente, mas o suficiente para deixar patente certo grau de concessão.

– Quero as armas – ela disse. – Onde estão?

A cabeça do seu pai se virou e ele se permitiu piscar uma única vez.

– As pistolas estão no cofre, como sempre – ele respondeu. – As lâminas estão no meu quarto, sendo polidas e afiadas. Por que você as quer?

– Seria um tanto complicado explicar agora.

Ele afundou o queixo no peito, uma concessão dele próprio. Ele se virou de costas e deu alguns passos pelo cômodo na direção da suíte dele.

–Você quer uma lâmina ou uma pistola? Ou ambas?

– Precisarei de todas elas.

VINTE E OITO

Freedom tinha achado uma porta lateral num dos complexos residenciais. A porta abria para fora, então nada poderia surpreendê-los vindo de trás dela. Os ex's não se davam muito bem com escadas, portanto, o fato de estarem oito lances de degraus acima lhes proporcionava alguma segurança. Havia três carros estacionados na rua logo em frente aos degraus, formando uma barreira.

O topo da escada lhe dava uma visão completa da rua e metade do cruzamento. Virava a cabeça de um lado ao outro, varrendo a rua com os olhos, acompanhando cada pedestre e cada carro que passava. Analisar os motoristas lhe lembrava dos pontos de observação no Iraque.

Olhou para trás, em direção a Dra. Morris.

– A senhora seria de grande utilidade aqui – ele disse. – Não sei muito bem qual é a aparência do senhor Burke.

Dr. Morris, Danielle, estava em pé, apoiada na porta. Estar perto de alguém parecia tranquilizá-la. Ele ainda não se recordava muito bem dela.

Lembrava-se dela sendo muito maior e muito mais imprudente. Pensou que pudesse ter algo a ver com a tal armadura de combate Cerberus. Ela não tinha dito muita coisa depois que George e Karen Quilt se separaram deles.

Não, ele se corrigiu. St. George e Stealth. Sabia que esses eram os nomes corretos, mas sua mente insistia em usar os outros.

– Ele é careca e negro – Madelyn disse.

– Você acabou de me descrever.

– E usa uma cadeira de rodas.

– Provavelmente não num táxi – Danielle retrucou. Ela se inclinou e olhou para os dois lados da rua. – Ele tem olhos castanhos claros. Ri bastante. É muito magro por causa do poder dele... – ela fechou os olhos e levantou os dedos, mas as lembranças sumiram. – O poder dele deixa o cara totalmente esgotado.

A descrição desencadeou uma imagem na cabeça de Freedom, mas ainda muito vaga.

Madelyn permanecia pendurada no pescoço de Freedom. Ele mal notava o peso da garota. De vez em quando, ela mexia os quadris nas costas dele. No começo, ele ficou incomodado, mas depois percebeu que ela só estava tentando fazer com que as pernas voltassem a funcionar.

A pele de Madelyn estava gelada. Dava para sentir o frio no seu pescoço através das mangas da camisa dela. Ela não emanava calor algum. Freedom já tinha sentido essa mesma temperatura na pele das pessoas antes. Outra recordação do Afeganistão e do Iraque.

Freedom se lembrou, então, do nome que Stealth tinha usado. Corpse Girl. Ainda não tinha certeza do que isso significava exatamente. Só sabia que tinha sido tomada por uma sensação de alívio ao ver Madelyn.

Um sujeito passou empurrando um carrinho de bebê de três rodas. Estava conversando ao celular e lançou um breve olhar às pessoas na escada. Passaram por um vaso decorativo e logo o deixaram para trás. Ainda puderam ouvir a voz do cara por mais alguns metros.

– Isso é um saco – Madelyn disse.

Ele virou a cabeça o suficiente para conseguir pescá-la pelo rabo do olho. A pele dela parecia ainda mais pálida à luz do sol.

– O quê, exatamente?

– Eu pensei que, assim que a gente estivesse reunido, tudo ia voltar a fazer sentido. Que tudo ia ficar bem.

– Bem como?

– Tipo... bem. Do jeito que as coisas deveriam ser. A gente estaria junto e alguma coisa ia acontecer e tudo ia ficar bem de novo.

– Pela minha experiência – Freedom retrucou –, a maioria dos problemas não se resolve assim tão facilmente.

Danielle soltou um grunhido.

O mundo mudou em torno deles. Num minuto, o hotel era imponente e impecavelmente bem cuidado. No instante seguinte, a metade inferior estava toda coberta por ervas daninhas. Duas sacadas mais próximas ao topo estavam marcadas com halos negros de fuligem.

Do nada, um carro no meio da rua ganhou uma camada espessa de três anos de poeira. Duas pessoas sumiram do outro lado da rua e outras duas passaram a cambalear. O vaso na frente deles explodiu com o crescimento desenfreado da planta.

– Cuidado com o que você deseja – Danielle resmungou.

– Uau! – Madelyn disse.

–Você viu dessa vez? – Freedom perguntou.

– Pois é – ela respondeu –, e ainda estou vendo. De volta pra casa, de volta pra casa, como a mamãe costumava dizer.

– Era pra gente estar aqui, mesmo? – Danielle perguntou.

– Eu acho que está tudo bem – Freedom disse. – As plantas estão nos escondendo um pouco mais agora, e as escadas bloqueiam o acesso.

– É, mas ficou mais difícil de encontrar o Barry – Danielle ponderou.

Madelyn se virou em direção ao hotel:

–Você acha que eles estão bem aí dentro?

– Estão ótimos – Freedom respondeu. – Os ex's não podem machucar St. George.

– Mas a Stealth é só uma humana, né?

Danielle bufou de novo.

– Ela não é "só" coisa que seja. Se eu tivesse que dar um palpite, eu diria que ela tem mais chances de sair daí de dentro do que o próprio Geor... merda!

Freedom se virou bem a tempo de ver Danielle se jogar de costas contra a porta. Sua respiração estava acelerada e seus braços comprimidos contra as costelas. Seus olhos estavam fixos um pouco acima do ombro de Freedom, em Madelyn.

Ele virou a cabeça para cima e uma garota morta o encarou de volta a alguns centímetros de distância. A pele dela era branca, ainda mais branca em contraste com os cabelos negros, olhos esbranquiçados. Ele conseguia enxergar as retinas, mas não havia cor ou brilho algum nelas.

Corpse Girl piscou duas vezes.

– O que foi? – ela olhou para Freedom, depois para Danielle. Levou a mão à cabeça. – Tem algum bicho no meu cabelo?

– Acho que você... está ficando melhor – Freedom disse.

– É mesmo? – ela se mexeu um pouco, pendurada nas costas dele, e fitou Danielle. Só então reparou em suas próprias mãos. – Ah, tá...

Um grito ecoou pela rua. Vinha de longe, mas parecia a voz de um homem. Instantes depois, um novo grito. Eram palavras dessa vez, mas estavam muito longe para que pudessem entender.

Freedom endireitou a postura e sentiu Madelyn se mexendo nas suas costas. Ainda escutou o eco por um breve momento. O som vinha do norte, estava quase certo disso.

– Era ele? – Madelyn perguntou. – Eu não tenho certeza.

Danielle estava com a cabeça baixada, escutando atentamente de olhos fechados.

– Eu acho que era, sim – ela disse.

Freedom desceu as escadas a passos largos, dois degraus de cada vez.

– Quem quer que seja – ele disse –, está precisando de ajuda.

Os três saíram correndo rumo ao norte. Alguns ex's os viram e tentaram alcançá-los, mas não era tarefa das mais difíceis deixá-los para trás. Danielle se encontrava tão perto de Freedom que quase estava pressionada contra o corpo dele. Percorreram dois longos quarteirões.

– Talvez a gente devesse gritar de volta – Madelyn disse. – Ficaria mais fácil de achar o cara, sei lá.

– Não – Freedom rebateu, sacudindo a cabeça. – Não queremos atrair mais ex's.

– Definitivamente não – Danielle concordou.

Outro grito ecoou pela rua e ela se retraiu. Dessa vez, Freedom conseguiu identificar de onde vinha. Um táxi destruído estava parado no meio da pista, ao sul da Doheny e ao lado de um sedan escuro todo empoeirado. Alguém no banco de trás batia sem parar contra a porta traseira. Algo na parte da frente se movia muito mais devagar.

Aproximaram-se e Freedom viu que o táxi tinha se envolvido em algum tipo de acidente. A maior parte da lataria do lado do motorista estava toda amassada. O outro lado tinha sido bloqueado pelo sedan. Os pneus do táxi estavam se desfazendo e as rodas encostavam direto no asfalto.

No banco de trás do táxi, havia um sujeito negro e magro. Tinha o cabelo bem raspado, quase máquina zero. Estava com a barba por fazer havia alguns dias. O sujeito os avistou e passou a acenar.

– Graças a Deus! – ele gritou. – Me tirem daqui! – tentou baixar completamente a janela, mas ela só ia até a metade, provavelmente para desencorajar trombadinhas.

Capitão Freedom checou o outro passageiro do taxi. O ex no banco do motorista estava preso no cinto de segurança. Tinha conseguido se virar para esgueirar o braço pelo vão entre os bancos, tentando agarrar o sujeito no banco de trás.

– Zzzap – ele disse.

– Barry – Danielle disse. Foi quase um suspiro de alívio. Os ombros dela relaxaram, suas mãos abriram.

Devia ser, Freedom imaginou, exatamente como ele reagiu ao reencontrar Madelyn.

Barry a encarou de volta:

– Danielle. A pilota do balacobaco.

– Eu não faço a menor ideia do que isso queira dizer – ela disse. – Mas é bom te ver.

– Bom te ver também – ele se voltou a Freedom. – A porta tá emperrada. Tem como você dar um puxão aí?

– Acredito que sim, senhor.

– E assim, tá ligado que tem uma adolescente zumbi nas suas costas, né?

– É, ela subiu aí – Freedom respondeu, olhando para cima. – Você está segura?

Madelyn fez que sim com a cabeça:

– Aham.

Freedom agarrou a maçaneta e puxou. Acabou se soltando da porta, mas o puxão a empenou o suficiente para que ele pudesse enfiar os dedos na abertura. Firmou os pés, fez força e arrancou a porta do carro.

– Você precisa de uma ajuda, senhor?

– Pô, eu aceito, sim – Barry disse, inclinando-se para frente para que Freedom pudesse carregá-lo feito uma criança de colo. – Ah, e dá pra alguém me explicar o que *diabos* aconteceu com essa cidade?!

– Foi a primeira vez que lhe aconteceu, Sr. Burke?

– Como eu não faço a menor ideia do que você tá falando, acho que sim.

– É bom te ver de novo – Madelyn disse.

– Eu também te conheço – Barry disse depois de um tempo. – Você é a menina morta que aparece nos meus sonhos.

– A Corpse Girl – ela retrucou.

– Isso! – ele ergueu a cabeça para encarar o enorme oficial, então baixou os olhos até o uniforme. – Pelo menos, alguém teve a decência de colocar uma plaquinha com o nome na roupa nesse festival maluco de amnésia.

– Ao seu dispor, senhor – Freedom olhou em volta. A combinação entre o barulho da porta arrancada e os gritos de Barry tinha atraído alguns ex's. Cinco ou seis os cercavam de perto. Outros dez, talvez, um pouco mais afastados. Tinham dois minutos, no máximo, até que tivessem de abandonar o local.

Barry sacudiu a cabeça.

– Capitão Freedom – ele disse. – Cara, como eu odeio esses codinomes de meia tigela. Não dava para o governo pensar numa coisa melhor?

Madelyn segurou uma risada.

– Minha cadeira de rodas tá no porta-malas. Vocês estão com o George e a Karen Quilt, né?

– Isso – Danielle disse –, eles estão no hotel.

Freedom deu a volta pela traseira do táxi.

– Como o senhor veio parar aqui?

– Eu peguei um táxi pro hotel – Barry respondeu – Como ela me disse pra fazer, e aí alguns minutos depois... tudo mudou.

– A troca de realidade – Madelyn disse.

Freedom enfiou os dedos no vão do porta-malas e puxou. Não estava trancado, mas as dobradiças estavam enferrujadas. Rangeram com o puxão, e Barry soltou um palavrão.

– Nenhuma cadeira de rodas – Maddy disse. – *Déjà vu*.

– Se é que algum dia ela esteve aí, faz tempo que já era – Danielle observou.

– Por enquanto, sem problema – Freedom assegurou.

– Minha mala também sumiu – Barry disse. – Minha camisa da Weiland-Yutani estava lá, que merda!

– Devemos voltar – Freedom disse. – Eles estão em número cada vez maior nessa área, e será mais difícil de lutar carregando vocês dois.

Barry olhou para cima, em direção a Madelyn.

– Pera aí, você também não anda?

Ela sacudiu a cabeça.

– No momento, não.

– Maravilha – ele retrucou com um sorrisinho. Encarou Danielle. – Mais três pessoas de cadeira de rodas e já dá pra formar um time de basquete.

Stealth observava enquanto Quilt colocava as armas dentro de uma sacola sobre o sofá. Os movimentos do seu pai eram ágeis e precisos. Sua mobilidade era de uma eficiência admirável.

E aquilo tudo era totalmente errado. Ela sabia bem disso. Horrivelmente errado.

Ele se valeu dos farrapos de uma toalha toda rasgada para envolver as armas de modo a não fazerem barulho dentro da sacola. Chegou a munição da última Glock e lhe repassou a arma sem sequer virar o rosto. Foi automático, do jeito que outros pais entregariam um molho de chaves ou o cartão de crédito a um filho.

Ela pegou a Glock. Sentiu-se bem com a arma na mão. Não maravilhosamente bem, mas bem o suficiente.

Ele colocou um coldre no braço do sofá, seguido de um cassetete dobrável. A pistola dentro do coldre foi parar no quadril de Stealth. Enfiou o cassetete no bolso lateral.

– Eu separei algumas cartucheiras reservas – ele lhe disse. – E munição o bastante pra recarregá-las todas três vezes.

Ela o encarou:

–Você ficou com qual?

Ele fechou o zíper da sacola:

– Eu fiquei com a G36 e uma das Mark 23s.

– É o bastante?

Ele esboçou uma tentativa de sorriso, o máximo que conseguia exprimir. Ela se lembrou de ter visto aquela expressão duas vezes quando criança.

– Será que você não aprendeu que nunca é o bastante?

Era um eco do que ela tinha dito a St. George na noite anterior.

Eco até demais.

Ele estendeu o braço com a sacola e ficou esperando que ela a pegasse. Stealth ficou olhando para a sacola por alguns segundos. Depois, ela o encarou. Ele a encarou de volta.

–Você não é meu pai.

As palavras ficaram suspensas no ar por um tempo. Ele piscou uma única vez.

– E o que te faz pensar isso, minha criança?

– Porque meu pai jurou me matar se eu não fosse capaz de detê-lo – ela disse. – Era o tipo de homem que ele era. Ninguém consegue mudar tanto assim. Se você fosse meu pai, ainda que apenas uma versão dele... um de nós não estaria vivo agora.

Ele colocou a sacola no chão e piscou novamente. Flexionou os dedos, era como se fossem dez caudas de escorpião se retraindo.

–Talvez, eu tenha ficado com pena de você.

–Várias vezes já tive esperanças de que isso acontecesse. Mas ele não era desse tipo. Você não passa de um amontoado de vestígios de meus desejos infantis, desenterrado pelas manipulações de Smith. Um anseio enterrado bem no fundo do meu subconsciente. Eu queria que você fosse real, porque assim…

Ele esperou que ela terminasse a frase. Instantes depois ergueu uma das sobrancelhas.

– Assim…?

– Assim, eu poderia apresentar George a minha família.

– Entendo – Quilt disse. – E qual seria a importância disso?

– Acho que, a seu próprio modo, meu pai teria aprovado um homem tão honrado, apesar das diferenças entre os dois.

– Acho que teria, sim.

Stealth levou a mão até a pistola em seu coldre.

Quilt fez um sinal positivo de cabeça. A boca dele se abriu, ensaiou dizer alguma coisa, mas logo se fechou. Abriu e fechou de novo. Mais uma vez. O barulho dos dentes batendo tomou a suíte.

Pelo canto do olho, vislumbrou o quarto em decadência. O papel de parede estava meio solto, escurecido. Os sofás foram reduzidos a pilhas de tecido e madeira quebrada. As cortinas sumiram, deixando os fortes raios de sol entrarem.

A sacola com as armas também tinha desaparecido. Sentiu uma maior leveza nos seus quadris assim que a pistola sumiu por baixo da sua mão. Até o coldre tinha desaparecido.

A coisa morta não era seu pai. Os ombros eram muito largos. Tinha os cabelos muito ralos, mesmo levando a idade em consideração. Pelos seus cálculos, ele também era cinco centímetros mais alto. O maxilar não tinha o mesmo formato.

Aquela coisa tentou alcançá-la, mas ela tratou de afastar as mãos afoitas. Um golpe em cada lado do pescoço partiu duas vértebras do ex. Com o calcanhar, destruiu um dos joelhos. A criatura foi ao chão e, com um segundo chute, Stealth quebrou o crânio do monstro.

Escutou algo se aproximando por trás. Outro ex-humano vinha pelo corredor, cambaleando, atraído pelo barulho. A porta tinha sido arrombada a pontapés em algum momento, uns quatro anos atrás a julgar pela tonalidade da madeira à mostra e as lascas espalhadas pelo chão.

O ex tinha sido uma mulher e ainda vestia o uniforme escuro do hotel. Mais dois a acompanhavam de perto e, logo atrás, um terceiro e um quarto. O terceiro estava vestindo uma camisa polo da equipe de apoio, suja de sangue seco. O quarto tinha sido um garoto de, no máximo, onze anos. Vestia uma sunga com estampa de dragões. Outra criança o seguia. Estava sem roupa alguma, mas mutilada o suficiente para que ela não pudesse identificar o sexo.

O barulho dos dentes só fazia aumentar e Stealth se virou outra vez. Outros dois ex's saíram mancando da suíte presidencial. Julgou que fossem os hóspedes originais da suíte. A mulher morta ainda estava de véu e usava uma aliança. O homem morto não usava nada.

Oito ex's no total, seis dos quais se encontravam bem na entrada estreita.

Ela deu um salto por cima dos restos do sofá em direção à porta do quarto. Bateu com a palma da mão no nariz do morto. O rosto do sujeito ficou chapado, a cartilagem do nariz afundou no crânio com um estalo. A coisa morta cambaleou e foi ao chão. Num giro, acertou outro ex bem abaixo do pescoço, esmagando a garganta até atingir a espinha. O chute seguinte destruiu o maxilar do cadáver. Ela ficou de cócoras, deu um giro e passou uma rasteira na criatura.

Outro ex saiu cambaleando do escritório da suíte. Um chute alto quebrou o pescoço dele, que bambeou e caiu. A boca do ex ainda abria e fechava.

Algo se moveu por trás dela. A morta uniformizada tinha cruzado o quarto e estava a poucos passos de distância. Os demais estavam a um metro atrás dela, ainda tentando passar pelo sofá. Mais três deles tinham entrado no cômodo, e dava para escutar outros tantos se amontoando pelo corredor.

Nove ex's entre ela e a saída. Pelo menos mais seis no corredor, a julgar pelo barulho dos dentes e dos passos. Chão desnivelado. Nenhuma arma. No tempo em que os ex's avançaram mais um passo, ela chegou a pensar em quinze maneiras diferentes de eliminar mais de um oponente de uma só vez. Considerou umas dez possibilidades de cenários e resultados.

Então, fez a coisa mais lógica possível para garantir sua segurança.

Stealth deu um chute ligeiro no peito da ex de uniforme, derrubando--a por cima de outro logo atrás dela e depois se virou. No primeiro passo que deu, cruzou seus braços na frente do rosto. No segundo, puxou sua camisa pelo colarinho por cima da sua cabeça. No terceiro passo, já correndo, deu um chute e passou pela porta de vidro da sacada.

XXX

St. George se encontrava na quina da cerca que separava os jardins do hotel do passeio público. Dali, dava para ter uma visão clara da entrada principal do hotel, do porteiro e do manobrista. Um sujeito com traços do Oriente Médio, sua respectiva mulher e três filhos pequenos esperavam pelo carro. Duas das crianças eram gêmeas. Alguns paparazzi estavam por perto, mas nenhum deles pareceu reconhecê-lo como o homem misterioso visto com Karen Quilt.

Tudo aquilo parecia bem real. Tentou encontrar alguma incoerência na forma como as pessoas se movimentavam ou no cheiro das flores e da fonte d'água que pairava no ar. Analisou a fachada do hotel, perscrutando os detalhes arquitetônicos. Qualquer coisa que sinalizasse no sentido daquilo tudo ser tão somente mais uma alucinação.

Uma abelha zunia de um lado ao outro pela cerca e, de repente, lançou-se rumo aos canteiros do hotel. Um dos paparazzi coçou o canto da boca. Os gêmeos trocavam cartões coloridos sem parar.

Logo em seguida, ouviu um estrondo vindo do alto. O ruído agudo de vidro se estilhaçando. Jogou a cabeça para trás. Ao que todos ali fizeram o mesmo. Viu os cacos reluzindo ao sol, um corpo no ar e então...

Até se dar conta do que estava vendo, ela já se encontrava no chão.

Stealth arrancou sua camisa e a usou como um chicote ao iniciar seu mergulho rumo ao chão. A manga se enrolou em torno do corrimão de uma varanda dois andares abaixo dela. O pano se soltou do corrimão, desenrolando-se com a mesma rapidez, mas a tempo de mudar seu ângulo de descida, puxando-a de volta em direção ao prédio.

Largou a camisa e foi de encontro ao parapeito de outra varanda, três andares abaixo. Lá, ficou agarrada por um instante e logo se jogou rumo à seguinte. E, então, à que estava abaixo dela, e outra mais abaixo. Seus dedos se atracavam às varandas feito os de um alpinista, embora suas pegadas suavizassem o impacto. Foi se lançando de corrimão em corrimão e, menos de dez segundos após passar pela janela da cobertura, já estava de pé no chão.

As pessoas saíram afoitas para ver o que estava acontecendo. Algumas pareciam chocadas. Umas poucas gravavam tudo com o celular. Os paparazzi em polvorosa tiravam fotos sem parar da supermodelo machucada, zanzando pela rua só de sutiã. E um sutiã minúsculo, diga-se. Passou por todos eles e seguiu em direção a St. George.

– Me dê sua jaqueta – ela disse.

Ele ainda estava em estado de choque. Ainda tentando processar o que tinha acabado de ver.

– Hein?

– Acabarei atraindo muita atenção assim.

– Você acabou de pular de uma janela no décimo-sexto andar, é claro que você tá chamando atenção – ele tirou a jaqueta e lhe entregou. Ela a vestiu. Grande demais.

Seguiram rua abaixo, rumo ao fim do quarteirão.

– Ó, a gente provavelmente só não tá conseguindo ver eles por aí – St. George disse. – Tem que manter a calma porque a gente já, já vai encontrar um deles pela frente.

– Eu estou sempre calma.

– Foi por isso que você pulou pela janela?

– Quando a alternância de realidade se deu, a suíte do hotel estava cheia de ex-humanos. A sacada foi a maneira mais eficiente e segura de deixar o prédio.

Ele a encarou.

– Que alternância de realidade?

Ela o encarou de volta.

– Você não passou por uma alternância de realidade há alguns minutos?

St. George sacudiu a cabeça.

– Estava tudo bem tranquilo por aqui. Nenhum problema.

Ela não moveu um só músculo do rosto, mas St. George foi capaz de notar que estava irritada.

– Tem certeza?

– Sim, sim, é claro que eu tenho. Ou você acha que o mundo passou pra uma realidade pós-apocalíptica e eu nem percebi?

Ela o fuzilava com os olhos, mas era gritante a dúvida dentro dela.

Uma movimentação na calçada chamou a atenção deles. Freedom e Danielle, a um quarteirão ao norte. O enorme oficial ainda carregava Madelyn em seus ombros, e ora também carregava alguém com o braço direito.

– Lá está o pessoal – George disse. Apertou a vista para tentar enxergar quem estava no colo de Freedom. – E eles estão com o Barry.

Stealth ameaçou dizer algo, mas não demorou a fechar a boca.

Eles se encontraram no meio da calçada. Barry abriu um sorriso.

– George, eu presumo.

– Muito bom te ver.

– Bom te ver também – ele se virou a Stealth. – E você também.

– Foi você que acabou de pular de uma janela? – Madelyn perguntou. – Era você, mesmo?

– Sim, era eu.

– Meu, aquilo foi muito irado!

– Você está bem? – Stealth perguntou a Barry.

– Estou me sentindo um pouquinho humilhado de ficar sendo carregado por aí feito um filhote de gato, mas fora isso, tudo bem – ele se voltou a Danielle. – Só de ficar perto de vocês outra vez, já me faz lembrar de uma porrada de coisa.

– Você tá conseguindo se transformar? – St. George perguntou. – O Zzzap aqui, agora, nas atuais circunstâncias, viria bem a calhar.

Barry ficou triste.

– Não. – ele respondeu –, não estou conseguindo achar meu "interruptor". Já estou procurando faz uns minutos desde que eu me juntei ao pessoal, mas nada até agora.

– Que bela bosta.

Barry fitou George, depois Freedom e enfim Madelyn.

– Não sou só eu, não, né? – ele perguntou. – Nenhum de vocês está com superpoderes, né? Diz aí.

– Nada além de habilidades básicas – Freedom se antecipou.

– Só as que funcionam ao nível do inconsciente – Stealth corrigiu. – Nem você, nem St. George precisa ter consciência da sua força ou resistência. St. George não precisa se esforçar pra se tornar invulnerável. Somente as habilidades conscientes foram reprimidas. A transformação de Barry em Zzzap, por exemplo. O poder de voo e a habilidade de cuspir fogo de St. George.

– Meio que faz sentido – Danielle disse baixinho.

St. George pigarreou.

– Eu acho até que dá pra gente ainda chegar até o Monte antes de anoitecer se parar de ficar enrolando.

– Se o mundo não resolver pirar de novo, né, você quis dizer? – Barry retrucou.

– Pois é.

– Eu ainda acho que a gente devia simplesmente pegar um ônibus – Danielle opinou. – O tempo com o Cesar poupou a gente quase uma hora de caminhada.

– É, e me fez ser cuspido pelo para-brisa – St. George rebateu. – E se tivesse sido você?

Stealth lhes deu as costas e seguiu rua acima.

– Maravilha – Danielle sussurrou.

VINTE E NOVE

O sinal fechou, os pedestres invadiram a faixa e os heróis cruzaram a Fairfax. Umas cinco pessoas atravessaram junto. Algumas se viraram para dar uma espiada no enorme soldado carregando duas pessoas, um deles sendo uma menina muito pálida, mas nem prestaram muita atenção.

– Isso é muito estranho, cara – Barry disse, olhando para uma placa dos estúdios da CBS. – Tipo, ficar andando por L.A. com gente saindo pelos buracos dos dentes.

– Você não tá andando – Danielle observou.

– E isso lá importa, mulher? – ele retrucou. – Você sabe bem do que estou falando.

– É... – ela disse – eu sei bem, sim.

O sinal abriu e os carros avançaram.

– Você acha que o Cesar voltou?

– Talvez – St. George respondeu, mirando os carros. – Mas, se ele voltou, eu só não sei como é que ele vai achar a gente.

– A gente tá indo pro Monte, pô! – Madelyn rebateu. – Ele é um cara inteligente. Vai saber onde achar a gente.

St. George olhou de relance para Barry no braço de Freedom e, então, fitou o soldado.

– Você quer que eu carregue ele um pouco?

– Ei, ele tá bem aqui na sua frente.

– Desculpa.

– Fora que você tem uns braços muito fininhos, vai ser desconfortável pra caramba.

Madelyn e Danielle soltaram risadas.

Freedom fez que não com a cabeça.

– É melhor que só um de nós lide com os feridos, senhor.

– A gente não tá ferido – Madelyn disse.

O enorme soldado olhou para ela.

– O princípio é o mesmo. Um homem ferido tira dois do combate, pois alguém tem de ajudar o ferido. Se cada um de nós ajudar um de vocês, ficam dois sem lutar.

– Tá certo.

– Além disso, você parece estar bem cansado, senhor.

– Estou acordado faz umas trinta horas – St. George disse. – Nem lembro quando foi a última vez que eu comi.

Danielle voltou sua atenção a uma loja de bagels e a um Subway, um do ladinho do outro, cruzando a rua.

– A gente podia catar alguma coisa lá dentro e ir comendo no caminho, enquanto anda, né?

– Ainda há uma grande possibilidade de que esse seja o mundo real, alterando assim nossa percepção quanto ao que vemos.

– E daí?

– Não há como saber o que estamos comendo de fato.

Madelyn fez uma careta.

– Credo, que nojo...

– Também tem a chance de, na real, a gente não estar comendo é nada. Então, benefício nenhum.

– Tá, tá, eu já entendi – Danielle disse, enfiando as mãos nos bolsos. – Nada de comida.

– Por favor, expliquem de novo como vocês acharam Barry.

– Quê? – a ruiva retrucou.

Stealth se virou e começou a andar de costas em passos firmes e constantes. St. George reparou que uma pessoa andando de costas enfiada numa jaqueta com duas vezes seu tamanho era uma imagem que parecia não fazer o menor sentido.

– Expliquem como vocês o encontraram, outra vez. Detalhadamente.

– Houve uma alternância de realidade enquanto a senhora estava no hotel – Freedom disse. – Escutamos um berro, investigamos e acabamos encontrando o senhor Burke num carro com um ex.

– Ele não estava berrando – Danielle disse, soltando uma risada. – Estava era choramingando que nem uma menininha.

– Ei! – Madelyn exclamou.

– Sem ofensa – Danielle disse.

–Você não é mais nenhuma menininha – Freedom retrucou.

Stealth ergueu um dedo.

– Em que condições estava o táxi?

– O que quer dizer? – o oficial perguntou.

– Estava danificado? Como estava o interior? E fora?

Freedom lançou um olhar a Danielle. Ela deu de ombros.

– Parecia haver uma batida na lateral – ele disse. – O lado do motorista se encontrava bem arruinado. Os pneus estavam vazios, mas devem ter esvaziado com o tempo até apodrecerem.

– Nada além disso?

Ele fez que não com a cabeça.

Stealth fechou os olhos por um instante, como se tivesse sentido uma dor súbita. Ela se voltou a Barry.

– Explique do seu ponto de vista. Dê o máximo possível de detalhes.

Barry fitou St. George, que deu de ombros.

– Eu peguei um táxi no aeroporto, como você me disse pra fazer. Perguntei para o motorista se a gente estava longe dos Estúdios da Universal. Ele respondeu que não, o que não passava de uma grande mentira, aí perguntei se a gente podia passar na frente do estúdio. A gente veio pela via expressa e ele ficou me mostrando uma porrada de coisa. Aí, a gente entrou na Hollywood e de repente teve um... sei lá o que foi aquilo. Parecia que tinham mudado o canal do mundo.

Stealth olhou de esguelha a St. George.

– Por quanto tempo?

– Uma meia hora – Barry disse. – Talvez uns quarenta e cinco minutos. Eu não estava marcando no relógio.

– Isso não pode estar certo – Freedom disse. – Foram uns dez minutos, no máximo.

Barry sacudiu a cabeça:

– Meia hora, no mínimo.

– Em situações de muito estresse, não é nada incomum que o tempo pareça passar mais devagar – o capitão disse. – Pode até ter parecido meia hora pra você, mas...

– Meia hora, no mínimo – Barry repetiu. – Eu não sei o que foi que vocês viram, mas não foi o que eu vi.

Stealth se focou em St. George:

– Você, então, afirma que não houve alternância alguma de realidade?

Ele sacudiu a cabeça:

– Nadinha.

– Dentro do hotel – ela disse – a alternância durou ao menos noventa segundos. Não estou certa se continuou depois que deixei o quarto.

– Você quer dizer depois que você se jogou pela janela.

– Exato.

– Foi massa demais – Madelyn exclamou.

Stealth parou de andar assim que o sinal abriu. Alguns carros dobraram no cruzamento e seguiram em direção a um estacionamento de vários andares. Madelyn ficou olhando de Stealth ao semáforo e de volta a ela várias vezes.

– Como é que você...

– O semáforo do outro lado emite um som que auxilia os deficientes visuais a atravessarem a rua. Reconheci o som, mesmo em meio a todo esse barulho do trânsito.

– Mas você não tinha como saber de qual dos dois semáforos o som estava saindo.

– Ela não sabia, mas consegue ver o fluxo do trânsito e…

A pista estremeceu por uns instantes e os carros pararam de repente enquanto uma onda de poeira e decadência varreu a rua. Veículos perderam pneus e retrovisores. Prédios perderam janelas e num deles faltava uma parede. Metade dos pedestres desapareceu e a cidade ficou em silêncio.

St. George abriu a boca para berrar e deu dois passos adiante, mas Stealth já estava no meio de um giro. O ex atrás dela levou um golpe na garganta e mais outro em cada joelho. Ela se agachou, agarrou o monstro pelas panturrilhas e o virou de cabeça para baixo. Caiu de nuca na calçada e ficou imóvel. Acertou o segundo ex com um golpe no queixo, fazendo todos os dentes dele saírem voando pelos ares até o chão. Ainda deu para escutar alguns dentes tilintando no asfalto enquanto ela desferia mais dois golpes nas têmporas da criatura, destroçando o crânio mais um pouco. O ex cambaleou e caiu.

Uma morta de cabelos oleosos agarrou o braço de Danielle. As pontas dos dedos estavam carcomidas até os ossos. Ela gritava e tentava puxar o braço de volta, mas as garras da criatura ficaram presas na sua manga.

Freedom trocou Barry de braço e deu um chute com sua bota nas costelas da ex. A botinada descadeirou a morta, que saiu voando para longe de Danielle até se chocar contra um caminhão consumido pela ferrugem. O ex tentou se levantar da calçada, apoiando-se em membros que já não tinham serventia alguma ao resto do corpo.

St. George empurrou um ex musculoso que vestia roupas de academia. O morto voou sobre cinco pistas até se chocar contra uma parada de ônibus do outro lado da rua. Tentou ficar de pé, mas suas pernas estavam presas na armação de aço da parada. Era preciso pensar rápido para descobrir como sair dali.

– Cara – Barry disse –, isso tudo pareceu ser tão fácil daqui.

– É que a gente andou praticando – St. George retrucou.

– Isso foi, tipo, massa demais – Madelyn disse, sorrindo do alto dos ombros de Freedom.

– Valeu.

– Ai, caramba… – Barry disse.

St. George se virou. Danielle tremia dos pés à cabeça, como se estivesse morrendo de frio. Havia um rasgo na sua manga. Os dedos ossudos tinham rasgado o tecido camuflado enquanto ela tentava tirar o morto de cima dela.

– Ai, não – ela sussurrou. Tirou o casaco depressa. – Merda, merda, merda…

– Não tem sangue – St. George disse. – Eu não estou vendo sangue nenhum.

Danielle jogou a jaqueta do exército no chão e levantou o braço. A manga da camisa já estava enrolada, então todos puderam ver o arranhão esbranquiçado no braço dela. Havia algumas raspas microscópicas de pele ao redor. Ela cutucou o arranhão e todos ficaram numa expectativa tremenda.

O arranhão ficou cor de rosa. Quase vermelho em alguns pontos. Mas não sangrava.

– Ai, meu Deus, Jesus amado – disse com os olhos lagrimando. – Acho que estou passando mal.

Barry segurou a mão dela.

– Você tá bem. É só isso que importa. Você vai ficar bem.

– Perdão, senhora – Freedom disse. – Não tive a intenção de…

– Isso já tá ficando ridículo! – Danielle gritou, apertando a mão de Barry. – Como é que a gente vai chegar lá? A gente ainda não andou nem metade do caminho.

– A gente tem que continuar – ele respondeu. – Tá todo mundo lá contando com a gente.

– Você não tem como saber isso.

– A armadura tá lá – St. George insistiu. – O Cerberus tá lá só esperando por você.

Ela mordeu o lábio. Então, catou sua jaqueta do chão e se enfiou nela novamente.

Logo atrás deles, Stealth girou seu calcanhar e quebrou o pescoço de um ex com um chute alto.

– Sigamos nosso caminho, então – ela disse.

Danielle resmungou alguma coisa e voltou a andar. St. George se colocou bem ao lado dela. Freedom ajudou Madelyn a se ajeitar em suas costas, mudou Barry para o outro braço e tratou de proteger a retaguarda do grupo.

X X X

Os heróis caminharam por mais uma hora e eliminaram exatos vinte e três ex's. Tinham passado pela Highland e seguiam em direção a uma área residencial quando o mundo piscou, concedendo-lhes um breve vislumbre de uma Los Angeles na hora do rush. Em menos de um segundo, tudo voltou à devastação total da cidade que tão bem conheciam. Dois terços dos carros na estrada sumiram tão logo surgiram. O resto não passava de carcaças com janelas quebradas e pneus murchos. Dentro do veículo mais próximo, uma BMW, havia uma mulher morta de cabelos castanhos desgrenhados sentada no banco do passageiro. O ex estapeava o vidro que os separava. Usava um vestidinho de verão amarelo com vários botões estourados. Um par de óculos escuros vermelhos apoiado na sua testa.

Danielle ficou encarando a criatura.

– Isso vai parecer meio esquisito, mas acho que eu conheço ela.

A zumbi bateu sua cabeça contra a janela. Danielle deu um pulo para trás, envolvendo os braços em torno de si. Ao perceber, ela os forçou para baixo de novo.

Madelyn se endireitou nas costas de Freedom.

– Ela era sua amiga?

Danielle negou com um sinal de cabeça.

– Não... o que eu quis dizer foi que eu me lembro dessa ex. De vestidinho amarelo, presa no carro. Ela tá usando coturnos também, não tá?

St. George foi andando nas pontas dos pés até o carro e deu uma espiada.

– Tá.

– Rolou uma missão, mais ou menos um mês antes da gente conhecer vocês – ela disse a Freedom. – Eu acho que foi numa das vezes em que a gente estava catando uns carros lá pra Muralha. Lembro de alguns catadores tentando adivinhar o motivo daquela combinação de vestidinho de verão com coturno. Ilya, Al, ahnnn… Billy? Eu me lembro de um cara de cabelo curto, um loiro.

– Billie Carter – Freedom corrigiu. – Um cara não, uma mulher.

– Ahhhh…

Stealth mirava o céu.

– Estamos a mais ou menos meio quilômetro de distância do Monte e nos resta algo como setenta minutos de luz do dia – disse, apontando rumo ao horizonte.

– Não me parece tão mal assim – Barry disse. – Quer dizer, se a gente não pensar nas centenas de ex's que ficam amontoados do lado de fora da Muralha, todo santo dia.

Os músculos das costas de Danielle se contraíram tão rápido que ela chegou a vacilar um passo. Lançou um olhar furioso a Barry.

– Foi mal – ele disse –, eu só achei melhor dar logo a real porque ninguém tinha tocado ainda no assunto.

Stealth chutou um ex que saiu cambaleando para longe deles. Era um morto de cabelos grisalhos numa camisa vermelha-escura da UMass. A criatura ainda bambeava quando ela avançou e lançou a palma da mão bem no meio do queixo do ex. A cabeça do morto virou para trás e ele acabou tombando de costas. A nuca se chocou contra a calçada com o barulho de um ovo se quebrando.

Ela se virou e lançou um olhar a todos.

– Temos que chegar o mais próximo possível e sinalizar aos guardas. Há vários complexos residenciais e outras construções próximas à quina da grande Muralha. Temos que nos abrigar até que mandem um veículo pra nos resgatar.

– Isso não responde a pergunta sobre as centenas de ex's – Danielle resmungou.

– Ninguém fez pergunta alguma – Stealth rebateu.

Caminharam por mais alguns metros.

– Tá bom, beleza, mas como é que a gente vai lidar com os ex's fora da Muralha? Eles vão destroçar geral antes que a gente sequer chegue perto do portão.

Um ex se esgueirava aos trancos por entre dois carros na direção deles. St. George se adiantou, agarrou o ex pelo pescoço e o lançou por cima da cabeça. O morto saiu voando pelos ares e caiu do outro lado da rua, a alguns passos da BMW que aprisionava a ex de vestidinho amarelo.

– Por favor, prestem mais atenção – Stealth disse. – Aquele ex foi atrás de você, Danielle.

– Pois é – ela retrucou –, deu pra perceber – não parava de abrir e fechar os punhos.

– Foi atrás de você – Stealth prosseguiu. – Apesar de Barry e Capitão Freedom serem alvos mais próximos.

Todos os olhares se revezaram entre Freedom, Barry em seus braços, Danielle e o vão entre os dois carros, onde o ex estava escondido. Fitaram todos o ex combalido na rua. Entreolharam-se todos novamente.

E, em seguida, todos encararam Madelyn, ainda sobre os ombros do enorme oficial.

– O ex no carro também não reagiu ao Freedom quando ele passou. Manteve-se focado em Danielle e St. George. O filtro sensorial que torna Madelyn praticamente invisível aos ex-humanos já se encontra em atividade por algum tempo, provavelmente desde que sua verdadeira aparência começou a ser registrada em nosso consciente outra vez.

– Uhu, viva eu – a Menina Cadáver disse, sorrindo.

Stealth se virou de costas e seguiu rumo ao leste.

– Suas habilidades se estendem àqueles com quem ela entra em contato e, ao que parece, a proximidade de Barry também o mantém incluído. Se ela puder incluir Danielle, tanto quanto, isso abriria caminho aos quatro de vocês de modo a chegarem em segurança à muralha, enquanto St. George e eu lidamos com os ex's.

– E se os poderes dela cobrirem todo mundo?

– Então, vocês terão de se mover mais depressa.

Danielle suspirou e resmungou alguma coisa. Stealth a ignorou.

Outros dois cruzamentos foram deixados para trás. Passaram Las Palmas. Um punhado de ex's seguia logo no encalço do grupo. Stealth quebrou vários pescoços pela frente. Freedom deu uma bofetada num deles através de uma cerca de madeira com sua mão livre. St. George atirou alguns dos zumbis nos trios e quartetos que os acossavam. À medida que os mortos se esparramavam pela rua, o número de perseguidores diminuía. Sabia que não seria nada bom ter algumas dezenas de ex's cambaleando atrás deles quando enfim alcançassem a multidão de mortos-vivos ao redor da Grande Muralha.

Freedom parou por um instante.

– Perdoe-me, senhor – disse a Barry. Trocou o sujeito miúdo de mão. – Preciso apenas relaxar um pouco esse outro braço.

– Só me diz que você limpou esses dedinhos antes, por favor. Faz uma hora que você tá estraçalhando os zumbis com essa mão.

– Sem problemas, estou de luvas.

Madelyn deixou escapulir uma risada.

– Só porque eu tinha acabado de ficar confortável no outro braço.

– Perdão, senhor.

–Vou deixar essa passar já que você tá tendo todo esse trab… mas que diabo é isso? – Barry tentou se esticar no braço de Freedom. – Alguém tá jogando Jumanji ou coisa do tipo?

Logo à frente deles, as calçadas da Beverly estavam tomadas pelo verde. Galhos e folhas encobriam algumas casas nas proximidades.

Videiras e gavinhas tinham crescido ao longo dos fios de eletricidade. Toda aquela vastidão verde parecia mais a entrada de um labirinto gigantesco. Ou de uma caverna.

– O Wilshire Country Club – Stealth disse.

– Pelo visto, os jardineiros tiraram uns quatro anos de folga – Barry não se conteve.

Ela o ignorou e apontou rua abaixo:

– A Beverly segue por mais cinco quarteirões naquela direção. Não há cruzamentos ou saídas.

– Ou seja, é um matadouro – Freedom retrucou.

– Isso depende de quantos ex's se encontram nesse perímetro. A falta de cruzamentos tem a vantagem de limitar o acesso deles. Entretanto, você e George já se sentem fortes o suficiente pra entortar as grades nas laterais da via caso precisarmos de uma saída de emergência.

– Isso se não tiver nada do outro lado da grade – Danielle ponderou.

St. George ficou parado, olhando o túnel verde:

–Você tem certeza de que a gente deve ir por aí?

– É o caminho mais curto. A saída dará no canto sudoeste da Grande Muralha. Qualquer outro caminho exigiria que contornássemos o country club, seriam pelo menos onze quarteirões, em qualquer direção.

Stealth parou de falar para deslocar o maxilar de um ex com sua bota. Então, golpeou a mulher morta em cheio no meio do peito, derrubando-a sobre o capô de um carro esporte com suspensão rebaixada. A ex saiu do seu campo de visão, provocando um forte estrondo.

– Não que seja uma boa escolha – ela continuou. – No momento, porém, é a melhor que temos. Resta-nos menos de uma hora até o sol se pôr. É melhor seguirmos em frente.

Ela se adiantou em direção à entrada do túnel verde.

Todos foram logo atrás.

XXX

De ambos os lados da rua, as plantas cresciam soltas, selvagens. Galhos se retorciam cerca acima ou sobre a calçada. Alguns já tinham alcançado as placas de rua e se enroscaram ao redor delas feito videiras, fazendo com que a rua parecesse sem saída. Estreita.

St. George percebeu a movimentação mais adiante, mas era difícil distinguir cada figura isoladamente. Não conseguia enxergar muita coisa de certo trecho para frente. Lembrou que aquela rua tinha um trecho meio estranho, era um dos tantos lugares onde os bairros mais antigos de Los Angeles não se encaixaram direito com a parte mais nova. Não daria para ver a Grande Muralha até que chegassem bem no finalzinho da rua.

O clique-clique-clique dos dentes se espalhava pelo túnel de plantas. As folhas abafavam o som, mas não tanto. Só o suficiente para tornar mais difícil de saber o quão longe estavam.

St. George se adiantou para ficar lado a lado com Stealth. Danielle ia logo atrás dos dois. Capitão Freedom continuava na retaguarda, carregando Madelyn e Barry.

Uns trinta metros depois, dois ex's surgiram cambaleando na direção deles. Dois homens mortos. Um vestia uma camisa azul com o logo de uma empresa de encanamento. O outro estava com o peito nu e sem um braço. O ombro do cadáver se encontrava numa bagunça só, entre cortes e queimaduras.

St. George agarrou o braço estendido do encanador e puxou o ex para perto. Seus dentes batiam em frente ao seu rosto. Pegou o morto por trás das calças, tentando ignorar uma pasta mole por dentro, e lançou o zumbi contra a parede viva.

Stealth desviou do ex maneta, passou-lhe uma rasteira e empurrou a cabeça dele com força ainda no meio da queda. Desabou com a testa em cheio no chão. Ela deu mais um chute na nuca só para garantir.

Danielle sacudiu a cabeça.

– Isso tá assim aqui fora do Monte esse tempo todo? – ela perguntou. – Mas como?

– A natureza é selvagem! – Madelyn disse. – Eu vi um especial muito massa sobre isso no History Channel uma vez.

– Bem, o que eu quis dizer foi: por que a gente não faz nada a respeito?

– Porque a gente não tem um cortador de grama? – Barry arriscou.

– Eu não me lembro de já ter visto isso antes – St. George retrucou.

– É bastante improvável que você já tenha visto – disse Stealth. – Nem você e nem Barry deixam o Monte a pé, na esmagadora maioria das vezes. Estão mais acostumados com a visão aérea.

– Isso é verdade – Barry confirmou.

Outro ex, uma mulher, despontou mais adiante, cambaleando na direção deles. St. George pôde avistar mais dois vindo logo atrás e outros quatro depois.

– Tão chegando. Pelo menos uns sete – ele disse.

– Sete não é muito – Freedom desdenhou.

– A gente não andou nem um quarteirão – Danielle rebateu.

– Não podemos deixar que nenhum passe por nós – Stealth disse a St. George. – Se ficarmos de costas a um número considerável deles, não teremos como nos defender pelas duas frentes.

St. George avançou alguns passos, levou a mão abaixo feito um machado e esmagou a cabeça da mulher morta. A ex caiu desfalecida no chão. Os outros dois batiam cada vez mais os dentes à medida que se aproximavam dele. Deixou que chegassem perto o suficiente para agarrar as mãos estendidas. Enquanto roíam seus dedos, chocou as cabeças dos dois uma contra a outra.

Um ex se soltou das videiras que o escondiam e saiu cambaleando na direção de Danielle. Ela tropeçou para trás e Freedom se jogou adiante já com o punho cerrado, do tamanho de uma bola de futebol. Antes que tivesse a chance de golpear o ex, porém, Stealth o agarrou pelo colarinho e o puxou. Ainda no meio da queda, ela torceu o pescoço do morto. O corpo tombou com um baque surdo no chão. Os dentes ficaram arranhando o asfalto, uma vez que a boca não parava de abrir e fechar.

Quatro mortos-vivos bloqueavam a passagem. George pegou um deles pelo casaco e o girou no ar, acertando uma pancada nos outros três. Depois, jogou o morto o mais longe que pôde. O ex foi parar a três quarteirões de distância. Quicou num muro vivo e despencou em cima de uma caminhonete.

Um dos outros tentou alcançar o pé do herói, arrastando-se pelo chão. Freedom sentou uma botinada em cheio nas costas do morto. A coluna do zumbi se partiu ao meio e ele foi de cara ao chão.

Foram desbravando caminho pelos três quarteirões seguintes. St. George cuidava da maior parte dos que apareceram pela frente e Stealth lidou com o resto. Freedom ficou com os três ou quatro que surgiram cambaleando por trás.

St. George deu um golpe de karatê no pescoço de um ex e a cabeça do morto saiu voando. Lançou um olhar a Stealth bem a tempo de vê-la jogar um homem morto para trás e dar um giro para chutar a cabeça do cadáver enquanto ele ainda estava no ar.

– Agora sim, você tá revelando quem você realmente é – ele disse.

– Estou testando minha memória muscular – ela retrucou. – A quantidade deles não está aumentando conforme eu previa.

– Mas ainda assim, tá aumentando – St. George rebateu. Apontou com a cabeça em direção à estrada. – Parece que ainda tem uns trinta ou quarenta pelo caminho.

Ela fechou a cara:

– Como Barry disse, essa quina da Grande Muralha tem uma média de mil e quatrocentos ex's, atraídos tanto pelo barulho quanto pela visão dos guardas patrulhando ao longo da Muralha. Mesmo considerando o padrão aleatório de como se movimentam, esse trecho deveria ter pelo menos uma centena deles.

St. George se precipitou com os braços abertos e agarrou mais de cinco ex's de uma vez. Olhou para trás, em direção a Stealth:

– Talvez, a sorte esteja do nosso lado, pra variar um pouco.

Empurrou os ex's de encontro ao chão, caindo sobre quatro outros que se aproximavam. O herói subiu na pilha de mortos e foi torcendo as cabeças de um por um.

Quando se voltou a Stealth novamente, ela ainda estava de cara fechada.

Olhou por trás dela. Desde que tinham entrado naquele trecho mais longo da rua, Danielle estava com os braços apertados em volta de si. Vinha tão atrás de Freedom, que parecia mais estar grudada nele. Barry parecia estar incomodado com o fato de estar sendo carregado, mas mantinha uma das mãos no ombro de Danielle. Madelyn tentava não deixar nenhum detalhe passar. Seu filtro de percepção, como a garota gostava de chamar.

A rua fazia uma curva à esquerda mais acima. Outros dez ex's, mais ou menos, foram cambaleando na direção deles. Três usavam capacetes militares com roupas civis, um quarto estava com o que parecia ser um capacete de baseball. Remanescências de uma das inúmeras tentativas de Legion de atacar a Muralha.

– Estamos quase chegado – St. George gritou aos outros. – A Grande Muralha deve aparecer logo depois daquela curva.

– Você quer que eu vá na frente? – Madelyn perguntou. – Eu podia reconhecer a perímetro e me certificar de que eles vão abrir o portão ou vir aqui pra levar a gente até a Muralha.

– Os ex's podem até não ver você – Stealth disse – mas, se já estamos fora há algum tempo, os guardas podem não reagir muito bem à sua aparência.

– Vamos todos juntos – Freedom disse, levantando rapidamente a cabeça para fitar Madelyn. – Todos juntos ou nenhum de nós.

– Eu acho que prefiro o primeiro – Barry retrucou.

– É, eu também – Danielle concordou.

St. George arrancou o capô de um carro e o segurou com ambas as mãos, lançando-o contra alguns ex's que se aproximavam. Dois foram decapitados, e cinco rasgados ao meio na altura do torso. Outros cinco ou seis só perderam as pernas.

Stealth não passava de um borrão. Chutes, socos, pontapés, voadoras. Partia ossos, quebrava pescoços e estraçalhava crânios. Os ex's chegavam perto dela e tombavam ao chão.

Então, finalmente dobraram a esquina e a Grande Muralha se avultou logo adiante. Os topos dos prédios despontavam acima da barreira formada por fileiras de três carros empilhados. St. George vislumbrou as plataformas de madeira no alto da Muralha e, quando se aproximaram um pouco mais, foi capaz de correr os olhos pela Rossmore até...

– Meu Deus do céu – ele disse.

TRINTA

O rombo na Grande Muralha estava a uns dez metros de distância. As duas pilhas de carros que deveriam estar lá se encontravam desmoronadas no chão pela parte de dentro. As passarelas de madeira no topo tinham ido junto. Quase nada restava daquela parte da Muralha. Metade de um carro estava penso no ar, ainda meio encaixado na estrutura da murada.

Havia ex's amontoados por todo o lugar ao redor da Grande Muralha. St. George calculou por volta de uns trezentos ou quatrocentos. A maioria com ferimentos na cabeça, calibres variados. Uns poucos tinham sofrido algum tipo de traumatismo mais violento, crânios esmagados ou decapitação. O chão em volta estava repleto de poças coaguladas e escuras com alguns pontos amarelados.

Algumas dezenas de ex's ainda cambaleavam pelas ruas. Pela passagem na lateral do Monte, era possível ver mais uma dezena deles. Homens, mulheres e crianças. Alguns poucos notaram os heróis e foram aos trancos na direção deles.

Danielle sacudiu a cabeça e mordeu o lábio.

St. George não avistou ninguém conhecido perto da Grande Muralha. Estava quase certo de que tinha visto outra passagem mais ao longe. Se não estivesse enganado, o buraco ficava bem em frente à igreja.

– Mas o que foi que aconteceu aqui? – Barry perguntou.

Madelyn foi de um lado ao outro.

– Tá todo mundo... todo mundo morreu?

Freedom levou sua enorme mão acima e segurou a mão da menina. Não exprimia emoção alguma no rosto, mas, ainda assim, sua expressão era das mais intimidadoras. Com o tempo, St. George aprendeu a interpretar aquelas linhas como a "cara de más notícias" de Freedom.

– É melhor entrarmos – Stealth disse. – Não há nada do nosso interesse aqui fora e lá dentro o número de ex's parece ser bem menor.

Ninguém discutiu. St. George saiu desbravando caminho por entre os mortos de modo que chegassem ao buraco na Muralha. O capô de um carro na fileira inferior da Muralha estava recoberto de sangue seco. Muito sangue seco. Como se uma artéria tivesse sido cortada bem ali.

Stealth examinou a mancha escura com olhar clínico.

St. George se apoiou contra a lateral do carro e o empurrou, arrastando as rodas pelo asfalto até tirá-lo do caminho. O barulho atraiu mais alguns ex, mas todos entraram depressa. Assim que Freedom passou pelo buraco, St. George se atirou contra a lateral do carro novamente, colocando-o de volta no lugar. Não era bem uma barreira, mas melhor do que nada. Alguns ex's logo se amontoaram na lateral do veículo, esticando os braços por cima do capô.

Stealth triscou o pé em algo, jogou o objeto para cima com um chute e o agarrou com uma das mãos. Era um cassetete da polícia. St. George se lembrou de que vários guardas carregavam bastões feito aquele como uma arma de emergência no caso de uma luta corporal. Stealth o segurou contra seu braço e, logo depois, eliminou três ex's com um único giro do bastão.

Freedom deu alguns passos ao longo da Muralha, então se virou e tomou a direção oposta.

– O que foi isso? – Madelyn perguntou. – Outro corpo?

Barry fechou os olhos e murmurou alguma coisa.

– Senhor – Freedom disse, fazendo um sinal com sua mão livre.

St. George avançou. Olhou rapidamente ao redor em busca de ex's e, então, ficou de joelhos para inspecionar o corpo. Tinha quase certeza de que era um homem. Faltava-lhe um braço. As duas pernas terminavam na altura dos joelhos. O torso estava aberto logo abaixo das costelas, totalmente vazio. Ainda havia pele o suficiente para ver que se tratava de um homem negro, afora o *dreadlock* solitário preso ao crânio todo roído.

A carne estava ressecada e enrugada. Uma fina camada de poeira cobria o corpo. Já estava lá fazia um bom tempo.

– Makana – Stealth disse.

St. George ergueu os olhos. Até então, não tinha percebido a presença dela ao seu lado.

– Há o suficiente pra uma reconstrução forense – ela disse. – Altura aproximada, peso e idade estão condizentes. Cor da pele, cabelo e gênero também. Há uma cicatriz no ombro esquerdo que bate com a de Makana, embora a que ele tinha no antebraço fosse mais característica, o que faria o resultado ser mais conclusivo. Também está vestindo uma camiseta e uma fivela similares às dele, embora os catadores fossem conhecidos por troc…

– Tá bom já – St. George a interrompeu. – Eu confio em você. É ele, mesmo.

– Não foi minha intenção parecer insensível. Só quero me certificar de que não haja possibilidade alguma de que esse não seja Makana. É melhor seguirmos em frente. Mover aquele carro do lugar com certeza atraiu quantos quer que sejam os ex's dentro da Grande Muralha.

– Pra onde é que a gente tá indo? – Barry perguntou.

– Ao Monte em si – Stealth respondeu, apontando ao norte com o cassetete. – É o refúgio mais lógico aos sobreviventes se os muros foram destruídos. Se nada der certo, ao menos encontraremos suprimentos e armas lá – fitou Danielle. – E a armadura Cerberus.

– Deus queira! – Danielle resmungou.

Seguiram rumo ao oeste pela Beverly, tentando aproveitar o máximo possível do sol, já se pondo. Ao longo do caminho, exterminaram mais uns dez ex's. St. George reconheceu dois deles. Um deles tinha sido um catador chamado Danny Foe. Tentou não pensar sobre isso enquanto destroncava o pescoço do morto.

O sol sumiu por trás da Grande Muralha assim que chegaram à Larchmont. Stealth afirmou que a rua seria o melhor trajeto até o Monte, por ser larga. Avistaram mais corpos pelas calçadas e gramados em frente às casas. Ninguém chegou a reclamar tanto quando a luz se foi.

St. George eliminou mais ex's pela frente. Tentava não encará-los, embora cada vez mais parecessem familiares. Pessoas do Monte. Pessoas do acampamento dos Seventeens que tinham se juntado a eles. Até mesmo alguns do projeto Krypton. Tentou se livrar desses primeiro antes que Freedom os visse.

– Nenhuma chance da gente arrumar uma tocha pra iluminar o caminho? – Danielle perguntou. – A gente podia amarrar minhas meias num galho ou sei lá.

St. George sacudiu a cabeça.

– Foi mal, mas a gente ainda não tem como fazer fogo – tossiu para dar ênfase ao que dizia.

– Você tá sem combustível – Barry perguntou – ou só se esqueceu de como é que cospe?

– Não sei. Talvez os dois?

– Estamos a menos de quatro quarteirões do portão Melrose – Stealth disse. – Ficaremos bem – girou seu bastão, quebrando o crânio de um ex para enfatizar suas próprias palavras.

St. George escutou Freedom dizendo algo, mas não foi capaz de discernir as palavras por causa do barulho provocado pelo crânio de um ex esmagado com um soco. Chutou o corpo para longe.

– O que foi que você disse?

– Eu disse que eles continuam não sendo muitos, senhor – o capitão repetiu. – Se o Monte tiver sido de fato o plano de retirada, os ex's devem estar concentrados por aqui mesmo – então, sacudiu a cabeça. – Ainda assim, não estão destoando tanto da média que vimos lá fora. Entre quinze a vinte por quarteirão.

Chegaram a um cruzamento. A luz do sol que ainda restava foi o bastante para que St. George conseguisse distinguir o enorme globo terrestre afixado ao prédio da Paramount a dois quarteirões de distância. Também pôde avistar mais algumas dezenas de ex's entre eles e o portão do Monte. O barulho dos dentes ecoava por todos os lados.

– Anime-se! – ele disse a Freedom. – Ainda tem uma porrada deles aqui!

Mesmo com pouca luz, Freedom foi capaz de ver o quanto Danielle tremia de medo. Esticou o braço até ela e a envolveu, puxando-a para mais perto.

– Eu tomo conta dela, senhor.

– E eu tomo conta de todos nós – Madelyn retrucou. – Não desgruda os olhos da Stealth. A gente vai ficar bem.

St. George se virou a tempo de ver o cassetete de Stealth se chocar três vezes contra o crânio de uma mulher, um movimento tão rápido que o bastão não passou de um borrão. Talvez tenham sido quatro vezes. A última pancada fez a cabeça sacolejar toda. O corpo balançou por um tempo, os braços bambearam e a ex tombou.

St. George foi marchando em meio à horda e alguns ex's morderam seus braços e rosto. Sua camisa estava cheia de rasgos e furos. Varreu os braços em volta e arrebatou quatro coisas mortas, umas contra as outras. Antes que pudessem recuperar o equilíbrio, empurrou o grupo de lado. Caíram derrubando mais dois ex's antes de se estatelarem todos na calçada.

Enquanto avançava, Stealth ia girando seu bastão em meio à multidão. Seu cassetete rodopiava, fatiando o vento. Às vezes, parava de girar e desferia um golpe certeiro. Destruiu a testa de um morto ao ser impulsionado para trás. Mais e mais ex's cambaleavam e tombavam ao redor dela. Subiu nos cadáveres e golpeou com sua bota os pescoços dos que ainda se mexiam.

Chegaram à esquina do Monte. As paredes sem cor ficavam ainda mais claras à luz da lua. George abriu os braços com força e sentiu alguns crânios e mandíbulas serem destruídos por seus punhos.

Mais uns cem metros e enfim estariam no interior.

– Não tem ninguém na Muralha – Barry notou.

St. George olhou para trás. Os ex's ainda pareciam ignorar Freedom e seus passageiros. Chegavam até a triscar ou esbarrar nele, mas os dentes famintos não se aproximavam nunca. Danielle estava tão encurvada que mais parecia uma bola. Madelyn aparentava estar concentrada. Barry e Freedom olhavam para cima.

– Ele está certo, senhor – o capitão confirmou. – Nenhum sentinela.

St. George olhou para cima. Ninguém perto do globo gigante no canto da Muralha. Seus olhos correram até o portão. Não avistou um único guarda. Agarrou pelo braço um ex que tentava atacá-lo.

– A gente tá quase lá – ele disse. – Só mais alguns minutos.

Seguiram adiante. St. George e Stealth desbravavam o caminho. Freedom ia logo atrás antes que os ex's reocupassem a passagem aberta.

Conseguiram cruzar a última esquina e vislumbraram o portão Melrose, quase escondido em meio às sombras. Do lado de lá de um arbusto um tanto grande demais, os guardas já os esperavam com o portão aberto. Um deles acenou com gestos lentos para que entrassem enquanto o resto detinha os ex's.

St. George foi para cima da última aglomeração de ex's. Um número maior de mortos-vivos investia contra ele e Stealth do que contra os guardas no portão. Golpeou as coisas mortas de lado. Ela, por sua vez, solapou alguns abaixo. Com um último espraiar de braços, ele empurrou meia dúzia deles de encontro a uma palmeira-anã no pequeno jardim, deixando o caminho livre. Stealth deu uma cassetada na cabeça de um ex remanescente e saiu correndo rumo à entrada, com Freedom e os outros logo atrás. O guarda acenou para que passassem. Era um gesto de alguma forma mecânico, instável, como se o homem não estivesse muito consciente do que fazia.

Sem pensar duas vezes, Stealth sentou seu cassetete no queixo do guarda e, então, deu-lhe uma pancada no topo do crânio. O sujeito bambeou. Ela passou pelo portão, já espalmando de lado outro guarda e, no embalo, esbofeteou a nuca do guarda que acenava. O sujeito deu de cara contra as barras do portão, que vibrou todo com o impacto.

St. George alcançou o portão com quatro largos passos. Mais de perto, pôde ver que o homem acenando um dia tinha sido Derek, um dos guardas do Melrose quase desde o dia em que o Monte tinha sido fundado. Estava morto. Com o crânio rachado e flácido.

Pela tonalidade da pele, dava para dizer que tinha morrido já havia algum tempo. Uma das orelhas foi arrancada, junto com a maior parte da carne em volta. Faltavam dois dos dedos na mão antes balançando, presa nas barras.

Outro ex caiu nas costas de St. George. Deixou que a coisa roesse seu pescoço por um instante. Alguns dos dentes podres se soltaram e foram escorregando por sua camisa. Sentia todo o frio e a secura dos tocos quebrados contra sua pele.

Ele se virou e empurrou o ex de encontro ao chão. Fechou o portão e ficou ali parado por um tempo, enquanto as coisas mortas do lado de fora arranhavam seus dedos. Então, olhou em volta, avistou o cano de aço usado como trava e a jogou nos suportes ao longo do portão.

Logo atrás de si, ouviu Stealth derrubando os outros ex's perto da guarita.

XXX

Ninguém dizia nada.

Exceto pelo clique dos dentes ecoando por entre os edifícios, não havia som algum. Todas as janelas dos prédios jaziam na escuridão.

Uma caminhonete estava estacionada perto do portão. O banco do motorista, manchado de sangue. O banco do passageiro, com os restos murchos de uma mulher com uma pistola descarregada no colo. A parte de trás do crânio de Billie Carter não existia mais, e o vidro traseiro estava rachado e coberto de coágulos secos. Por todo seu cabelo loiro espetado também.

Stealth pegou a pistola, liberou o slide e checou o pente. Lançou um olhar a St. George e sacudiu a cabeça. Guardou a pistola em sua cintura.

Ele verificou embaixo da caminhonete em busca de algum ser rastejante e, em seguida, baixou a porta traseira. Havia duas caixas de comida na caçamba, e uma terceira caixa de suprimentos aleatórios. St. George fez uma breve revista e distribuiu algumas barras de granola amassadas, com as datas de validade expiradas havia muito.

Encontrou uma grande garrafa de água, talvez uns vinte litros, lacrada com filme plástico e um elástico duplo. O elástico se desintegrou quando ele o puxou. O plástico estava pegajoso. Vislumbrou um ponto sem manchas em sua camisa e a usou para limpar a boca da garrafa o quanto pôde.

Danielle se sentou numa das extremidades da bagageira. Suas pernas ficaram suspensas logo acima do chão. Freedom colocou Barry ao lado dela e, em seguida, Madelyn.

Todos comeram e deram alguns gole d'água em silêncio. A Corpse Girl olhou por cima do ombro em direção à ao vidro traseiro quebrado. Mesmo no escuro, a mancha de sangue seco no interior era bem visível.

Não havia luz o suficiente emanando da lua e das estrelas para que pudessem ver no que o jardim tinha se transformado, um emaranhado de plantas amareladas. Ainda mais corpos se encontravam enfileirados no chão. A maioria sem carne o bastante para que se passassem por pouco mais do que esqueletos.

Alguns, esqueletos bem pequenos.

– Por quanto tempo, será? – Freedom perguntou. – Por quanto tempo estivemos ausentes?

Ninguém disse nada.

– Senhora?

Stealth observava ao redor, tentando analisar o cenário.

– Com essa iluminação tão ruim, fica extremamente difícil chegar a um diagnóstico preciso – ela disse. – Poderia dar uma estimativa grosseira, baseada na quantidade de poeira naquele caminhão e no tamanho das plantas no jardim. Observei níveis similares na Grande Muralha. O estado de decomposição dos corpos também nos fornece uma diretriz.

St. George a encarou:

– E o que mais?

Stealth continuava examinando em volta:

– Diria que pelo menos quatro meses se passaram desde a última vez que essa área foi utilizada. A margem de erro pode ser de várias semanas.

– Quatro *meses*? – Danielle disse, assustada.

Barry sacudiu a cabeça:

– Sem chance – ele disse. – Isso não é possível.

– É melhor entrarmos de uma vez – Stealth retrucou, visto que ninguém disse mais nada. – Chamaremos muita atenção aqui e não conseguiremos nos defender numa área aberta como esta.

– A gente tem que procurar os sobreviventes – St. George rebateu.

– Concordo – Freedom disse. – Podemos...

– No momento, a chance de haver qualquer sobrevivente é quase nula – Stealth o interrompeu, um tanto alterada. – St. George e eu estamos acordados faz trinta e seis horas. Barry e Madelyn não conseguem andar. Danielle é inútil de tanto medo.

Danielle lançou um olhar furioso a Stealth, mas não disse nada.

– Nossa principal preocupação deve ser garantir uma base de operações e descansar. Se houver sobreviventes, não seremos capazes de ajudá-los no estado em que nos encontramos. Fui clara?

Todos a encaravam.

– Sim, senhora.

– O Roddenberry Building é a opção mais lógica. Fica numa área central, possui três entradas no térreo e as escadarias devem ter mantido o prédio livre dos ex's. Tenho armas e suprimentos guardados em segurança lá.

– Beleza, então – St. George disse, empilhando três caixas de suprimentos, as quais equilibrou em apenas uma das mãos. – Vamos nessa.

Passaram a cruzar o estacionamento. Um ex de capacete militar surgiu cambaleando de trás da antiga lojinha do estúdio e avançou na direção deles. Girando seu bastão, Stealth derrubou o capacete da cabeça do ex e, com um segundo giro, quebrou o maxilar da criatura. No terceiro, enfiou o bastão no glóbulo ocular já vazio. Seu olho caiu no chão.

Danielle levantou a cabeça e seus olhos se arregalaram. Ela se livrou dos braços de Freedom e saiu correndo. Ele ainda tentou segurá-la, mas quase acabou derrubando Madelyn e, então, desistiu.

– Eu cuido dela – St. George disse. Jogou as caixas no chão e foi trás dela. Sabia bem onde ela estava indo. Deviam ter pensado nisso antes.

Na rua logo atrás do Roddenberry Building, havia uma oficina de cenários que tinham limpado fazia uns anos e transformado num escritório numa oficina onde Danielle pudesse trabalhar. O espaço tinha sido totalmente adaptado para a armadura Cerberus. Ela tinha montado um pequeno apartamento na parte de trás de modo que nunca precisasse ficar longe da armadura.

As portas imensas estavam escancaradas e Danielle passou correndo por elas sem hesitar. St. George vinha logo atrás. O grito dela ecoou pela oficina.

Ele correu para dentro. A lua não iluminava muito através das claraboias no teto, mas era o suficiente. Seus olhos já estavam acostumados ao escuro.

Danielle estava parada. Os braços dela se encontravam tão apertados contra o peito, que ele pensou que ela pudesse chegar a se machucar. Não parecia ferida. St. George acompanhou o olhar dela até o Tenente Gibbs.

Gibbs era um dos sobreviventes do Projeto Krypton. Não era um dos supersoldados de Freedom, porém. Tinha sido piloto das Forças Aéreas, extinta junto com o Krypton quando o apocalipse zumbi eclodiu e a cadeia de comando deixou de existir. Tinha sido a primeira opção à armadura Cerberus, passando centenas de horas num simulador. Danielle tinha até deixado que ele entrasse na armadura umas cinco ou seis vezes.

O que tinha sobrado dele se encontrava esparramado pelo chão da oficina. Parecia ter sido dividido ao meio. Faltava quase tudo: quadris e pernas, mãos, antebraço esquerdo e rosto. Se não fosse pela plaqueta de identificação no casaco das Forças Aéreas, não passaria de um pedaço de carne.

O Sistema de Batalha Cerberus estava aos pedaços. A primeira coisa que passou pela cabeça de St. George foram os filmes antigos da Universal, quando os aldeões inevitavelmente invadiam o laboratório do cientista e destruíam o que quer que encontrassem pela frente. Pelo menos um terço da armadura tinha sumido. As partes espalhadas pelo chão estavam um pouco amassadas e com alguns arranhões. A fiação estava toda para fora. As manoplas pareciam ter sido arrombadas com pés de cabra.

O capacete estava em cima de uma mesa, como se fosse uma cabeça decapitada. As lentes dos olhos, quebradas. Os alto-falantes foram arrancados. Havia um amassado na altura da testa do capacete que só poderia ter sido feito com uma marreta. Os estilhaços das telas interiores estavam espalhadas em volta do crânio de metal. Meia dúzia de conectores se dependurava para fora do capacete, rachados ou completamente esmagados.

Danielle rangeu os dentes. Levantou um braço e passou a desferir socos contra seu próprio corpo várias e várias vezes.

X X X

Eliminaram mais sete ex's no caminho até o Roddenberry. St. George reconheceu a maioria deles. Um estava maltratado demais para dizer com firmeza. Os dois no lobby não eram familiares, e Stealth executou um terceiro por trás do balcão da recepção rápido demais para que ele tivesse a chance de tentar reconhecê-lo. A escadaria principal estava vazia, mas havia um ex no corredor, bem na porta do escritório de Stealth no quarto andar. Era Rocky, o cara que tinha feito as proteções de metal para os catadores. St. George torceu o pescoço do morto. Os dentes continuaram batendo, então St. George carregou o corpo e o atirou pela janela.

Quando entrou no escritório, viu que Stealth tinha aberto as cortinas para que o máximo de luz possível penetrasse no cômodo. O escritório costumava ser a principal sala de conferências na época em que o Monte ainda fazia parte da indústria cinematográfica. Ela tinha transformado o salão num centro estratégico, repleto de monitores, e coberto a mesa de mármore com mapas.

Quase tudo estava quebrado. Os vários mapas da cidade, do estado e de todo o país foram rasgados. Pelas cinzas na mesa e a mancha preta no teto, dava para dizer que alguns foram queimados.

St. George viu um pedaço de tecido preto e notou que tinham queimado mais do que os mapas tão somente.

Os ombros de Danielle estavam encovados. Freedom tinha encontrado uma cadeira de escritório ainda com os braços, onde colocou Barry. Madelyn deslizou dos seus ombros e sentou na ponta da mesa.

Barry observava os monitores quebrados e as cinzas pelo chão. Ele e St. George se entreolharam. – Cara… esse povo estava com ódio de verdade da gente.

– Eles estavam com medo – St. George retrucou. – Precisavam descontar em alguém. Alguém que eles pudessem vencer. Como a gente não estava mais aqui, acabamos sendo o alvo mais fácil.

– Beleza, então, continua acreditando nisso – Danielle rebateu. – O Nick sempre sacou qual era a desse pessoal. Eles se sentiam protegidos e tudo mais, mas nunca gostaram da gente.

– É melhor fazermos uma ronda pelas redondezas – Freedom disse. – Certificarmo-nos de que esse andar está vazio e isolado do resto.

– Os elevadores não funcionam sem energia, há somente mais uma escadaria – Stealth se voltou a St. George. – Cheque os outros escritórios e armários deste andar. Elimine qualquer outro ex que porventura esteja aqui.

–Você não tem uma lanterna pra me emprestar?

Stealth fez uma breve pausa e fitou os outros.

– Nos meus aposentos – ela disse –, no segundo armário.

St. George assentiu com a cabeça e se dirigiu à porta do outro lado da sala de conferências. Era camuflada em meio à parede. Ele a abriu e entrou no apartamento espartano de Stealth. Fez uma breve busca pelo banheiro minúsculo e nos dois armários. Pelo visto, tudo tinha sido saqueado, mas não estava certo disso. Stealth possuía tão poucas coisas pessoais que era difícil dizer.

Achou três lanternas grandes e duas pequenas, além de uma lanterna elétrica. Apertou o botão de cada uma delas para se certificar de que as baterias ainda estavam carregadas. A lanterna iluminou todo o ambiente.

Voltou ao escritório e distribuiu as lanternas. Stealth pendurou uma delas num pedaço de arame que tinha puxado do teto. Freedom bloqueava a escadaria com uma mesa.

St. George foi ao corredor. A maioria das portas estava aberta e os cômodos sem nada dentro. Stealth tinha limpado tudo pessoalmente quando tomou posse do lugar.

Quatro cômodos mais adiante, deu para escutar um clique-clique-clique abafado do outro lado. Abriu a porta do pequeno escritório e viu um ex apoiado na janela. A porta continuou abrindo até encostar na parede. O cadáver se virou na direção do barulho. Era uma garotinha. Ele reconheceu o rosto, mas não se lembrou do nome. O ombro da criatura era uma massa disforme de carne e sangue.

A pequena ex saiu cambaleando na sua direção com os braços esticados, dedinhos afoitos. Os dentes de leite batendo uns contra os outros mais e mais e mais.

Ele a deixou agarrar seus dedos e ela passou a roê-los. Alguns dentes se quebraram em contato com sua pele, as lascas foram caindo no tapete feito neve. Ele suspirou e, então, ficou de cócoras para agarrar a pequena ex pela nuca. Apertou sua mão e sentiu os ossos estraçalhando por baixo da carne.

A mandíbula continuou mordendo seus dedos feito um filhotinho de gato até que o peso do corpo bambo a puxasse ao chão. A cabeça quicou no carpete e continuou abrindo e fechando a boca. Suspendeu a garotinha morta e a carregou até a janela. Caiu na Avenida E, bem em frente à oficina de Danielle.

Ainda não conseguia se lembrar do nome dela. Tentou culpar a lavagem cerebral que Smith tinha feito neles. Fechou a porta atrás de si.

St. George checou mais dois escritórios vazios até achar um cheio de escrivaninhas, cadeiras e outros móveis de escritório. Nunca tinha passado pela sua cabeça que Stealth tinha guardado tudo num lugar à parte. Não sabia dizer nem por que ela tinha esvaziado e limpado todos os escritórios, para começo de conversa. Nunca tinha pensado em nada disso.

A maçaneta da primeira porta do corredor que ficava na outra extremidade do andar não girou. Tentou abri-la com jeitinho por mais duas vezes, mas ela não saiu do lugar. Trancada.

Pensou em deixar por isso mesmo. Um ex não teria sido capaz de trancar uma porta. E mesmo que, de alguma forma, tivesse conseguido, não saberia destrancar.

Soltou um suspiro. Girou o pulso e quebrou as travas da maçaneta, que saiu rodopiando e provocando um barulho tremendo.

A sala estava escura, mas tinha um cheiro diferente. O feixe de luz da sua lanterna iluminou uma pilha de cobertores e um saco de lixo cheio de latas vazias. Foi quando ele se deu conta de qual odor era aquele. A sala cheirava aos antigos galpões no Monte, os primeiros a serem transformados em apartamentos. Era o cheiro de alguém vivendo num espaço apertado.

Alguma coisa se mexeu do outro lado da sala. Ele vislumbrou um vulto, uma sombra contra a janela um pouco mais iluminada. Estava com os braços esticados.

Ele suspendeu a lanterna e um tiro foi disparado na sala. A bala acertou bem no seu incisivo da esquerda, fazendo sua gengiva pulsar. Tanto o cartucho vazio quanto a lanterna caíram no carpete. Levou a mão à boca e pressionou seus lábios.

– Seu filho da puta! – ele disse. – Isso tá ardendo.

– Maldição! – o vulto murmurou. Era voz de mulher. – Eu passei esse tempo todo guardando minha última bala e a desperdiço logo com você. Faz todo sentido.

St. George escutou vários passos apressados pelo corredor. Ele se agachou e catou a lanterna do chão assim que Stealth surgiu à porta. A mulher que estava na sala se afastou da claridade e levou a mão à testa para cobrir os olhos, mas St. George já tinha juntado elementos o bastante para conseguir identificá-la.

– Você está bem? – ele perguntou. – A gente tem água e comida, e acho que alguns remédios também – ele disse, baixando a lanterna.

Christian Nguyen os encarava.

TRINTA E UM

Quando voltaram ao escritório de Stealth com Christian, Madelyn já estava adormecida nos braços de Freedom. Seus olhos estavam semicerrados e sua boca aberta. Seu corpo estava jogado feito uma boneca de pano.

Christian estremeceu dos pés à cabeça ao ver a garota e murmurou algo tão baixo que St. George nem conseguiu ouvir.

Freedom lançou um olhar a Christian.

– Senhorita Nguyen, que bom revê-la.

Ela não disse nada. St. George lhe apontou uma cadeira. Fez sinal em direção a Madelyn com a cabeça:

– Ela tá bem?

– Só dormindo – o soldado disse –, ou o que quer que aconteça com ela. Recarregando as baterias, talvez?

– Qualquer definição está de bom tamanho – Stealth retrucou.

– Ela bocejou e quase caiu no sono, um pouco antes de escutarmos o tiro.

Um barulho chamou a atenção de St. George. Danielle saiu empurrando a cadeira de Barry para fora do escritório de Stealth como se fosse uma cadeira de rodas. Barry parecia um pouco mais confortável do que quando carregado. Havia um travesseiro e um cobertor no colo dele.

Freedom acomodou Madelyn sobre a mesa e ajeitou o corpo dela de uma forma que parecesse natural, tomando cuidado para que os pés da garota não encostassem nas cinzas e em tudo mais que estava queimado. Barry lhe passou o travesseiro e o enorme oficial o colocou embaixo da cabeça de Madelyn, cobrindo-a com o cobertor e fechando os olhos dela com seus dedos.

– Mas, e então – Danielle perguntou a Christian –, como foi que você veio parar aqui?

A asiática os encarava.

– Foi pra onde eu consegui fugir quando os ex's invadiram – ela disse. – Eu pensei que aquela vagabunda psicótica podia ter colocado umas armadilhas ou coisa que o valha pra deixar o lugar mais seguro.

– Cuidado com a língua – St. George rebateu.

– Senão o quê? – Christian o provocou – Eu não tenho culpa se vocês não querem admitir duma vez que ela enfim se cansou e largou todo mundo sozinho aqui, mas...

– É mais provável – Stealth disse – que ele esteja tentando fazer com que você mesma se controle antes que eu tenha de tomar alguma providência permanente.

Christian fuzilou a mulher sem máscara com os olhos, respirou fundo antes de pensar em responder qualquer coisa e só então reconheceu a voz. Sua expressão se abrandou e ela se conteve.

– O que aconteceu aqui? – Stealth exigiu saber. – Foi Legion? O Agente Smith foi responsável por isso de alguma forma?

Christian disparou as sobrancelhas ao alto ao ouvir o nome do Agente Smith. Sua grosseria de sempre deu lugar a uma breve expressão de surpresa. Encostou-se num canto do cômodo e ficou encarando os heróis. St. George não soube dizer se ela estava em estado de choque ou se era simplesmente pura teimosia.

Stealth deu um passo adiante, na direção da ex-vereadora, mas ele a conteve.

– Você precisa dormir um pouco – Barry disse. – Tá parecendo bem esgotada.

– Foram dois dias difíceis – St. George retrucou. – Estou acabado.

– Vocês dois deveriam dormir um pouco – Freedom disse, fitando St. George e Stealth. – Precisam disso bem mais do que nós. Podemos revezar até que todos descansemos um pouco.

– Bem... é melhor a gente... – St. George tentou arrumar alguma desculpa, mas parte dele sabia que seu cérebro não tardaria em desligar sozinho.

– Acordo vocês dentro de quatro horas – o capitão disse.

Stealth pegou St. George pelo braço e o levou até seus aposentos. Ainda havia um lençol sobre a cama de solteiro. Parecia tudo glorioso.

Ele tirou a camisa e acabou arrebentando dois botões ao passá-la pela cabeça. Fedia à morte. Havia manchas escuras de sangue espalhadas por todo o canto, mas não em quantidade suficiente para encobrir o fato daquilo tudo já ter sido branquinho, um dia. Algumas gotas no ombro. Jogou a camisa no chão. Não fazia a menor questão de usá-la de novo depois que acordasse.

Stealth tirou a jaqueta de lã toda esfarrapada. Duas ou três manchas escuras nos braços, já com ponta secas. O sangue tinha vazado a lã, deixando alguns pontos vermelhos pelo seu sutiã. Colocou o cassetete e a pistola retirada do corpo de Billie sobre a jaqueta.

Os dois se deitaram num colchão fino. Não havia cobertor ou travesseiro, mas só o fato de não estarem mais em pé já lhes parecia lascivo o suficiente.

Ele a beijou na testa e teve quase certeza de que ela retribuiu o beijo, mas já estava no quinto sono a essa altura.

XXX

Ainda são os primeiros dias do surto epidêmico. Eu nem sei se já dá pra chamar de surto epidêmico. Daqui a quatro dias, eu vou conhecer a mulher que vai mudar minha vida pra sempre. Ela vai me dizer que os monstros são resultado de uma infecção. Daqui a um ano e meio, a gente vai ficar sabendo de onde foi que a infecção surgiu. Dois dias depois, ela vai me dizer seu nome.

Tem quase dez monstros, os tais dos ex's, no estacionamento com a gente. Eles estão caçando uns sem-teto. Eles só vão ser chamados de ex's daqui a duas semanas, quando o Presidente se referir a eles como ex-humanos pela primeira vez num discurso televisionado. O nome vai pegar.

Uma das coisas mortas agarra minha capa e eu fico meio desequilibrado. Dou um giro e sento uma bofetada com as costas da mão em cheio na cabeça dele, esmigalhou todinha na hora.

O Gorgon estava comigo. O olhar vampírico dele era inútil contra os monstros, os ex's, mas a gente tinha parado uma briga de gangue mais cedo e, por uma hora, mais ou menos, deu pra ele brincar de super-humano. Ele agarra um dos ex's pelo pulso e o gira no ar, largando-o contra a calçada. Seu sobretudo de couro se esparrama pelo vento. Eu sei que ele parece ser bem mais legal do que eu, mas ainda prezo muito pelo meu traje vermelho e verde.

Tenho consciência de que tudo isso não passa de um sonho. Muito mais consciência do que eu jamais tive, por sinal. É meu passado reprisado no presente.

Eu jogo minha mão de lado e um ex sai voando pelo estacionamento até se chocar de cabeça contra um muro de tijolinhos, desmoronando no chão. O Gorgon (o nome dele, na verdade, é Nikolai, mas eu ainda não sei disso) dá um soco bem no maxilar do último que restava. A cabeça daquela coisa quase deu um giro completo e, aí, ele aproveitou o embalo pra acabar de torcer tudo duma vez.

Daqui a um ano, o corpo do Gorgon vai ser espremido por um monstro gigante, um filho bastardo do ex-vírus e projeto de supersoldado fracassado, ele vai quebrar a coluna em quatro partes. Vai morrer na hora.

Ele se vira e me olha. As lentes escuras dos seus óculos de proteção refletem as luzes da rua. Ele revira os ombros e ajeita seu sobretudo ao corpo. O sobretudo não parece completo sem a estrela prateada de xerife, mas isso só vai acontecer daqui a nove meses, e é aí que eu me dou conta de que estou olhando pra ele através dos meus olhos de hoje, os mesmos olhos que já viram tudo aquilo antes.

Geralmente é aí também que os sonhos acabam. Quando a pessoa se torna consciente demais do sonho e começa a pensar mais nele do que experimentar as sensações nele.

– Certo – Gorgon disse –, você sabe que isso tudo só tá na sua cabeça, não sabe?

Eu fico parado, olhando pra ele. Não foi assim que aconteceu no passado. Não sei bem o que dizer.

– Ah, pelo amor de Deus, George – ele resmungou –, é só um sonho. Tudo não passa de um amontado de memórias que você escarafunchou pra te ajudar a esclarecer as coisas. Você já conseguiu vencer o cara nesse mesmo nível de consciência antes, quando você salvou a Karen lá no Projeto Krypton.

Gorgon morreu meses antes de eu ter embarcado rumo a Krypton. Fora que ele nunca soube qual era o nome da Karen. Ninguém mais sabia, até que...

– Não sou eu aqui, seu idiota – ele vociferou. – Isso tudo aqui é só você. Tudinho. O Smith fez que você vivenciasse os mínimos detalhes, fez que você construísse sua própria prisão, mas você acabou me arrastando pra cá pra poder se lembrar da verdade. Você tá conversando sozinho.

– Que nem em *Clube da luta*?

– É, igualzinho *Clube da luta*, só que eu sou muito mais bonito do que o Brad Pitt.

Eu dou uma risada entre os dentes e percebo que estou sem máscara. Meu traje antigo, de Mighty Dragon, sumiu. Já estou usando de novo minha jaqueta de couro de aviador, a que ficou toda esfarrapada na briga com o demônio, Cairax Murrain. Também tenho um par de visores de proteção, mas eles estão apoiados na testa, prendendo meus cabelos no lugar.

– Você só é mais uma peça do quebra-cabeça – eu digo. – Sei que não era pra você estar aqui.

Ele faz um sinal de cabeça confirmando e fica olhando pro chão. O corpo dele tá todo retorcido por baixo do sobretudo. As roupas dele estão bem apertadas na cintura. Seus pés estavam pra trás. Um dos joelhos estava num ângulo bem estranho.

– Parece que alguém desenterrou alguns mortos pra acordar. Fora aquela esquete patética do papagaio e todo aquele clique-clique. Pequenos detalhes que o seu subconsciente estava tentando usar pra chamar sua atenção e você se tocar de que nada daquilo era real.

O estacionamento começa a fica embaçado, tudo cinza. O sonho vai aos poucos sumindo. Ou talvez eu simplesmente não consiga mais me concentrar nele, já que não me interessa mais. Mal elaboro o pensamento, e já tem outro ex cambaleando pra fora das sombras, indo na direção do Gorgon. É um homem de terno. Tá com uma gravata toda colorida. Mesmo morto, o sorriso dele é escancarado, dos mais falsos. Eu me adianto pra dar um soco nele, mas o Gorgon me impede. Ele me encara através da viseira de proteção.

– Será que você não entende mesmo?

Eu o encaro de volta, então fito o ex. Ele tá a poucos metros da gente.

– Não entendo o quê?

– Meu Deus, como você consegue ser tão denso assim às vezes – ele se vira e aponta pro ex, que tá com um bóton com a bandeira dos Estados Unidos no colarinho, e outro bóton menor com a imagem de um urso. – Você sempre precisa ter toda encaminhadinha bem na sua cara?

– Mas do que é que você tá falando?

Gorgon se vira de costas e o ex agarra seu ombro. Dá uma mordida no seu bíceps, mas o sobretudo de couro o protege, então ele fica só mastigando em vão. Gorgon sacode o braço e se livra do ex, aí senta a palma da mão bem no meio da testa do morto, que sai cambaleando pra trás até tombar. Nem tenta amortecer a queda e dá de cabeça no chão. O barulho é tão forte, que eu me dou conta, no nível mais profundo do sono, de que vou acabar acordando. Os últimos resquícios de memória vão desaparecendo, mas Gorgon ainda tem tempo de dizer uma última coisa:

– Por que é que você tá sonhando comigo, George?

TRINTA E DOIS

– Nesse exato momento, nossa prioridade máxima é procurar mais sobreviventes – St. George disse. – Acho que vou assumir essa tarefa. Vou começar assim que o sol nascer. Também posso tentar achar mais algumas roupas pra gente e uma cadeira de rodas pro Barry.

– Eu preciso das minhas rodas, cara – Barry retrucou, confirmando com um sinal de cabeça.

St. George tinha sacudido sua camisa e tirado um pouco da poeira e de toda aquela sujeira, mas o fedor de morte ainda continuava impregnado nela. Stealth, por sua vez, tinha encontrado uma camisa justa de gola rolê, que ficava entre elastano e uma armadura. Ela parecia se sentir bem mais confortável.

Sentaram todos à mesa de conferências. Madelyn ainda dormia, mas havia espaço o suficiente para que eles se reunissem em torno de um desenho improvisado do Monte, feito por Danielle.

St. George deu uma breve espiada em Christian. Estava sentada na ponta do pequeno grupo. Ainda não tinha dito muita coisa, mas não pareceu se incomodar nadinha em aceitar a comida que lhe ofereceram.

– Christian – ele disse –, qualquer informação que você tiver vai ser de grande utilidade.

Ela sacudiu a cabeça e, então, fitou o mapa.

– Havia duas famílias no Galpão 29, os Dvorskis e os Randolphs. Nos falamos por walkie-talkies por um tempo, depois as baterias acabaram. Não sei deles faz mais ou menos um mês, eu acho. Alguém disse que o Padre Andy levou as pessoas pra igreja quando a muralha caiu, mas eu não sei se isso é verdade ou não.

– A gente vai checar todas as informações.

Os lábios dela se contraíram numa expressão de escárnio:

– Alguns dos catadores ficaram por conta própria por mais ou menos um mês. Não tenho ideia do que possa ter acontecido com eles.

St. George pensou em Billi Carter no caminhão com a pistola no colo.

– Nossa segunda meta é estabelecer uma zona de segurança – ele disse, afastando a imagem da cabeça.

Stealth bateu com as pontas dos dedos no mapa do estúdio:

– O Monte é ainda defensável pelas mesmas razões que nos levaram a escolhê-lo originalmente. St. George pode checar os portões com relativa segurança. Uma vez que o perímetro estiver seguro, poderemos eliminar todos os ex's nas limitações do estúdio e, assim, termos um acesso melhor aos suprimentos que nos restam.

St. George se voltou a Barry:

– Isso seria bem mais fácil se você pudesse se transformar.

– Me conta uma novidade – Barry retrucou, sacudindo a cabeça. – Tá cruel pro meu lado. Dá pra sentir que o interruptor ainda tá aqui dentro em algum lugar, mas é como se eu estivesse tateando no escuro e não fosse capaz de encontrar nada.

– Entendo bem – St. George disse, encarando o mapa. Bateu com os dedos na oficina de Danielle. – Terceira meta. Cerberus.

Danielle projetou o queixo.

– Se a gente conseguir consertar tudo, quanto tempo você acha que deve levar para aquela coisa funcionar de novo?

Ela tamborilou os dedos na mesa:

– Difícil dizer. Até onde dá pra ver, eu sei que vou ter de reconstruir as lentes e as telas trincadas, e a maioria das conexões também – ela lançou um olhar a Barry. – Se a gente conseguir ter energia de novo, isso deve levar umas três semanas de trabalho pesado.

Ele levou a mão fechada à boca e tossiu:

– Três semanas de verdade ou você tá querendo dar uma de trabalhadora que opera milagres?

Danielle bufou, mas quase deu um sorriso.

– Tá certo, um mês de trabalho – ela retrucou. – Se a gente tiver muita sorte com algumas coisinhas e eu encontrar peças decentes pra substituir as danificadas, talvez três semanas. Vai tudo depender do que eu descobrir quando fizer um diagnóstico completo. Se a maior parte do sistema operacional estiver intacto e eu for capaz de achar todos os componentes que faltam, consigo fazer com que o resto volte a funcionar. Mais dia, menos dia.

– O que leva a gente de volta àquela grande e primordial questão – St. George disse. – O que foi que aconteceu aqui?

Todos se voltaram a Christian, mas ela desviou os olhos e fitou a janela escura. St. George ainda tomou fôlego para continuar, mas ela o interrompeu:

– Vocês não têm nada mesmo na cabeça.

Stealth ergueu uma das sobrancelhas:

– Perdão, como?

– Todo mundo aí fingindo estar preocupado – Christian disse –, se fingindo de inocente. Não vai colar. Vocês pensam que podem me convencer pra eu passe para o lado de vocês? Todo mundo sabe o que vocês fizeram – olhou de volta para a janela. – Todo mundo que restou aqui, pelo menos.

– Eu sei que você não é nossa fã de carteirinha – St. George retrucou, suspirando. Então, algo no tom da voz de Christian, na inflexão dela, chamou sua atenção. – Você realmente acha que a gente teve alguma coisa a ver com tudo isso? Com o que quer que tenha atacado o Monte?

– Não houve ataque nenhum – ela disparou –, foi só você.

Freedom ficou sem reação e encarou St. George. Barry e Danielle o acompanharam. St. George piscou duas vezes:

– Quê?

Ela apontou o dedo na direção dele, de modo acusatório. A unha estava meio lascada.

– Você saiu numa missão com os catadores há alguns meses. Eles disseram que você simplesmente os abandonou, não parava de falar em caçambas de lixo ou coisa que o valha. Ninguém soube o que fazer, então só deixaram que você fosse embora.

Ele trocou olhares com Stealth e mudou de posição. Christian o encarou de novo:

– Uma semana depois, você voltou e começou a depredar a Grande Muralha. Saiu esmurrando os carros empilhados. Aí, parou antes que tudo desmoronasse e saiu vagando por aí de novo. Alguns dias depois, você apareceu outra vez e abriu um rombo na Muralha Oeste. Os guardas passaram três dias seguidos lá, tentando descobrir uma maneira de consertar tudo de uma forma segura.

– Não – ele disse, sacudindo a cabeça –, não existe a menor possibilidade de eu ter feito isso. Eu estava...

– Aí, você voltou e fez tudo de novo – ela gritou. – Ficou se exibindo só porque os mortos não podiam te machucar, só porque era o único em segurança entre nós...

– Onde eu estava enquanto tudo isso acontecia? – Stealth perguntou.

– Eu sei lá! – Christian disparou. – Se escondendo em algum lugar como sempre, pra variar.

– E Danielle? – ela perguntou, apontando à ruiva com a cabeça. – E Barry? Os guardas do portão não deixariam uma mulher desarmada e um homem numa cadeira de rodas passarem pelo portão e seguirem sozinhos até a cidade.

– Eu não sei dos detalhes – Christian disse –, só sei que todos vocês nos deixaram aqui indefesos, como eu sempre disse que fariam – ela batia com orgulho no peito. – Mas eu fiquei. As pessoas podem contar comigo quando as coisas ficam difíceis. É por isso que eu...

– Basta – Stealth a interrompeu –, fique quieta.

Christian tomou fôlego para continuar gritando e Stealth levou sua mão ao cassetete no cinto. A ex-vereadora deu meia-volta e saiu a passos lentos da sala. Puderam escutar os palavrões que soltou pelo corredor.

– Não seria melhor irmos atrás dela? – Freedom perguntou.

– Ela estará a salvo contanto que permaneça neste andar – Stealth disse. – Temos coisas mais importantes pra discutir.

St. George ficou olhando para os nós dos seus dedos:

– Não dá pra acreditar nisso, simplesmente não dá.

Barry deu de ombros.

– Se o Smith foi capaz de fazer com que a gente achasse que o mundo tinha voltado ao normal, ele bem pode ter feito você destruir a Grande Muralha toda, pensando que tivesse... sei lá, tomando banho ou coisa do tipo, não pode, não?

St. George sacudiu a cabeça.

– Também não acredito que tenha sido você o causador desse dano todo – Stealth retrucou.

– Valeu.

– A bem da verdade, no momento, não consigo acreditar em nada da versão apresentada por ela.

Danielle franziu a teste:

– Por que não?

Madelyn bocejou no outro lado da mesa. Sentou-se, piscou os olhos esbranquiçados e lançou um breve olhar ao redor da sala.

– Só a gente ainda, né?

Freedom negou com um sinal de cabeça.

– Christian Nguyen sobreviveu – ele disse –, e provavelmente algumas pessoas mais.

– Mas todos os outros morreram?

Freedom e St. George trocaram olhares constrangidos. O enorme oficial respirou fundo antes de começar a falar, mas Stealth logo o interrompeu.

– Você se lembra de onde está? – ela perguntou a Madelyn.

Corpse Girl examinou a sala:

– É o seu escritório no Monte, não é?

A sobrancelha de Stealth se ergueu. Revirou o maxilar enquanto observava a garota.

– Correto – Stealth disse, um tempo depois –, é meu escritório, sim.

– E vocês estavam prestes a dizer pra gente porque a Christian é uma mentirosa – Danielle acrescentou.

– Talvez não seja mentirosa – Stealth retrucou, tirando os olhos de Madelyn –, mas a versão que ela nos contou sobre os fatos não está de acordo com as observações que fiz nas últimas quarenta e oito horas.

St. George colocou as mãos sobre a mesa.

– Isso é bom, não é?

– Talvez – Stealth cruzou os braços. – Christian alega que St. George estava presente no Monte e que teria sido o responsável pela maior parte do dano causado à Grande Muralha. Isso condiz com a gravidade dos estragos. A maioria das evidências que pude observar confirma que, ao menos, quatro meses se passaram. É provável que, durante esse período, todos nós estivéssemos vagando por Los Angeles em transe ou estado de fuga. O mais provável é que Smith tenha controlado nossas mentes. O que estaria no alcance dos poderes que já o vimos manifestar.

– Beleza – Barry retrucou –, saquei. O Smith tá fazendo a festa com as nossas cabeças.

– O que significa dizer que ele tá aqui em Los Angeles – Danielle observou. – Ele precisa conversar cara a cara com a pessoa que quer controlar.

– Faz sentido – St. George disse –, mas como ele teria conseguido chegar a Los Angeles, dentro do Monte, sem a gente ficar sabendo disso?

– Talvez soubéssemos – Freedom rebateu. – É possível que ele tenha nos forçado a esquecer.

Madelyn bufou e dobrou os braços sobre a cabeça.

– No entanto – Stealth disse, já que todos permaneceram em silêncio – ainda há a questão das roupas.

– Hein? – Madelyn baixou a cabeça e fitou a si mesma. Freedom também o fez.

– A maioria das nossas roupas parece ter pouquíssimo uso. As manchas de sangue pareciam recentes, com menos de quarenta e oito horas, muitas sequer tiveram tempo de secar. Os rasgos também são novos, as bordas sequer estão puídas.

– Qual é seu ponto, afinal, senhora? – Freedom perguntou.

– De onde foi que elas surgiram? – Danielle respondeu com outra pergunta. – Se a gente estava perambulando por aí, hipnotizados pelos últimos quatro meses, onde foi que a gente arrumou essas roupas limpinhas?

– Não apenas as roupas – Stealth emendou, voltando-se a St. George. – Seus cabelos cheiram a xampu. Os de Madelyn também. Minhas mãos cheiram a creme hidratante. As unhas do Capitão Freedom estão recém-cortadas. As roupas de Barry estão fedendo ao spray antisséptico usado pela equipe de limpeza entre os voos domésticos.

Madelyn afastou uma mecha de cabelo do rosto e assoou o nariz.

– Mas eu pensei que a gente já tinha decidido que isso tudo aqui não passa de uma ilusão – Barry disse. – Eu não estava em avião nenhum.

– Isso simplesmente não teria sido possível – Stealth concordou. – Ainda assim, estamos impregnados por esses odores – tirou três cubinhos de vidro do bolso e os lançou sobre a mesa. – São do para-brisa por onde St. George atravessou quando o Motorista brecou. Estavam presos na lã no interior da jaqueta. Se tudo isso não passa de uma ilusão, de onde surgiu aquele impacto?

– Se nossa percepção do mundo foi alterada – Freedom disse – não seria possível que tenhamos apenas imaginado estar dentro de um carro enquanto podíamos estar simplesmente caminhando pela estrada. Então, nos encontramos em meio a escombros e de volta ao mundo real.

St. George pegou um dos cubinhos de vidro:

– E quanto a mim, sendo cuspido pelo para-brisa?

– O senhor é capaz de voar – o capitão retrucou. – Talvez tenha simplesmente se atirado.

– Uma hipótese consistente – Stealth admitiu. – Muito semelhante à que eu tinha formulado comigo mesmo antes de você encontrar Barry.

Barry pestanejou.

– Eu?

– Se tudo isso aqui não passa de uma ilusão – ela continuou –, todos nós poderíamos tranquilamente ter cruzado a cidade a pé. Menos Barry.

– A não ser que eu estivesse na minha forma energética – ele retrucou. – Mas aí, seria que nem o George com o para-brisa. Eu posso muito bem ter voado por aí, me enfiado num taxi e me transformado num humano de novo.

– Não fosse o fato de você ter sido encontrado com roupa – Stealth rebateu, voltando-se a Freedom e Danielle. – Além do mais, o carro não sofreu dano algum por conta da proximidade com Zzzap.

– Não – Danielle concordou –, não sofreu, mesmo.

– Talvez, ele tenha se transformado a alguns metros do taxi – Freedom sugeriu. Seus lábios se retraíram assim que disse as palavras.

– O que ainda não explica a questão sobre essas roupas – Stealth ponderou. – Ainda há a questão sobre a comida e a água. Mesmo que todos nós tenhamos conseguido evitar o contato direto com ex-humanos, o que é extremamente improvável, quatro meses é tempo o bastante pra alguém morrer de inanição. No entanto, nenhum de nós está sequer com fome, nem apresenta qualquer sinal de desnutrição. O que exatamente comemos nos últimos quatro meses?

Danielle deu de ombros:

– Eu prefiro nem pensar nisso.

Madelyn fez um biquinho:

– Será que o Smith não pode simplesmente ter feito com que a gente acreditasse estar comendo e bebendo água, sei lá?

– Poderia, sim – Stealth concordou –, mas isso não aliviaria a dor desencadeada pelos efeitos da desnutrição e desidratação.

– A não ser que ele também esteja impedindo a gente de sentir dor – St. George disse.

– Se todos concordamos que Smith de fato alterou nossas percepções do…

Stealth se interrompeu. Um segundo depois, Barry deu um pulo na sua cadeira de escritório.

– Filho da puta – ele soltou –, a gente tá na nave dentro da garrafa.

Madelyn o encarou:

– Quê, menino?

– É um episódio clássico do *Star Trek: A Nova Geração* – Barry explicou –,"Ship in a Bottle". É um dos melhores que eles já fizeram. Filmaram aqui mesmo nos estúdios da Paramount. O Picard e o Data entram no *holodeck* e encontram o Moriarty holográfico, mas quando eles vão embora, o Moriarty acaba saindo junto com eles, mesmo que ele não devesse ser capaz de sobreviver lá fora.

– Barry – St. George disse, suspirando –, agora não.

– Não, escuta – Barry insistiu. – Eles passam a maior parte do episódio tentando descobrir como foi que ele fez aquilo, porque teoricamente seria impossível, isso desafia tudo o que a ciência já disse até hoje, mas acontece que tudo não passa de um truque. Eles nunca nem chegaram a deixar o *holodeck*. O Moriarty criou um programa no *holodeck* que fazia com que eles pensassem que tinham saído e seguido andando por aí, pela nave.

Todos se voltaram a ele na mesma hora.

– Isso – Stealth disse. – Acredito que sua analogia esteja correta.

– Do que é que vocês estão falando, hein? – Danielle perguntou.

– Tem um monte de gente que pensou que os irmãos Wachowski tinham feito a mesma coisa no segundo episódio de *Matrix* – Barry prosseguiu. Seus olhos estavam arregalados, não parava de bater os dedos na mesa. – Veja bem, foi depois de *Matrix Reloaded* que surgiram todas aquelas teorias de como o Neo podia usar os poderes dele fora da Matrix porque as pessoas ainda estavam pensando que os irmãos Wachowski sabiam o que estavam fazendo. E uma das ideias era justamente que a Matrix que todo mundo conhece estivesse, na real, aninhada numa *segunda* Matrix. Desse jeito, o povo pensaria que tinha escapado, mas na verdade estava mesmo era preso dentro duma garrafa.

– Como é que você sempre consegue relacionar tudo o que acontece com *Matrix*? – St. George perguntou.

– Porque é o melhor filme de todos os tempos, só isso – Barry disse.

– Acho que estou meio perdido – Freedom entrou na conversa. – Você, então, está dizendo que... estamos presos numa garrafa?

Stealth sacudiu a cabeça:

– Baseamos todas nossas considerações a partir das interações daquela realidade com esta. Assumindo, porém, que este supostamente seja o mundo real.

A ficha enfim caiu em St. George. Bem como em Madelyn. Danielle notou a mudança na expressão dos dois.

– O que é que tá acontecendo, afinal? – ela perguntou. – Eu ainda não tenho a menor ideia do que vocês tão falando.

– Nada disso aqui é real, também – St. George disse, acenando ao redor. – O Smith ainda tá enganando a gente.

TRINTA E TRÊS

– Isso explicaria tudo – Stealth disse. – Os fatos não seriam conflitantes se isso não passar de outra ilusão. Seria a razão pela qual nenhum de nós foi mordido, e também explicaria o porquê dos elementos do outro mundo não terem vindo parar neste.

– Falando assim, parece até que esse mundo aqui é bem meia-boca, hein… – Madelyn disse.

– Não se trata de um mundo – Barry corrigiu –, é uma rede de segurança. No caso da gente conseguir se livrar da ilusão principal. Se isso acontecer, a gente cai nessa realidade e ela nos leva de volta a uma nova ilusão.

St. George o encarou.

– Mas por que você acha isso?

– Pensa bem… você tá totalmente convencido de que o mundo voltou ao normal, aí você começa a ter umas "alucinações", certo? Eu não sei de vocês, mas a minha primeira reação foi "*isso* não pode ser real".

– Então, quer dizer que tá todo mundo bem? – Danielle perguntou. – Gibbs, Makana, todo mundo?

– É melhor pensarmos que tudo neste mundo não passa de mais uma ilusão criada por Smith – Stealth disse.

– E que tá tudo bem com o Cerberus – Danielle quase sorriu ao falar.

– Uma pergunta – Freedom disse.

Stealth fez um sinal positivo com a cabeça.

– *Nós* somos reais?

Todos se entreolharam.

– Como assim? – Danielle perguntou.

– Como podemos saber se algum de nós também não é parte da ilusão? Quer dizer, até onde sabemos, qualquer um de nós pode ser Smith nos convencendo de que é outra pessoa.

– Tipo o Sombra – Barry disse – confundindo a cabeça de todo mundo pra que ninguém o visse.

St. George se virou aos outros:

– É um ponto válido. Como é que a gente pode provar que é real?

Madelyn sacudiu a cabeça.

– Eu sou real.

– Acho que sou real também – Freedom disse.

– Talvez eu seja real e esteja só imaginando que vocês dois se acham reais – Barry retrucou.

– Isso é besteira – Madelyn rebateu.

Barry sacudiu a cabeça:

– Olha que tenho uma imaginação e tanto...

– Penso, logo existo – Freedom argumentou.

– Bem colocado – Stealth concordou –, porém, de que maneira poderemos provar que somos realmente seres pensantes e não meras alucinações?

– Opa – Barry disse –, mais uma referência a *Ship in a Bottle*. Tá ficando cada vez melhor nisso, hein, Capitão.

Freedom deixou escapar um meio sorriso.

– Obrigado, senhor.

– Pois eu tenho uma perguntinha pra você – Danielle disse, apontando com a cabeça em direção à porta do escritório. – E ela, é real? A Christian?

Todos olharam na direção em que a ex-vereadora tinha ido.

– Por quê? – Madelyn perguntou.

– Se ela for parte da ilusão – Stealth disse –, por que ela seria a única pessoa viva em todo o Monte? Se ela estiver na ilusão, como nós estamos, por que Smith a deixaria isolada?

– Porque ela detém poder – Freedom respondeu. – Ele se conecta a pessoas com poder e influência e as usa como marionetes. É assim que fica fora do radar.

– Mas, aí, ele não precisaria dela, sei lá... acordada? – Barry retrucou. – E não dentro da Matrix, presa junto com a gente?

– Partindo da premissa que ela seja real – Stealth disse –, e não apenas mais um elemento da ilusão em si.

– Se isso tudo aqui só é mais um nível da ilusão – St. George disse, batendo os dedos na mesa – como é que a gente sai disso?

– Será que *dá* pra sair daqui? – Danielle perguntou. – Agora que plantou essas ideias na nossa cabeça, é bem difícil de conseguir se livrar delas.

– Mas não impossível – Stealth rebateu. – Várias pessoas conseguiram criar atalhos, contornando os bloqueios criados por Smith.

– Que nem em Krypton – St. George observou –, quando eu resgatei vocês de helicóptero, mesmo tendo sido convencido pelo Smith de que eu não seria capaz.

– Correto! – ela disse. – Você conseguiu pensar na situação de forma racional, o que lhe permitiu agir sem desobedecer as condições que ele lhe tinha imposto.

– Mas nunca tínhamos conseguido fazer isso antes – Freedom ponderou. – Ele conseguiu manter a maioria de nós acreditando nas suas mentiras por dois anos.

– Até chegarmos ao Projeto Krypton, vocês não tinham razão alguma pra duvidar das crenças que ele tinha plantado nas mentes de todos vocês – Stealth disse. – Assim que nós as questionamos, a maior parte dos Indestrutíveis passou a resistir às imposições em poucos dias. O mesmo está acontecendo agora. Nossas mentes estão trabalhando contra as imagens impostas e tentando nos mostrar o mundo real.

– Olha só... – Barry disse – então, se a gente já conseguiu se livrar desse vodu que ele jogou, quer dizer que faz só uns dias que a gente tá sob a influência dele?

– Não temos como ter certeza – Stealth respondeu.

– Então, como é que a gente se livra disso? – Madelyn perguntou.

– Ainda não entendi muito bem como conseguimos da última vez – Freedom disse. – É só não... acreditarmos nessa realidade?

– E como é que se faz uma coisa dessas? – Danielle resmungou. – É a mesma coisa daquilo de "não pensar nos elefantes cor de rosa".

– Acredito ter encontrado uma solução – Stealth respondeu. Foi até Freedom e, com um gesto, pediu para que ele abaixasse de modo a ficar na altura dela. Juntou as mãos numa concha ao redor da orelha dele e sussurrou alguma coisa.

Freedom a encarou, lançou um olhar à porta e, então, disse com um aceno da cabeça:

– Sim, senhora.

– O que é que foi isso? – Danielle reclamou. – Não vão dividir com a gente, não?

– As sugestões hipnóticas de Smith funcionam de um modo similar a estágios de sono – Stealth disse – Uma ideia simples é plantada no consciente ou inconsciente e o cérebro rearranja as memórias, reacomodando tais ideias.

– Beleza – Barry disse –, isso até que faz sentido.

– Eu acredito haver uma solução bem simples – Stealth continuou. – Há um distúrbio de sono bem comum conhecido como abalo hipnagógico. É um movimento muscular involuntário. Alguns biólogos acreditam que possa ser algum tipo de herança genética de nossos ancestrais, a exemplo do Reflexo de Moro nos recém-nascidos – ela encarou St. George. – Sugeri essa hipótese a você ontem.

– Foi, é?

Ela deu um passo ligeiro para trás. St. George escutou alguém se mover atrás dele. Ele se virou e Freedom lhe acertou um murro com um punho do tamanho de uma bola de futebol bem no meio da cabeça.

Nem doeu, mas ele não estava esperando nadinha por isso e a potência do golpe o deixou meio desnorteado por um instante. Antes que pudesse balançar a cabeça, Freedom já o tinha virado de costas e o agarrado pelo cinto e um dos ombros, forçando-o contra o chão. O imenso soldado se agachou e o levantou acima da cabeça, a posição perfeita para...

Ele se debateu, tentou se livrar, mas já era tarde demais.

Freedom o atirou pela janela. St. George passou voando pelas persianas e sentiu parte da moldura de alumínio raspar suas costas. Tudo o que pôde escutar foi o vidro se estraçalhando e o que sobrou das persianas emaranhadas em torno dele e o vento soprando nos seus ouvidos.

Quatro andares foram o bastante para que ele pudesse se virar no ar a tempo de vislumbrar o chão se aproximando a mil por hora. Contraiu seus ombros, suas costas, tudo o que pôde sair contraindo. Alguma coisa tinha que dar certo para que ela saísse voando, só não conseguiu pensar em mais nada até o último milésimo de segundo antes que ele...

XXX

...acordou.

St. George abriu os olhos, esbaforido. Mirou o teto. Dava para ver algumas vigas expostas, pintadas de preto, e algumas luminárias diferentes. A maioria era de fluorescentes tubulares, mas havia algumas do modelo chapéu chinês penduradas por lá também.

Seu pescoço ardeu quando tentou se sentar. Havia um cobertor entre ele e o piso de concreto, e nada mais. Sua bunda e seus cotovelos doíam bastante. Suas costas e pernas estavam doloridas.

Sentiu uma coceira no meio das costas, bem entre as omoplatas. Ele se concentrou nela e passou a abanar o formigamento como se fosse uma brasa ainda no início. O formigamento foi se espalhando pelo corpo todo, impulsionando-se contra o chão. Contra o mundo.

Ele se elevou no ar.

Relaxou sua concentração e as botas bateram no concreto. Olhou para si mesmo. Botas, jeans e uma jaqueta preta de motociclista para substituir a que Cairax tinha destruído. Levou a mão à cabeça e tocou num tufo de cabelos que necessitava de um banho e, havia um mês, urgentemente de um corte.

Seu estômago roncou. Estava com fome. Contraiu a barriga e seu estômago roncou de novo. Com fome, mas não morto de fome. Talvez um pouco mais de um dia sem comer? Dois dias, no máximo. Passou a língua pelo interior da boca, pelos lábios, e concluiu que o mesmo valia para água.

Tão logo olhou para trás, não quis mais saber de comida.

Stealth, Barry e os outros estavam todos inconscientes. Todos deitados, cada um num cobertor. Freedom mal cabia no seu.

St. George correu até Stealth. Ela vestia o uniforme completo de hábito, mas sem o capuz. Ele a agarrou pelos ombros e saltou do chão direto em seus braços. Ele estava forte de novo. Muito forte. Respirou fundo, lembrou-se de como lidar com um mundo tão frágil e acomodou Stealth de volta no cobertor.

O pulso dela estava latejando, e ele pôde sentir a respiração através da máscara, mas ela não acordava. Ele tocou o rosto dela, beijou-lhe a testa, os lábios, e tirou a máscara. Sabia, por experiência própria, que desabotoar sua camisa no mesmo quarto em que ela estava poderia acordá-la. Retirar-lhe a máscara, porém, deveria ter provocado uma resposta muito mais extrema. A maioria já teria perdido os dentes.

– Ei – ele disse. Sua voz ecoou pelo cômodo vazio. Resolveu gritar –, Stealth! Acorda!

Nada.

Ele se voltou aos demais. Nenhum deles moveu sequer um músculo, tampouco. Barry estava vestindo um moletom, tipo de coisa que costumava usar um pouco antes ou depois de passar para a cadeira elétrica. Danielle vestia roupas casuais, mas pôde vislumbrar a gola do Cerberus por baixo da camisa. Freedom estava com seu casaco de couro por cima do uniforme do exército. Cesar e Madelyn estavam normais. Os olhos dela estavam abertos, mirando o teto. Pareciam estar cobertos de poeira. St.

George colocou dois dedos no pescoço pálido da garota e confirmou não ter pulsação. Ela também não estava respirando.

No caso dela, tomou isso como um bom sinal.

Eles estavam dispostos num grande círculo, com os pés para fora e as cabeças em direção ao centro. A disposição parecia ser deliberadamente por acidente. Não havia nada os unindo, mas todas as cabeças estavam a cerca de um metro uma da outra.

Nossas cabeças não, St. George se deu conta. Nossas mentes. Ele dispôs nossas mentes juntas.

Olhou ao redor. Tinha certeza de que estavam num dos antigos galpões no Monte. Todos tinham sido transformados em moradias quando o Monte foi criado, mas a maioria acabou sendo abandonada desde que a Grande Muralha tinha sido erguida, dando melhores condições de vida às pessoas. Os galpões, então, foram totalmente esvaziados, sendo quase tudo transferido à Grande Muralha.

Lugares abandonados, onde ninguém nunca ia.

Lançou um último olhar a seus amigos e, então, foi se arrastando até a porta. Seus músculos ainda estavam meio rígidos. Forçou suas pernas a darem passos mais longos, oscilou os braços.

Empurrou a porta. Estava emperrada. Empurrou de novo, com força, e a madeira estalou. Ouviu um arranhão, um baque e um ruído metálico. A porta se abriu.

A luz do sol o cegou por um instante. Vislumbrou alguns vultos se aproximando e pestanejou repetidas vezes até que sua visão foi aos poucos desembaçando. Pararam a poucos metros dele.

– Senhor – um deles disse, uma voz feminina –, o que está fazendo aqui?

Piscou mais uma vez e a imagem da Primeira-Sargento Kennedy lhe saltou aos olhos. Um dos soldados de Freedom no Projeto Krypton. Ela ainda estava de uniforme, mas com as mangas enroladas, bem ao estilo militar. Makana estava parado ao lado dela. Vivo. Alguns metros atrás dos dois, outros tantos guardas logo reconhecidos por George.

Olhou para trás. Havia um 32 imenso e azul pintado na parede. Aos seus pés, uma corrente arrebentada ainda com um cadeado.

– Que dia é hoje? – ele perguntou.

Makana ergueu uma das sobrancelhas:

– Como assim?

– Que dia é hoje? Por quanto tempo a gente ficou fora do ar?

– A gente? – Kennedy retrucou. – O capitão está com você?

– A gente pensou que vocês estivessem fora, numa missão – Makana disse. – Vocês ficaram aí dentro, sentados, esse tempo todo?

– Por quanto tempo? – St. George insistiu.

Makana e Kennedy se entreolharam.

– Talvez por dois dias, senhor – a sargento respondeu. – Vocês todos partiram há duas noites.

– Vocês disseram que não queriam influenciar nas eleições – Makana disse –, então foram todos numa missão de rotina por uns dias pra checar alguma coisa sobre o Legion, por aí.

– Que eleições?

– As eleições pra prefeitura – Kennedy disse. Após notar a expressão de St. George, acrescentou – Foi ontem.

– Ontem? – St. George sacudiu a cabeça. Datas e horários estavam todos misturados na sua cabeça. Tentou colocar os pensamentos em ordem de modo que fizessem algum sentido, e teve uma pequena noção de como deveria ser a vida de Madelyn. Respirou fundo enquanto as lembranças tomavam corpo na sua cabeça. – Quem foi que disse que a gente tinha saído numa missão?

Kennedy e Makana se entreolharam outra vez.

– Bem… você mesmo disse, em pessoa – o sujeito com *dreadlocks* respondeu.

– Quando? Como?

Kennedy confirmou com a cabeça:

– O senhor convocou uma reunião no portão Melgate com quatro, cinco pessoas presentes. O capitão, o senhor, Stealth, Dr. Morris. Todos vocês disseram que ficariam fora por três ou quatro dias.

St. George encarou Kennedy:

– Quando foi que ele chegou aqui?

– Perdão, senhor, como?

– O Agente Smith – ele disse –, John Smith. Quando foi que ele chegou aqui?

A Primeira-Sargento franziu a testa.

– Agente Smith?

– Isso.

– Senhor, não o vimos desde que abandonamos o Projeto Krypton – ela respondeu. – Os relatórios mais recentes apontaram-no nas redondezas de Groom Lake.

St. George voltou a encará-la:

– Ele não tá aqui, então?

– Não, senhor.

–Você tem *certeza* de que ele não tá aqui?

As sobrancelhas de Kennedy quase deram um nó e, então, ela fez uma careta. Lembrava bem do que ele tinha feito com os soldados. E como ele tinha feito.

– Até onde é do meu conhecimento – ela disse –, o Agente Smith não foi visto pelo Monte, senhor.

Ele ficou parado, olhando para ela, por um tempo e, depois, se virou a Makana.

– Tá certo – ele disse. – Esperem aqui.

Voltou ao galpão. Suas pernas já estavam aquecidas e seu sangue fluía normal. Fitou o círculo formado pelos seus amigos e chegou a uma decisão.

Ele envolveu Stealth com um dos braços, segurou a cabeça dela e olhou para cima. O teto estava a uns doze metros de altura. Fitou o rosto mascarado e de volta ao teto, em direção a uma das vigas mais altas, e a atirou ao alto.

A capa dela chicoteou em volta do corpo assim que disparou acima. Girou uma vez, duas vezes, e atingiu o pico de altura. Os nós dos dedos chegaram a triscar numa das luminárias chapéu-chinês.

E então, mergulhou de volta para baixo.

Ele deu um pulo e a pegou no ar. A capa estava enrolada em torno dela feito uma mortalha. Ela estava bamba nos braços dele. Encostou o ouvido próximo à boca de Stealth e sentiu a mesma respiração lenta de antes.

– Merda.

Pousou perto dos outros e a acomodou de volta sobre o cobertor.

– Chefe?

St. George virou para trás. Makana o tinha seguido. O sujeito de *dreadlocks* ficou olhando para os heróis estendidos no chão.

– Eles estão todos…?

St. George sacudiu a cabeça:

– Eles estão vivos. Eu só não estou conseguindo acordar ninguém.

Makana o encarou e, então, olhou para o cobertor vazio onde o herói estava.

– Como foi que você acordou?

– Stealth mandou Freedom me jogar pela janela do quarto andar.

– Quê?

– Isso não importa agora. Eu acho que o Smith sabia que ela seria a mais difícil de controlar. Ela provavelmente tomou uma dose dupla do que quer que ele tenha dado ou feito com a gente.

O sujeito de *dreads* fitou os outros.

– Então, quer dizer que não tem como você acordar eles?

– Eu ainda não sei.

St. George foi andando até Madelyn, ajoelhou-se e deu uns tapinhas na bochecha dela. Mais de perto, deu para ver que os olhos dela estavam totalmente ressecados. Ele a sacudiu pelos ombros e lhe cutucou as costelas.

– Enfia o dedo no ouvido dela – Makana disse. – Eu ouvi dizer que é uma boa maneira de acordar as pessoas.

St. George até que tentou. Nada. Ele a carregou nos braços.

– Vai pra trás – ele disse. – Eu vou tentar aquilo de novo.

O corpo de Madelyn saiu voando até o teto, balançando os braços e meio encurvada. Então, a cabeça dela inclinou para trás e ela passou a despencar de volta ao chão.

Aí, ela piscou duas vezes e gritou.

St. George deu um pulo e a aparou a três metros de altura. Ela se agarrou nele como se estivesse se afogando, quase o sufocando.

– Mas que porra é essa?! – ela berrou.

Kennedy entrou correndo com sua arma em mão.

– Tá tudo bem – St. George disse –, eu te peguei.

Madelyn piscou outra vez:

– Onde é que estou? O que tá acontecendo?

– Eu tentei te acordar – St. George respondeu – e meio que nada funcionou, aí o jeito foi caprichar na dose – ele pousou e a colocou no chão.

Madelyn sacudiu a cabeça e olhou para Kennedy e Makana. Ele deu um sorriso apertado.

– Tá na hora de acordar, Corpse Girl – ele disse.

– Idiota – ela disse, mostrando-lhe a língua bem esticada. Então, olhou para suas próprias pernas e escancarou um sorriso. – Ai, graças a Deus... estou conseguido andar de novo.

Kennedy foi até Freedom e checou o pulso dele:

– Ele está sob o efeito de drogas? – ela perguntou a St. George.

Ele sacudiu a cabeça.

– É só o Smith. Ele ferrou com a cabeça de todo mundo. Eles meio que estão num tipo de transe. Um sonho – ele se virou a Madelyn. – Você se lembra de alguma coisa?

– Quase tudo, eu acho – os olhos esbranquiçados da garota se voltaram ao teto. – Onde é que a gente tá?

– No Monte.

Ela pestanejou e olhou por trás dos ombros:

– Valendo?

– Você acabou de dizer que se lembra de quase tudo.

– Quase tudo do sonho – ela disse. Seus lábios se contorceram ao observar em volta. – Eu não consigo me lembrar de quando foi que eu fiquei acordada pela última vez.

St. George deu alguns passos em direção à porta.

– Tentem acordar o resto do pessoal – ele disse. – Usem umas lâmpadas fortes ou uns baldes d'água ou sei lá o quê. Tentem contar pra eles o que aconteceu quando eles acordarem.

– Onde o senhor vai? – Kennedy perguntou.

– Encontrar o Agente Smith.

– Mas a gente não sabe onde é que ele tá – Madelyn disse.

– Ele vai estar onde ele sempre esteve – St. George disse. – Por trás dos panos. Eu estou indo ter uma conversinha com o prefeito.

XXX

St. George saiu do Galpão 32 e se lançou pelos ares. Seus ombros estremeceram com a sensação de voar outra vez. Foi subindo cada vez mais alto, acima dos prédios, céu afora, onde ficou pairando um pouco.

Dava para ver o Monte todo lá do alto. Direto em frente, a torre da caixa d'água. A sua esquerda, as fachadas da New York Street. A cidade de Los Angeles para além das muralhas do estúdio. Pôde avistar centenas, talvez milhares de pessoas, pessoas vivas, caminhando pelas ruas, por entre os prédios. Um pouco mais ao longe, a Grande Muralha, com dezenas de guardinhas minúsculos indo e vindo sobre ela.

Depois disso, lá estavam os ex's. Perambulavam grudados à Grande Muralha feito formigas. Não passavam de pontinhos daquela altura toda, mal dava para notar que cambaleavam. Foi flutuando um pouco mais baixo e se precipitou sobre o jardim. Algumas pessoas olharam para cima. Metade acenou. Ele deu um giro no ar e pousou na entrada do Roddenberry Building.

A exemplo de vários prédios no Monte, o Roddenberry foi batizado em homenagem a um famoso cineasta. Todos sempre pensaram nele como a prefeitura por anos, inclusive enquanto não passava do escritório de Stealth com algumas salas de conferências que eram usadas uma vez por mês, mais ou menos. Agora, era de fato a prefeitura. Quase metade das salas estava em uso. O prefeito ficava no quarto andar. Ele se lembrava que Stealth tinha concordado que seria um ato simbólico deixar com o prefeito a sala que antes era sua, para deixar claro para todo mundo que os heróis estavam devolvendo a administração de Los Angeles de volta ao povo.

St. George foi marchando pelo lobby e cruzou com cinco ou seis pessoas pelo caminho. Quando chegou ao pé da escada, seus pés flutuaram e ele subiu os degraus flutuando.

A porta no quarto andar estava aberta.

O ambiente se encontrava bem iluminado. Stealth sempre manteve tudo muito às escuras, repleto de sombras. Os raios do sol ora entravam pelas janelas. Havia uma mesa entre a escada e os elevadores. Um rapaz estava sentado atrás dela e lançou um olhar a St. George assim que seus pés tocaram no chão. Às suas costas, dois grandes vasos com plantas enormes ladeavam a entrada do salão de conferências. Pareciam de plástico. As portas no interior do salão também estavam abertas.

– Ah – o rapaz disse –, você. Tá com hora marcada? – os dois se encararam por um instante. Então, a expressão do rapaz descontraiu e ele soltou uma risadinha. – Desculpa, não deu pra resistir. A gente nem tem uma agenda oficial ainda. Não tem nenhum compromisso marcado pra agora, não.

– Ah.

– Você aceita um copo d'água ou algo mais? – apontou para o bebedouro do outro lado da recepção. – Tá geladinha.

St. George quase disse não, mas então se deu conta do quanto sua boca estava seca. Encheu um copo de plástico e entornou. Logo se sentiu mais focado e desperto. Seu estômago roncou de novo assim que a água bateu.

– O prefeito achou que talvez você fosse dar um pulinho aqui, mesmo, já que você e os outros heróis voltaram – o rapaz disse. Fez sinal por trás do ombro. – Pode entrar.

St. George jogou o copo no lixo e seguiu em direção à sala.

As persianas estavam abertas e o antigo escritório de Stealth se encontrava banhado pela luz do sol. Todos os monitores tinham sumido. Ela os tinha levado consigo quando se mudou para… onde quer que então fosse sua base. Ele se tocou de que não sabia onde era, e ficou se perguntando se isso era porque sua memória ainda estava meio embaçada ou porque ela simplesmente não lhe tinha contado.

A grande mesa de mármore, que antes ficava no centro da sala de conferências, tinha sido movida para um canto, virada de lado. Tinha se tornado uma escrivaninha de luxo, cheia de caixinhas, um telefone, dois computadores e uma pequena coleção de porta-retratos. Parecia tudo muito bem arrumado. Arrumado e natural demais para tão pouco tempo.

Havia três grandes cadeiras em frente à mesa, afora a enorme poltrona por trás dela, onde o prefeito estava sentado. A prefeita. As costas da poltrona eram tão altas que ela mais parecia um trono. St. George tinha certeza de que tinha sido de propósito.

Ele olhou em volta. Não havia ninguém mais no escritório além dele e da prefeita. Nem sinal de Smith, aparentemente. A prefeita vestia um terninho e uma gravata escura. Terminou de ler o documento em suas mãos, fez uma breve anotação e ergueu os olhos na direção dele.

– Pois bem – Christian Nguyen disse –, não posso dizer que estou surpresa em vê-lo aqui antes do previsto.

x x x

St. George se aproximou da mesa:

– Onde é que ele tá?

– Ele quem?

– Smith. Agente John Smith, do Projeto Krypton.

Christian apertou os lábios, então sacudiu a cabeça. Cada movimento pareceu calculado e muito bem treinado, como se ela os tivesse praticado de modo a torná-los cada vez mais convincentes.

– A última notícia que eu tive dele foi quando seu batalhão o acusou de ser uma espécie de traidor e ele acabou fugindo pra outra base militar.

– Ele tá aqui agora – St. George retrucou. – E eu aposto que ele tá mancomunado com você, mesmo que você nem se dê conta disso.

Ela sacudiu a cabeça:

– Eu já sei bem onde essa conversa toda vai parar. Primeiro, você vai tentar convencer todo mundo de que o governo representativo está dando guarida a um supervilão aqui no Monte.

– Todo mundo lá no Krypton sabe bem que ele…

– E então, você recupera seu prestígio e poder sobre os cidadãos novamente – ela o interrompeu. Ficou de pé por trás da mesa e o encarou com frieza nos olhos. – "Só por um tempinho", você diria, "só até a gente ter tudo sob controle de novo". E aí, você "descobriria" alguma evidência fajuta de que Smith e eu fazemos parte de alguma conspiração mirabolante e as eleições seriam invalidadas – ela sacudiu a cabeça. – Você seria capaz de dizer qualquer coisa pra me tirar desse escritório e enfiar alguma das suas marionetes sem vida aqui dentro.

Ele fechou os olhos e contou até cinco. Então, ele os abriu de volta e olhou ao redor outra vez. Os dois estavam sozinhos.

– Christian – ele disse –, não tem nada a ver com você. O Agente Smith tá em algum lugar por aqui e…

– Não, ele não está.

– Ele tá em algum lugar por aqui e é perigoso. Ele mata as pessoas por pura diversão, Christian. Ninguém aqui quer invalidar eleição nenhuma, mas se ele não estiver mesmo mancomunado com você, a gente tem que dar um jeito de achar esse cara. E descobrir com quem ele fechou aqui dentro.

Ela sacudiu a cabeça de novo.

– Você está doido pra arrumar confusão. Você simplesmente não consegue lidar com o fato de que as pessoas dependem de mim quando as coisas apertam.

– Christian, por favor… se você não tá a fim de ajudar, eu vou ter que fazer isso sozinho – ele fez uma breve pausa e decidiu correr o risco de provocá-la. – Isso não vai pegar nada bem pra você logo na primeira semana como prefeita.

Ela o encarou por um instante. Então, o leve esboço de um sorriso surgiu no rosto dela.

– Você ainda não entendeu nada, né – ela disse. – Você honestamente ainda não se tocou do que está acontecendo aqui…

– Olha que acho que estou entendendo bem mais do que você.

Ela sacudiu outra vez a cabeça.

– Não, eu acho que não – ela fez sinal em direção a uma cadeira. – Sente-se. Eu gostaria de lhe explicar uma coisinha.

– A gente não tem tempo pra…

– Não vai demorar. Por favor?

Ele suspirou e caiu de bunda na cadeira mais próxima.

Ela voltou a se sentar na poltrona e passou a mão pela mesa.

– Isso me confere poder – ela disse. – Esse escritório me coloca lado a lado com você. Todas as pessoas que davam ouvidos a mim continuam comigo. Todas as pessoas que davam ouvidos a você, agora, queira ou não, estão me escutando com um pouco mais de atenção. Porque eles sabem que, agora, eu também sou poderosa.

Ela esticou os braços e colocou as mãos sobre a mesa, entrelaçando os dedos. Deixou apenas os indicadores em riste. Parecia mais que segurava uma arma apontada a St. George.

– Não se trata de um poder igual ao seu – ela prosseguiu. – Não é nada físico. O segredo desse poder, poder de verdade, é que ele está todo aqui – soltou uma das mãos e bateu com a ponta do dedo bem no meio da própria testa. – As pessoas imaginam que o poder seja uma coisa. Uma coisa que possa ser desfrutada ou conquistada ou tomada dos outros. Conhecimento é poder, dinheiro é poder, força é poder – ela gesticulou, varrendo as palavras pelo vento. – Essas são as pessoas que nunca vão ter poder de verdade porque elas estão sempre atrás das coisas erradas.

St. George concordou com a cabeça e tentou parecer educado:

– Eu acho que a gente tem coisa mais importante pra fazer agora.

–Você disse que me deixaria explicar, não disse?

– Tá certo, eu disse – ele admitiu, muito embora não soubesse bem dizer por quê.

– O poder de verdade é um conceito – ela continuou –, uma ideia. Você sai por aí, espalha sua ideia de todas as maneiras possíveis. Cartazes, jornais, comerciais na TV.

– Não tem mais nenhum jornal em Los Angeles faz mais de quatro anos – ele retrucou.

Christian sacudiu a cabeça:

– Eu só estou dando alguns exemplos. O ponto é sair por aí conversando com as pessoas. É assim que você consegue que suas ideias se espalhem. Através da comunicação.

St. George franziu as sobrancelhas:

– Não sei se estou entendendo bem o que você tá querendo dizer.

Então, ela estendeu os braços, gesticulando feito um político no meio de um discurso:

– Se alguém fizer a pergunta certa – ela explicou – é capaz de deixar a resposta implícita. Plante uma ideia na sua cabeça. Talvez, pode não parecer muito no começo, a maioria das ideias não é mesmo, mas fica lá, zumbindo no fundo da cabeça. E, com o tempo, essa ideia vai crescendo e ficando cada vez mais forte. Mais dia, menos dias, ela acaba se tornando algo maior do que uma mera ideia. Ela deixa o pensamento racional pra trás. Ela se torna poderosa.

St. George se levantou.

– A gente não tem tempo pra isso agora – ele disse. – Se você não tá a fim de me ajudar, beleza. Eu vou reunir os catadores e os guardas pra gente iniciar uma busca – e seguiu em direção à porta.

– Eu ainda não terminei, George – Christian disse. –Você poderia permanecer sentado?

Ele parou no meio da sala. O herói olhou para a porta e, então, de volta a Christian. Deu meia-volta e se sentou na cadeira outra vez.

Ela sorriu e ajustou a gravata:

– Obrigada.

Era um sorriso escancarado e falso. Ficou estampado no rosto dela, todo reluzente, por uns segundos até que os olhos de George se arregalaram ao reconhecê-la.

– Pois é, eu sei – ela disse. – Eu também fiquei meio assustada no começo.

TRINTA E QUATRO

ANTES

As pessoas podem depender de mim quando as coisas apertam.

Fiquei do lado de fora do Galpão 32, esperando que o St. George aparecesse no céu. A qualquer minuto. Seria divertido.

Estar pelas ruas do Monte acabou me lembrando de outro dia ensolarado junto com o St. George, quase um ano atrás. Eu penso muito naquele dia, apesar de tudo ainda estar muito confuso na minha cabeça. O que eu me lembro pode ser interpretado sob dois pontos de vista.

Lembro de ser a Christian Nguyen e de ver o John Smith acenando com a cabeça.

Lembro de ser o John Smith e de ver a Christian na minha frente.

– Fico feliz em saber que existem pessoas como você aqui no Monte. Pessoas em quem podemos confiar até quando as coisas apertam – lembro de sentir as palavras deslizando pela língua dele e ecoando nos ouvidos dela. – Posso contar com você quando as coisas apertarem, não posso, Christian?

Lembro de ser o Smith e sentir uma pontada que me dizia que a pergunta estava entrando na mente dela, plantando ideias.

Lembro de ser a Christian e sorrir.

– Claro que pode – eu disse. – Me sinto honrado de poder servir o povo.

– Excelente – eu disse me valendo do meu sorriso confiável, aquele que fazia as pessoas pensarem que estávamos dividindo um segredinho, e eu lembro de ver esse sorriso como Christian o via e de ter me sentido orgulhoso.

É uma sensação estranha, tenho que admitir. Lembrar de tudo isso através de dois pares de olhos, dois pares de ouvidos. Mas é assim que eu me lembro. Foi a parte dela que ficou em mim, o momento mais importante da vida dela. O momento em que ela me conheceu.

É claro que eu não esperava por isso. Eu só tinha plantado alguns pensamentos e ideias e esperava que eu tivesse uma marionete feliz e contente no Monte. Alguém no meu bolso pra eu usar sempre que precisasse.

Acontece que a Christian também tinha seu próprio segredinho. Nada muito importante. Toda vez que alguém vem com aquele papo que fulano poderia ter sido o melhor físico do mundo se fosse dedicado o bastante, fica meio óbvio que essas pessoas ficariam no máximo empatadas na quinquagésima ou centésima posição no ranking de melhor físico do mundo. Isso, se elas se dedicassem o bastante. Caramba, eu posso apostar que ela nunca nem chegou a perceber que estava em transe. Ela se encontrava em negação profunda, metade da razão de nunca ter funcionado além do nível subconsciente. E, mesmo assim, de forma bem tímida.

A Christian tinha seu próprio superpoder. Ela se aproveita da Gestalt, se é que eu me lembro desses termos básicos da psicologia. Ela conseguia unir as pessoas, conectar as pessoas num nível subconsciente. O que eu quero dizer é: como é que alguém com zero de carisma e habilidades interpessoais teria conseguido entrar pra política e ter sucesso, se fosse diferente? Sendo honesta, ainda por cima.

É claro que se eu soubesse disso antes, talvez as coisas tivessem mudado um pouquinho. Em vez disso, tínhamos dois conjuntos de habilidades mentais se misturando, uma amplificando a outra a patamares absurdos. Harmonia total, eu acho. Talvez essa coisa dela com a Gestalt também. Toda essa coisa do todo ser maior do que as partes ou coisa do tipo.

Acabei plantando uma ideia bem grande. Muito maior do que eu tinha planejado. E ela acabou nos unindo.

É claro que estar nesse corpo me exigiu muito tempo de adaptação. Tiveram várias manhãs em que a Christian acordava e eu não conseguia entender porque parecia ter alguma coisa errada com o rosto dela. Tinham também várias coisas do passado que ela não conseguia se lembrar, além de todas as novidades que, por outro lado, ela conseguia se lembrar muito bem. A maioria das pessoas começou a entrar em pânico achando que era Alzheimer ou coisa do tipo, mas ela estava tão focada em tocar adiante o movimento Depois da Morte e sua campanha pra prefeita, que deixava todo o resto de lado. E continuava repetindo a frase que eu tinha lhe dito várias e várias vezes, como se fosse um erro, um *glitch* num loop eterno.

As pessoas podem depender de mim quando as coisas apertam.

Ela começou a esquecer da própria vida e se lembrar da minha.

O St. George despontou no céu e me fez voltar ao presente. Ele rodopiou em espiral feito uma pipa ao vento. Aí, passou a voar cada vez mais baixo até pousar a alguns metros de mim.

– E aí, Christian? – ele disse. Sempre soava tão sincero. É incrível como isso logo se torna irritante.

– Eu preciso te mostrar uma coisa – eu lhe disse.

Ele olhava ao redor do Monte.

– Estou meio ocupado – ele disse. – A gente tá tentando resolver umas broncas antes que...

– Só vai levar um minutinho – eu disse. – Você tem um minutinho, não tem?

– Sim, sim, claro.

Eu me virei e fiquei mexendo na tranca. Era só pra desviar a atenção dele. A essa altura, eu já tinha feito isso várias vezes.

– Fico feliz que você tenha feito aquele pronunciamento – eu lhe disse sem olhar pra trás. – Tenho certeza de que outras pessoas também ficaram. Escolher em quem votar vai ficar bem mais fácil, você não acha?

– É... – ele disse.

A tranca se abriu e eu puxei a maçaneta. Olhei pro St. George, atrás de mim.

– Você vem?

Ele alcançou a porta e a segurou aberta pra que eu entrasse, indo logo em seguida. Uma coisa eu preciso dizer, os homens tratam mesmo as mulheres de forma diferente. Um monte de coisinhas pequenas, sabe, mas elas existem. Foi estranho no começo, mas depois eu me acostumei.

O St. George me seguiu até o centro do palco. Eu tinha colocado alguns cobertores lá, só pra deixar o ambiente mais acolhedor. As pessoas sempre ficam meio confusas quando as coisas parecem acolhedoras, e a confusão sempre me favorece. Em três dos cobertores já tinha pessoas deitadas.

– Danielle – ele disse –, estou tentando te achar faz uma meia hora.

Minha ruiva preferida nem se mexeu, é claro. Tinha sido minha segunda vítima. Eu não podia correr o risco de ela reconhecer o meu jeito de falar ou algum dos meus hábitos. Fiquei tentado a abusar da minha ruivinha só uma vez, ou três, pelos velhos tempos, mas nem tenho mais meu equipamento, mesmo. Ainda estou tentando me acostumar com isso, tenho que admitir.

– Peço perdão por isso – eu disse ao St. George. – Ela estava me ajudando com uma coisinha. Você não se incomoda, não é?

Ele ia dizer que não, é claro, mas aí percebeu que ela não estava se mexendo. Então, ele viu o Freedom num cobertor um pouco mais longe. E logo depois da Danielle, uma terceira pessoa. Com aquela luz tão fraca no galpão, ela meio que estava camuflada e era mais difícil de ver.

Tenho que dar crédito pro cara, ele não gritou o nome dela nem nada melodramático tipo isso. Ele só saiu correndo pra atravessar o cômodo. Dando pulinhos na verdade. Um homem nobre e de ação.

Eu não tive pressa nenhuma e fui andando logo atrás dele. Ele estava com aquela vagabunda de capa nos braços. Tinha tentado acordá-la, pressionou os dedos contra a jugular dela e sentiu a respiração. Eu estava a uns cinco passos dos dois quando ele olhou pra trás.

–Você sabia disso aqui?

Confirmei com a cabeça e dei um sorriso.

–Você quer se deitar do lado dela?

Ele a acomodou no cobertor de novo, fazendo um montinho de tecido embaixo da cabeça dela e retribuiu meu aceno de cabeça.

– É... – ele disse – acho que ia ser bom.

As sobrancelhas dele se cerraram e deu pra ver uma pontinha de medo lá no fundo dos olhos. Ele entendia o que estava acontecendo. O que ele estava fazendo. É sempre mais divertido quando as pessoas entendem o que tá acontecendo.

– Só se deite, se espreguice e relaxe – eu disse. – Não é uma forma agradável de passar a tarde?

O St. George olhou pra um dos cobertores estendidos no chão, dobrou a borda de um deles no meio e sentou em cima.

Só que fazer isso é meio arriscado, sabe. Ir pegando de um em um, e depois apagar o cara na frente dos outros. Vai que um deles acorda e sai do transe antes que eu consiga falar alguma coisa, e esse pequeno e divertido experimento chega ao fim.

Mas ainda é melhor do que a outra alternativa. Eu já tinha ouvido histórias sobre o que tinha me acontecido no Projeto Krypton. Bem, com o outro eu, eu acho. Tentei tirar detalhes das pessoas sempre que podia, e ficava ouvindo conversas que não era pra eu escutar. Já tinha ouvido falar sobre a máscara do outro eu ter caído. O Coronel Shelly morrendo. O Professor Sorensen morrendo. Stealth enfiando uma faca na garganta do outro eu antes de eu fugir pras bandas de Groom Lake.

Eu não podia correr o risco disso acontecer aqui também. Primeira regra para construir seu novo império: se livre das pessoas que acabaram com o seu último império. As pessoas que sabem como te derrotar.

Ainda fico impressionado com o fato de eu ter conseguido pegar a Stealth. Tudo bem, eu tinha apagado ela antes de ela ter a chance de suspeitar de alguma coisa. Quer dizer, suspeitar mais ainda. A desgraçada é muito rápida. Mas ela nem percebeu e, quatro minutos depois de entrar nesse galpão pra checar alguns"problemas de segurança", já estava inconsciente no chão.

A Danielle foi a próxima. E o Freedom continua o mesmo idiota que não saca porra nenhuma e sai obedecendo todo mundo que ele considera ser acima dele. Deus abençoe a mentalidade militar.

O St. George chegou a se espreguiçar no cobertor e se mexeu algumas vezes até ficar confortável. Ele olhou pra Stealth e depois pra mim.

–Você tem razão – ele disse. – Até que isso é agradável, mesmo.

Forcei um sorriso.

– Por que é que você não tira um cochilo? – eu sugeri. – Um longo e gostoso cochilo.

Ele bocejou e piscou duas vezes.

– Não ia ser legal sonhar com um lugar sem zumbi nenhum? – eu prossegui. – Sem nenhum ex, nem vírus, onde nada disso nunca tenha acontecido! Você podia até esquecer de tudo isso. Pensa que só existe aquele velho e bom mundinho onde você era só um cara normal, fazendo o que quer que fosse que você fizesse antes de virar super-herói. Não ia ser legal?

– Deus do céu, como ia! – ele disse e bocejou de novo.

Uma coisa ótima sobre esse conjunto novo e ampliado de habilidades são os sonhos. O velho eu, o outro eu, o que tá lá por Groom Lake ou sei lá onde, podia até forçar alguém a dormir, mas todo mundo acabava acordando. Ele não conseguia controlar os subconscientes das pessoas. Mas com os poderes da Christian no meio, eu posso fazer as pessoas combinarem seus sonhos e construírem novas memórias. Com duas ou três pessoas juntas, dá pra fazer um mundo ótimo, muito bem detalhado, com cada pessoa preenchendo as falhas na memória da outra. Um mundo do qual eles nunca precisem acordar.

O St. George conseguiu virar a cabeça na direção da Stealth antes que as pálpebras dele ficassem pesadas demais. Aí, ele levantou a cabeça de novo. A respiração dele se estabilizou.

Sussurrei mais algumas sugestões, eu queria que eles ficassem fora do meu caminho, perdidos no mundo dos sonhos. Mas todo bom carcereiro sabe que se deve construir um muro em volta da prisão, também, para o caso dos prisioneiros conseguirem fugir das celas. Só para o caso de eles acordarem, sabe. Nada muito elaborado, só uma ligeira distorção da realidade, o suficiente pra manter todos eles ocupados por alguns...

– O que é que você tá fazendo?

Eu me virei e vi a filha do Sorensen a meio caminho entre a porta e eu. A Corpse Girl, como ela gosta de se chamar. Eu devia ter adivinhando que ela ia acabar aparecendo por lá. Ela segue o St. George pra cima e pra baixo feito um cachorrinho. Fico imaginando se ele não tá transando com ela. Não curto nadinha esse papo de necrofilia, mas dá pra entender a tentação que é um eterno corpinho de dezoito aninhos.

Ela saiu cruzando o galpão apressada. Debaixo dessa luz fraca, a pele dela parecia ser totalmente branca. Até quando andava, dava pra ver que era meio travada, isso me intrigou por uns dias. Às vezes, ela para de respirar. É uma daquelas coisas sutis, sabe, mal dá pra ver o peito de alguém se mexer. Até se conhecer alguém que simplesmente não respira. Às vezes, ela também não pisca. É meio estranho, e olha que é alguém mentalmente clonado em outro corpo quem tá dizendo isso.

Tenho que admitir, fiquei bastante confuso quando caiu a ficha de quem a Corpse Girl era. A pequena Madelyn, a filha de quem o Dr. Sorensen não parava de falar, mesmo depois que eu planejei tudo pra que ela morresse bem na frente dele. Era que nem um desses filmes canalhas de terror. O morto volta a viver, você se vira e lá está a garota que você matou no segundo ato, de volta pra sua vingança zumbi.

Mas, é claro, ela não fazia a menor ideia de quem eu era. Nem antes, nem agora.

A verdade era que eu não sabia muito coisa sobre ela. Sei que está morta, sim, mas não é o modelo-padrão de um ex-humano. Eu a testei duas vezes, dando comandos bem simples. Não duram nem um dia com ela, aí ela dá um jeito de se livrar deles. Fiquei sabendo que ela tem algum tipo de problema na memória, o que faz certo sentido.

Isso significava que eu ia ter de ser um pouquinho mais duro com ela.

A Corpse Girl estava a uns cinco metros de mim quando viu os heróis estendidos no chão. Os tênis dela derraparam no piso de concreto quando ela parou de correr. Tinha um mínimo de contraste em seus olhos, o suficiente pra eu poder ver as íris dela indo de herói em herói, de um lado pro outro. Quase sempre pro St. George, é claro.

Eu fiz um sinal com a mão:

– Você pode vir aqui?

A Corpse Girl voltou a andar. Deu alguns passos e, aí, parou de novo. Ficou me olhando.

– Foi você quem fez isso? – ela perguntou.

– Mas é claro que não – eu respondi. – Poderia me ajudar, por favor?

Isso foi o suficiente. Ela se aproximou de mim e eu apontei para um dos cobertores. – Você não tá com vontade de tirar uma sonequinha? Pode se deitar do outro lado do St. George, se você quiser.

Ela piscou algumas vezes e deu uma tremidinha.

– Você não quer tirar uma soneca? – eu perguntei de novo.

As pálpebras dela foram se fechando cada vez mais e mais e, de repente, voltaram a se abrir. Ela me encarou. Foi meio bizarro com aqueles olhos mortos.

Eu dei um sorriso e enlacei os dedos.

– Veja bem, não me olhe desse jeito – eu disse. – Você não está se sentido cansada?

E aí eu acertei um golpe nela bem no meio do queixo com as duas mãos.

Ela cambaleou pra trás e quase caiu. Então, endireitou a postura e fechou a mãozinha ossuda. Soltei minhas mãos e balancei elas no ar. Sou uma merda lutando. Acho até que quebrei um dedo.

– Dói, não dói?

Ela recuou e levou a mão à bochecha.

– Está tonta demais para se levantar?

A Corpse Girl tremeu e caiu de joelhos.

Fiquei só observando enquanto ela tentava manter o equilíbrio e apoiou os dedos na minha perna. Uma das memórias estranhas dos músculos da Christian que vai e vem.

– Você era uma criança doente, não é mesmo? Distrofia muscular ou algo do gênero? Seu pai ficava reclamando disso toda hora depois que eu te matei pela primeira vez.

Ela ficava cambaleando de um lado pro outro, se batendo toda com as minhas perguntas.

– Ele fez alguma coisa pra te curar, não fez? – eu continuei.

Até que ela caiu de lado. Eu a segurei pelo braço e meio que saí arrastando o seu corpo até o círculo de heróis. Ela ainda ficou se debatendo por quase um minuto e eu soprei mais algumas palavrinhas no seu ouvido:

–Você não quer continuar se comportando desse jeito, quer?

Ela parou de se debater.

– Não seria mais fácil simplesmente relaxar?

Ela foi rolando até o cobertor. Deitou de lado e, depois, virou de barriga pra cima. Parou de respirar outra vez.

Eu continuei sussurrando no seu ouvido até ela se aquietar totalmente. Ela até que tentou resistir um pouco, mas as sugestões penetraram em seu cérebro e as ideias se afixaram. Ela piscou algumas vezes e depois o corpo desfaleceu. Permaneceu com os olhos vidrados, mirando o teto.

Ela seria o meu curinga naquela situação toda. Eu não tinha certeza de quanto tempo eu conseguiria deter aquela garota e também não fazia a menor ideia de que isso teria algum efeito ou não. Eu não acho que ela possa morrer de inanição. Fiquei tentado a simplesmente pisotear aquela cabecinha dela, mas, se alguém achasse os corpos, podia acabar suscitando perguntas demais.

E eu não queria ter que lidar com pergunta nenhuma. Ainda não.

Por enquanto, tudo não passa de sono tranquilo.

TRINTA E CINCO

St. George tentou sair da cadeira. Fez força nas pernas e nas costas, empurrou os braços. Concentrou-se no ponto entre as omoplatas e tentou se lançar ao alto.

Nada aconteceu.

Christian abriu um sorriso e se inclinou para frente na poltrona.

– Dá pra ficar quieto um minuto? E você estava pensando em fazer exatamente o quê? – ela acrescentou. – Dá pra ver a fumaça saindo do seu nariz.

Sua boca ficou seca e seus lábios se apertaram. Ele a fulminava com olhos.

– Todd – ela chamou.

O rapaz apareceu na porta.

– Você podia passar um radio e chamar o canal especial pra mim? Diga que a palavra-chave é "pródigo", e que eu já me encontro com eles. Estarei lá em… – lançou um breve olhar a St. George – uma meia hora, mais ou menos.

A cabeça de Todd foi de cima abaixo.

– Eu tenho certeza de que eles serão capazes de fazer isso, Sra. Nguyen – ele disse e seguiu de volta a sua mesa.

Ela se acomodou de volta na poltrona que mais parecia um trono.

– Tenho certeza de que você gostaria de me fazer algumas perguntas – ela disse a St. George. – E o seu minuto está quaaaaaase acabando... então, vai em frente. Mas fica na cadeira, tá? Dá pra confiar? Você não vai me machucar, né?

– A gente tá sozinho aqui – ele disse –, pode parar com esse teatrinho. Ou com essa ilusão. Como queira.

Christian pestanejou.

– Me fazendo enxergar a Christian... cadê ela? Tá morta? Ou só dormindo em algum canto por aí também?

Ela deu uma risada.

–Você não estava prestando a menor atenção em nada do que eu dizia.

– O que foi que você fez com ela?

– Aaaah... agora, sim, uma pergunta inteligente. Não que você saiba o porquê, mas foi uma boa pergunta – ela bateu com os dedos na lateral da sua cabeça. – Só o que importa é que, algumas semanas atrás, a insuportável da Sra. Nguyen foi dormir com uma dorzinha de cabeça e, no dia seguinte, quem acordou fui eu.

St. George ficou encarando a mulher. O leve sotaque na voz dela tinha sumido e pronunciava algumas palavras num tom agudo demais. Soava mais nova. Os músculos do rosto dela se contraíam de um jeito esquisito. Simplesmente não era o jeito como os olhos e a boca de Christian costumavam ficar. Lembrou do sorriso falso de Smith.

– Então, quer dizer que você matou a Christian – St. George disse.

– Talvez – a mulher retrucou, dando de ombros. – Não é como se ela tivesse sido contaminada pelo vírus ex ou algo assim. O coração dela ainda bate, os pulmões respiram direitinho, o cérebro funciona. É o meu cérebro agora, mas tudo bem.

– Ela vai ser a sua última vítima.

– Duvido muito disso. E você também. Vamos ser honestos, não é como se você tivesse perdido o amor da sua vida. Tinha bastante ódio de você e da Stealth aqui por dentro – Christian disse, batendo com os dedos na cabeça de novo. – Não venha querer me dizer que ela era sua melhor amiga e que você tem que vingar a morte dela, nem nada parecido.

– Ela era uma pessoa. Não era sempre que a gente concordava, mas ainda assim, ela era importante.

A mulher respirou fundo e sacudiu a cabeça.

St. George tentou se levantar outra vez, mas seus membros estavam paralisados.

– Mas, e aí, qual é agora? Você tá controlando o corpo dela lá de Groom Lake?

– Que nada – Christian se observou no espelho e ajeitou o colarinho da camisa sobre a gravata –, eu sou um clone mental, se é que isso faz algum sentido. Eu e o outro eu, nossas vidas se separaram quando a ideia de mim entrou no cérebro da Christian. Então, não sei qual é a dele, e nem ele sabe qual é a minha. Sou a Christian Smith, se isso tá bom pra você.

– Se você não é ele – St. George disse –, então, por que fazer tudo isso? Por que você não fica do nosso lado?

Ela bufou.

– Honestamente – a mulher retrucou –, não faço ideia da situação pela qual meu outro eu tem passado. Não muita, quer dizer, considerando o estado em que a Stealth deixou o pobre coitado. Mas não dá pra negar que eu tenho uma grande chance pra recomeçar minha vida de novo aqui. Vinte mil cidadãos meio esquisitos, alguns supersoldados, uma armadura blindada... pode ser o início de um novo império. Contanto que vocês cooperassem, você, a Stealth, o capitão, e todo o resto do pessoal. Então, algumas palavrinhas ditas e vocês foram todos embora enquanto todo mundo em Los Angeles votava em mim pra prefeito.

– É claro que votaram em você, como não... – St. George vociferou.

– Tenta me dar um pouco de crédito, vai – Christian disse, curvando-se sobre a mesa. – Nem foi uma vitória esmagadora. Fiquei com bons quarenta e dois por cento dos votos. O Richard levou trinta e três. Você e a Stealth não passaram dos dezesseis por cento dos votos, juntos, muito embora eu acredite que ela tenha te vencido por uns dois ou três votinhos. O Mickey Mouse levou oito votos e o Super-Homem ficou com quatro. Tudo muito correto e confiável.

– E quanto a gente? Você não ia poder esconder a gente pra sempre.

– Tenho que ser honesto, George. Eu meio que torci pra que vocês ficassem vivendo na maior santa paz lá no mundinho dos sonhos de vocês e acabassem morrendo de fome por aqui, mas... – ela se interrompeu e o encarou. – Foi a filha do Sorensen, não foi? Eu sabia que essa menina ia dar problema...

– Ela se lembrou de você – St. George disse –, ela sabia que você estava tramando alguma coisa.

Christian Smith deu um sorriso e sacudiu a cabeça:

– São sempre os pequenos detalhes que acabam te traindo no final. Ela quase te livrou dessa ontem. Você provavelmente nunca teria acordado se eu não estivesse lá pra te sugerir alguns comandos fresquinhos – ela endireitou a postura e ajeitou o terninho. – De um jeito ou de outro, é melhor a gente ir embora logo. Você poderia me acompanhar, George?

Ele se levantou sem sequer pensar no que fazia.

Christian atravessou a sala.

– E não é que você nem tentou me machucar ainda. Que bom. Daria pra continuar assim por mais um tempinho?

Ele sabia que não seria capaz de machucá-la, tampouco queria expressar o menor sinal de estar em acordo. Sua cabeça foi de cima a baixo totalmente contra sua vontade.

Ela parou bem em frente à porta.

– Aliás – acrescentou num tom de voz bem baixo –, você pode estar tendo ideias muito inteligentes sobre como me atingir de algum jeito indiretamente ou, talvez, alertar alguém. Isso seria uma coisa muito má. Não se esqueça de quem eu sou e o que posso fazer. O Todd ali, ó, esmagaria a própria garganta se eu lhe dissesse pra fazer isso. Tenho sugestões similares plantadas nas mentes de uns cinquenta camaradas pela cidade toda.

Foram caminhando pelo hall até a mesa de Todd, que lhes deu um sorriso.

– Eles disseram que estão a sua espera, senhora – ele disse a ela.

– Excelente – Christian retrucou. – Aquelas cartas na minha mesa estão assinadas. Você poderia cuidar de tirar cópias e enviá-las a todos aqui no Monte?

– É pra já, senhora.

Ela foi guiando St. George até as escadas e, então, desceram até o primeiro andar. Ele notou que Christian calçava sapatos sem salto. Ficou imaginando como Smith andaria de salto alto.

– Eu depositava grandes esperanças em você – ela disse. Sua voz ecoou pelas escadas. – Alguns anos atrás, quando descobri que o Mighty Dragon ainda estava vivo e atuante... eu realmente pensei que poderia ser a grande chance pela qual eu estava esperando fazia tempo. E aí, puta merda, mesmo depois de tudo que passaram vocês me vem com esse maldito código de conduta.

– Foi mal te desapontar.

Ela sacudiu a cabeça:

– Teria sido tudo tão mais fácil se você tivesse ficado feliz lá no seu cantinho até morrer de fome, mas você é um escoteiro tão bonzinho que faz até o Freedom parecer um lobo-mau – ela abriu a porta de vidro e os dois passaram para o lobby. – E olha que era escoteiro de verdade. Ganhou medalha e tudo.

Christian sorriu para alguns eleitores enquanto deixavam o Roddenberry Building. O sol estava forte. Ela tirou um par de óculos escuros do bolso assim que saíram de baixo do toldo e o levou ao rosto. Caminharam mais alguns metros e ela parou próximo ao jardim. St. George podia ver algumas pessoas andando pelo meio das plantas, arrancando o mato e plantando sementes.

O chão estremeceu. Como todo bom morador de Los Angeles, ele já tinha passado por dezenas de pequenos tremores de terra. Levou um tempo até que ele percebesse a cadência, a constância entre uma tremedeira e outra.

Christian Smith sorriu:

– É melhor você se preparar, não é mesmo?

Ele se virou.

Cerberus o encobriu. A armadura de combate tinha sido lavada e bem polida. Os poderosos rifles M2 se encontravam montados nos braços da armadura e as cintas de munição lhe cruzavam o peito. Quem quer que estivesse ali dentro, movia-se sem o menor cuidado, pisoteando o chão com força. Um brutamontes de cabeça quente. Alguém doido para entrar numa briga.

– Tenente Gibbs – Christian disse –, você se lembra de quando eu lhe avisei que St. George e os demais poderiam voltar e tentar tomar o poder?

– Sim, senhora – a voz dele saiu feito um rosnado eletrônico dos alto-falantes.

– Tenente – St. George disse –, me escuta. Não é o que você tá...

– Pois bem. Acho que nossos maus pressentimentos estavam certos – ela abriu um sorriso à armadura. – Você saber o que fazer, não sabe?

– Essa aí não é a Christian Nguyen! – St. George gritou. – É o Agente Sm...

O murro lhe atingiu bem no meio da cara, mas o punho cerrado era tão grande que parte dele acabou pegando também no peito do herói. Ele saiu voando pelos ares e foi quicando pelo estacionamento até parar no jardim, de cara num monte de esterco com alguns brotos de grama plantados. Ficou todo sujo de terra.

St. George se esforçou para ficar de joelhos e levou uma saraivada de calibre .50 em cheio no peito. Foi jogado por mais uns quatro metros para trás. Dava para ouvir os gritos das pessoas. Vislumbrou alguns vultos correndo pelo jardim e torceu para que eles estivessem fugindo.

As balas doeram que nem um inferno em vida. Não sabia dizer com certeza, mas sentiu que talvez o impacto tivesse quebrado uma ou duas costelas. Rolou de lado e voltou a se ajoelhar, desviando de mais uma rajada. Sentiu uma pontada terrível no que parecia ser a terceira costela quebrada.

O chão estremeceu de novo. Ele contou até três, se concentrou e se atirou adiante. Cruzou os braços e martelou o titã bem na altura do peito.

Cerberus se curvou, cambaleando um pouco. O herói foi logo atrás e sentou um tapa no capacete blindado. A armadura tropeçou para trás antes de tombar, provocando um barulho que mais pareceu um acidente de carro.

George se virou e pulou para cima de Christian. Se ele conseguisse dar um único soco, um soco cauteloso e bem dado, poderia nocauteá-la. Não sabia se os poderes de Smith permaneciam quando ele, ou melhor dizendo, ela se encontrava inconsciente. Mas não custava tentar.

Ela sorriu enquanto ele atacava pelos ares. Ergueu uma das mãos e balançou um dedo na frente dele.

– Não é comigo que você está lutando, não é mesmo?

St. George estancou no ar com um dos braços para trás. Caiu de pé no chão.

– Filha da mãe – ele cuspiu as palavras.

– Eu acho que, tecnicamente, agora já dá pra falar filha da puta, mesmo.

Logo detrás dele, Cerberus tentava ficar de pé outra vez, o metal provocava um enorme barulho contra o asfalto.

– Eu ajudei a construir aquele traje, George. Sei bem o quanto ele é poderoso. Se existe alguma coisa capaz de te destruir nessa cidade, é ele – ela suspirou. – Merda. Eu queria de verdade que fosse a Danielle fazendo isso. Mas não dá pra pensar em tudo, né?

– Senhora – Gibbs gritou de dentro da armadura –, está tudo bem?

– Tudo certo, tenente – Christian exclamou. Deu uma piscadela para St. George. – Pelo menos, ele não se rebaixou a ponto de sair por aí machucando civis indefesos. Eu não acho que ele desceria tão baixo, o que você diz?

Ele fechou a cara e soltou fumaça pelo nariz.

O chão estremeceu e ele viu a sombra do braço decaindo a tempo de se virar e o agarrar com as duas mãos. Os servomotores chiaram e Gibbs tentou forçar ainda mais o braço abaixo. St. George conseguiu empurrá-lo alguns centímetro para trás e encarou os olhos gigantescos.

O outro braço girou e o acertou nas costelas. Sua visão ficou turva e deu de costas contra uma das colunas retangulares na entrada do Roddenberry Building. Uma das quinas pegou bem na ponta do ombro. Alguns blocos de concreto se despedaçaram e o fizeram rolar para baixo de uma enorme palmeira. A poeira e um pouco de areia que estavam no toldo logo acima levantaram.

– St. George – alguém gritou –, você tá bem?

Um vulto foi ofuscado pelos raios do sol. Ele sacudiu a cabeça e vislumbrou três pessoas paradas na sua frente. Um pouco mais de poeira caiu nos ombros deles, mas não olharam para cima até que os primeiros pedaços de concreto do tamanho de bolas de golfe passassem a despencar.

St. George sacudiu um pouco mais a cabeça, deu um pulo e os empurrou para trás. Ele aparou a laje do tamanho de uma mesa com as pontas dos dedos, deu um giro e a jogou para longe das pessoas. A laje se espatifou no chão, reduzindo-se a escombros. Um pedaço de concreto do tamanho de um punho cerrado quicou no seu ombro. Ele se voltou às três pessoas:

– Tá tudo bem com vocês?

Ele escutou as pegadas metálicas se aproximando antes que os três pudessem responder. Agarrou um pedaço de concreto e, segurando-o feito uma bola de basquete, lançou contra a armadura. Cerberus tentou bloquear o golpe, mas o pedaço de concreto atingiu a lateral do capacete blindado. St. George saltou pelos ares e seguiu até o estacionamento, onde poderia ficar em campo aberto, afastando-se dos edifícios.

Cerberus foi pisoteando com força logo atrás.

– Entregue-se já, senhor – Gibbs gritou. Os canhões surgiram e apontaram os lasers na direção dele.

St. George deu uma cambalhota no ar, desceu rodopiando e deu de ombro contra o joelho da armadura. Cerberus se inclinou para trás, balançando os braços, tentando recuperar o equilíbrio, mas acabou escorregando. O titã blindado tombou no chão outra vez.

Suas mãos deslizaram pelo enorme braço de metal até alcançar a munição do M2. Partiu a cinta ao meio e as balas tilintaram no asfalto. Deu um salto por cima da armadura caída e avistou a outra cinta.

Cerberus levantou os braços e o agarrou. Os tasers surgiram e descarregaram 200 mil volts de eletricidade em St. George. Seus músculos ficaram contraídos e sua pele toda formigou.

Ficou paralisado por tempo o suficiente para levar outro soco no peito. Saiu voando pelos ares e se chocou contra a mureta do jardim. Quicou com o impacto, dando uma cambalhota até parar no pátio dos caminhões dos catadores, de encontro com o Big Blue e, enfim, de cara no chão.

Seus quadris nunca tinham descadeirado antes. Pois então estavam.

– Puta merda – alguém murmurou.

– Será que ele tá vivo? – outro perguntou.

Algumas pessoas o levantaram pelos braços. Pôde ouvir o burburinho, bem ao longe. St. George abriu os olhos, piscou algumas vezes e vislumbrou um rosto familiar. Luke Reid, o motorista-chefe. Precisava fazer a barba urgentemente.

– Você tá bem, meu patrão?

– Vão embora daqui – St. George lhes disse –, todo mundo. Agora.

Cerberus já se aproximava pela calçada. A armadura de combate ainda tinha uma das M2, além dos tasers. Fora isso, era só mais forte do que ele. Bem mais forte.

– Vão logo! – St. George gritou. Deram no pé antes que a armadura chegasse mais perto. Ele sentiu que todos perceberam o tom ameaçador nos movimentos de Cerberus.

Procurou em volta alguma coisa que pudesse lhe servir de armamento. Havia algumas ferramentas espalhadas pelo chão, mas nada muito útil. Ele não era forte o bastante para lançar um dos caminhões e, mesmo que fosse, isso causaria prejuízos demais. Havia um tambor de óleo, um pacote com seis baterias e duas pilhas de pneus para caminhões.

Agarrou um dos pneus e o girou para fora da pilha. O pneu quicou contra a parede e ele o aparou numa das coxas.

– Gibbs – ele berrou, levantando os braços –, tá tudo errado. Você me conhece. Eu não sou ameaça nenhuma. Não sou seu inimigo.

– Você é um traidor à frente de um complô contra a prefeita – o titã vociferou. – Você está tentando derrubar o governo.

– Não, não estou, não. O que foi que eu disse pra você pensar isso? O que foi que eu fiz pra que você desconfiasse disso?

– Mentiroso! – mais armas surgiram.

St. George deu um chute no pneu, que saiu voando pelos ares na direção de Cerberus. A M2 cuspiu fogo e várias tiras de borracha choveram no estacionamento. O para-brisa do Big Blue trincou.

Acabou ganhando tempo com o tiroteio para retornar à pilha. Puxou mais dois pneus e os atirou feito frisbees e, então, pegou mais um da pilha e o lançou em seguida. Lembrou de ter lido, anos atrás, sobre pessoas que morreram atingidas por pneus em corridas de alta velocidade e deu um pulo de volta à pilha. Tinha certeza de que estava lançando os pneus com tanta velocidade quanto.

Cerberus apontou para os dois primeiros pneus e os aniquilou com as rajadas da sua arma. O terceiro acertou a armadura pela lateral com força o bastante para lhe tirar o equilíbrio. O seguinte lhe atingiu as costas. Então, um pegou em cheio no tambor da M2 e o derrubou.

St. George atirava um pneu atrás do outro. Acertavam o titã blindado e quicavam em direção ao jardim ou ao portão Melrose. Um ou dois arremessos quicavam direto de volta e se chocavam contra a mureta em frente a St. George. Era uma partida brutal de queimada. Os pneus podiam não ser o bastante para fazer com que o titã recuasse, mas pelo menos o impediam de fazer qualquer coisa que fosse.

Estava tentando conter ao máximo seus golpes. Sabia que não era Danielle dentro da armadura, mas ainda assim: era a armadura de Danielle. Praticamente parte dela. Ele não queria causar nenhum dano. Atirou o último pneu.

– Agente Smith – ele berrou.

Do outro lado do estacionamento, avistou Christian espiando tudo. A armadura também o fitava. Tinha conseguido chamar a atenção de Gibbs.

– Vamos lá, você se lembra bem do Agente John Smith – St. George gritou a Cerberus. – Aquele cara lá que enganou todos vocês. O responsável pela morte do Coronel Shelly.

O titã endireitou a postura e baixou os braços. Todos os homens e mulheres do Projeto Krypton se lembravam de Smith. Ele os manipulou, assassinou o comandante deles e depois ainda fez pouco da situação.

– O Smith tá aqui entre a gente, Gibbs – St. George disse. – Ele tá tentando tomar o controle do Monte que nem ele fez lá na base de vocês.

As armas se ergueram de novo.

– Sinto muito que o senhor tenha se deixado influenciar – Cerberus disse – mas é meu dever proteger os cidadãos e o Governo, e no momento o senhor é uma ameaça imediata.

St. George sacudiu a cabeça.

– Não sou eu que estou sendo influenciado, tenente!

– Como?

– Não sou eu que ele tá tentando controlar.

O titã baixou sua M2 do rosto de St. George para a altura do peito. A cinta de munição arrebentada ficava balançando de um lado para o outro, pendurada do outro braço da armadura.

– Tenta se lembrar de como é que o Smith faz as coisas – St. George prosseguiu. – Pensa só um pouquinho. Você estava lá, viu tudo. Você se lembra bem de como ele conseguia as coisas.

– Tenente Gibbs – Christian gritou –, você não está dando ouvidos a ele, está?

O capacete blindado se virou a ela, e St. George notou a postura do titã mudar.

– Não, senhora – Cerberus disse. A armadura se voltou a St. George e lhe apontou a M2 de novo.

O herói deu um salto e saiu voando pelos ares instantes antes da rajada de balas perfurar toda a parede e a carroceria do Big Blue. A frente do caminhão despencou. Nunca mais voltaria a funcionar, disso ele tinha certeza.

Tentou investir contra o titã e a mira da arma no braço o seguiu. Outra rajada explodiu, provocando um barulho ensurdecedor. Quase conseguiu desviar das balas. Dois tiros o acertaram na coxa, um foi em cheio no meio do seu joelho. Vacilou nos ares por tempo o suficiente para que uma segunda rajada explodisse, jogando-o para trás. Ele se chocou contra uma palmeira e foi abaixo. Um poste de sinalização amarelo do estacionamento, um dentre vários que ainda cravejavam a área, pegou bem no seu quadril quando ele despencou, virando-o de lado.

Viu o punho de aço mergulhando a seu encontro a tempo de sair rolando do caminho. A calçada ficou despedaçada com o impacto. Cerberus mudou de posição e tentou desferir outro golpe, mas St. George foi capaz de se concentrar o bastante para se lançar ao alto.

A M2 emergiu e cuspiu fogo. Ele desviou num pulo e a rajada fez um trilha logo atrás. As balas pulverizaram concreto, vidro e tudo de madeira que estava pela frente. Gritos ecoaram por todo o estacionamento. St. George parou de se esquivar e bloqueou as duas últimas rajadas com as costelas, ainda que doloridas. As rajadas estraçalharam sua camisa e deixaram a sua jaqueta de couro toda esfarrapada.

– Pelo amor de Deus, Gibbs – ele vociferou quando o titã deu uma trégua –, isso aqui tá cheio de gente! Civis!

O tenente rosnou e tratou de ignorá-lo. Mais um murro a caminho. St. George firmou os pés no chão e tentou agarrar o punho cerrado com ambas as mãos. O impacto fez com que ele escorregasse um pouco.

Foi mal, Danielle, ele pensou.

A mão de aço tinha três dedos e um dedão. Cada um da grossura de uma latinha de refrigerante. Agarrou o dedão e o indicador e os torceu.

Escutou-se um chiado metálico e a mão soltou algumas faíscas quando o aço se partiu. Cerberus ainda tentou puxar o braço de volta, mas já era tarde demais. St. George tinha jogado os dedos no chão. Um dos dedos que sobraram ficou em riste. O outro não parou de abrir e fechar enquanto Gibbs suspendeu a mão para analisar os danos.

– Filho da puta – o tenente murmurou.

A mão avariada deu um tapa na cara de St. George. Os dois dedos remanescentes o agarraram pela cabeça de forma bem inusitada. Ele esticou os braços para tentar agarrá-los e os tasers foram disparados outra vez.

Seus músculos contraíram. Dessa vez, pôde sentir sua língua, seus dentes e seus olhos amortecerem. Suas pálpebras reviraram. As duas garras apertaram ainda mais sua cabeça e o suspenderam do chão. Levantou os braços, tentou se livrar dos dedos, mas não conseguiu segurá-los com firmeza.

Sentiu a boca da M2 contra sua barriga e, instantes depois, seu estômago foi esmurrado umas dez vezes.

No intervalo que se sucedeu, o próprio silêncio era uma arma devastadora. O tambor subiu e novas rajadas furiosas fulminaram seu peito. O impacto foi tamanho, que ele se viu livre dos dedos e tratou de afastar aos trancos.

St. George recuou um pouco mais, cambaleando, mas conseguiu permanecer de pé. Encheu os pulmões de ar para cegar o titã com uma cusparada de fogo e seu peito ardeu de dor. Uma centena de estacas lhe perfuraram suas costelas. Tossiu um pouco de fumaça, lampejou uma chama tímida e, então, caiu de joelhos.

A armadura se adiantou e apontou a M2 contra sua cabeça.

TRINTA E SEIS

– Para já com isso! – Danielle saiu correndo pelo jardim. Seus cabelos e ombros estavam encharcados e sua camisa, grudada no *colant* preto que vestia por baixo. Passou empurrando pelas pessoas, aterrorizadas, respirou fundo e deu um salto sobre a mureta para seguir correndo até a armadura – Gibbs, baixa esse arma agora.

O capacete blindado se voltou a ela.

– Senhora?

– Aquele é o St. George – Danielle disse. – O que você pensa que tá fazendo?

– Ele se rebelou, senhora. Ameaçou civis e tentou derrubar…

– Ele estava dormindo esse tempo todo – Danielle explicou. – A gente dormiu dois dias seguidos. Ele não fez nada, baixa essa arma.

– Tenente! – Christian berrou.

As lentes enormes se viraram na direção dela.

– Eles estão juntos nessa, será que você não percebe isso? – a prefeita gritou.

Algo naquela voz chamou a atenção de Danielle. Conhecia aquele tom e aquelas inflexões desde o tempo em que Smith era só o cara com quem ela trabalhava e acordava junto algumas manhãs. Reconheceu a astúcia daquele sorriso. Ver tudo aquilo partindo logo de Christian a deixou em choque, mas nem tanto. Com o tempo, nada mais lhe surpreendia vindo das esquisitices de Smith.

O titã deu um giro para trás e fulminou Danielle com os olhos. Ela nunca tinha percebido o quanto a armadura parecia agressiva. Cerberus deu dois passos pesados na sua direção.

– A senhora também? – o titã perguntou. – Eu a respeitava.

– Olha só, essa brincadeira não vai dar certo, Gibbs – ela disse. – Para já com isso. Você pode vencer essa coisa.

A M2 veio à tona. O tambor ficou bem na frente dela.

– Não sei se estou entendendo bem seu ponto de vista, senhora.

A boca daquela geringonça era enorme. Ela encarou as lentes redondas do capacete.

– Você tá dentro da minha armadura. Vê se me escuta.

Gibbs bufou tão forte que ela pôde ouvi-lo pelos alto-falantes.

– Essas são suas últimas palavras? – ele perguntou.

– Não exatamente – ela respondeu, afastando uma mecha de cabelo do rosto. Respirou fundo. – Patriota! Crustáceo! Houdini!

As luzes das lentes piscaram. Só por um segundo. O compartimento de munição estalou alto várias vezes. Por toda a armadura, uns vinte painéis do tamanho de caixas de fósforo se abriram nos ombros, quadris e ao redor da cintura. Quatro pequenos painéis saltaram em volta do colarinho onde o capacete se encaixava. Havia um parafuso por baixo de cada um deles.

A bazuca apontada para ela estremeceu, mas não disparou. Ela deu um passo para trás e Gibbs urrou dentro da armadura.

– O que você fez? – ele berrou.

– Ah, só uma sub-rotina que eu programei um tempinho atrás pra poupar tempo – Danielle disse – naquela época em que tinha que fazer quase tudo sozinha.

Os dedos de metal se flexionaram e ele rosnou. Saiu um ruído grave e áspero pelo alto-falante. Ela o imaginou tentando ativar os tasers pelo mouse óptico. Deu mais um passo para trás.

– O Cerberus tá se preparando pra ser desmontado. O sistema que controla o armamento foi desativado. Você não vai conseguir ligar de novo sem reiniciar tudo.

A armadura deu um passo adiante. Ela recuou outros dois. As lentes piscaram de novo.

– Eu acho melhor você endireitar essa postura, viu – Danielle disse. – Assim que eu desligar, os giroscópios não vão mais manter a armadura estabilizada.

Cerberus rugiu e se lançou na direção dela. Os enormes dedos se arreganharam, prontos para esmagar o crânio de Danielle. Ela se esquivou num pulo, só deu para ouvir o barulho do metal se chocando contra uma rocha.

St. George fez uma careta enquanto os dedos tentavam esmagar seu braço.

– Valeu pela folga – ele disse.

– Sem problema.

XXX

– Que bela bosta, hein…

Christian Smith sacudiu a cabeça e empurrou seus óculos escuros no lugar. Tinha reconhecido Danielle, mesmo a vinte metros de distância e toda encharcada. E, apesar de tudo, aquela ruiva, mesmo desarmada e sem armadura, tinha conseguido desativar o traje de combate.

Ela sempre foi metida a espertinha.

Smith não esperava pelo combo completo. Achou que, no máximo, um ou dois heróis fossem acabar enfrentando a armadura, de preferência St. George e Capitão Freedom. Na melhor das hipóteses, seriam mortos; na pior, espancados até perderem o sentido e, portanto, ficarem mais fáceis de se manipular. Nunca tinha passado pela sua cabeça que Danielle poderia dar as caras e simplesmente desligar a armadura pelo lado de fora.

Ela ajustou seus óculos e deu alguns passos pelo jardim. Pelo menos, Gibbs seria capaz de manter os heróis ocupados por tempo o suficiente até que o Plano B fosse execut...

Algo veloz se chocou contra a cabeça de Christian, como se ela tivesse dado de cabeça num cano. Seus óculos escuros caíram no chão e seu rosto tremeu. Mal percebeu o estrondo do tiro e sua têmpora ardeu de ponta a ponta até sentir um filete quente de sangue, que encharcou sua orelha e seu maxilar e passou a gotejar no ombro.

Pelo rabo do olho, pescou uma sombra deslizando cada vez mais próxima pelo estacionamento. Stealth estava com uma das suas Glock 19s apontada para a cabeça de Christian. Um filete de fumaça saia do cano da arma.

– Isso foi só um aviso – ela disse. – Não se mova e nem abra a boca – ela foi avançando aos poucos e sua capa rodopiou em torno do seu corpo.

– Ai, meu Deus! – Christian gritou. Levou as mãos à cabeça e seus dedos voltaram encharcados de sangue.

–Vire-se. De joelhos.

– Por favor, não me mata – Smith suplicou, imitando a voz de Christian. – Por favor, eu nunca quis dizer aquelas coisas sobre vocês, eu só estava com raiva, eu não quis...

– Silêncio.

– Eu não quero morrer – ela gemeu –, não quero! Eu acho que você não está conseguindo segurar essa arma, está?

Stealth deixou a arma cair na calçada.

– Te peguei – Smith disse, escancarando um sorriso.

A mulher encapuzada investiu com os punhos cerrados.

– Dando socos por aí de novo?

Ela tropeçou sozinha no meio do caminho e parou. Seus punhos tremiam.

Smith levantou uma das mãos:

– Que tal se acalmar um pouco, hein?

Stealth ficou paralisada por alguns segundos. Então, girou e deu com a bota no estômago de Smith. A prefeita perdeu o fôlego e cambaleou para trás. A encapuzada foi logo em seguida já com outro chute girando no ar que acertou Christian bem no queixo, provocando um estalo.

– Eu sempre mantenho a calma – Stealth disse.

Smith tossiu um pouco de sangue e cuspiu dois dentes.

– Vamos parar com toda essa violência então, tudo bem? – a voz dele estava arrastada, mas ainda era clara o suficiente. – Você poderia me dar uma ajudinha aqui?

Era capaz de sentir o olhar fixo de Stealth por detrás da máscara. A encapuzada puxou Smith de volta aos pés.

Christian tirou um lenço do bolso e o passou na boca. Cuspiu mais algumas lascas de dente e, então, pressionou o lenço contra a cabeça. Ficou encharcado de sangue em segundos. Ela praguejou algo em voz baixa e depois acenou na direção de Stealth.

– Você gostaria de ir na frente?

– Pra onde vamos?

– De volta ao Galpão 32 – a outra mulher disse. – É muito menos discreto do que eu planejava, mas, pelo visto, vou ter que fazer vocês todos se espancarem até a morte. E aí, se você ainda estiver inteira, nós viajamos pra passar uns dois dias num lugar mais tranquilo – Smith fitou o lenço outra vez e sacudiu a cabeça. – A questão é: você me causou muitos problemas quando eu tentei te levar como refém em Yuma, mas tenho certeza de que, dessa vez, você não vai criar problema nenhum, não é mesmo?

Cerberus fazia cada vez mais força, empurrando St. George contra o chão, mas o herói não cedia e empurrava de volta. O traje de combate não era capaz de esmagar seu braço, tampouco tinha potência o bastante para forçá-lo abaixo.

Então, o barulho do tiro e o grito ecoaram pelo jardim e a cabeça de St. George virou na hora. De relance, viu Stealth com uma pistola avançando para cima de Christian, sangue e, de repente, o titã mudou de tática, suspendendo St. George com um puxão.

O herói aproveitou o embalo e se impulsionou mais ao alto, fazendo a armadura tropeçar. Levou um tempo para que Gibbs entendesse o que se passava e soltasse St. George. O braço de metal despencou, arranhando alguns painéis que soltaram faíscas.

St. George lançou um olhar ao outro lado do pátio. Stealth estava ajudando Christian a se levantar. A pistola tinha sumido. Christian estava sorrindo.

Cerberus mirou o herói suspenso no ar. Então, passou a correr na direção de Danielle. Os pés de aço estrondeavam contra o chão.

St. George deu um empurrão na armadura, que saiu cambaleando.

O golpe não acertou Danielle por poucos centímetros.

St. George juntou as mãos e esmurrou a lateral da armadura, bem abaixo do braço. O traje de combate se desequilibrou, a deixa que St. George precisava para agarrar a perna de aço e puxar.

Cerberus tombou no chão outra vez.

O herói voltou sua atenção ao jardim. Stealth e Christian tinham desaparecido. Imaginava o estrago que algumas poucas palavrinhas de Christian poderiam causar.

Danielle chegou correndo. Ele abriu a boca para falar, mas ela fez um sinal para que se calasse.

– Eco sierra alfa victor quarenta e dois – ela exclamou.

O traje de combate despencou a mão destroçada contra o chão e a levou de volta para cima, soltando faíscas pela calçada.

Ela franziu a testa.

– Eco! Sierra! Alfa! Victor! Quarenta e dois!

O titã se pôs de quatro e se levantou.

Danielle gritou as mesmas palavras de novo, dessa vez pontuando a frase com um palavrão.

– Mas que merda – ela acrescentou –, ele desligou os microfones externos, eu não consigo desativar!

St. George ficou observando Cerberus se pôr de pé.

– Mas eu consigo – ele lhe disse.

– Como assim?

Ele fez sinal para que ela recuasse enquanto a armadura se punha de pé.

– Gibbs não vai parar até que a gente esteja morto. Ou até a gente o parar.

Ela arregalou os olhos.

– Não.

O traje de combate se virou e suas lentes focalizaram os dois. St. George pegou Danielle pela cintura e saltou pelos ares, afastando-se do titã. Instantes depois, ele se deu conta de que também voava para longe de Stealth e Smith.

Cerberus foi pisoteando atrás deles.

Danielle ficou tensa assim que olhou para baixo e viu os prédios ficando para trás. Os braços dela apertavam St. George com força, entrecruzando as pernas em volta dele. Por entre os dentes, disse "Não" outra vez.

Mais abaixo dos dois, Cerberus destruía a mureta que circundava o jardim, lançando pedaços de argamassa e poeira pelos ares. Uma bofetada furiosa com as costas da mão amassou toda a frente do *Mean Green*.

Passaram voando por cima dos Galpões Quatro e Cinco.

– Ele vai acabar ficando sem energia, usando a armadura desse jeito – Danielle mal conseguiu dizer as palavras, engasgando-se no meio. – Sem o Barry pra recarregar, a bateria da armadura não dura quase nada.

– Mais quanto tempo?

Ela respirava rapidamente pelo nariz.

– Coloca a gente no chão.

Ele aterrissou entre o Quatro e o Edith Head Building. Algumas pessoas os observaram enquanto pousavam, atraídos pelo barulho. Danielle relaxou um pouco quando viu a muralha se erguendo em torno deles novamente e ele a colocou no chão.

– Talvez mais um quarenta e cinco minutos – ela disse. – Uma hora, no máximo. Se você conseguisse mant…

Ele sacudiu a cabeça.

– Isso é tempo demais. Se a gente continuar nesse ritmo, ele vai acabar matando alguém. Fora que o Smith pegou a Stealth.

– Você tem certeza disso?

– Tenho.

Ele se voltou às pessoas amontoadas ao redor.

– Corram – ele lhes disse –, fiquem o mais longe possível daqui.

Um homem olhou em volta:

– O que tá aconte…

– Corre! – St. George lançou um olhar a Danielle – Eu tenho que…

– Eu sei! – ela disparou.

O chão tremeu. Os estrondos do atrito entre o metal e o concreto a cada passada da armadura ficavam cada vez mais altos.

– Me desculpa – ele disse.

Danielle espremia as mãos. – Vai fundo!

Cerberus despontou entre dois prédios. Gibbs berrou alguma coisa pelos alto-falantes, mas os tinha regulado no modo de pronunciamento público, então suas palavras amplificadas acabavam se perdendo no próprio eco e em meio ao barulho provocado pelos pés de aço.

A armadura partiu para cima dele.

St. George saltou ao encontro dela.

Ele se esquivou de um soco e, logo em seguida, de um giro do braço danificado. Ao notar o soco seguinte se aproximando, firmou os pés no chão e agarrou o punho cerrado. Deu alguns passos de lado para manter o braço esticado e se assegurar de que ficaria fora do alcance da outra mão de aço. O titã tentou se livrar, mas St. George o puxou de volta, fazendo a armadura perder o equilíbrio. Os pés do traje chiaram enquanto os pistões e os servomotores se ajustavam.

Deu outro puxão. Quando Gibbs puxou de volta, St. George soltou a mão e agarrou o polegar de metal com a outra. O punho de metal se fechou sobre sua mão. Se ele fosse um homem comum, seus dedos e antebraço teriam sido esmagados.

St. George usou sua mão livre para golpear o cotovelo da armadura o mais forte possível. O metal rangeu sob seu murro. Pelo menos um servomotor se soltou.

Os dedos de metal o soltaram. Cerberus sacudiu a mão, tentando se livrar do herói, mas ele deu mais dois socos numa das juntas do braço. O segundo provocou ainda mais faíscas. O terceiro bambeou o braço, deixando-o num ângulo todo errado.

O herói agarrou o antebraço do titã com apenas uma das mãos, a M2 aposentada com a outra e entortou a coisa toda com força. A junta do cotovelo se partiu e alguns rolamentos se precipitaram pela rua feito gotas de chuva. Uns cinco cabos ficaram soltos. Uma placa da armadura caiu e retiniu no chão. A cinta restante de munição se retorceu até que um dos elos acabou se partindo.

O traje de combate recuou alguns passos pesados. Gibbs levantou o que ainda restava do braço. St. George pensou ter visto as pontas dos dedos do oficial pelo rombo nas sobras do cotovelo.

O titã urrou e a mão semidecepada (a pinça) girou, acertando o herói na cabeça. Ele saiu quicando pela rua até a esquina do Quatro com tanta força que saiu quebrando o concreto pelo caminho. Então, foi rolando pela Avenida R até parar de cara no chão de cascalho.

Levantou a cabeça e viu algumas pessoas correndo na sua direção. Billie Carter despontava na dianteira, viva e parecendo estar muito bem, com a mesma cara emburrada de sempre adornada pelos mesmos cabelos espetados, com Ilya vindo logo atrás junto de outros dois. Escutou Cerberus se aproximando de novo.

St. George ficou de costas tão logo Cerberus levantou a perna para esmagá-lo. O herói sentou o calcanhar no outro tornozelo do traje de combate. O metal ficou amassado com golpe, mas não chegou a partir. Pelo menos, foi o suficiente para que o pé voltasse ao chão para recuperar o equilíbrio ao invés de causar algum dano. O titã ficou bamboleando por um tempo até se recuperar da pancada.

– Nós nunca confiamos em vocês – Gibbs urrou pelos alto-falantes. – Em nenhum de vocês!

Um show de pirotecnia desencadeado pelas armas dos catadores ricocheteavam na armadura, faiscando. Descarregaram toda munição no traje de combate. Algumas balas ricocheteavam na direção de St. George, atingindo-lhe as coxas e o peito. Depois das M2s, aquilo lá parecia mais picadas de inseto.

Não machucaram nada o titã, mas conseguiram distrair Gibbs por um tempo.

– Traidores – ele gritou. O traje de combate levou o pé para trás e deu um chute nas costelas de St. George, lançando-o para cima dos catadores.

Suas costelas doíam muito, mas conseguiu girar no ar de forma que não caísse em cima de Billie e de mais um deles. Sua mão caiu espalmada sobre o braço de Ilya, e ele teve quase certeza de ter escutado os ossos do homem quebrarem. De repente, ele se chocou contra outro edifício, nem sabia dizer qual, em cheio no ombro, deixando um buraco na parede.

St. George respirou fundo e suas costelas urraram de dor. Forçou-se a tomar fôlego e tomou impulso contra a parede, deixando bastante poeira para trás.

Billie e os outros recarregavam as armas em movimento. Cerberus ia logo atrás deles. Ela estava gritando alguma coisa à armadura, mas tudo o que ele conseguia ouvir era um eco abafado. Chacoalhou a cabeça e o mundo lhe pareceu um pouco mais nítido.

O herói se lançou sobre Cerberus de novo. Gibbs notou a aproximação e girou a mão de pinça outra vez. St. George aterrissou bem no meio dos dois dedos. Bloqueou o golpe com seu antebraço e deu três socos na barriga do titã, uma profusão de placas de aço sobrepostas. Sentiu os impactos ecoarem por dentro do traje de combate. Uma das placas se partiu com os murros.

Gibbs urrou outra vez. Conseguiu dar um soco num ângulo fechado bem no meio do peito de St. George. Um dos painéis abertos acabou arranhando sua bochecha. Cerberus levantou a cabeça, mirando o céu, e então levou o capacete abaixo com força sobre o crânio do herói, provocando um forte estalo. St. George cambaleou por um instante, sua visão foi tomada por pontinhos de luz e Gibbs voltou a espancá-lo com o toco do braço danificado.

St. George esticou seus braços e conseguiu dar um soco na lateral do titã. Esmurrou repetidas vezes, pelo menos umas cinco, até que o braço da armadura o soltasse. Caíram cada qual para um lado, ele sacudiu a cabeça e, então, o Cerberus lançou de novo os dedos de pinça na sua direção.

Ele se atirou pelos ares e pairou sobre o titã, que tentou agarrá-lo e acabou sendo pego pelo pulso. Voltou ao chão, puxou Cerberus e o jogou para trás. Não soltou a mão avariada, e o próprio peso da armadura tratou de arrancar a mão do braço com um barulho metálico, elétrico.

O titã se chocou contra a quina de um depósito. Algumas rachaduras subiram pelas paredes. Pedaços grandes de concreto e gesso se soltaram, despencando na rua. Uma grande quantidade de escombros desmoronou pela lateral do prédio.

St. George jogou a mão de lado e se lançou adiante, tirando Billie e um careca do caminho segundos antes que a parede do depósito caísse.

– Saiam daqui – ele disse. – Vocês não são capazes de deter essa coisa, pessoal.

Billie o encarou.

– E você, por acaso, consegue?

Ele os colocou no chão.

– Só tentem ficar em segurança e tirem todo mundo dessa área.

Olhou ao redor em busca de Danielle. Ela tinha desaparecido. Ela não estava perto da parede quando desmoronou, disso ele tinha certeza. Então, ou ela tinha ido atrás de ajuda ou não teve coragem de continuar ali para ver a armadura sendo destruída.

Uma nuvem de poeira subiu em volta de Cerberus. O titã se pôs de pé outra vez. Estava de costas para St. George, como se estivesse recuperando a energia.

– Gibbs, tem um monte de buraco nessa armadura, então eu sei que pode me escutar. A gente ainda pode resolver isso de outra maneira. Sei que não é sua culpa. Para com isso e desliga a armadura.

O braço sem mão girou e o atingiu feito uma bola de demolição.

St. George atravessou uma parede e foi parar contra o Quatro outra vez. O impacto o atirou de volta para frente, de encontro à rua. Bateu na calçada e saiu quicando mais uns dois metros.

A rua estremecia. Ele tentava se concentrar, se elevar de novo, mas sua cabeça estava girando e o pé do titã acertou suas costelas antes mesmo que ele conseguisse se erguer alguns centímetros do chão. Mais uma parede pela frente e, de novo, o chão. Ouviu os gritos das pessoas, mas não soube identificar se estavam na rua, mais ao longe, ou dentro do prédio.

Cerberus foi pisoteando até ele e baixou a cabeça para encará-lo. Uma rachadura em forma de Y marcava uma das lentes. Os servomotores chiaram quando o traje de combate ergueu o pé sobre o rosto de St. George, bloqueando o sol.

Então, o sol se inclinou à esquerda e veio abaixo, iluminando a rua. O pé começou a decair e foi atingido pelo espectro de luz feito um relâmpago, bem abaixo do joelho. Escutou-se um apito ensurdecedor, Gibbs uivava de dor, e os dois ruídos ecoaram juntos e misturados pelo ambiente.

Meio fundido, o pé foi de encontro ao chão com um estrondo metálico, triscando na cabeça de St. George. Sentiu algumas gotas de metal derretido caindo no seu braço e queimando buracos na sua camisa. Ele os espanou.

Um dos enormes dedões do pé da armadura se contorceu algumas vezes e, então, parou.

Cerberus tentava se equilibrar numa perna só. St. George levantou os braços, agarrou o toco com as duas mãos e deu um empurrão. O titã caiu para trás e tombou contra a calçada.

Zzzap estava suspenso no ar a alguns metros deles, tremendo.

Gaaahhh, ele disse. Balançou os braços. *Odeio fazer isso, eu acho que vou vomitar.*

–Valeu – St. George disse.

De nada. Eu não quis correr o risco de te acertar com um raio, e achei que não seria a melhor solução simplesmente incinerar quem quer que fosse lá dentro. Era o Gibbs?

– Era.

O que foi que aconteceu com esse cara?

– Smith.

Imaginei. A Danielle sabe que você teve que…

– Sabe, sim.

Zzzap soltou um ruído de estática que pode ter sido um suspiro.

St. George foi mancando na direção do titã caído no chão. Era como uma tartaruga ferida, caída de costas sem nenhum membro restante para se pôr de pé outra vez. O toco batia no chão. O braço sem mão girou na sua direção, mas não conseguiu alcançá-lo. Billie, Ilya e os outros se aproximaram pelo norte, recarregando as armas no caminho.

St. George enfiou os dedos por baixo do capacete. Apoiou um dos pés contra o ombro da armadura e puxou.

O traje de combateu rangeu, o metal chiou e o crânio de metal do Cerberus foi arrancado do resto do corpo. Jorraram lascas de metal feito sangue. Um emaranhado de cabos estava solto, para fora do colarinho da armadura, estalando e soltando faíscas. Os membros danificados estavam bambos.

As lentes enormes piscaram por um instante e uma após a outra, apagaram.

A cabeça do Tenente Gibbs parecia minúscula no topo do torso gigante. Estava com um machucado num dos supercílios.

– Pros diabos com vocês – ele vociferou –, bando de traidores! Ninguém jamais irá confiar em vocês de novo. Ninguém!

Mas e aí, onde é que a Danielle e a Stealth foram parar?

– O Smith pegou a Stealth – St. George disse. – Não tenho certeza pra onde a Danielle escapuliu.

Zzzap se elevou um pouco mais no ar:

Será que o Smith pegou ela também?

– Não sei. Estou indo lá pra Gower. Tem como você checar o perímetro?

É pra já.

O espectro de luz disparou pelos ares e desapareceu.

St. George deixou o crânio de metal cair no chão e se atirou aos céus.

Christian Smith guiava Stealth pela Avenida C. Passaram por duas ou três pessoas, mas algumas palavrinhas da prefeita bastaram para que seguissem caminho. Já dava para ver o cruzamento mais adiante.

– Falta bem pouco agora – Smith disse. – Eu deixaria vocês morrerem de fome com todo o prazer, sabe. Eu estava realmente pensando em evitar qualquer coisa grandiloquente e espetaculosa feito essa. Não sei lidar muito bem com confrontos diretos. Ainda assim, acho que você vai me proteger contra potenciais ameaças, não vai?

Stealth não disse nada, mas sua cabeça foi de cima abaixo uma única vez.

Smith deu um sorriso:

– E você me avisaria se soubesse de alguma complicação pela frente, não avisaria?

– Sim – a encapuzada deu um tropeção em alguma coisa pelo caminho –, não há complicação alguma pela frente.

– Calma, como assim? – Smith parou de andar. – Por que você... o que é que você está escondendo?

– Várias coisas – Stealth retrucou. – Talvez, a mais importante seja que alguém está nos seguindo já a meio quarteirão.

Smith deu meia-volta e alguns tiros ecoaram pela rua. As balas passaram zunindo por ela, tão perto que teve de recuar um pouco para não ser atingida.

Danielle mirou de novo com uma Glock em cada mão e mandou bala. Sua mira não era uma maravilha, mas acertou Christian na canela, bem abaixo da rótula. A asiática uivou de dor e caiu no chão.

A ruiva avançou. Christian não saiu da mira das pistolas por nem um segundo.

– Seu filho da puta! – ela vociferou. – O George teve que destruir o Cerberus por sua causa.

Smith ainda tentou falar, mas tudo que conseguiu foi emitir alguns gritinhos de raiva enquanto apertava a perna destruída com as duas mãos.

Algumas vozes ecoaram pela rua, aos berros. Danielle reconheceu o vulto empalidecido de Madelyn correndo na direção deles. Alguns guardas a seguiam de perto com armas em mãos. Capitão Freedom vinha logo atrás deles, parecendo meio grogue mas mantendo o ritmo.

Danielle apontou a Glock e atirou mais uma vez. Dessa vez, a bala arrancou dois dedos de uma das mãos antes de estourar a outra rótula. Smith gritou e caiu para trás. A mão dela se contorceu de dor, esparramando sangue pela camisa.

– Segure o cano da pistola – Stealth disse.

– Hein? – Danielle retrucou, voltando-se a ela.

– Segure o cano da pistola. Estará um pouco quente devido ao disparo, mas nada que a machuque. Erga a pistola até a altura do ombro e a leve abaixo de modo que a ponta do cartucho acerte em cheio na lateral da cabeça. Mire a têmpora, bem acima da bochecha.

Danielle baixou os olhos em direção à mulher esperneando. Smith estava tentando falar alguma coisa, mas não conseguia se concentrar.

A ruiva girou a Glock num dos dedos, segurou a pistola pelo cano e golpeou o crânio de Smith. A mulher perdeu os sentidos e desfaleceu no chão.

Danielle respirou aliviada.

– Obrigada – Stealth disse.

– Você mesma não podia ter feito isso?

– Tudo uma questão de semântica.

EPÍLOGO

St. George pairava no ar logo acima da torre de abastecimento d'água. Era uma noite ventilada. Uma brisa suave na medida para fazer o mundo parecer mais vivo. Los Angeles se encontrava iluminada sob seus pés. Casas, algumas lojinhas, os holofotes na Grande Muralha e nos cantos do Monte.

Era bom estar em casa.

Verdade que as coisas andavam em meio a um caos total por lá. Em trinta e seis horas, dezenas de boatos já tinham se espalhado sobre o porquê da nova prefeita ter levado dois tiros e ter sido colocada em coma induzido. Alguns chegavam bem próximos da verdade. No momento, outro concorrente ao posto durante as eleições atuava como prefeito, Richard Lihart. Tinha deixado claro que, se alguém tivesse alguma objeção, deixaria o cargo, mas até então, ninguém tinha dito nada.

A destruição de Cerberus também tinha deixado sequelas. Um herói não caía havia três anos. Mesmo que ninguém tivesse morrido, foi um lembrete cruel de que o mundo ainda não era um lugar seguro. Na verdade, era um pouco menos seguro agora que a armadura não existia mais.

Gibbs estava sob observação. Tinha respondido bem a Freedom e começava a rejeitar as sugestões que Smith tinha plantado no cérebro dele. Perdeu a maior parte do pé direito quando Zzzap derreteu uma das pernas da armadura. O tenente parecia encarar o fato como uma espécie de penitência.

St. George escutou um revoar de tecido. Baixou os olhos e vislumbrou Stealth na torre logo abaixo dele. Sua capa tremulava ao vento. As bordas estalavam feito pequenos chicotes.

Ele foi flutuando até ela. Não conseguiam ter um tempo a sós desde que acordaram do mundinho de sonhos de Smith. Ela estendeu a mão e checou o hematoma no rosto dele, correndo um dos dedos da sua mão enluvada pelo maxilar do herói.

– Suas feridas estão se curando depressa.

Ele concordou com a cabeça.

– Até o fim da semana, eu fico bom.

– Fico feliz em saber disso.

– Isso é paranoia minha ou eu apanho muito pra um cara que supostamente deveria ser indestrutível?

A expressão dela mudou por trás da máscara. Ele notou o quase sorriso.

– Considerando as batalhas em que você esteve envolvido, isso não é nada surpreendente.

Ela envolveu seus braços no pescoço dele. Ele a segurou pela cintura. Flutuaram no ar.

– Senti saudades – ela disse.

– Você me jogou de uma janela.

– Mandei o Capitão Freedom te jogar de uma janela, pra ser exata – ela retrucou.

– Então tá...

– Você era a melhor opção, George. Possui um raciocínio dinâmico e já tinha começado a duvidar de tudo. Você também era o mais apto a sobreviver à queda, caso não acordasse.

Ele riu e sacudiu a cabeça. O vento mudou de direção e a capa dela se enrolou em torno dos dois como se fosse um ser pensante.

– E aí, quanto de tudo aquilo foi real?

– De tudo o quê?

–Você sabe… – ele disse. –Você é a pior pessoa do mundo quando se trata de se fazer de idiota. Por uma série de razões.

– Devo concordar.

– E todo aquele papo sobre os seus pais? Aquilo era verdade?

Stealth mudou de posição outra vez. Enlaçou uma das pernas entre as coxas dele.

– A maior parte, sim. Mudei alguns detalhes pra história melhor se adaptar à ilusão de Smith.

–Tipo o quê?

Os músculos dela se contraíram, mas logo relaxaram. Então, contraíram-se de novo e ele pôde sentir a respiração dela contra seu peito.

–Você me perguntou certa vez qual tinha sido a última vez que alguém usou o meu nome de verdade. Lembro que você ficou impressionado por eu saber que havia sido exatos vinte e oito meses, na época.

– Eu me lembro disso – St. George retrucou. – Foi na época em que a gente costumava sair da Muralha pra espionar os Seventeens, um pouco antes da grande batalha contra o Legion.

– Antes de eu lhe contar qual era – Stealth prosseguiu –, a última pessoa a usá-lo tinha sido meu pai.

– Ahhh…

– Nove minutos depois, eu o matei.

Ficaram parados, suspensos no ar, por um tempo. George a puxou para mais perto de si.

– Eu acho que tem coisa faltando nessa história.

– Tem, sim. Você gostaria de ouvir?

– Sim, sim, claro.

Ela relaxou. Apenas o suficiente para que ele pudesse sentir isso.

– Como você bem observou – ela disse –, meu pai não era um bom homem. Matá-lo foi um ato de autodefesa, muito embora ele tenha cometido inúmeros crimes os quais lhe garantiriam a pena de morte.

–Você quis fazer isso?

Ela ergueu a cabeça para encará-lo.

– Perdão, como assim?

–Você quis matar o seu pai?

A cabeça dela foi de um lado a outro. Uma única vez. St. George se lembrou do homem esquálido na suíte do hotel, de óculos redondos e movimentos precisos.

– Ele era um monstro em vários sentidos – Stealth continuou –, e um criminoso procurado em vinte e três países. No entanto, ainda era meu pai. Eu nutria esperanças de que ele não me colocasse naquela situação. Não tive o menor prazer em executá-lo.

– E por que ele tentou te matar?

Ela encostou a cabeça no peito dele.

– Pra saber se eu já estava preparada pra sucedê-lo ou não. É uma herança da qual venho tentando me esquivar por quase toda minha vida.

St. George a envolveu com ambos os braços.

– Eu o teria detido, se tivesse tido a chance.

– Não, não teria.

– Ei – ele disse –, vou te contar uma coisa. Eu sou um super-herói de verdade, sabia? O povo costumava me chamar de Mighty Dragon. Já ouviu falar de mim?

–Você está se comportando como um tolo nessa tentativa de desviar minha atenção desses pensamentos.

– É, só um pouquinho.

– Obrigada.

Afastaram-se flutuando da torre d'água e passaram pelo Roddenberry. A direção do vento mudou de novo. A capa dela se desenrolou de cima dos dois e tremulou às costas dela.

– Falando em supervilões – ele disse –, você já pensou no que a gente vai fazer com… o Smith, eu acho?

– Sim, pensei. A Dra. Connolly acredita que pode manter o coma induzido por tempo indeterminado, contanto que possamos lhe fornecer os remédios dos quais precisa pra tanto.

– E se a gente não der?

– Conversamos sobre a possibilidade de submetê-lo a uma cordectomia, retirando-lhe as cordas vocais, as paredes ventriculares e a subglote. Ela nunca realizou um procedimento como esse, mas sente que está dentro de suas capacidades.

St. George franziu a testa.

– E o que isso significaria?

– Significaria eliminar a capacidade de Christian Nguyen de emitir qualquer som que fosse. O que, por sua vez, eliminaria os poderes de Smith.

Ele sacudiu a cabeça.

– Isso lhe incomoda?

– Claro que sim. A Christian era um saco, mas ela não merecia isso.

– Concordo – Stealth disse –, mas, infelizmente, as habilidades de Smith não nos deixam com outra opção.

– Eu sei. Eu entendo, e não quer dizer que eu seja obrigada a gostar da ideia – fitou os prédios abaixo deles. Uma luz brilhava de uma claraboia. – A Danielle resolveu ficar acordada até tarde.

– Sim.

– Honestamente, eu fico surpreso que o Smith não tenha te manipulado pra matar a Danielle ou a mim. Qualquer um que tentasse detê-lo, na real.

– Ele tentou – Stealth retrucou. – Usando sua própria experiência com ele pra me guiar, elaborei um argumento semântico na minha mente que me impedisse de obedecer aos comandos dele.

– Como assim?

– O Agente Smith ordenou que eu lidasse com possíveis ameaças. Sabia que nós estávamos sendo seguidos, e tinha várias razões pra acreditar que fosse por Danielle. Em nenhum cenário possível, porém, ela poderia ser considerada uma ameaça em potencial.

– Como você podia saber disso?

Stealth baixou a cabeça até que seu queixo tocasse no peito. A brisa jogou seu capuz para trás.

– Se eu estivesse protegendo Smith, Danielle não seria ameaça alguma.

St. George a encarou por um instante e, então, deu uma risada.

– Do momento que ela disparou a pistola – Stealth continuou –, ela já não era mais uma ameaça em potencial, mas sim uma ameaça real. Smith não tinha me ordenado a lidar com ameaças reais.

Ele a beijou por cima da máscara.

– Você é incrível, sabia disso?

– Olha quem fala, o sujeito que flutua a trinta metros do chão.

Ela tirou um dos braços de trás do pescoço dele e puxou sua máscara. Ele a beijou outra vez. E o vento tratou de fazer com que a capa se enrolasse em volta dos dois novamente.

EPÍLOGO II

Levou quase um dia inteiro para que Cesar encontrasse a prancheta dela, uma cadeira imensa e uma caixa completa de ferramentas. O mais difícil tinha sido o papel, mas, momentos antes do sol se pôr, ele apareceu com umas dez folhas enroladas. Estavam um pouco rabiscadas, mas nem tanto. Só uns desenhos toscos e alguns diagramas. Prometeu a ela que arranjaria mais papel no dia seguinte.

Danielle não fazia um desenho com lápis e papel desde os tempos da graduação. Tudo era feito com CAD e modelagem 3D desde então. Mas seu laptop não tinha nenhum programa adequado, e a tela era pequena demais, de todo jeito.

Pegou a primeira folha de papel e colocou uma régua sobre ela. Com alguns traços ligeiros fez uma borda. Mais alguns traços com a régua e tinha uma caixa de título, no canto inferior direito. Preencheu seu nome, a data e, em seguida, o título do projeto. Fazia tempo que ela não precisava escrever à mão com caligrafia gótica.

CERBERUS MK 2

Danielle ficou olhando para aquelas palavras por alguns instantes. Então, levou o lápis ao papel e deu início aos trabalhos.

AGRADECIMENTOS

Foi no segundo esboço de *Ex-Patriotas* que eu tive a ideia de como poderia trazer de volta o Agente John Smith. Eu quase o deixei de lado, para ser honesto. Na época, o *Ex-Comunhão* estava fechado na minha cabeça, mas já tinha história demais com o retorno do Max e do Cairax, para não mencionar a introdução de Madelyn como a Corpse Girl. Eu não queria desperdiçar a volta do Smith, então me dei conta de que não havia maneira alguma de contar essa história, pelo menos, até o quarto livro. E eu sou realista o bastante para saber que ninguém deve ficar pensando em outros livros senão naqueles dentro do contrato.

Mas o segundo rascunho chegou ao final e lá estava ele. Uma pista dando a entender que não sairia boa coisa da união entre o Agente Smith e Christian Smith. Quando enfim me sentei para escrever *Ex-Comunhão*, parecia haver uma grande chance de eu conseguir emendar uma quarta sequência… então, joguei mais algumas pistas pela história. Devo admitir que, enquanto escrevo isso, dois meses depois que o livro foi lançado, me sinto dois terços emocionado e um terço decepcionado com o fato de ninguém ter notado nenhuma delas. Mas me consola saber que provavelmente todos vocês vão voltar ao livro em busca delas agora.

Agora, cá estamos no quarto livro, já com a possibilidade de uma quinta história dos *Ex-Heróis* à vista. E talvez algumas pistas e dicas plantadas aqui e acolá. Talvez, algumas delas bem na cara do leitor…

Nem é preciso dizer que eu não teria conseguido escrever nada disso sem a ajuda de algumas pessoas. Então, gostaria de agradecer do fundo do meu coração a cada um dos nomes que se seguem.

David, meu agente, fez desse livro uma realidade, e se certificou que eu ficasse numa posição onde pudesse trabalhar com ele sem a menor pressão ou pânico algum. Bem, não mais do que o necessário, de todo jeito, quando se está relançando toda uma série por uma nova editora.

Julian, meu editor na Crown, deu várias dicas, sugeriu algumas coisas, sacou alguns equívocos e, no geral, garantiu que eu não acabasse recaindo naquela mesma conclusão batida de que "tudo não passa de ilusão". Ou que, pelo menos, eu tivesse boas razões de verdade ao fazê-lo. Se este livro hoje impressiona a todos vocês, foi porque ele não me deixou alimentar a preguiça.

Ilya me tirou algumas dúvidas sobre arma de fogo. Marcus e eu conversamos longamente durante toda uma tarde sobre audiências militares, tribunais marciais e punições. Mary me ajudou com os procedimentos clínicos numa sala de emergência e a devida terminologia. Qualquer derrapada nessas áreas é totalmente minha culpa, e não deles.

John e CD leram os primeiros manuscritos em tempo recorde quando meu prazo ficou apertado; os dois são pessoas incríveis.

E, claro, meu muito obrigado a minha adorável esposa, Colleen, que continua me dando conselhos, me escutando quando preciso pensar em voz alta e me apoiando quando fico preocupado e estressado (de novo) sobre como eu vou definitivamente estragar tudo dessa vez.

– P.C.

Los Angeles, 7 de setembro de 2013.

FSC
www.fsc.org
MISTO
Papel produzido a partir de fontes responsáveis
FSC® C106710

Saiba mais, dê sua opinião:

Conheça - www.novoseculo.com.br
Leia - www.novoseculo.com.br/blog

Curta - /NovoSeculoEditora

Siga - @NovoSeculo

Assista - YouTube /EditoraNovoSeculo

novo século®